Rebekka Jost

In der Dämmerung
Band II
I gcoinne an ghorta agus an choróin
(Against the famine and the crown)

Historischer Roman

2025

Klappentext

Irland 1848.
Die Insel erlebt die furchtbarste Hungersnot ihrer Geschichte,
die das Land für immer verändern wird. Doch sie wird auch
die Menschen verändern.

An einem verhangenen, regenschweren Junitag besteigen die
Schwestern Madeleine und Isabella Dubois eines der
zahlreichen Segelschiffe, welche in dieser verzweifelten Zeit in
die verheißungsvolle Neue Welt aufbrechen.
Auch der Arzt Laurence Huton ist auf dem Weg zu diesem
Schiff, entschlossen, seine Heimat unwiderruflich hinter sich
zu lassen.

Wie es dazu kam, davon handeln die ersten drei Bände von "In
der Dämmerung".

In der Dämmerung I Rising of the moon
In der Dämmerung II Against the famine and the crown
In der Dämmerung III Island of sorrows

Historischer Roman

Die Autorin
Rebekka Jost ist gebürtige Hamburgerin, lebt jedoch in
Mecklenburg-Vorpommern. Sie ist Rechtsanwältin und
Schriftstellerin.

Von ihr erschienen sind zudem:
Das Versteck im roten Haus – Roman
Tiefes Vergessen – Roman
Murias Vermächtnis – Roman
Murias Vermächtnis – Kinderroman
Mathilda und der Mann auf der Bank – Kinderbuch
Von Zahlendrachen und Schulterzwergen - Kinderbuch

Rebekka Jost

In der Dämmerung
Band II
I gcoinne an ghorta agus an choróin
(Against the famine and the crown)

Historischer Roman

Bibliographische Information der Deutschen Nationalbibliothek:

Die Deutsche Nationalbibliothek verzeichnet diese Publikation in der Deutschen Nationalbibliographie; detaillierte bibliographische Daten sind im Internet über http://dnb.d.de abrufbar.

Verlag: BoD · Books on Demand GmbH, In de Tarpen 42,
22848 Norderstedt, bod@bod.de
Druck: Libri Plureos GmbH, Friedensallee 273, 22763 Hamburg

1. Auflage 2025
ISBN: 978-3-7693-1869-2

Stammbaum der Hutons

John   &   Elizabeth
1753   13.1.1793   1776

John   Jonathan   Alexander   Samuel
18.7.1793   1795   1799   1804

John   &   Catherine
                     1819

John   Jacob   Laurence   Eliza
3.3.1820   5.7.1821   15.10.1823

Old Irish Air (altes irisches Volkslied)

"Oh, Danny boy, the pipes, the pipes are calling
From glen to glen, and down the mountain side
The summer's gone, and all the roses falling
'Tis you, 'tis you must go and I must bide.

But come ye back when summer's in the meadow
Or when the valley's hushed and white with snow
'Tis I'll be there in sunshine or in shadow
Oh, Danny boy, oh Danny boy, I love you so!

And when ye come, and all the flow'rs are dying
If I am dead, as dead I well may be
Ye'll come and find the place where I am lying
And kneel and say an Ave there for me.

I shall hear, though soft you tread above me
And all my grave will warmer, sweeter be
For you will bend and tell me that you love me,
And I shall sleep in peace until you come to me."

Später auch „Oh Danny boy" genannt. Es gibt verschiedene Deutungen des Liedes. Es sei ein Vater oder eine Mutter, der oder die den Sohn in den Krieg verabschiedet oder in die Emmigration. Es könnte auch ein Geliebter sein, der unter Tränen verabschiedet wird. Wenngleich das Lied in seiner heutigen Form erst 1913 und damit nach der großen Hungersnot in Irland von 1845 · 1849 entstand, verbinden heute viele Iren das Lied mit diesem traumatischen Ereignis. Während der Hungersnot starben rund eine Million Iren und weitere zwei bis drei Millionen sahen sich gezwungen, ihrer Heimat den Rücken zu kehren. Es war die englische Opernsängerin Elsie Griffin, die das Lied erstmals einem breiteren Publikum bekannt machte.[1]

---

[1] Quelle: https://www.gruene-insel.de/blog/2019/oh-danny-boy-die-geschichte-hinter-irlands-heimlicher-hymne/

I.

Adhmaid House nahe Shanagarry, County Cork, Irland

Als Isabella an diesem Morgen die Augen aufschlug empfand
sie einen Enthusiasmus, wie sie ihn niemals zuvor empfunden
hatte. Sie drehte sich auf den Rücken, ließ ihr langes, dunkles
Haar ohne besondere Sorgfalt über das Kissen fließen und gab
sich ihren Gedanken hin, welche sogleich zum vergangenen
Abend und zu dem zauberhaften Konzert wanderten. Ihr kam
die flimmernde Atmosphäre des Konzertsaales, das flackernde,
warme Licht, die Vielzahl festlich gekleideter Menschen, das
große Orchester und der glänzende Konzertflügel, die eleganten Musiker und die eindrucksvolle Musik in den Sinn. Besonders jedoch die Erinnerung an ihre Begleiterin, die anmutige
Jane Cahill, die Schwester des Lehrers, erfüllte sie mit einem
ungekannten Glücksgefühl. Sie war bildschön gewesen.
Das Kleid musste ein Vermögen gekostet haben und nur ein
ausgezeichneter Schneider verstand sich auf die Kunst, solch
ein Kleid zu nähen. Doch besonders Jane's Antlitz hatte sich
unauslöschlich in Isabellas Gedächtnis eingeprägt. Darüber hinaus hatte Jane auf Isabella den Eindruck gemacht, als besitze
sie einen herausragenden Verstand, so gewandt, wie sie über
allerlei Themen zu berichten wusste. Nun, sie war die Schwes-

ter eines Lehrers. Gewiss spielte dies keine unbeträchtliche Rolle. Doch im Übrigen ähnelte sie Mr. Cahill nicht besonders.

Im Anschluss an das Konzert hatten sie noch beisammen gestanden. Jane Cahill hatte sehr von der Musik geschwärmt und auch von dem Komponisten Chopin.

Bedauerlicherweise vermochte Isabella nur wenig zu dem Austausch beizutragen, da sie keinerlei Kenntnis von all diesen Themen hatte. Diese Unwissenheit betrübte sie auch jetzt noch in nicht geringem Maße. Sie hätte sich sehr gewünscht, sich besser in der modernen Kunst auszukennen und liebend gerne etwas Geistreiches beigetragen, doch keiner der Namen, die Jane Cahill so nonchalant erwähnte, war ihr geläufig gewesen.

Doch Isabella war entschlossen, dieses Defizit auszugleichen. Jane Cahill hatte für sie eine Tür zu einer anderen Welt aufgestoßen – einer bezaubernden und faszinierenden. Sie musste nur noch herausfinden, woher sie diese Kenntnisse schöpfen könnte.

In diesem Augenblick erklang ein Klopfen an der Tür und Isabella wurde aus ihren Gedanken gerissen. „Ja bitte?", rief sie. Sie konnte sich denken, wer zu ihr wollte.

Die Tür öffnete sich und Madeleines Gesicht erschien im Türrahmen. „Bist du wach, Isa?"

Isabella lächelte versonnen. Madeleine würde ohne Zweifel auf die minutiöse Schilderung jeglicher Einzelheiten drängen. „Komm nur herein!", rief sie, sich aufrichtend, und lehnte sich bequem in die weichen Daunenkissen zurück.

Madeleine war noch nicht vollständig angekleidet. Offenbar hatte sie nur hastig einen Überrock über ihr Nachthemd geworfen und war in ihre Pantinen geschlüpft.

Eilig lief Madeleine zu Isabellas Bett, schlüpfte geschwind aus den Pantinen, entledigte sich des Überrocks und kroch flugs zu Isabella unter die warme Decke.

Isabella erschauerte ob der Kälte, die mit Madeleine unter die Decke gekrochen war, zog Madeleine jedoch sogleich an sich, um sie zu erwärmen, wie sie es stets bei ihren Schwestern zu tun pflegte.

„Berichte schon, Isa, ich möchte alles in jeder Einzelheit wis-

8

sen. Beginne von Anfang an. Die Kutsche ist abgefahren. Und dann?", drängte Madeleine mit leuchtenden Augen.

Isabella begann also, ausführlich von ihrem Konzertbesuch zu erzählen, während Madeleine sich allmählich aufwärmte.

„Oh, ich bin so neidisch, Isa, du kannst es dir nicht vorstellen. Wie gerne würde ich selbst ein Konzert besuchen!", seufzte Madeleine sehnsüchtig.

„Ich hoffe so sehr, dass Miss Cahill diesen Abend in Kürze zu wiederholen gedenkt!", erwiderte Isabella mindestens ebenso sehnsüchtig.

„Weshalb sollte sie denn nicht?"

„Nun, sie muss einen ganz furchtbaren Eindruck von mir haben. Ich wusste ja überhaupt nichts zu sagen. Ich fürchte, sie wird sich jemanden suchen, der weitaus klüger und interessanter ist, als ich es bin."

„Niemand könnte klüger sein, als du", entgegnete Madeleine sehr ernsthaft.

„Du bist ein Schatz, doch selbst wenn es so wäre, wüsste es Miss Cahill nicht, weil ich es mir jedenfalls nicht habe anmerken lassen in meiner unerträglichen Eintönigkeit."

„Wenn sie nicht selbst auf den Gedanken kommt, erneut in deine Gesellschaft zu suchen, dann lädst du sie eben ein. Bis dahin wirst du dich belesen haben und manches Wissenswerte zu berichten wissen", erklärte Madeleine in jener unbefangenen und gleichsam entschlossenen Art, die ihr zueigen war.

Cork, Irland

Er hatte seine feinsten Kleider ausgewählt für diesen Anlass.

Bevor er den dunklen Raum betrat, atmete er tief durch und rückte seinen nagelneuen, einreihigen, dunkelgrauen Gehrock zurecht.

Seine zweireihige bunte Weste entsprach dem neuesten Trend aus London. Den Sitz seines Krawattenknotens hatte Jane überprüft, bevor er das Haus vor einer Stunde verlassen hatte.

Sein feinstes Assessoire indes war die edle Krawattennadel aus Paris.

Dann drückte er die Türklinke herunter und öffnete die Tür um einzutreten. Ihm schlug der schlechte Geruch abgestandener Luft entgegen, der übertüncht wurde von beißendem Zigarrenrauch.

Er trat an Warners großen Arbeitstisch heran und reichte seinem Vorgesetzten mit festem Blick in dessen Augen die Hand, großen Wert darauf legend, dass er dem Alten keinen Anlass gab, auch nur eine Spur von Unsicherheit an ihm zu vermuten. Es galt, das furchtbare letzte Vorsprechen im September wett, besser noch vergessen zu machen.

Dessen ungeachtet blickte Warner ihn, wie stets, von oben herab an.

William versuchte das unwohle Gefühl abzuschütteln, das ihn hier jedes Mal befiel. Schließlich gab es keinen Grund dafür. Heute zumindest nicht.

„Wie ich Ihren Auftritt deute, kommen Sie heute mit besseren Nachrichten?", kam Warner ohne Umschweife direkt zur Sache.

William weigerte sich, die Spitze hinzunehmen. Darf ich mich setzen?", erwiderte er frei heraus.

„Bitte", kam kurz und bündig die unterkühlte und trockene Antwort.

William ließ sich auf dem Stuhl Warner gegenüber nieder. „Wenn ich berichten darf: Es hat sich herausgestellt, dass meine Vermutung zutreffend war und ich über die Schmugglerbande einer Gruppe von Leuten auf die Spur gekommen bin, die an Anschlagsplänen arbeitet." Er blickte Warner fest an.

Warner blickte ebenso fest zurück. „Ich werde Ihnen wohl besser nicht die Frage stellen, ob das Ihrem Glück oder Ihrem Können geschuldet sein mag." Er setzte eine Pause. Dann sprach er weiter. „Bitte. Ich erwarte einen genauen Bericht."

William spürte die Wut auf diesen Mann. Sie legte sich über das soeben noch empfundene Triumpfgefühl. Wie hasste er es, einem Vorgesetzten Rede und Antwort stehen zu müssen. Und dann noch diesem arroganten alten Idioten. Doch half es nichts. Er würde dessen Unhöflichkeit einfach hinnehmen müssen. Wie gut, dass er ihn nur selten sehen musste und wie gut, dass er nun auf der richtigen Spur war.

Er berichtete von Tadhg Brennan, den er nun einige Male getroffen hatte und der ihm immerhin anvertraut hatte, dass es eine Gruppe von Leuten gab, die sich regelmäßig trafen und die der - wie diese Leute es nannten - skrupellosen, britischen Politik etwas entgegensetzen wollten.

„Was sind Ihre nächsten Schritte?" Warner sah ihn an, als sei er in Gedanken bereits woanders. William verstand diesen Mann nicht. War das etwa nichts? Weckte es nicht das Interesse dieses Menschen, der die Verantwortung für jene Angelegenheiten trug?

William unterdrückte seine Verunsicherung. „Ich werde an Brennan dran bleiben und ihn dazu bringen, mich mit zu einem dieser konspirativen Treffen zu nehmen. Dort werde ich Verbindungen knüpfen und versuchen herauszufinden, wer die Hintermänner sind. Bis ich das nicht weiß, werde ich behutsam vorgehen, um kein Misstrauen zu erregen."

„Nun, das klingt für mich nicht sehr überzeugend. Ich trage mich mit dem Gedanken, diese Sache an einen anderen aus meiner Abteilung zu übergeben, der mehr Erfahrung auf diesem Gebiet hat. Wenn alles ist, wie Sie sagen, dann drängt die Sache. Oder können Sie mir zusichern, dass die Bombe nicht hochgeht, während sie noch auf einen weiteren Drink mit diesem Brennan warten?"

William konnte sein Entsetzen kaum verbergen. Das durfte nicht geschehen. Er musste verhindern, dass ihm die Sache aus der Hand genommen wurde. Wie sollte er jemals dieses Kaff verlassen können, wenn es ihm nicht gelang, so einen Fall zu klären, in dieser Sache den Erfolg einzuheimsen. Wann würde sich wieder eine solche Gelegenheit ergeben? Er war so weit gekommen. Jetzt durfte er sich keinen Fehler erlauben. „Ich ...", stammelte er. Er holte tief Luft. „Ich bitte um Entschuldigung, jedoch halte ich es für kritisch, zu diesem Zeitpunkt andere auf Brennan anzusetzen. Die Schwierigkeit ... wissen Sie, die eigentliche Schwierigkeit besteht darin, dass Vertrauen Brennans zu gewinnen. Er ist sehr ... nun, sehr misstrauisch. Wie sie eben sind, die Iren." Während er sprach sah er den ungerührten Blick seines Gegenübers. Er verspürte den dringenden Antrieb, ein wahrhaft bestechendes Argument vorzubringen. In keinem Fall wollte er sich mit einem Tölpel abfinden, welcher eigene Anschauungen hegte und sich anmaßte, in seine Methoden einzugreifen und ihm somit den wohlverdienten Triumph streitig zu machen. Sein Erfolg sollte einzig und allein ihm gebühren, sein Verdienst durch eigene Mühen erworben. „Die Ermittlungen werden unweigerlich stocken, wenn andere Personen sich einmischen. Es hat lange gedauert, bis er mir gegenüber den Mund aufgemacht hat. Gewähren Sie mir weitere vier Wochen, und ich werde Ihnen Namen preisgeben ... und noch tiefere Einblicke." Mit aller Überzeugungskraft sprach er diese Worte.

„Vier Wochen, Cahill?", entfuhr es Warner in aufgebrachter Stimmung. „Wie soll ich es rechtfertigen, sollte in dieser Zeit das Unheil seinen Lauf nehmen? Nach diesem Gespräch muss ich umgehend Maßnahmen ergreifen." Warner verharrte einen Augenblick in stillem Nachsinnen, bevor er fortfuhr: „Mein Kopf steht auf dem Spiel, falls Sie versagen sollten. Zwei Wochen stehen Ihnen zu. Wenn dies nicht ausreicht, wird Ihnen der Fall entzogen."

Als William diesmal das Büro seines Vorgesetzten verließ, war seine Gemütsverfassung bei weitem heiterer, als es bei seinem letzten Besuch der Fall gewesen war. Die ersten Anzeichen des Zweifels in Warners Stimme waren ihm nicht entgangen. Diese Zweifel offenbarten, dass selbst Warner nicht mehr gewiss war, ob man nicht eine alternative Vorgehensweise in Betracht ziehen sollte. William war es gelungen, weitere Unsicherheiten zu säen. Er hatte es erreicht, dass Warner ihm eine Frist von vier Wochen eingeräumt hatte, anstatt der zunächst festgelegten zwei Wochen.

Durch seine Überzeugungskraft hatte William eine bedeutende Verlängerung erwirkt, was ihm einen unverhohlenen Triumph und eine wohltuende Genugtuung bereitete.

12

Tallwood Manor

Etwa zur selben Zeit betrat Laurence Huton den Speisesaal seines Elternhauses. Der Marquess blickte kurz von seiner Zeitung auf. „Guten Morgen, Laurence", begrüßte er ihn knapp.

Laurence blickte seinen Vater einen Moment lang schweigend an. Es war niemand anderes zugegen. Es schien somit eine günstige Gelegenheit, ihm seine Entscheidung mitzuteilen. „Vater, kann ich Euch sprechen?"

Der Marquess blickte auf. Er musterte seinen Sohn. Er legte die Zeitung zusammen. „Gewiss, in welcher Sache?"

Laurence trat an den Tisch heran und nahm nahe des Marquess´ Platz.

„Ich habe meinen Entschluss gefasst", sagte er mit so fester Stimme wie er es vermochte.

„Das freut mich, mein Sohn!", erwiderte der Marquess nun mit durchaus interessierter Miene.

In dem Moment ging die Tür auf und Alexander betrat den Saal. Er blieb abrupt stehen, als er seinen Bruder und seinen jüngsten Neffen am Tisch erblickte. „Guten Morgen, wollte ich sagen. Ich komme wohl ungelegen?"

„Nein, nein, gewiss nicht, Laurence? Dein Onkel kann sicher zugegen sein?", winkte Lord John Huton mit auf seinen Sohn gerichtetem, fragendem Blick ab.

„Gewiss", erwiderte Laurence.

„Dann lasst euch nicht stören, ich werde mir einen Kaffee nehmen und mich im Übrigen ganz still verhalten." Er deutete einen schleichenden Gang in Richtung Buffet an.

Laurence musste unweigerlich grinsen, weil Alexander dabei allzu albern aussah. Alexander zwinkerte ihm verschwörerisch zu.

Laurence wurde wieder ernst. Er wandte sich seinem Vater zu und setzte, tief Luft holend, von neuem an. „Ich habe mich entschieden, Eurem Wunsch zu entsprechen und Cara zu heiraten." Nun war es heraus. Nun würde es kein Zurück mehr geben.

Er spürte dem Gefühl nach, welches diese Gewissheit in ihm auslöste, doch er konnte es noch nicht deuten.

Der Marquess sah ihn mit freudigem Blick an. „Mein Sohn, ich bin darüber sehr erfreut. Du hast die richtige Entscheidung getroffen. Du wirst es sehen. Wir leben in einer Zeit, in der der Verbindung zwischen Mann und Frau viel zu viel beigemessen wird hinsichtlich der Gefühle. Als dein Vater, mit vielen Jahren auf dem Buckel, will ich dir versichern: Das Einzige was zählt ist, dass zum einen die Verbindung zweckmäßig ist und ihr euch zum anderen freundschaftlich verbunden seid, das sind die wesentlichen Dinge, die Bestand haben über die Jahre und es braucht diesen jahrelangen Bestand."

„Lieber Laurie!" Alexander war hinter Laurence getreten und hatte ihm die Hände auf die Schultern gelegt. Lieber Neffe! Darf ich dir meine Gratulation aussprechen? Doch ich will so unverfroren sein und dich, lieber Bruder, um eine Sache bitten, die du mir nicht ausschlagen darfst." Alexander blickte seinen Bruder mit Unschuldsmiene an.

Laurence fragte sich, was nun kommen würde.

„Bevor unser lieber Laurie sich für sein Leben bindet, möchte ich ihn noch auf eine Reise mitnehmen. Er soll seinem alten Onkel noch einmal Gesellschaft leisten und mich für ein paar Monate begleiten. Wird er erst verheiratet sein, wird es für ihn schwierig sein, sich für ein paar Monate von seinen Pflichten loszumachen."

Laurence war vollkommen überrumpelt. Er ahnte jedoch, was Alexander bezweckte und flehte insgeheim den Himmel an, dass sein Vater zustimmen würde.

County Cork, Irland

Er lehnte sich nun weit vor und trieb Aodhán entschlossen an. Sein prächtiger Cleveland Bay wechselte mit Leichtigkeit vom Trab in den raschen Galopp, und während er durch das weitläufige Moorland jagte, zerrte der Wind an seinen Gewändern und seinem Haar.

Das Moor liebte er, ebenso wie die ruhige Schönheit des Abends, wenn der Horizont in feurigen Tönen erstrahlt und die kahlen Bäume sich in schwarze, gespenstische Silhouetten verwandelten, die gegen den farbenprächtigen Himmel ragten. Ebenso waren seine Pferde ihm eine Quelle tief empfundener Leidenschaft.

Es war dieses Gefühl ungezähmter Freiheit, das ihn beflügelte, während er durch die wunderschöne und raue Landschaft jagte – eine Landschaft, die einzig hier vorhanden war und nirgendwo anders, wo er je seinen Fuß hingesetzt hatte.

Alles nahm nun eine wohlgefällige Wendung. Er hatte es vermocht, jene Waren aus Frankreich anzufordern, welche sein Partner, Adrian Carter verlangte, und alle Zeichen ließen darauf schließen, dass dieser Handel ihm ein beträchtliches Vermögen einbringen würde. "Die Waren". Ein unwillkürliches Lächeln spielte auf seinen Lippen. Wie sehr ist der Mensch doch das Spielzeug des Schicksals. In den zurückliegenden Monaten hatte er unermüdlich gekämpft, um sich aus seiner misslichen finanziellen Lage zu befreien, und all seine Anstrengungen waren vergebens gewesen. Doch auf einmal wendete sich das Blatt, und er konnte sich kaum noch erinnern, wie bedrückend die Lage noch vor wenigen Wochen gewesen war.

Erst kurz vor Adhmaid House verlangsamte er sein Tempo und nahm wieder die vornehme, aufrechte Haltung ein, die ihm eigen war. Zu hoffen war nun einzig und allein, dass Marys Genesung Fortschritte machen würde.

Er beschloss, das Pferd unverzüglich zu Sheehan zu bringen und sodann Mary einen Besuch abzustatten

Als er die Tür zu ihren Gemächern öffnete, erblickte er sie in ihrem Sessel am Fenster. Sie saß mit dem Rücken zu ihm. Ihr ungebundenes Haar fiel ihr in langen dunklen Locken über den Rücken. Sie hatte sich ihr dunkelblaues Tuch um die Schultern gelegt.

Während er sie so betachtete, meinte er fast, sie sehe aus, wie vor ihrer Erkrankung, als er jedoch zu ihr trat und sie sich zu ihm umwandte, erschrak er unwillkürlich bei ihrem Anblick. Sie war schmal und blass. Ihre Wangenknochen staken hervor und ihre Augen lagen tief in den Augenhöhlen. Sie lächelte ihn an. „Isabella hatte einen wunderbaren Abend", flüsterte sie kaum hörbar.

Er griff nach einem Stuhl und nahm an Ihrer Seite Platz. „War sie hier?"

„Madeleine und Isabella waren beide hier."

Jules wusste, dass seine Töchter jeden Tag zu Mary kamen und diese umsorgten. Er war froh, dass sie dies taten. Er selbst fühlte sich unfähig, die Ratschläge des Arztes zu befolgen. Und einerseits erfüllte es ihn mit einem unwohlen Gefühl, dass er zur Umsetzung jener Anweisung außerstande schien, andererseits hingegen erschien es ihm auch als durchaus passender, dass seine Töchter Mary pflegten, als wenn er es tat. Er empfand es als Last, dass Marys Gesundheitszustand noch immer derart desolat war. Er wollte mit ihr sein Glück teilen und nicht, dass ihre Krankheit immerzu die Freude über sein geschäftliches Glück trübte. Endlich waren die finanziellen Sorgen überwunden, ausgerechnet dann musste er sich um ihre Gesundheit sorgen.

Tallwood Manor

Laurence konnte es kaum fassen. Wenngleich er im Übrigen nicht deuten konnte, wie er empfand, so spürte er doch deutlich die Erleichterung hinsichtlich dieses einen Punktes.

Er wusste, dass es Betrug war, doch er konnte sich diese Gelegenheit nicht entgehen lassen, er musste sie beim Schopfe packen, bevor sie sich noch aufgrund irgendeines unerwarteten Ärgernisses in Luft auflöste. Er würde sein Elternhaus sogleich verlassen. Er musste nur noch einen Brief an Cara verfassen und sich von seiner Familie verabschieden, insbesondere von Eliza und von Alexander. Und als wenn es nicht bereits ein unerhörtes Glück bedeutete, dass der Marquess den vorgeblichen

Plänen Alexanders entsprochen hatte, er hatte Laurence auch noch das überaus großzügige Geschenk der Hündin Lizzy gemacht, die er nun auf den kurzen Ausflug in das Leben, das er sich ersehnte mitzunehmen gedachte.

Zugegebenermaßen fiel der Brief an die arme Cara recht kurz und wenig glamourös aus, wenn man bedachte, dass er die Einwilligung in die Ehe enthielt, auf die Cara nun so lange gewartet hatte. Jedoch hatte Laurence mit Mühe und Not und nach einer beträchtlichen Zeitspanne, die er am Schreibpult verbracht hatte, so eben Worte gefunden, die, so hoffte er inständig, der Bedeutung angemessen waren. Durch weitere Ausführungen würde das Schreiben keinesfalls eine Verbesserung erfahren. Er hielt den Siegelstift über die Flamme der beträchtlich heruntergebrannten Kerze und versiegelte den Brief mittels eines kräftigen Aufdrucks kurz bevor der Lack in das Wachs tropfte, sorgfältig, um ihn sodann zur übrigen Korrespondenz des Hauses zu legen.

Anschließend machte er sich auf den Weg zu seiner Schwester. Er vermutete sie zu Recht in ihren Schlafgemächern.

„Begleitest du mich auf einem Abendspaziergang?", fragte er.

„Ich will mir nur eben eine Mantille überziehen."

Sie verließen das Anwesen in westlicher Richtung. Der Pfad, den sie gewählt hatten, führte sie durch parkähnliches Gelände. Er war gesäumt von Linden, deren wenige verbliebenen Blätter nun ein bräunliches Gelb angenommen hatten, das wie leuchtendes Gold erschien. Es war kühl, jedoch keineswegs kalt. Die Sonne stand bereits tief und färbte den Himmel in malerischen rosa Tönen.

Laurence schritt zunächst schweigend an der Seite seiner Schwester dahin, den Mantel fest um sich gezogen und die Arme vor der Brust verschränkt, weniger der Kälte wegen, mehr um sich Halt zu geben bei der Suche nach den richtigen Worten.

„Ich habe mich entschieden ...", begann er stockend.

Eliza sah ihn überrascht an. „Ach, deshalb wolltest du mich sprechen?"

„Ich werde Cara heiraten."

„Oh?!", machte Eliza nur. Sie schien zu überlegen. Nach einer Weile nahm sie seinen Arm, hakte sich bei ihm unter und lehnte ihren Kopf an seine Schulter, während sie langsam weiter spazierten. Diese Geste bedeutete ihm mehr als tausend Worte. Er wusste, dass sie wusste, dass er mit dieser Entscheidung dem Wohlergehen der Familie den Vorrang einräumte, obgleich diese Heirat ihn zwang, seinen Lebenstraum aufzugeben. Es gab folglich nichts, was zu sagen gewesen wäre.

„Es gibt noch eine andere Sache," hob er erneut an. „Dies wird dir womöglich weniger zusagen, als mir ..."

„Was könnte das wohl sein? Wie könnte mir etwas nicht zusagen, was dir zusagt?"

„Alexander hat Seiner Lordschaft die Zustimmung abgetrotzt, dass ich Cara erst in einem Jahr heirate und solange mit ihm auf Seefahrt gehe."

Eliza sah ihn überrascht an. „Du? Auf Seefahrt?"

„Jene Seefahrt stellt indes ein Alibi dar. Er möchte mir damit ermöglichen, zumindest ein Jahr lang in Dublin als Arzt zu praktizieren ..."

„Aber das ist phantastisch!", rief Eliza. „Nur", sie wurde ernster. „Nur, wird es dir nicht noch viel schwerer fallen, wenn du im Anschluss daran alles aufgeben musst?"

Er erwiderte hierzu nichts. Was sollte er dazu sagen? Es würde sich zeigen, ob es ihm noch schwerer fallen würde, als jetzt. Vorzustellen vermochte er es sich nicht, angesichts dessen, wie schwer es ihm schon jetzt fiel. Er wusste, dass Alexanders Gedanke hierbei war, dass er es sich womöglich doch anders überlegte und seine Entscheidung revidierte. Der Gedanke jedoch, wenigstens ein Jahr lang zu tun, was er sich von allem am meisten zu tun ersehnte, war unwiderstehlich.

Er vermutete, dass Eliza die gleichen Gedanken durch den Kopf gingen.

Schließlich sagte sie: „Wie kannst du nur glauben, dass mir dieser Plan nicht gefallen könnte."

Er lächelte sie an. Er wusste, dass sie wusste, dass sie sich lange Zeit nicht sehen würden und dass sie in dieser langen Zeit mit ihren eigenen Sorgen allein stehen würde.

Eine Weile schritten sie schweigend nebeneinander her.

„Wann reist du ab?", fragte Eliza schließlich.

„Morgen in aller Frühe."

Laurence hatte alles veranlasst. Er hatte sich von allen verabschiedet und war gemeinsam mit Alexander um fünf Uhr am nächsten Morgen mit der Kutsche aufgebrochen.

Er führte nicht viel Gepäck mit sich. Das Wichtigste waren seine Arzttasche und Lizzy.

Die Freude auf das Bevorstehende hatte jeden Gedanken an die Heirat mit Cara vollständig verdrängt.

Als ihr Bruder fort war, wusste Eliza, dass es nun auch an ihr war, eine Entscheidung zu treffen.

Seit dem schrecklichen Tag, an dem Tom Cartwrite ihren Vater hinters Licht geführt und sie in die Enge getrieben und damit in eine vielleicht ausweglose Lage gebracht hatte, waren bereits einige Wochen vergangen. Tom war kurz darauf abgereist und sie hatte ihn seither nicht mehr gesehen. Seine Briefe hatte sie ungeöffnet gelassen. Sie hatte den Entschluss gefasst, nicht über diese Sache nachzudenken, sondern sich nur ihrem Manuskript zu widmen.

Doch ewig konnte sie diese Angelegenheit nicht ausblenden. Das Ausharren und Ausblenden erschien ihr zudem sinnlos, wenn nicht wenigstens Laurie da war. Was sollte sie in diesem Haus mit diesen Menschen? Sie fühlte sich, als stünde sie zwischen zwei Räumen in einer zugigen Tür und könnte nicht vor noch zurück.

Ihre Eltern erwarteten, dass sie Tom heiratete, für Tom war die Sache ebenfalls beschlossen, sie selbst sehnte sich einen Ausweg herbei, doch wie konnte der aussehen?

Laurie hatte nun entschieden. Er hatte das Leben gewählt, dass die Aufgabe all seiner Träume bedeutete.

Konnte sie das auch? Es waren nicht nur die Träume, die sie an Toms Seite aufgeben musste, an der Seite von ihm würde sie ihr eigenes Inneres aufgeben müssen.

Laurie war abgereist. Sie wusste mit einem Mal, was sie tun wollte. Sie musste diesen Schwebezustand beenden. Sie würde einen letzten Versuch unternehmen, ihre Eltern umzustimmen. Wenn das nicht gelang, dann würde sie ebenfalls abreisen und nach London gehen. Dort würde sie womöglich endlich einen Zugang zu ihrem Innern erhalten und ihre nächsten Schritte überlegen können. Hier war sie wie gefesselt. Ja, es war gut, dass Laurie diesen Schritt getan hatte, nun konnte sie es auch.

Noch am selben Tag suchte Eliza ihre Mutter auf.

Lady Catherine empfing sie in dem kleinen Wohnzimmer, in welchem sie ihren Tee zu trinken beliebte.

„Setz dich zu mir, Eliza", sprach sie freundlich.

Eliza nahm Platz. Die Polsterstühle waren durchaus bequem. Auf dem Tischchen dampfte eine Kanne Tee, daneben standen die zierliche, goldgerahmte Tasse ihrer Mutter und ein kleines Tintenfässchen und daneben lag ein kleines Büchlein, in das ihre Mutter sich Notizen machte, die sie dann mit der Haushälterin besprach. Bei dem Büchlein lag eine Feder. Eliza wusste, dass ihre Mutter die Teezeit dafür nutzte, sich Gedanken darüber zu machen, was alles zu tun war. So wusste sie auch, dass sie nicht gern gestört wurde, wenn sie sich um diese Zeit in ihre Gemächer zurückzog.

An der Wand tickte die filigrane Standuhr, die Großmutter ihr vermacht hatte. Das Glas und die Schnitzereien waren blank poliert und kein Staubkorn war darauf zu finden. Das Pendel ging gleichmäßig und unaufhörlich hin und her.

„Mutter, ich weiß. Es ist dein Wunsch, dass ich Tom Cartwrite heirate, dennoch ... ich bitte dich ... Wir würden nie und nimmer miteinander glücklich ..."

Lady Catherine sah sie mit einem schwer zu deutenden Blick an. „Liebe Eliza, wir haben dir sehr viele Freiheiten gelassen, das wirst du nicht abstreiten können, doch irgendwann musste dies ein Ende finden. Dir muss doch klar sein, dass es gewisse Dinge gibt, die nicht zur Diskussion stehen? Dein Vater hat diese Verbindung seit Jahren im Auge und sie ist perfekt. Wir haben dir gestattet, jenen Zerstreuungen nachzugehen, die du beliebtest, wir haben deine Freundschaften geduldet und dir viel Zeit gelassen, da stets feststand, dass du einst Tom heiraten würdest. Und nun ist es an der Zeit, dass diese Ehe geschlossen wird. Du solltest dankbar sein. Tom Cartwrite ist eine sehr gute Partie. Er hat, allen Erwartungen nach, eine glänzende Zukunft vor sich. Zudem wird Laurence Cara heiraten und ihr werdet über diese Verbindungen auch in Zukunft in engem Kontakt stehen können. Ihr werdet eine Familie sein. Was könntest du dir mehr wünschen?"

„Mein Gefühl warnt mich, dass Tom möglicherweise eine weit weniger gute Partie ist, als er alle glauben macht ...", entgegnete Eliza behutsam, jene letzte Besprechung erinnernd.

Lady Catherines Blick bildete ihr Unverständnis unübersehbar ab. Ihr Ton wurde dunkel und scharf. „Wovon sprichst du? Wie kannst du so etwas behaupten? Er ist der Sohn des engsten Freundes deines Vaters und er hat noch nie Anlass gegeben, an seiner Ehrenhaftigkeit zu zweifeln." Ihre stechenden Augen durchbohrten Eliza förmlich, während Lady Catherine eine Pause setzte. Dann jedoch atmete sie tief durch und fuhr sie in versöhnlicherem Ton fort. „Lass dir von mir sagen, dass auch ich, als ich einst deinen Vater heiraten sollte, zunächst durchaus von Unsicherheiten ergriffen war und Zweifel an dieser Entscheidung verspürte. Meine Mutter, deine Großmutter jedoch hat mich ebenfalls darin bestärkt, meine Einwilligung zu geben und es war die richtige Entscheidung. In manchem haben Eltern den besseren Weitblick. Dies wirst du alsbald einsehen. Doch zum jetzigen Zeitpunkt ist deine Aufgabe, hierauf zu vertrauen."

Eliza blickte ihre Mutter einen Moment lang schweigend an. Sie wusste, es war zwecklos weiter zu sprechen, jedoch wäre es gewiss auch zu einem späteren Zeitpukt vergebliche Mühe. Schließlich beschloss sie: Sie würde es noch dieses eine letzte Mal in aller Deutlichkeit zu verstehen geben, danach würde sie nie wieder etwas zu dieser Sache sagen. „Mutter, ich kann mir ein Leben an Toms Seite nicht vorstellen. Ich werde meinen eigenen Weg finden müssen, damit umzugehen, wenn ihr mich in diese Ehe zwingt."

Nun sah ihre Mutter sie einen Augenblick lang schweigend und prüfend an. Dann beendete sie das Gespräch mit den Worten: „Das wirst du selbstverständlich tun. Das Einzige, was dein Vater und ich verlangen ist, dass du deiner Familie insoweit keine Schande bereitest."

Eliza atmete tief durch. „Gut, ich werde heute Abend nach London abreisen und ein paar Tage bei meiner Freundin Mary Paithton verbringen."

Ihre Mutter sah sie scharf an. „Dein Vater hat den zweiundzwanzigsten Mai für die Heirat bestimmt Bis dahin werden wir Zwei viel Arbeit haben, deine Garderobe auf einen angemessenen Stand zu bringen und deine Aussteuer vorzubereiten. Du wirst dir in London mein Hochzeitskleid anpassen lassen und wir werden Einladungskarten schreiben ..."

„Ich werde in wenigen Tagen zurück sein, Mary ist meine engste Vertraute", erwiderte Eliza.

Adhmaid House nahe Shannagarry, County Cork, Irland

Der November ging zu Ende und mit dem Dezember fiel der erste Schnee. Die Schneedecke über der weiten Landschaft war von bezaubernder Schönheit, dabei bedeckte diese auch im County Cork zugleich eben jene Felder, die in diesem dunklen Jahr viel zu wenig Kartoffeln hergegeben hatten, die wenigen Häuser, in denen noch Hungerleider lebten und die zahlreichen Verlassenen, deren Besitzer ihre Heimat verlassen hatten. Er bedeckte auch diejenigen Häuser, deren Besitzer bereits verhungert waren und er bedeckte die zahllosen Landstreicher, die ihr Zuhause in diesem Jahr verloren hatten und die nun zu etlichen in den Straßengräben erfroren, wie es vielen bereits im vergangenen Jahr ergangen war. Und nicht zuletzt bedeckte er auch die Aschefelder, auf denen Landlords die Häuser ihrer Pächter niedergebrannt hatten, auf dass ihnen der Weg zurück versperrt wäre und sie nicht mehr heimkehren konnten.

„Es scheint mir, als deckte der Herrgott die Schande dieses

22

ganzen Jahres zu, als wolle er vergessen machen, was sich in diesem elenden Land im vergangenen Jahr zugetragen hat", stellte Margret in bitterem Tonfall fest, während sie aus dem Küchenfenster auf die weiße Landschaft blickte. Sie füllte eine Kelle Mehl in die große Keramikschüssel auf dem Küchentisch.

Madeleine biss sich auf die Zunge, wie hatte sie nur so leichtfertig die Schönheit der Natur bewundern können, im Beisein von Margret. Wie dumm sie doch war. „Es tut mir leid, Margret", flüsterte sie beschämt.

Margret wandte sich ihr abrupt zu. „Ach Miss Madeleine, Sie haben doch Recht. Wo kommen wir hin, wenn sich die Herrschaften beim Küchenpersonal entschuldigen müssen, wo sie doch die Wahrheit sagen. Wissen Sie, Madeleine, ich sollte von Glück sagen, dass mein Colin in Land Amerika eine Anstellung gefunden hat." Sie hatte nun alle Zutaten beisammen für ihren Brotteig und begann mit dem Kneten. "Er wird nun tüchtig arbeiten, wie ich´s ihm beigebracht habe, und irgendwann wird er sein eigen Land bestellen. Das sind ganz andere Sitten da drüben über dem großen Wasser. Da kommt´s drauf an, ob einer arbeiten kann. Und dann wird auch was aus ihm. Und das soll er wohl verstanden haben, mein Colin. Das will ich wohl meinen."

„Doch ist er nun weit über den Ozean und du musst ihn doch auch einmal wiedersehen!", stellte Madeleine fest.

„Ach Miss Madeleine, ich werde mich wohl damit abfinden müssen, dass wir uns erst im Himmel wiedersehen. Land Amerika ist gar allzu weit weg, und mich kriegen keine zehn Pferde auf so ein Schiff, ob´s nun segelt oder dampft."

„Man sagt doch, in Amerika könne man reich werden - und dann besucht er dich womöglich gar hier im County Cork."

Margret schnaufte nur, während sie den Teig weiter bearbeitete. "Wochenlang dauert so eine Schiffahrt. Das macht keiner zweimal im Leben mit. Und das man auf zwei Beinen drüben ankommt ist auch nicht gewiss. Nein, nein. Unser Wiedersehen wird im Himmel sein."

„Ich mag es mir nicht auszumalen, so weit fort zu sein von meiner Familie, von Isabella und von den Kleinen. Auch von

Vater ..." Madeleine überlegte kurz. „Doch ein großes Abenteuer wäre es gewiss! Mit dem Schiff über das Meer und dann in ein fernes und fremdes Land zu kommen und dort ein neues Leben zu beginnen, es erscheint mir beinahe wie die Abenteuer Alexander des Großen ..." Sie dachte wieder einen Augenblick nach. „Dein Colin muss wahrlich ein mutiger Mann sein. Ich fürchte gar, mir würde der Mut zu solchen Abenteuern fehlen ..."

„Dem Himmel sei Dank, dass Euch ein solches Schicksal gewiss niemals zustoßen wird. Euer Vater sorgt dafür, dass es in diesem Haus an nichts fehlt und das ist kein Leichtes in diesen Zeiten." Der Teig war nun fertig und Margret legte ein sauberes Tuch über die Schüssel, damit er gehen konnte bevor sie ihn in den großen Backofen schob. „Der Tee ist fertig." Sie machte sich daran, die Kanne und eine Tasse, sowie eine Schale mit Plätzchen auf einem Tablett anzurichten.

„Vielen Dank, liebe Margret, ich werde es sogleich Mutter bringen."

„Das soll ruhig Grace machen. Gehen Sie nur schon zu Ihrer Mutter hoch, das Tablett kommt gleich", winkte Margret ab.

„Nein, nein, dies sind viel zu viele Umstände. Ich werde es mitnehmen." Madeleine sprang schwungvoll und wenig damenhaft von dem Küchenstuhl und machte Anstalten, dass Tablett anzuheben. Margret ließ sie seufzend gewähren.

Madeleine klopfte umständlich mit dem Ellenbogen an die Tür und stieß dieselbe anschließend mit demselben Ellenbogen auf.

Sie erblickte ihren Vater am Bett sitzend. Er erhob sich offensichtlich überrascht und sah seine Tochter dann mit entgeisterter Miene an. „Weshalb um alles in der Welt schleppst du dich mit dem Tablett ab?"

„Ich war soeben in der Küche, da habe ich es schnell hochgebracht ...", erklärte Madeleine. Sie ahnte bereits, dass sie sich nun einen Vortrag würde anhören müssen. Sie hatte nicht damit gerechnet, ihren Vater anzutreffen, sonst hätte sie das Tablett nicht gebracht.

24

„Madeleine, ich habe dir nicht erst einmal erklärt, dass in einem geordneten Haushalt Regeln gelten. Es gibt viele Personen und jede Person hat ihre Aufgaben und es ist gewiss nicht deine Aufgabe, Tabletts zu tragen. Es ist die Aufgabe des Personals. Weshalb hast du nicht Grace damit beauftragt?“

„Ich ... , Grace war gerade anderweitig beschäftigt ...“

Jules Dubois sah seine Tochter streng an. „Deine Mutter und ich lassen dir sehr viele Freiheiten. So sehen wir großzügig darüber hinweg, dass du dir deine Zeit in der Küche bei der Köchin vertreibst, doch unsere Großzügigkeit hat ihre Grenzen. Wenn ich den Eindruck gewinnen sollte, dass du vergisst, wer welchen Platz innehat und dass du nicht verinnerlichst, wie mit Dienstboten umzugehen ist, so müssen wir annehmen, dass dir der Umgang mit der Köchin schadet und dann werden wir diesen unterbinden.“

Madeleine erschrak bei diesen Worten ihres Vaters. Sie konnte nicht sagen, was sie mehr erschreckte. Die Sorge, Margret nicht mehr besuchen zu dürfen oder das schreckliche Gefühl, ihren Vater erzürnt zu haben. Sie bedauerte zutiefst, nicht auf Margret gehört und das Tablett mitgenommen zu haben. Mit zitternden Fingern stellte sie es auf einem Tisch ab. „Es tut mir leid, Vater, ich habe dies nicht bedacht ...“, flüsterte sie.

Cork, Irland, Dezember 1847,

In der grauen Stunde vor dem ersten Licht des Tages, als alles noch still und ruhig war, wurde Tadhg wach. Er stemmte sich empor und horchte auf. Sogleich stellte sich ein Gefühl tiefsten Unbehagens ein. Etwas stimmte nicht. Dann begriff er es. Es war kein Schnaufen und Röcheln zu vernehmen. Die ganze Nacht hindurch hatte das heftige Atmen des kleinen Will ihn und Caoimhe mit Besorgnis erfüllt, doch jetzt, wo es fort war, griff eine schreckliche Vorahnung nach ihm wie eine eisige Hand.

Ihm wurde kalt und seine Hände begannen zu zittern, während er sich zwang tief zu atmen und aufzustehen.

„Was ist?", hörte er Caoimhe. Sie war ebenfalls erwacht.

Ohne sich umzuwenden trat er an das Bett der Kinder heran.

Da lag er, so still und regungslos, der kleine Will, in den Laken und Decken verwoben.

Ein Schauer des Grauens kroch Tadhg von den Zehenspitzen bis zum Herzen, als er die ausgestreckte Hand auf die Schulter des Kindes legte. Die kalte und steife Berührung machte das Unausweichliche klar.

Caoimhe, welche hinter ihn getreten war, erkannte die schreckliche Wahrheit in einem einzigen Blick und fiel wie ein gefällter Baum zu Boden. Tadhg war nicht schnell genug, um sie zu halten, und sie schlug hart mit dem Kopf auf.

Kurz lag sie ohne Regung da, dann erwachte sie und rappelte sich, blutend und verzweifelt auf, stürzte sich auf den leblosen Körper ihres Sohnes und sprach unverständliches, wirres Zeug.

Die übrigen vier Kinder kauerten sich weinend vor Schreck und Entsetzen in einer Ecke des Bettes zusammen.

Tadhg war wie erstarrt, unfähig zu handeln, bis ihm die harte Realität gnadenlos ins Gesicht schlug.

Schnell rief er Marga aus dem Nachbarhaus um Hilfe. Marga kümmerte sich um Caoimhe, während Tadhg den Doktor holte. Der Arzt stellte den Tod fest und sorgte dafür, dass der kleine Körper aus dem Haus geschafft wurde. Die anderen Kinder brachte Tadhg zu Nachbarin Betty. Alles gelang ihm in einem dumpfen Automatismus.

Doch konnte er nicht bestimmen, ob Caoimhe diesen Verlust verkraften könnte. Er hatte mit der Versorgung der anderen Vier, die ihren Bruder vermissten, alle Hände voll zu tun. Er wusste nicht, wie es weitergehen sollte.

Caoimhe verließ nicht mehr das Bett. Sie konnte keinen Augenblick aufhören zu weinen.

Tag für Tag verging und irgendwann zwang sie sich, aufzustehen. Sie nahm ihre Hausarbeit wieder auf und die Versorgung ihrer Kinder. Tadhg wusste nicht, was in ihr vor sich ging. Er war nur erleichtert, dass sie das überstanden hatten.

Und er wusste nun, er musste den Strohhalm ergreifen, den

Daoiri ihm geboten hatte. Er würde soviel Essen bringen, dass sie über den Winter kommen würden.

Wenn die Ware auf britischem Boden ankam, würde er da sein und helfen, sie zu verladen und gut zu verstecken, bis man von ihr Gebrauch machen würde. Damit hätte er dann auch schließlich nichts mehr zu tun. Das war nicht seine Sache und das musste er ja auch nicht verantworten. Er musste alles tun, um sicherzugehen, dass seine Familie über den harten Winter kam.

II.

Adhmaid House, nahe Shannagarry, County Cork, Irland

Sie schritt eine Weile rastlos auf dem Korridor auf und ab. Durch die Wände hörte sie Madeleine, welche das Präludium Nr. 9 von Johann Sebastian Bach spielte.

Schließlich ließ sich Isabella auf einen Stuhl am Ende des Ganges fallen. Hier würde sie warten, dass die Klavierstunde zu Ende ging.

Seit ihrem Konzertbesuch war es ihr schwergefallen, sich auf den Unterricht zu konzentrieren. Sie dachte immerzu darüber nach, ob Miss Cahill wohl noch einmal mit ihr ein Konzert besuchen würde, ob sie noch einmal die Gelegenheit bekam, einen Ausflug in diese andere, wunderbare Welt zu unternehmen. Mr. Cahill während des Unterrichts zu sehen, verstärkte ihre innere Unruhe. Das Gefühl, sie habe einen Fehler begangen, ließ sie nicht los. Die Tage zogen sich zäh und ermüdend dahin. Sie hatte sich auch mit dem Gedanken getragen, ob sie Mr. Cahill einen Brief für sie mitgeben konnte.

Auf den heutigen Abend hatte sie beinahe ebenso fieberhaft gewartet. Dr. Fitzgerald war der Einzige, der ihr in den Sinn kam, der ihr etwas über Frédérik Chopin und dessen Musik berichten konnte. Sie musste die Chance ergreifen, ihn zu sprechen, wenn die Klavierstunde zu Ende war. Wenn sie noch ein-

28

mal mit Miss Cahill sprechen sollte, wollte sie befähigt sein, sich am Gespräch beteiligen zu können, doch sie wollte auch unabhängig davon etwas über diese Kunst erfahren. Seit ihrem Konzertabend sehnte sie sich nach dieser Musik. Ob Dr. Fitzgerald sich wohl damit auskannte? Möglicherweise war er vom alten Schlag und wollte nichts mit moderner Kunst zu schaffen haben? Madeleine lernte die Komponisten der vergangenen Jahrhunderte spielen ...

Endlich hörte sie Dr. Fitzgerald Madeleine die Aufgaben für die kommende Woche erteilen. Sie erhob sich, strich ihr Kleid glatt und atmete tief durch. Sie trat zur Tür und wartete, bis sie hörte, dass sich Dr. Fitzgerald verabschiedete. Dann öffnete sie und trat ein. Dr. Fitzgerald blickte überrascht zu ihr, Madeleine hingegen war eingeweiht.

„Dr. Fitzgerald, Sie kennen meine Schwester Isabella?“, fragte Madeleine.

„Ähm, nun, sicher, sicher“, erwiderte dieser.

„Dr. Fitzgerald, ich habe gehofft, Sie würden mir einige Fragen beantworten?“, begann Isabella zaghaft.

„Gewiss, gerne, wenn ich Ihnen weiterzuhelfen vermag?“

Isabella sah den Klavierlehrer einen Augenblick abschätzend an. Er war recht jung. Es war nicht abwegig zu vermuten, er selbst habe eine innere Einstellung zur moderneren Musik die nicht vollkommen von Ablehnung geprägt war. „Ich frage mich, ob Ihnen auch die neueren Komponisten bekannt sind?...“

Dr. Fitzgerald sah abrupt auf. „Wen meinen Sie denn mit jenen neueren Komponisten?“

Isabella konnte seine Mimik nicht deuten. „Ich ... ich meinte das nicht als Kritik ... Ich interessiere mich für diese Musik ...“, erklärte sie eilig.

Das Gesicht ihres Gegenübers hellte sich - wenngleich kaum merklich - auf. Er warf seinen Rock zurück und nahm am Pianoforte Platz, dabei ließ er Isabella nicht aus den Augen. Er legte in einer fließenden Bewegung seine Hände auf die Tastatur und atmete tief durch. Dann begann er, sichtlich hochkonzentriert, zu spielen. Seine Finger schnellten über die Tasten.

Eine vergleichbare Melodie hatte Isabella noch nie zuvor gehört. Ein Blick auf ihre Schwester verriet ihr, dass auch Madeleine solche Musik nicht kannte. Die linke Hand sprang auf und nieder während seine rechte eine Melodie erzeugte, die zugleich hübsch als auch komödiantisch klang.

Als das Spiel beendet war blickte Dr. Fitzgerald Isabella mit einem schelmischen Blick an. „Meinen Sie etwa Musik wie Chopins Etude in Ges-Dur op. 25 Nr. 9?"

Bevor die überraschte Isabella antworten konnte setzte er von neuem an.

Diesmal entlockte er dem Klavier ganz andere Töne. Es begann in der Tiefe und wurde dann leicht, aber keineswegs fröhlich. Nach wenigen Takten setzte eine traurige schlichte Melodie ein, die von Takt zu Takt komplexer wurde und Isabella bald völlig in ihren Bann zog. Dann steigerte sich die Musik zu einem Crescendo. Die Hände Dr. Fitzgeralds flogen über die Tastatur. Mit einem Mal verlangsamte sich das Tempo und wieder setzte eine schlichte aber einprägsame Melodie ein. Eine Melodie, von der Isabella meinte, sie werde sie immer wieder hören müssen, ihr Leben lang. Dann begann ein Crescendo, dass in einem vollendeten volltönenen Klang mündete und den ganzen Raum ausfüllte. Isabella war wie gebannt. Immer wieder veränderte sich das Tempo, setzten neue Variationen und Intervalle ein, die sich zu einer wunderbaren Komposition vereinten. Es war berauschend, direkt neben dem Klavier zu stehen. Der Klang durchdrang den Raum und die darin anwesenden Personen. Als Dr. Fitzgerald die letzten, präzise gesetzten Akkorde erklingen ließ, hätte sie sich am liebsten wieder an den Beginn des Stückes gewünscht.

„Dr. Fitzgerald, Sie spielen einfach phantastisch!", rief Madeleine voll Überschwang.

Isabella sah ihre Schwester überrascht an. Solcherlei Gefühlsausbrüche mochten bei ihr nicht ganz selten sein, jedoch nicht im Beisein Fremder.

Dr. Fitzgerald vermochte ein Lächeln offenbar nicht zu unterdrücken.

Als Isabella dies bemerkte, entschied sie, dass es gewiss nicht

abträglich wäre, ihm ebenfalls ihre Anerkennung auszusprechen, damit er möglicherweise einmal wieder etwas zum Besten
gab. „Das war wirklich ganz ...“, ihr fehlte ein treffender und
zugleich dem Anstand genügender Begriff. „Das war wirklich
ganz hinreißend!“ Der Begriff traf es so gar nicht, doch sie
konnte ihm unmöglich die Gefühle zum Ausdruck bringen, die
die Musik bei ihr auslösten.

„Was ist das für eine Musik?“, fragte Madeleine zu Isabellas
Glück und lenkte damit die Aufmerksamkeit weg von ihr.

„Das war die Ballade Nr. 1 in g-Moll op. 23, ebenfalls von
Chopin.“

„Wer ist das? Ein Franzose?“, fragte Madeleine weiter.

„Nun, eigentlich ist er in Polen geboren, lebt jedoch beinahe
ausschließlich in Frankreich. Sie haben vor einigen Tagen sein
Konzert in Cork gegeben. Ich vermute, Sie Miss Isabella, waren
dort und haben auf diese Weise seine Musik kennengelernt?“

Isabella nickte.

„Chopin ist ein ganz herausragender Komponist und Pianist.
Für Sie, Miss Madeleine, ist er noch zu schwer zu spielen. Ich
müsste auch zunächst mit ihrer werten Mutter sprechen, ob sie
gestattet, dass ich Ihnen die Musik anderer, jüngerer Künstler
nahebringe.“

„Gibt es weitere Komponisten, deren Lieder ich bereits spielen könnte?“

„Nun ja, ich denke da etwa an Franz Schubert, doch müsste
ich gleichwohl zunächst das Einverständnis Ihrer Mutter
einholen.“

„Bitte, spielen Sie doch ein Stück von diesem Herrn Schubert!“, rief Madeleine. Isabella hätte dies nicht gewagt, war jedoch insgeheim dankbar, dass ihre Schwester aussprach, was sie
selbst nur dachte.

Später am Abend saßen Isabella und Madeleine noch lange
beieinander. Sie hatten Dr. Fitzgerald schließlich eine ganze
Stunde lang aufgehalten. Er hatte ihnen Stücke verschiedener
Künstler vorgespielt und ihnen viel hierrüber zu berichten
gewusst.

„Dr. Fitzgerald ist selbst ein großer Bewunderer dieser Musiker!“, stellte Madeleine fest.

„Ja, so ist es wohl und nun habe ich durch ihn eine Möglichkeit mich zu bilden und bei einem nächsten Treffen mit Miss Cahill weniger unwissend und langweilig zu erscheinen.“

Madeleine betrachtete ihre große Schwester nachdenklich. „Isa, warum fragst du nicht Mr. Cahill, ob seine Schwester dich nicht einmal besuchen möchte?“

„Ach Madeleine, das ist doch ganz unmöglich. Wie mag das erscheinen?“

„Wie soll sie denn aber wissen...“

„Ich bin nicht wie du. Dir erscheint das alles leicht. Doch ich ... ich werde einfach abwarten müssen. Genauso wie es hinsichtlich der Frage ist, ob ich jemals heiraten und dieses Haus hier verlassen kann.“

„Isabella, wovon sprichst du da?“

Isabella strich Madeleine sanft durch das Haar. Was sollte sie hierauf erwidern? Sie hoffte sehnlichst, dass sie ihr Elternhaus bald verlassen konnte. Zugleich hatte sie keinerlei Vorstellung, wie das gelingen sollte. Sie würde hier eingesperrt niemals einen geeigneten Kandidaten kennenlernen. Ihre Eltern machten indes keinerlei Anstalten oder Andeutungen, dass sie diesbezüglich etwas zu unternehmen gedachten. Und nun, da sie einen - wenngleich kleinen – Eindruck davon gewonnen hatte, was sie im Leben noch erwarten konnte, wenn sie nur erst aus diesem dunklen, kalten Haus entkommen wäre, nun wünschte sie es sehnlicher denn je ... Es gab eine Welt, eine schöne Welt, eine Welt, der sie angehören wollte, und die war woanders ...

Cork, Irland

„Vollblühender Mond! In deinem Licht,
Wie fließendes Gold, erglänzt das Meer;
Wie Tagesklarheit, doch dämmrig verzaubert,
Liegt´s über der weiten Strandesfläche;

Und am hellblau´n sternlosen Himmel
Schweben die weißen Wolken,
Wie kolossale Götterbilder

Von leuchtendem Marmor." Jane ließ das kleine Büchlein achtlos zuklappen und drehte sich auf den Rücken. Nun sah sie zur Zimmerdecke hinauf. Sie seufzte. Nicht einmal Heine konnte sie lesen ohne an sie zu denken.

Wie war es möglich, dass sie über kolossalen Götterbildern sinnierte und sich in dieses Bild immerzu Miss Isabella Dubois drängte. Diese Person, die einenteils so gebildet zu sein schien und andernsteils doch nicht den geringsten Hauch einer Ahnung hatte von dem was zeitgemäß war, von dem was sich in den Künstlerkreisen abspielte, in den Salons und Kaffeehäusern, in Konzertsälen und Lesezirkeln. Ja, es galt gar zu bezweifeln, dass sie auch nur einen Deut wusste über das weltpolitische Tagesgeschehen.

Und diese Frau rief sich ihr immerzu in Erinnerung als wolle sie ihr unbedingt mitteilen, dass sie noch einmal gemeinsam ausgehen sollten.

Jane konnte es sich nur so erklären, dass sie sich so sehnlichst eine Freundin wünschte, mit der sie ihre kulturellen Interessen teilen konnte, dass ihr inzwischen eine jede Recht war.

Im selben Moment, in welchem sie diesen Gedanken gedacht hatte, schämte sie sich für ihn, da er geeignete war, Miss Dubois herabzusetzen. Auch dies war ihr unerklärlich. Hatte sie es doch stets genossen, im Geiste die Menschen ihrer Umgebung lächerlich zu machen, zu lästern und sie schlecht zu reden. Niemals hatten sie diesbezüglich Gewissensgebisse geplagt. Weshalb sollte das hinsichtlich dieser Person anders sein? Sie verstand sich selbst nicht mehr.

Um bei der Wahrheit zu bleiben, musste sie sich eingestehen, dass sie bereits am Abend des Chopin-Konzerts den unerklärlichen Wunsch verspürt hatte, Isabella Dubois wieder zu treffen, was lächerlich und geradezu vollkommen absurd war. Dieses Frauenzimmer verstand rein gar nichts von Kunst oder Kultur! Sie war eine sehr hübsche nichtssagende Hülle.

Jane konnte eben solche Weibsbilder für gewöhnlich nicht leiden, und doch, sie konnte sich diesem Wunsch nicht entziehen. Irgendetwas in ihr wollte partout Miss Dubois wiedersehen. Nein, es war zu albern ... sie durfte diesem lächerlichen Wunsch nicht nachgeben. Wozu auch? Nur um sich eine gleichermaßen ernüchternde Enttäuschung zuzumuten, wenn wiederum kein vernünftiges Gespräch möglich wäre?

Dublin, Irland

Er war zurück! Zurück in Dublin! Dublin, das er liebte.

Laurence legte sorgsam seinen weißen Kittel an und warf einen Blick in den Spiegel.

Der Arztkittel war sein liebstes Kleidungsstück. Ein edler Frack mochte ihm ebenfalls gut zu Gesicht stehen, dies war ihm keineswegs unbekannt, jedoch bedeutete ein Frack ihm nichts.

Nun endlich konnte er alles umsetzen, was er sich all die Jahre mühevoll angeeignet hatte. Bislang hatte er sich hinter den Professoren und Ausbildern verstecken können, doch diese Zeit war nun vorüber. Alles was er ab sofort tat, würde er selbst verantworten müssen.

„Sind Sie soweit?" Dr. Lay streckte den Kopf zur Tür hinein und sah ihn mit hochgezogenen Augenbrauen an.

„Ja, gewiss", erwiderte Laurence. Er konnte es kaum erwarten, durch die Stationen geführt zu werden und die erste Einführung in seinen neuen Arbeitsalltag zu erhalten.

„So kommen Sie bitte." Dr. Lay machte ihm Platz, damit er durch die Tür treten konnte.

Laurence trat aus dem Umkleideraum und folgte dem älteren Arzt.

Wir haben in den vergangenen Jahren einiges auf unseren Stationen verändert, was die Organisation und die Arbeitsabläufe anbelangt. Wir orientieren uns an dem Konzept des Sankt-Bartholomäus-Hospitals in London. Kennen Sie es?" Dr. Lay blickte ihn offenbar aufrichtig interessiert und mit durch-

34

aus scharfem Blick an.

Laurence konnte erleichtert lächeln, als er erklärte, dass er gut orientiert war über dieses Krankenhaus, da er in London einen Teil seiner Ausbildung absolviert habe.

Dr. Lays Blick wurde etwas weicher und er nickte bedächtig. Er erschien Laurence wie ein Arzt der ganz alten Schule, wobei er offensichtlich sehr auf Modernisierungen bedacht war. Diese Kombination sagte Laurence zu. Sie machte Dr. Lay in seinem Augen sympathisch.

Wir haben ebenfalls unsere chirurgischen Stationen in das Erdgeschoss verlegt und die medizinischen in die erste Etage. Jeder Schritt, jeder Arbeitsablauf, jede Handlung hat stets unter dem Gesichtspunkt zu erfolgen, dass sie in höchstem Maße der Hygiene dient. Darauf lege ich besonderen Wert und ich verlange die Beachtung dieser Regel jedem Mitarbeiter ab.

Laurence bemerkte, dass Dr. Lay nun eine Positionierung seinerseits erwartete. „Ich werde das selbstverständlich immer berücksichtigen", sprach er mit fester Stimme. Diese Zusage verlangte ihm keinerlei Mühe ab, denn dies entsprach seiner eigenen Überzeugung. Ihm war indes bewusst, dass abzuwarten blieb, in wie fern dies tatsächlich im Alltag des Betriebs des Hospitals umgesetzt wurde.

Sie hatten eine Tür erreicht. Dr. Lay sah ihn einen Augenblick abwartend an, wobei Laurence nicht sagen konnte, worauf der Arzt wartete. Dann öffnete er die Tür und ließ Laurence eintreten. „Sie sehen, wir befinden uns im Erdgeschoss, dies ist einer unserer Operationssäle. In den Chirurgiesälen befinden sich jeweils zwölf bis vierzehn Betten, Sie dürfen mir das einfach glauben, ich werde das jetzt auch nicht nachzählen!" Dr. Lay lächelte zum ersten Mal, seit Laurence ihn kennengelernt hatte. Nun war ihm Laurence Sympathie gewiss.

„Was allerdings stets zu überprüfen ist, ist der Abstand der Betten zueinander. Ich präferiere einen Abstand von zwölf Fuß. Andere Ärzte im Haus vertreten die Auffassung, dass auch neun Fuß genügten, doch solange ich hier das Sagen habe, werden zwölf Fuß eingehalten. Verstehen wir uns?"

Laurence nickte deutlich.

„Sehr zu achten ist außerdem auf eine gute Luft im Chirurgiesaal und dass das Holzparkett stets sauber gehalten wird. Hierfür verantwortlich ist die aufsichtsführende Schwester, der vier Schwestern unterstellt sind. Wenn Sie mir bitte folgen möchten?" Dr. Lay öffnete die Tür und verließ den Saal.

Laurence folgte ihm weiter durch das große Gebäude, während er den Ausführungen lauschte.

Auf der zweiten Etage betraten sie ein Krankenzimmer.

Auch hier wurde auf ausreichende Abstände zwischen den Betten geachtet. Die Eisenbetten waren größer als die, die Laurence aus Paris kannte. Die Patienten lagen auf Strohsäcken und hatten jeweils eine Nackenrolle, mancher auch ein kleines Kopfkissen.

„Die Eisenbetten lassen sich sehr gut reinigen", dozierte Dr. Lay. „Patienten mit Brüchen oder solche, die sehr lange bei uns bleiben, bekommen eine Rosshaarmatratze."

Während Dr. Lay sprach, sah sich Laurence interessiert um. Über den Betten waren halbkreisförmige Stangen angebracht. An ihnen konnten 1,6 Yards hohe leichte Vorhänge angehängt werden, die dem Sichtschutz dienten.

„Ach ja, für Patienten mit Brandwunden haben wir natürlich besondere Betten. Wir füllen Holzkisten mit destilliertem Wasser und legen eine Gummimatte darüber. So sind die Verletzungen erträglicher."

Laurence blieb vor einem breiten Kamin stehen. Eine Schwester war gerade dabei, Kohlen nachzulegen. „In Paris habe ich moderne Heizungen mit Heißluftleitungen gesehen", teilte er seine Überlegungen mit.

„Und, würden Sie sagen, dass die Nutzung von Kaminen im Hospital veraltet ist?" Dr. Lay sah ihn mit interessiertem Blick an.

„Ich würde nicht sagen, dass ich Modernisierungen allgemein kritisch gegenüberstehe, eher ist das Gegenteil der Fall, doch diesbezüglich ist mein Eindruck, dass die Beheizung mit Kohlefeuer eine angenehmere, bessere Luft erzeugt als die Beheizung mit Heißluft- oder Heißwasserleitungen.

Insgesamt ist jedenfalls zu konstatieren, dass die Sterblichkeit in den Hospitälern in Großbritannien deutlich geringer ist, als in den französischen Kliniken und der Verdacht ist naheliegend, dass dies den anderen Umständen zu verdanken ist, die wir mit unseren Methoden, die Hygiene zu verbessern, erzielen. Ich jedenfalls bin davon überzeugt."

Gemeinsam mit Dr. Lay verließ Laurence den Krankensaal.

„Den zweiten Stock werden wir jetzt nicht besichtigen, er ähnelt dem ersten, jedoch werden dort die Patienten mit Geschlechtskrankheiten untergebracht. Ich bin zuversichtlich, dass Sie sich dort auch so zurechtfinden werden", erklärte Dr. Lay. „Was für Sie hingegen durchaus interessant sein dürfte sind unsere Grundregeln für die Ernährung der Patienten. Sie stellen einen wichtigen Pfeiler in der Pflege dar. Wir achten auf eine reichliche und kräftige Kost. Patienten mit eitrigen Erkrankungen profitieren davon in besonderer Weise, doch auch solche mit Wunddiphterie, Skorbut und Erysipel. Ach ja, nicht neu wird Ihnen sein, dass wir das Verbinden auf das aller Notwendigste beschränken. Ganz nach den Grundsätzen Listons."

„Wundheilung per primam intentionem", sprach Laurence leise vor sich hin.

Lay blickte kurz auf und fuhr fort: „So, nun haben wir genug Zeit verstreichen lassen. Ihre erste Operation findet in einer knappen halben Stunde statt. Sie werden sie unter der Leitung unseres fähigen Arztes Dr. Thacker vornehmen. Er ist ein hochgeschätzter Kollege. Sie werden eine Beinamputation durchführen. Der Patient ist vor einer Stunde eingeliefert worden. Anschließend werden Sie für die Wundversorgung zuständig sein."

Laurence atmete tief durch. Er hatte verstanden, was man von ihm erwartete. Man hatte ganz offensichtlich nicht vor, ihm den Anfang leicht zu machen. Amputationen waren die Herausforderung schlechthin und die Amputation eines ganzen Beines verkrafteten etwa sechs von zehn Patienten nicht.

Eine wichtige Frage war ihm bezüglich der Operation bislang nicht beantwortet worden, nämlich diejenige nach dem Anästhetikum. Er war fest davon überzeugt, dass eine unfachmännische Schmerzausschaltung die Genesungschancen des Patienten entschieden verringerte, zumal der Zwang des schnellen Arbeitens an einem Patienten, der vor Angst und Schmerzen schrie, weit größere Risiken bedeutete, als die ruhige Arbeit an einem schmerzfreien Menschen. Er hatte die Entwicklungen dieses Jahres mit großem Interesse verfolgt und die Bekanntgabe des Chloroforms als Betäubungsmittel durch Simpson in Edinburgh am 10. November, also vor wenigen Tagen hatte ihn sehr neugierig gemacht. Er hoffte inständig, dass die Ärzte hier die neue Methode anwendeten, doch wenn sie wenigstens Äther einsetzten, war das schon sehr viel wert.

Als er den ersten Schnitt setzte, dankte er Gott dafür, dass sich Velpeaus Behauptung, Schmerzen bei der Operation zu vermeiden sei eine Schimäre, die man nicht mehr weiterverfolgen dürfe, nicht durchgesetzt hatte. Zwar schien das Chloroform hier noch keinen Einzug gehalten zu haben, doch die Schmerzausschaltung durch Äther wurde praktiziert. Alles andere hätte ihn auch sehr gewundert, orientierte sich Dr. Lay, der im Hospital das Sagen hatte, doch im Besonderen an Dr. Liston und der hatte erst vor wenigen Monaten die Wirkung des Äther während einer Beinamputation im Londoner Universitätsklinikum vorgeführt.

Um Laurence herum standen mehrere Personen. Sie würden ihm sehr genau auf die Finger sehen, um sich ein Bild davon zu machen, ob er etwas von der Chirurgie verstand. Dr. Thacker war ebenfalls darunter. Er hatte noch kaum ein Wort mit ihm gesprochen, doch bereits jetzt musste Laurence feststellen, dass er, anders als in Bezug auf Dr. Lay, bezüglich Dr. Thacker, keinerlei Sympathie verspürte, ohne dass er sagen konnte, woran das lag.

Laurence war sich wohl bewusst, dass diese Amputation ihn in besonderer Weise herausfordern würde, denn wenngleich er selbst davon überzeugt war, dass die engli-sche Verbandtechnik gegenüber der französischen die überlegene war, vermochte er nicht zu leugnen, dass sich diese Überlegenheit bei Beinamputationen nur unzureichend bewährte, im Vergleich zu anderen chirurgischen Eingriffen.

Zudem war ihm durchaus bekannt, dass die britischen Ärzte den Lappenschnitt und die Transfixion bevorzugten, während die Pariser Chirurgen eher die Zirkelmethode anwendeten. Er hatte aber den Verdacht, dass dieser Zusammenhang die Erfolgsaussichten in schlechter Weise beeinflusste. Nur würde er bei dieser, seiner ersten eigenständigen Operation, keineswegs in der Lage sein, Experimente zu wagen. Vielmehr sah er sich gezwungen, den etablierten Verfahren dieses Hauses zu folgen, wenngleich dies bedeutete, seine Erfolgsaussichten zu mindern und obendrein das Leben eines Menschen aufs Spiel zu setzen.

Laurence wandte sich nunmehr mit ungeteilter Aufmerksamkeit seiner Arbeit zu, wobei seine Gedanken sich gänzlich auf das Skalpell in seiner rechten Hand fokussierten. Eine innere Ruhe legte sich wie ein Schleier über. Die Chirurgischen Tätigkeiten gingen ihm leicht von der Hand, wenn der Patient ruhiggestellt war. Er hatte während seiner Stationierung in Paris die Erfahrung gemacht, Menschen zu operieren, deren Angstgerüche und ohrenbetäubende Schmerzensschreie den Operationssaal erfüllten und die aus der Tiefe ihres Wesens gegen den Eingriff ankämpften. Auch in diesen angespannten, gar grauenhaften Momenten hatte er es vermocht, sich zur Ruhe zu zwingen. Doch es hatte ihn sehr viel Kraft gekostet.

Es gelang ihm, jeden Schnitt sauber zu setzen und alle Handgriffe exakt auszuführen. Schließlich nahm er das Bein ab und übergab es der Schwester.

Nun mussten die Hanffäden eingebracht, jedoch noch nicht verknotet werden. Auch dies gelang und er hatte insgesamt nur eineinhalb Minuten benötigt.

Als er fertig war, war es an den Schwestern, den Patienten in sein Bett zurückzuüberführen.

Laurence wusste, dass man ihn nun mit Branntwein beruhigen würde. Erst in vier bis fünf Stunden wäre es nach der englischen Methode an der Zeit, die Wunde zu vernähen.

In der nun folgenden Zeit würde sich zeigen, ob der Patient einer Exhaustio, dem Tode durch Erschöpfung, oder einem Schock erliegen würde. war sich der prekären Situation durchaus bewusst; das Leben des Unglücklichen hing am sprichwört-

lichen seidenen Faden. Es würde wohl ein ganzer Monat vergehen müssen, bevor man mit gutem Gewissen behaupten könnte, der Patient habe die schlimmsten Gefahren überstanden.

Nach vollendeter Operation atmete Laurence erleichtert auf.
Er vermochte es kaum zu leugnen, dass die Anspannung ihn
während des Eingriffs fest im Griff gehabt hatte, doch erst jetzt,
nach getaner Arbeit, spürte er sie.

Nachdem Laurence Hände und Gesicht sorgfältig gewaschen
hatte, hob er den Blick und erblickte im Spiegelbild hinter seinem eigenen das Bildnis Dr. Thackers.

"Nun, Huton," begann Thacker mit beherrschter Stimme.
"Das haben Sie recht anständig bewältigt. Doch erlaube ich mir
anzumerken, dass wir hier größten Wert darauf legen, die Amputationen unter einer Minute zu vollenden. Es ist meine feste
Überzeugung, dass dies keine übermenschliche Anforderung
darstellt. Ich persönlich benötige grundsätzlich nicht länger als
vierzig Sekunden."

Die Worte von Dr. Thacker ließen Laurence für einen Augenblick verstummen. Die Bemerkung traf ihn unerwartet und
ließ ihn ohne eine umgehende Erwiderung zurück. Er war sich
der Tatsache wohl bewusst, dass es unter seinen Kollegen eine
Vielzahl von Meinungen gab. Manche waren der festen Überzeugung, dass die Dauer des Eingriffs das entscheidende Merk-
mal für den Erfolg sei. Laurence jedoch hielt es eher mit jener
Schule, die die Qualität der handwerklichen Fertigkeit und die
bewahrte Ruhe während der Operation höher schätzte als die
bloße Geschwindigkeit.

Ihm war zudem durchaus bekannt, dass es keine allgemeine
Übereinkunft gab, dass eine Amputation von eineinhalb oder
gar zwei Minuten in irgendeiner Weise problematisch sei.

Als es soweit war, vernähte Laurence die Wunde und setzte
nur die unbedingt erforderlichen Verbände und Bandagen,
ganz nach den Grundsätzen der unmittelbaren Wundheilung.
Er wusste, dass er keine Wahl hatte, sondern sich nach den
Prinzipien des Hauses richten musste. Es würde sich zeigen, ob
es ihm gelang, diese schwierige Prüfung zu bestehen. Doch ihm

40

war bewusst, dass es weit wichtiger für seinen Patienten war, dass die Operation erfolgreich verlaufen war und die Wundheilung erfolgreich verlief, als für ihn, und darauf wollte er sich konzentrieren. Das war das Einzige, was zählte. Immerhin sagte man, dass in den britischen Kliniken weit mehr Menschen solche Operationen überstanden, als in den Französischen Krankenhäusern.

Bevor er das Hospital nach diesem ersten Arbeitstag verließ, besuchte er noch einmal seinen Patienten. Der Mann lag in einem unruhigen Schlaf, während der starke Branntwein noch seine betäubende Wirkung entfaltete. Der Stumpf an der Hüfte des Mannes schien bisher ohne Komplikationen zu sein. Noch. Laurence hoffte inständig, dass er seinen ersten Patienten nicht verlieren würde. Still stand er eine Weile am Bett des Kranken und sandte ihm wohlwollende Gedanken. Er war fest davon überzeugt, dass solch gedachter Beistand nur Gutes bringen könnte. Mit leiser, aber entschlossener Stimme flüsterte er: "Morgen in aller Frühe werde ich erneut bei Ihnen sein und mich um Ihre Wunde kümmern. Schlafen Sie wohl."

Dann machte er sich auf den Heimweg ins Gresham Hotel in der Sackville Street, in dem er Unterkunft gefunden hatte und wo Lizzy auf ihn wartete.

Cork, Irland

„Am kommenden Freitag wird es wieder ein Konzert geben." Jane nahm einen Schluck von dem trockenen Chardonné.

Andrew blickte von seinem Essen auf. „Welches Repertoire wird denn dargeboten?"

„Sie spielen weihnachtliche Kompositionen unterschiedlicher Meister. Vornehmlich solche von Bach und Händel", erwiderte Jane und lehnte sich zurück. Sie hatte keinen Appetit, wenngleich das Essen wieder einmal hervorragend gelungen war. Kate kochte ausgezeichnet.

Die Anwesenheit ihres Bruders Andrew bereitete Jane stets

die größte Freude. Die Zuneigung zu ihrem älteren Bruder war tief, war er ihr doch zehn Jahre voraus und hatte sich verantwortungsvoll auch durchaus feinfühlig - denn auch eine solche Seite hatte Andrew, wenngleich es ihm für gewöhnlich gelang, jene hinter einer Fassade äußerster Korrektheit im Auftreten zu verbergen - um sie gekümmert, seitdem sie im Alter von zwölf Jahren ihre Eltern verloren hatte – ein Schicksal, das bis heute im Dunkeln blieb.

Heute jedoch freute sie sich aus einem besonderen Grunde, da sie hoffte, er werde sich bereit erklären, sie zum Konzert zu begleiten.

„Wer wird dich denn begleiten?", fragte er plötzlich, als habe er ihre Gedanken gelesen.

„Was vermutest du, lieber Bruder?", mischte sich nun William in zynischem Ton ein. Nach einer Pause setzte er bissig hinzu: „Nun, mir scheint, dass wirst wohl du wieder einmal sein." Seine Miene verzog sich zu einem verhaltenen Grinsen.

Andrew beachtete Williams Kommentar nicht weiter. Vielmehr richtete er seinen verwunderten Blick auf Jane. „Ich dachte, du würdest Miss Dubois bitten?!"

Jane errötete leicht und stammelte: „Ich ... ich wollte dich bitten!" Ihr war bereits bewusst, dass Andrew nun unweigerlich eine nähere Erläuterung einfordern würde, und sie war sich nicht gewiss, wie sie aus dieser prekären Lage einen würdevollen Ausweg finden könnte.

Unerschütterlich setzte Andrew indessen fort: „Ich habe mich ohnehin schon gefragt, wann du mir von jenem abendlichen Zusammentreffen mit Miss Isabella berichten wolltest. Also, wie war der Verlauf des Abends?"

Jane empfand stets eine stille Abneigung gegenüber dem strengen und prüfenden Blick Andrews, der sie unwillkürlich an die Zeit ihrer Kindheit erinnerte und ihr ein Gefühl kindlicher Unterlegenheit einflößte. „Nun gut, wenn du unbedingt darauf bestehst", begann sie zaghaft. „Der Abend ließ sich sehr angenehm an, bis ich beschloss, eine tiefere Unterhaltung mit ihr zu führen."

Andrew zog die Augenbrauen zusammen, ganz augenscheinlich im Unverständnis. „Wovon sprichst du? Miss Isabella ist eine überaus kluge junge Dame. Sie ist wohlerzogen und …“

„Es muss in der Tat entsetzlich langweilig gewesen sein, so wie du sie beschreibst“, stellte William in trockenem und sarkastischem Tonfall fest.

Jane ignorierte mit Mühe Williams Geplänkel und fuhr gefasst fort: „Das mag wohl sein, doch sie zeigte sich als vollständig –“ sie hielt inne, um den geeigneten Ausdruck zu finden, „– unkultiviert“, äußerte sie schließlich mit Nachdruck.

Der deutlich vernehmbare Anklang von Unzufriedenheit in ihrer Stimme ließ unzweifelhaft erkennen, dass Jane enttäuscht war von ihrer Begegnung mit Miss Isabella. Andrew, der stets bestrebt war, die gesellschaftlichen Normen und den feinen Umgangston zu wahren, musterte seine Schwester eindringlich. „Unkultiviert, sagst du? Es will mir nicht einleuchten, was du damit ausdrücken möchtest, Jane“, erwiderte er in einem Tonfall, der sie zur näheren Erklärung nötigte.

„Sie wusste nichts von Chopin, von Schumann oder Liszt, nichts, rein gar nichts!“ Jane erkannte sogleich, dass ihre Stimme weitaus lauter erklang als beabsichtigt.

Überrascht blickten sowohl Andrew als auch William auf.

Nachdem Andrew tief eingeatmet hatte, sprach er mit der Ruhe einer überlegenen Besonnenheit: „Nun gut, wenn du das so empfindest, dann verstehe ich, dass ein solcher Eindruck bei dir entstanden ist. Doch“, setzte er mit Bedacht hinzu, „dieser Eindruck ist verkehrt. In der Tat, er ist grundlegend verfehlt.“

Mit einer Spur von Trotz erwiderte Jane: „Dann erkläre mir bitte, wie es sein kann, dass sie keinerlei Ahnung von diesen Dingen hat?“

Andrew erhob mit sanft mahnender Stimme das Wort: „Es mag zutreffen, dass sie nicht über das Wissen über jene Komponisten verfügt, die du schätzt. Doch wäre es ungerecht, von ihr eine ähnliche Kenntnis zu erwarten. Sie wächst in einem Elternhaus auf, in welchem derlei Dinge nicht gefördert wurden, während du in einem Hause erzogen wurdest, welches dich mit der Meisterschaft der Musik vertraut machte, es war dem Wunsch unserer Eltern geschuldet und ich bin diesem gerne nachgekommen."

Jane wollte unverzüglich eine Erwiderung vorbringen, doch Andrew, in weiser Voraussicht, hob mit Bedacht den Zeigefinger und bedeutete ihr, ihm zuzuhören. „Ich weiß, dass dir aus ganz bestimmten Gründen sehr viel an Musik und Poesie liegt und dafür habe ich vollstes Verständnis, doch jemanden zu verurteilen, nur weil er nicht dieselben Kenntnisse besitzt wie du, halte ich für sehr ungerecht. Ferner bedenke die Möglichkeiten, die du dir damit verstellst. Die Freundschaft mit einer Miss Isabella Dubois aus ebenjenem Grunde auszuschlagen, wäre wahrlich töricht."

Jane und William blickten Andrew überrascht an, erstaunt über die Leidenschaft, die in der Verteidigung seiner Schülerin mitschwang. Andrew blickte von einem zum anderen, dann fasste er sich wieder und fuhr fort: „Ich möchte damit sagen, dass Miss Dubois eine kluge und gebildete junge Dame ist. Es mag sein, dass sie gewisse Kenntnislücken aufweist, doch dies ist lediglich der Abgeschiedenheit geschuldet, in der sie aufwächst. Ich bin fest davon überzeugt, dass sie sich bereits mit deinen Komponisten auseinandergesetzt hat, während du sie derart ungerecht verurteilst, und dass sie sich als eine liebenswürdige Freundin erweisen könnte, wenn du ihr nur die Gelegenheit gibst, dies zu zeigen. Ihre Vorzüge bestehen vielleicht nicht in den gleichen Grundkenntnissen wie den deinen, doch sie zeichnet sich durch große Anteilnahme aus und wird schon allein aufgrund dessen zweifelsohne Interesse an den Themen ihrer Freundin finden. Solche Eigenschaften dürften einen weit höheren Wert besitzen."

Jane musterte ihren älteren Bruder nachdenklich. Wenn er nur Recht behalten würde, dachte sie bei sich, wäre es wahrhaftig wunderbar. Doch ob sie es auf einen weiteren Versuch ankommen lassen wollte? Sicherlich hatte er zumindest darin recht, dass sie, Jane, in diesem Punkt äußerst empfindlich war. Auch darüber hegte sie keine Illusionen. Jane war sich der Ursachen ihrer Empfindsamkeit wohlbewusst und ebenso gewahr, dass sie eine grenzenlose Enttäuschung empfinden würde, sollte ein zweiter Abend mit Miss Isabella Dubois ebenso ernüch-

ternd verlaufen wie der erste. Das Desinteresse an Musik war
für sie gleichbedeutend mit einem feindlichen Akt gegen ihre
ferne Mutter, mit der sie die Leidenschaft zur Musik verband.
Jede Note, die sie vernahm, war für Jane wie ein Funken leben-
diger Reminiszenz. Das Unverständnis oder sogar die Missachtung jener musikalischen Welt, welche für Jane eine Brücke zu
ihrer Mutter, deren Schicksal bis zum heutigen Tage im Dunkeln lag, bedeutete, traf sie tief in ihrer Seele, wie Stiche eines
Dolches. So sehr sie auch mit ihrem Verstand wider diese Gefühle ankämpfen mochte, vermochte sie sich doch nicht von ihnen freizumachen.

In diesem Moment trat Kate in den Raum. Sie balancierte eine Flasche Brandy und dazugehörige Gläser auf einem Tablett.
Sie kannte das Fable ihrer Herrschaft für dieses Getränk nach
einem vorzüglichen Abendessen.

Tief in Gedanken versunken, bemerkte Jane plötzlich den ver-
änderten Ausdruck auf Andrews Gesicht. Ihr Blick folgte der
Richtung seines erstaunten und zugleich wütenden Blickes, der
auf William gerichtet war. Zu ihrer Verwunderung sah sie, dass
Williams ungezügelter Blick unverhohlen auf Kate ruhte, die in
ihrer schlichten, jedoch makellosen Tracht einer Hausange-
stellten direkt neben ihm stand und den Brandy in sein Glas
goss.

III.

Verdun, Frankreich, 9. März 1661

Es war an jenem Tage, da alle Glocken klangen und läuteten landauf, landab. Ein Tag, welcher schien, als sei der König höchst selbst von hinnen gegangen.

Indes war es Kardinal Mazarin gewesen, der seinen letzten Atemzug getan und der zum letzten Male die Augen geschlossen hatte, während ganz Frankreich für ihn im Gebet verharrte.

An diesem unfreundlich regnerischen Tage verließ Jeanne Dubois, trotz des widrigen Wetters am Abend, da es bereits dunkelte, ihr Haus und das Kontor der Familie. Es war ihr Wille, eine Freundin zu besuchen, die unlängst zur Witwe geworden war, indem ihr Gatte im letzten Schnee gestürzt war und den Tod davongetragen hatte; ein Todesfall, der am Tage hernach allgemeines Entsetzen hervorrief.

Die alte Rosalie tat ihrer Freundin Jeanne mit aufgebrachter Gemütsart die Tür auf.

„Was ist geschehen, Teuerste? Was hat sich zugetragen?", fragte Jeanne, während Rosalie sie bereits in das Haus zog und die Tür eiligst zuschlug.

46

„Es war kein Unfall, Jeanne, es war keiner!"

„Was sprichst du da, Rosalie? Wie kommst du zu solch' ···"
Jeanne stockte in ihrem Reden, als Rosalie ihr ein Schreiben entgegenhielt. Sie nahm es an sich und entfaltete es sacht. Da las
sie.

„Doch das sind wir auch. Das ist doch kein Grund ..."

„Ach Jeanne, was soll ich nur tun? Ich fürchte mich ..."

Jeanne suchte sich zu besinnen und nachzusinnen. Doch es fiel
ihr schwer, ihre aufgewühlten Gedanken zu ordnen. "Wie kann es
nur sein," murmelte sie, "dass Menschen einander bedrohen ob
eines anderen Glaubens? Haben wir doch denselben Herrn und
Gott!"

Als Jeanne das Haus ihrer Freundin verließ, war sie in Gedanken
versunken. Wie entsetzlich alles erschien. Und wieviel Glück sie
selbst doch hatte. Wie viele Jahre mochten sie nun schon in Zufriedenheit und ohne unmittelbare Bedrohung gelebt haben? Die
Zeiten waren nicht leicht. Zu häufig ersannen die Katholiken Bosheiten wider die Protestanten und machten es ihnen schwer.

Schwierig war es, die Handelsgeschäfte erfolgreich und lohnend
zu betreiben. Doch bisher gelang es Gaspard.

Jeanne kannte sich in Verdun wohl aus. Die Dunkelheit schreckte sie nicht. Zügig schritt sie voran und durchquerte die dunklen,
verlassenen Gassen und Straßen. Über Kopfsteinpflaster, den
Hinterlassenschaften der Pferde ausweichend. Vorbei am Markt,
an Bäcker Bardeaus polierten Fenstern, am Blumenladen der alten Christine. Aus den Fenstern drangen Stimmen. In der Ferne
erklang das Bellen eines Hundes, und eine Katze huschte verstohlen über die Straße hinweg.

Henry ging ihrem Gaspard bereits viel zur Hand. Er würde gewiss
ebenfalls einen trefflichen Kaufmann abgeben, wenn Gaspard
sich gänzlich aus den Geschäften zurückgezogen haben würde.

Ja, das konnte sie ruhigen Gewissens sagen, obgleich das Verhältnis zu Henry nicht durchweg einfach zu nennen war.

Sie hatte aus Berichten vernommen, dass es Zeiten gegeben hatte, da Hugenotten ermordet worden seien, doch selbst hatte sie solches nicht erfahren. Ihr war bekannt, dass es in Gaspards Familie eine junge Frau gegeben hatte, welche in der Bartholomäusnacht ums Leben gebracht worden war. Sie hatte ein kleines Kind hinterlassen. Gaspards Großvater oder seinen Vater, vermutete Jeanne. Entsetzlich. Einfach schauderhaft. Wie vermochten Menschen solches zu tun?

In jenem Augenblick vernahm Jeanne Stimmen und Schritte hinter sich. Sie wandte sich um, vermochte jedoch niemanden zu erspähen. Sie musste sich geirrt haben. Zu viele düstere Gedanken.

Bald war sie daheim. Ja, sie verlangte heimzukehren. Heim zu Gaspard und den Kindern, und zu Thérése, Gaspards Schwester, welche seit etlichen Jahren bei ihnen wohnte.

Wiederum! Jeanne wendete sich abermals um. Dort hatte sich etwas bewegt. Das erschien ihr seltsam. Es war ja nichts Ungewöhnliches daran, dass Stimmen oder Schritte zu vernehmen waren, doch war für gewöhnlich auch eine Menschenseele, ein Hund, oder vielleicht eine Katze zu erblicken. Jeanne jedoch gewahrte niemanden. Dies beunruhigte sie nun doch. Sie wollte schneller voranschreiten, doch schalt sie sich einen Hasenfuß. Also schritt sie so gelassen, wie sie es vermochte, weiter durch die Dunkelheit.

Nunmehr war sie bereits an Schneider Flambeaus Schaufenster vorübergegangen. Drei Türen weiter lag der Eingang zum Kontor.

Wiederum! Diesmal war es dicht bei ihr. Sie wandte sich um. Doch bevor sie erkennen konnte, wer oder was hinter ihr war, verspürte sie einen stechenden Schmerz in der Brust, und sodann umfing sie gänzliche Dunkelheit.

9. März 1662

„Habt ihr Großvater erblickt?" Henry Dubois war müde. Er verspürte keinerlei Verlangen und Kraft, sich abermals um den Alten zu bekümmern. Er bereitete immer mehr Scherereien. Und dies obgleich er erst 61 Jahre zählte. Wer konnte schon wissen, wie viele Jahre er ihnen noch zur Last fallen würde!? Doch seid dem Tod Jeannes, Henrys Mutter, hatte er täglich an Lebenskraft verloren und war nunmehr ein kraftloses Kindlein. Ein Störenfried, ein Ärgernis für die Familie, für Henry.

Henry sah vor allem seinen Sohn Leon an. Der wusste für gewöhnlich stets wo der Alte zu finden sei. Leon zählte sechs Jahre und hing am Großvater, als wären sie ein Herz und eine Seele.

„Nein Vater!" Leon schüttelte mit besorgter Miene den Kopf. Doch womöglich ist er zum Kirchhof gegangen. Er sprach von Großmutters Todestag."

„In der Tat!", entfuhr es Henry. Dies war ihm gänzlich entfallen. Es war Mutters Todestag. Gewiss hatte es den verwirrten alten Mann zu ihrem Grab gezogen. Und nun hockte er wohl dort und es kam ihm nicht mehr in den Sinn, wie er nach Hause finden konnte. Henry seufzte verärgert. Der Weg war nicht eben kurz, und die Dunkelheit hatte sich längst über die Stadt gesenkt. Der Wind war aufgefrischt und ein unangenehmes Nieseln hatte eingesetzt. Nein, dies war gewiss kein Wetter um sich auf einen Spaziergang zu begeben. Doch Gaspard musste geholt werden. Da half alles nichts.

Während er sich Stiefel anzog und einen Mantel überwarf, der seine elegante Rhingrave mit den sorgsam eingearbeiteten Galants beinahe bis zum Saum bedeckte, sowie einen breitkrempigen Hut auf die teure blonde Perücke aus echtem Haar setzte, um diese vor Wind und Regen zu schützen, hätte er den Alten verfluchen mögen. Er griff nach seinem Spazierstock, zog die Tür auf und trat in die Dunkelheit, die Kälte und den Wind. Augenblicklich wurde sein Gesicht vom Regen benetzt.

Dabei war es nicht nur der Ärger darüber, dass Gaspard ihnen inzwischen so viel Arbeit und Mühe machte. Es war vor allem der Zorn darüber, dass sich Gaspard so starrsinnig zeigte, wenn es um neue Pfade ging, die Henry beschreiten wollte. Pfade, die ihnen unermesslichen Reichtum und Ruhm einbringen würden und die dem Ansehen der Hugenotten nur zuträglich sein konnten.

Er zog den Mantel fest um sich, hielt ihn in Höhe der Spitzenkrawatte zusammen und schritt zügig aus.

Er hoffte den ganzen Weg über, der Alte möge sich nicht all zu sehr sträuben und ihn gar nicht wiedererkennen, vielmehr sich ohne Widerrede heimführen lassen.

Daheim angelangt, würde er einen Weg ersinnen, wie er es wohl anstellen könnte, dass Gaspard nimmermehr das Haus verließe. Er gedachte fest, diesen Unsitten mit jeglichen nächtlichen Streifzügen und unerquicklichen Eskapaden außer Hause ein endgültiges Ende zu bereiten.

Endlich gelangte er an den kleinen Kirchhof der Stadt. Er war eingefasst von einer niedrigen Mauer, die zwar im Sommer von allerlei Grün umrankt war, jetzt so früh im Jahr jedoch grau und kahl da stand.

Er wusste wohl ungefähr, wo sich das Grab seiner Mutter befand. Sein Blick ging in diese Richtung. Dort war keine Bewegung, kein Schatten auszumachen. Womöglich war er noch zu weit entfernt? Er trat dichter heran. Schritt den Weg durch das Tor, - es knarrte leise beim Öffnen -, trat dichter. Nun sah er etwas Dunkles am Boden vor dem Grab. Einen unkenntlichen Schatten ...

Henry trat bedächtig näher heran. Bald darauf begann er eilends zu schreiten. Als er das Grab erreichte, beugte er sich, seinen Augen kaum trauend, hinab. Es bestand kein Zweifel. Vor dem Grab lag Gaspard.

Henry bekreuzigte sich und schlug ein Kreuz über der leblosen Gestalt seines Vaters. „Du weilest nun bei Ihr."

Es war aufwendig, ein protestantisches Begräbnis abzuhalten. Es musste in aller Heimlichkeit geschehen. Die Behörden durften nichts erfahren. Es musste im kleinen Kreise abgehalten werden, nur mit Anwesenden, denen zu vertrauen war.

Henry hätte nicht sagen können, ob Gaspard ein solches Begräbnis überhaupt wünschte, als er mit den Besorgungen befasst war. Doch nahm er es durchaus an, denn Jeanne hatte er auch protestantisch begraben lassen. Es war jedoch ohnehin einerlei, denn für Henry kam keinerlei andere Bestattung in Betracht. Gaspard hatte, soweit Henry denken konnte, Glaubensangelegenheiten nie die schuldige Bedeutung beigemessen. Wenn er jedoch ein gottgefälliges Begräbnis empfing, mochte vielleicht noch größerer Schaden abgewendet werden. Dies hatte Henry an seinem Vater nie verstanden. Sie waren so reichlich von Gott gesegnet worden. Besonders Gaspard. Sie hatten allzeit auf der Sonnenseite des Lebens gestanden. Weil sie im rechten Glauben wandelten. Und Gaspard und Jeanne hatten mit ihrer frevelhaften Lebensweise das Schicksal stets aufs Neue herausgefordert, ja, gar Gott selbst.

Wie konnte jemand bezweifeln, dass dieses Ungemach, welches Jeanne widerfahren war, ihrer fehlenden Gottesfurcht zuzuschreiben sei?

Henry war von anderer Wesensart als seine Eltern. Nimmer gedachte er, gleich ihnen zu leben.

Sie waren Gott zu tiefstem Dank verpflichtet. Auch dies lehrte er seinen drei Kinderm: Leon, seinem Ältesten Réné, ein Sohn von vier Lenzen, und dem Kindlein, seiner Tochter. Er erfreute sich gar sehr auch an ihr, sie hatten ihr den Namen Jeanne gegeben, nach seiner verschiedenen Mutter.

Henry blickte seinen Vater an und spürte nach dem Gefühl, das er für ihn hegte, und für seine Mutter, die er vor einem Jahr ins Grab gelegt hatte. Für die Frau, die ihn aufgezogen und als Kind umsorgt hatte.

Er gedachte, wie glücklich er als Kind gewesen war. Es hatte ihm an nichts gemangelt. Freundliche und zugewandte Eltern hatte er gehabt. Doch einen Mangel konnte er ihnen vorwerfen: ihre fehlende Frömmigkeit, ihren Mangel an Strenge in der gottesfürchtigen Erziehung. Sie waren nicht stark gewesen, seine Eltern. Sie waren schwach. Henry verabscheute diesen Gedanken, doch es ließ sich nicht leugnen.

In diesem Moment klopfte es sachte, und Tante Thérése streckte den Kopf zur Tür herein.

Tante Thérése - auch sie war von zarter Konstitution. Sie hatte wahrlich ihren Teil dazu beigetragen, dass Henrys Eltern zu einer solchen laissez-faire Haltung gegenüber dem Glauben gelangt waren, so nahm er zumindest an.

Henry hegte wenig Wertschätzung gegenüber seiner Tante. Wohl erinnerte er sich an die Zeit, da sie in sein Leben trat. Es war kurz, nachdem Gaspard einst von seiner langen Reise heimgekehrt war.

Zuvor hatte sein Vater seine Schwester Thérése lange nicht gesehen, doch während seiner Reise hatte er den Entschluss gefasst, seine Schwester aufzuspüren.

Jetzt stand sie an der Tür und schien unschlüssig, ob sie eintreten sollte oder nicht. Gar gerne hätte Henry ihr zu verstehen gegeben, dass sie verschwinden sollte - nicht nur aus dem Gemach, sondern auch aus seinem Dasein. Doch wusste er wohl, dass sie eine solche Behandlung nicht verdient hatte. Immerhin tat sie nichts weiter, als da zu stehen. „Tritt nur herein", sprach er also.

Er beobachtete, wie sie die Tür bedächtig hinter sich schloss und gemach an das Bette ihres verblichenen Bruders hinzutrat. Den Kopf leicht geneigt, ließ sie ihre Blicke sanft auf dem bleichen Gesicht des Toten verweilen.

Jener sanfte Blick, welchen sie stets zur Schau trug, war es, den Henry kaum zu ertragen vermochte. Sie sprach auch stets milde, bewegte sich leise, langsam und gelinde. Henry konnte ihrer Gegenwart nicht entrinnen, doch sie tat nichts, was es rechtferti-gen würde, sie aus dem Hause zu vertreiben. Seit Gaspard sie einst wiedergefunden hatte, wohnte sie mit ihnen. Ihr Gemahl war kurz zuvor zu Grabe getragen worden, und das Schicksal hatte ihr keine eigenen Kinder beschieden.

Anstattdessen sorgte sie sich seit der Geburt seiner Kinder um diese. Auch dies war ihm im tiefsten Innern unerträglich. Sie vermittelte ihnen nicht den rechten Glauben, keine Ehrfurcht und Demut. Es mangelte an der notwendigen Strenge, und stattdessen verwöhnte und verzärtelte sie die Kindlein. Sie erzählte ihnen Geschichten und bot ihnen Trost. Henry wusste, dass er sich ihrer nie würde entledigen können. So sie sich eines Tages auch eine Schuld aufladen sollte, was jedoch nicht abzusehen war, so waren seine Kinder ihrer so gewohnt, dass sie ihm niemals verzeihen könnten, sie auf seine Veranlassung hin verloren zu haben.

„Ich werde ihn sehr vermissen, deinen Vater", sprach Thérése und entriss ihn seinen Gedanken. Sie hatte sich unweit von ihm ans Bett gesetzt und hielt Gaspards kalte Hand.

Henry nickte nur.

„Er war ein herzensguter Mensch. Die Welt ist ohne ihn kälter geworden."

Henry erkannte, dass seiner Tante Tränen die Wangen hinab liefen.

Henry verspürte kein Mitleid.

Auch das Gefühl, welches Thérése beschrieb, vermochte er nicht nachzuempfinden.

Er verspürte vielmehr eine Erleichterung darüber, dass ihm die Sorgen um seinen Vater nun endlich von den Schulter genommen worden waren. Er wusste seinen Vater nun in Gottes barmherzigen Händen. Dort würde es ihm wohl ergehen. Wohler gewiss als hier, wo er nur noch von Gram erfüllt war seit Jeannes Tod.

Jedoch vor allem verspürte Henry Tatendrang. Den Drang, endlich seine Pläne in die Tat umsetzen zu können. Lange geschmiedete Pläne, welche zu Gaspards Lebzeiten nicht zu verwirklichen gewesen waren, die aber nun endlich keine Hindernisse mehr fanden.

Henry wusste nicht, was er erwidern sollte.

„Leon gleicht deinem Vater sehr. Ich habe ihn darum so gern", sprach Therése weiter.

Henry wollte davon nichts hören. „Leon ist sechs Jahre alt. Er gleicht meinem Vater nicht", sprach er voller Unmut und durchaus unfreundlicher als er es beabsichtigt hatte. Er musste an das Gemälde von Verde denken, welches dieser vor vielen Jahren von Gaspard gemalet hatte. Verde, der sein ganzes Werk der Familie vermacht hatte, nachdem ihm diese als Mäzen über viele Jahre gefördert hatte. Er mochte das Bild nicht. Es brachte Gaspards ganzes schwaches Wesen zum Ausdruck. Niemals würde Leon so werden. „Leon ist viel zu klein, dass man eine solche Behauptung über ihn treffen könnte."

Versailles, Frankreich, Mai 1662

Henry Dubois hatte alles sorgfältigst vorbereitet. Wie oft schon hatte er darüber nachgesonnen und sich bildhaft vorgestellt, wie es wohl sein möge, wenn jener glanzvolle Augenblick erst eingetreten sein würde ···

Bereits seit geraumer Zeit mühte sich Henry sehr, in den Kreisen der Würdenträger Wohlwollen zu finden. Dazu schenkte er Fleiß und Gaben, besuchte Salons und Tafeln, lud zu üppigen Gastmahlen und umgarnte mit Worten. Es war kein geringes Unterfangen, als die Gunst Colberts zu erlangen, jenes bedeutenden Minister des Sonnenkönigs. Doch nur diesem einen, dem großen Directeur de la Maison du Roi, wollte Henry seinen Plan vorlegen. Die Gefahr war zu groß, dass andernfalls ein anderer seine Idee an sich reißen könnte.

Und heut', an diesem ehrenvollen Tag, sollte es schließlich geschehen. Henry hatte für seine Aufmachung ein Vermögen aufgewendet. Er hatte vieles auf diese eine Karte gesetzt und nun stand er hier. Hier in Versailles, um ihn zu treffen.

Als er durch das prächtige, goldverzierte Tor des Schlosses von Versailles schritt, konnte er kaum fassen, was sich vor seinen Augen auftat. Die Weite des Ehrenhofes erstreckte sich majestätisch vor ihm, flankiert von den prächtigen Flügeln des Schlosses, die in perfekter Ordnung angelegt waren. Die Luft war spürbar erfüllt von der Gegenwart seiner Majestät des Königs. Ihm war, als atme er die Luft des Königs selbst.

Henry hielt seinen Kopf hoch und bemühte sich, zu verbergen, wie tief beeindruckt er war. Er vermied es, den Kopf in alle Richtungen zu wenden und zwang sich, ruhig weiter zu atmen, denn er war sich bewusst, dass jede Regung von Staunen als Schwäche gedeutet werden könnte. Doch innerlich war er überwältigt.

Der gepflasterte Grund des Ehrenhofes unter seinen Füßen war makellos und die goldverzierten Gitter und Balustraden glänzten im Sonnenlicht. Die kunstvollen Skulpturen und Säulen, die die Fassade des Hauptgebäudes zierten, waren von einer solchen Perfektion und mit einem Detailreichtum, wie er ihn noch nie erblickt hatte, sodass es ihn drängte, zu verweilen und sie zu betrachten. Doch er zwang sich, weiterzugehen, seine Miene unbewegt, seine Schritte fest und sicher.

Vor ihm erhob sich das Hauptgebäude des Schlosses, dessen Schönheit und Erhabenheit kaum in Worte zu fassen waren.

Während er sich dem Eingang näherte, hielt er seinen Blick geradeaus gerichtet, bemühte sich um eine Haltung der Gelassenheit und Würde. Er wusste, dass er hier Zeuge eines der größten Werke menschlicher Schaffenskraft war, doch er würde sich nichts anmerken lassen.

Ein Lakai trat auf ihn zu, gekleidet in eine prächtige Livree, die mit goldenen Stickereien verziert war. Der Blick und die Haltung des Lakaien strahlten Herablassung und Selbstgefälligkeit aus. "Folgt mir", sprach er mit einem spöttisch erscheinenden Lächeln.

Hatte er doch Henrys Überwältigung wahrgenommen?

"Hier entlang", lispelte er mit einem Hauch von Verachtung in der Stimme. Der Lakai führte ihn schließlich zu einer großen, reich verzierten Tür. Henry nickte nur stumm und trat ein.

Er befand sich nun vor der Tür eines aufs Edelste verzierten Gemaches, wo er offenbar ausharren sollte, bis man ihn zur Konsultation rief.

Es war ihm zu Ohren gedrungen, dass Colbert weit weniger Aufhebens um ein Vorsprechen machte, als seine erhabene Majestät, der König, und es daher wohl möglich war, dass das Treffen schon heute, wie verabredet, stattfände, und nicht erst nach langem Warten von Wochen.

Henry blickte sich um, weiterhin darauf bedacht, nicht den Eindruck zu erwecken, er sei von der Pracht der Architektur überwältigt, zumal er bei seiner Ankunft die emsigen Bemühungen wohl bemerkt hatte, welche unternommen wurden, um dieses Schloss, des König fähig, zu erweitern und zu verschönern.

Doch plötzlich, mitten aus seinen Gedanken gerissen, vernahm er einen Larm von draußen. Einen Lärm, der nicht von den Bauarbeiten herrührte, sondern ihm seltsam und von besonderem Interesse erschien. Er trat an eines der Fenster und richtete seinen

Blick in den Hof.

Es nahte eine Kutsche.

Es war die königliche Kutsche. Es konnte kein Geringerer als seine Erhabenheit, der König selbst, in diesem Vehikel sitzen.

Henry vermochte nicht, den Blick von der vorüberfahrenden Kutsche zu wenden. Ganz in Gold gehalten, reichlich verziert und von einer Schar edler Pferde umgeben, zog sie förmlich sein Augenmerk auf sich. Zahlreiche Soldaten, allesamt in stattlichen Uniformen und glänzendem Stahl, begleiteten den prächtigen Zug.

Henry fuhr zusammen, als plötzlich die Tür aufschwang und jemand mit einem Stock dreimal energisch auf den Boden klopfte. "Ihr möget nun eintreten", sprach eine kräftige Stimme.

Eilig fasste sich Henry, schöpfte tief Atem und schritt mit festen Tritten an dem wartenden Lakaien vorüber, hinein in einen prächtigen Saal.

Dort stand er. Jean-Baptiste Colbert, Marquis de Torcy.

Henry trat näher. Der Mann hatte schulterlanges, pechgelocktes Haar, einen feinen Schnauzbart, ein rundes Antlitz und eine niedrige, fliehende Stirn. Unter seiner edlen schwarzen Robe zeichnete sich ein beleibter Bauch ab. Er stand an einem Tisch und ruhte seine filigranen Hände auf einem Bogen Papier, als habe er sich nur kurz erhoben, um sich die Beine zu vertreten. Ein distanziertes Lächeln umspielte seine Lippen, als er sich gemächlich in seinen Sessel zurücksinken ließ.

"Was vermag ich für Euch zu tun, Monsieur?", fragte der Minister in höflicher doch reservierter Weise.

IV.

„In meinen Armen schlafen Wälder ein, -
und ich bin selbst das Klingen über ihnen,
und mit dem Dunkel in den Violinen
verwandt durch all mein Dunkelsein.“
Rainer Maria Rilke[2]

Dublin, Irland

Am folgenden Morgen, als die Uhr die achte Stunde schlug, betrat Laurence das Hospital. Sein erster Weg führte ihn die Stiege hinauf, wo er dem Patienten, welchen er tags zuvor betreut hatte, erneut seine Aufwartung machte.

Zu seiner Genugtuung fand er den Kranken so vor, wie er ihn am vorangegangenen Abend verlassen hatte. Eine pflichtbewusste Schwester stand wachehaltend an seinem Bett und reichte ihm soeben aus einem Glas eine Flüssigkeit dar.

„Einen guten Morgen wünsche ich, Schwester“, sprach Laurence, als er an ihre Seite trat.

Sie wandte sich zu ihm um.

„Schwester Theresa“, stellte sie sich freundlich vor und schenkte ihm ein fröhliches Lächeln.

2   Rainer Maria Rilke, die schönsten Gedichte, Reclam

Laurence konnte nicht umhin, festzustellen, dass sie von bemerkenswerter Erscheinung war. Sie hatte ebenmäßige Züge und große dunkle Augen. Unter der Schwesternhaube schimmerten einzelne Strähnen ihres glänzenden schwarzen Haares hervor. Er schätzte ihr Alter auf neunzehn bis zweiundzwanzig Jahre.

Unfähig, sich dem Reiz dieses entwaffnenden Lächelns zu entziehen, erwiderte er es unwillkürlich. Für einen flüchtigen Moment verlor er sich in dem Augenblick und der ursprüngliche Grund seines Besuches geriet ihm fast aus den Gedanken. Dann jedoch besann er sich der Situation und richtete sich auf. „Dr. Laurence Huton."

„Sie haben die Amputation vorgenommen!"

Laurence nickte kaum merklich. „Wie befindet sich der Patient an diesem Morgen? Hatten Sie die Gelegenheit, mit ihm zu sprechen?"

„Ich bemühe mich, seine Schmerzen zu lindern. Doch von der Wunde vernehme ich bislang zumindest keinen unangenehmen Geruch", erwiderte sie in einem fürsorglichen Ton, der Laurence augenblicklich für sie einnahm.

„Dienen Sie bereits des Längeren hier am Hospital?" erkundigte er sich, während er die Wundränder in Augenschein nahm und aufmerksam prüfte, ob jedweder Geruch zu vernehmen sei.

„Seit zwei Jahren diene ich hier."

„Sie haben Recht. Die Wunde zeigt bislang keine Anzeichen einer Entzündung. Dies ist erfreulich."

Chelsea, bei London

Sie vergrub ihre Nase in den weichen Wollschal, während sie großzügig ausschritt. In ihrem Kopf kreisten die Gedanken wild und ziellos, sodass es ihr unmöglich war, klare Fassung zu erlangen.

Dieser Zustand war unerträglich und lastete nun schon viel zu lange auf ihr. Er lähmte ihre Kreativität, machte sie stumpf gegen Empfindungen und blind für freie Entscheidungen.

Sie musste sich aus diesem Käfig befreien. Diesem unsichtbaren, verhassten Käfig.

Sie hielt inne, atmete die kalte Luft in tiefen Zügen ein.

Sie blickte sich um. Der schmale Pfad, den sie beschritt, war von anderen Spaziergängern platt getreten worden, doch ringsumher dehnte sich die Landschaft unter einer dicken, makellosen Schneedecke aus. Linker Hand ragten die Pfähle eines Holzgatters aus den Schneewehen und die Äste der wenigen Bäume, die verstreut standen, beugten sich unter der Last des Schnees. Ihre Äste knirschten leise im Einklang mit dem eisigen Wind. Die Luft war erfüllt von Frost, und der Himmel, dicht verhüllt von einer Wolkenschicht, lag wie ein trügerischer grauer Schleier über dem Land. Ein jeder Atemzug, den sie tat, entstieg ihr als weiße Wolke, die vor ihrem Gesicht emporstieg und sich sogleich wieder verflüchtigte. Die schneidende Kälte biss ihr scharf in die Wangen, während der Wind erbarmungslos durch ihre Kleider fuhr und ihr einen Schauer über den Rücken jagte. Weit und breit war keine Menschenseele zu entdecken. So raffte sie ihre Röcke und setzte sich, von einem inneren Drang getrieben, in Bewegung. Schneller immer schneller, so schnell ihre Beine sie trugen. Sie rannte und rannte. Der eisige Wind schnitt ihr unerbittlich in die Kehle und versetzte ihren Wangen Schmerzen gleich winziger Nadelstiche. Der Schnee unter ihren Füßen knirschte und ächzte, wo vor ihr noch niemand die makellose Decke betreten hatte. Sie stolperte hier, rutschte dort, unbeeindruckt vom widerstrebenden Untergrund, während die karge Winterlandschaft in verschwommenen Konturen an ihr vorbeizog.

Schließlich begannen ihre Beine zu erlahmen, ein brennender Schmerz durchzog ihre Muskeln und sie spürte die Anstrengung im ganzen Leib, der in dem harten Korsett eingeschnürt war. Trotz aller Verausgabung verlangsamte sich ihr Tempo immer mehr, bis sie schlussendlich, vor Erschöpfung kaum noch zu Atem kommend, an einem Baum Halt suchte und sich erschöpft gegen die rauhe, harte Rinde warf. Die rauhe Oberfläche der Borke drückte sich in ihre Hände und ihr Gesicht, während ihr Atem unregelmäßig und schwer aus ihrer Brust drang, unbeherrscht wie der tumultartige Sturm, in dem sie sich befand.

Der Weg zurück zum Haus war nicht weit, doch sie ahnte, dass sie nun keinen Schritt mehr vor den anderen setzen konnte vor Erschöpfung. So lehnte sie sich gegen den Baum und ließ sich langsam zu Boden gleiten. Dort blieb sie sitzen. Nun endlich spürte sie, dass ihre Gedanken sich beruhigten, und wie ein Schlag traf sie die Erkenntnis, dass es in dieser Welt für sie keinen Ausweg gab. Das Schicksal hatte den Weg so für sie bestimmt und sie konnte sich noch so sehr von den Konventionen ihrer Zeit befreit haben. Sie konnte ihnen nicht entrinnen.

Es blieb nur jener Weg, der ihr schließlich auf dem Dachboden Tallwood Manors in den Sinn gekommen war. Dies würde ihr Weg sein.

Sie spürte, dass diese Gewissheit ihr eine besänftigende Ruhe vermittelte. Allmählich wich die Überhitzung aus ihrem Körper und die Kälte eroberte sie zurück. Die Kälte kroch an ihr herauf, während sich in ihr Traurigkeit ausbreitete. Die Traurigkeit, die sie bislang nicht hatte empfinden können, da sie so verbissen nach einem Ausweg gesucht hatte. Verbissen und hoffnungslos. Nun war sie am Ende der Suche angelangt. Sie fühlte sich, als sei sie wochenlang durch ein Labyrinth geirrt, während sie immer mühevoller die sich ihr aufdrängende Erkenntnis auszublenden versucht hatte, dass es nur jenen einen Weg gab. Sie lehnte ihren Kopf an den harten Baumstamm und schloss die Augen. Ihr Atem ging nun ganz ruhig und die Tränen rannen ihr heiß über die kalten Wangen. So saß sie lange. Sie wusste nicht wie lange, doch allmählich versank die Sonne am Horizont. Und mit den Tränen, lösten sich endlich die Lähmung und die Rastlosigkeit, die sie regelrecht in den Wahnsinn getrieben hatten.

Sie saß dort bis sie eine Hand auf ihrer Schulter spürte. Sie öffnete ihre Augen und drehte sich zu dem Menschen, der an ihrer Seite kniete.

Er blickte ihr mit seinen ruhigen Augen tief in die Seele und schwieg.

Sie erwiderte seinen Blick und lehnte sich dann an seine Schulter.

Schließlich half er ihr auf. Ihre Beine zitterten vor Kälte und vor Erschöpfung.

„Komm nach Hause, Eliza."

„Danke Thomas ..."

„Unsinn." Er lächelte sie freundschaftlich an.

Adhmaid House nahe Shannagarry, County Cork, Irland

Als sie die Tür öffneten kam ihnen die eisige Luft entgegen. Es war ein wunderbarer Tag. Der Himmel war klar und die Sonnenstrahlen machten die Eiskristalle glitzern. Der Schnee bedeckte die Landschaft, als wolle er sie beschützen.

Madeleine und Isabella halfen Elizabeth die Treppenstufen hinab. Sie war ein vorsichtiges Kind. Ihre blonden Löckchen lugten unter Schal und Mütze hervor und mit ihren kleinen behandschuhten Händchen hielt sie sich an Madeleine fest, während sie die ersten zaghaften Schritte in den Schnee setzte. Melissa war wagemutiger. Sie war zwar auch bereits älter, doch sie hatte auch ein forscheres Wesen.

„Darf ich meine Handschuhe ausziehen und den Schnee in die Hände nehmen?", rief sie ausgelassen.

„Gewiss", antwortete Madeleine schnell, bevor Isabella Bedenken zu äußern vermochte.

„Indes ...", begann Isabella, unterbrach jedoch mitten im Satz. Sie sah weit in die Ferne und kniff die Augen zusammen, weil das Licht auf dem Weiß des Schnees sie blendete. „Kommt dort nicht eine Kutsche?", fragte sie nach einer Weile.

Madeleine blickte in dieselbe Richtung wie ihre Schwester. „Go deimhin[3]!", rief Madeleine, vor Überraschung ins Irische

---

[3]   Das Irische „go deimhin" [gə dʲeˈvʲiːnʲ] mit Schwerpunkt auf der zweiten Silbe, bedeutet soviel wie „In der Tat"

verfallend, wie es ihr manchmal widerfuhr, wenn sie die Etikette vergaß. Wenn eine Kutsche diesen Weg nahm, dann steuerte sie geradewegs auf Adhmaid House zu, ein anderes Ziel konnte sie nicht haben. Entsprechend selten wurde der Weg befahren.

„Wer mag dies sein?" Einen Augenblick lang beobachteten sie die Kutsche dabei, wie sie sich gemächlich näherte. Dann jedoch verlor Madeleine das Interesse. Sie bückte sich und nahm eine Handvoll Schnee auf, drückte ihn zu einer Kugel zusammen und warf diese gegen das Kleid ihrer großen Schwester, die sich erschrocken umdrehte. „Was ...?"

Melissa und Elizabeth lachten vergnügt auf.

„Wir werden bald sehen, wer dort naht. Oder ist es dein Wunsch, in der Kälte zu erstarren, während du wartest?", zog sie Isabella auf. Sodann griff sie abermals nach einer Handvoll frischen Schnees, welchen sie mit einem kunstvollen Schwung auf Isabella zielte.

Die Unglückliche, die wie festgewurzelt an Ort und Stelle verharrte, empfing den eiskalten Gruß mit höchster Entrüstung. "Könntest du wohl gefälligst diese Torheiten unterlassen?" entgegnete sie mit hoheitsvoller Empörung.

"Und wenn nicht, was dann?", erwiderte Madeleine, mit einem Ausdruck kühner Herausforderung. Ein weiteres Mal bückte sie sich, schnitt durch die blendend weiße Pracht, und schleuderte den Schnee gegen Isabellas kostbaren Mantel, wobei nicht wenig davon an dem edlen Gewebe haften blieb.

Mit einer Spur von Unmut in ihren Augen, blickte Isabella Madeleine unschlüssig an.

Melissa und Elizabeth blickten mit geweiteten Augen zu ihren großen Schwestern.

Isabella tat nichts.

Da nahm Madeleine wieder Schnee auf, doch bevor sie ihn zu werfen vermochte, bückte sich Isabella behände und vergalt Madeleines Würfe mit einem winzig kleinen Schneeball. Er landete an Madeleines Kleid, stob auseinander und ließ einen kleinen weißen Fleck zurück.

Madeleine lachte hell auf. „Isa, es besteht keine Not, die Schneeflocken einzeln zu werfen! Es ist hinlänglich Schnee vorhanden. Du musste nicht sparsam sein!"

Diesen Spott konnte Isabella nicht ungesühnt lassen. Sie formte in einer hastigen Bewegung eine gewaltige Ladung Schnee, welche sie sodann gen Madeleine schleuderte. Als die Eiskristalle ihren Weg durch die klare Winterluft nahmen, gewahrte sie erst, dass sie mehr von dem kalten Element als beabsichtigt in Bewegung gesetzt und die Wurfbahn zu hoch angesetzt hatte. Der Schnee traf Madeleines Arm und fand in nicht geringer Menge seinen Weg mitten in ihr Gesicht.

Madeleine verzog die Nasenspitze und befreite ihr Gesicht pustend von den Schneekristallen, die unerwartet auf sie niedergegangen waren. Als sie jedoch Isabellas erschrockenen Gesichtsausdruck erblickte, konnte sie sich eines fröhlichen Lachens nicht erwehren, welches so ansteckend war, dass auch Melissa und Elizabeth, die dem Schauspiel zusahen, in Gelächter ausbrachen.

„Féach air[4]! Unsere vornehme Isabella!", rief Madeleine mit einem heiteren Lachen, das von der winterlichen Kulisse widerhallte. „Zuerst gibt sie sich als wäre sie zu fein, um den Schnee auch nur zu berühren, um ihn sodann pfundweise nach einem zu schleudern."

„Verzeih mir", sprach Isabella leise.

„Was heißt hier „Verzeih mir"?" Ohne weiteres Zögern warf sie abermals einen Schneeball in Isabellas Richtung.

Nach einem kurzen Innehalten warf Isabella ihre Bedenken endlich von sich und griff nun beherzt nach dem Schnee, um es ihrer Schwester gleichtun zu können. Binnen Minuten waren sowohl Madeleines als auch Isabellas Gewänder von einer dicken Schicht Schnee bedeckt. Sogar Melissa und Elizabeth hatten sich dem vergnüglichen Treiben angeschlossen und sahen zuletzt aus wie kleine Schneeengel.

In höchster Überraschung hielten die vier plötzlich inne, als jene Kutsche in den Hof einfuhr, welche sie vor einigen Minuten, noch in ordentlicher Aufmachung, herannahen sahen und die sie dann gänzlich vergessen hatten.

---

[4]   Das Irische „féach air!" (sprachl: Fjohk ehr) bedeutet soviel wie „Sieh an!".

64

„Sieh nur, was du nun angerichtet hast!“, flüsterte Isabella mit einem unüberhörbaren Anflug von Ärger.

Madeleine hingegen begegnete ihr mit einem unbeschwerten Ausdruck in den Augen und entgegnete lachend: „Was soll das bedeuten, du hast auch geworfen!“

Isabella bemühte sich eilig, den Schnee von ihrem Mantel abzuklopfen, doch just in diesem Augenblick öffnete sich bereits die Tür der Kutsche. Ihre Augen Weitete sich ungläubig. Es war niemand Geringeres als Jane Cahill, die dem Vehikel entstieg.

Jane ließ ihren Blick von Isabella zu Madeleine und wieder zurück schweifen, und ein amüsiertes Lächeln zuckte über ihre Lippen. Isabella hätte lieber im Erdboden versinken mögen, so blamabel erschien ihr die Situation. „Herzlich Willkommen, auf Adhmaid House...“, stammelte sie mit einer gewissen Unbeholfenheit.

„Ich komme gewiss ungelegen...“, erwiderte Jane Cahill.

„Nein, ... nein, keineswegs. Unvorhergesehen vielleicht, doch gewiss nicht ungelegen", beeilte sich Isabella, richtigzustellen.

Cork, Irland

Jane nickte. Kate knickste und verließ den Raum. Nachdem die Tür hinter ihr ins Schloss gefalen war, ließ sie sich mit einem tiefen Seufzer auf ihr Bett sinken.

Es war noch nicht zu später Stunde, doch Jane war müde und sie verspürte keinerlei Verlangen nach einem Gespräch mit einem ihrer Brüder. Sie wollte für sich sein.

Wie töricht war sie doch gewesen, Isabella Dubois nicht wiedersehen zu wollen. Offenbar war sie doch geistloser, als sie angenommen hatte.

Nie würde sie den Anblick der vier Dubois-Töchter vergessen, wie sie, vollends mit einer glitzernden Schneeschicht bedeckt, und sichtlich erstaunt über Janes unversehenen Besuch, vor dem herrschaftlichen Gemäuer im winterlichen Garten verharrten. Wann immer sie an diesen Moment zurückdachte, huschte ein Lächeln über ihr Gesicht. Sodann indes hatten sie sich gefangen und, nachdem sie ihre verschneiten Kleider gegen geeignetere Gewänder getauscht hatten - Jane hatte derweil den angebotenen Tee verschmäht und stattdessen allerhand der ebenfalls dargebotenen, köstlichen Plätzchen verköstigt -, hatten sie sich zunächst am Kamin aufgewärmt und waren im Anschluss daran auf dem Anwesen spazieren gegangen. Hierbei hatten sie sich angeregt unterhalten und nun hatte sie jemanden gefunden, der sie am kommenden Freitag begleiten würde.

Die Freude über die Einladung hatte Isabella Dubois kaum zu verbergen vermocht und wenn Jane nicht alles täuschte, hätte auch ihre jüngere Schwester Madeleine sie liebend gerne begleitet.

Eine Etage tiefer streckte William die Beine weit von sich und lehnte sich, das Glas Sherry in der Linken, zurück in das Polster des Sessels.

Seine Schuhe waren glänzend poliert, wie er zufrieden feststellte. Die Zehen fühlten sich jedoch eingezwängt an in dem festen Schuhwerk. Überhaupt. Alles engte ihn ein. Der Hosenstoff spannte, die Knöpfe der Hemdsärmel schnürten seine Handgelenke ein und die Weste drückte ihn. Als hätte er nicht jedes einzelne Teil nach Maß anfertigen lassen. All das reizte seine Nerven. Er atmete scharf aus, kniff die Augen zusammen, während er in das flackernde Feuer im Kamin blickte. Weshalb war er so gereizt? Eigentlich lief alles nach seinem Sinne. Das Treffen am gestrigen Abend mit Tadhg Brennan hatte ihn wieder ein gutes Stück vorangebracht. Zum nächsten Treffen des „jungen Irlands" - Gott, war dieser Name lächerlich! - würde dieser törichte Narr sich von ihm begleiten lassen.

Ferner hatte Brennan in der Tat endlich einige bedeutsame Details preisgegeben über die ruchlosen Pläne jener Verschwörer. Ein abscheuliches Komplott gegen hochrangige Würdenträger der britischen Regierung sei im Gange, mit Waffenarsenalen aus den Tagen der französischen Revolution - eine Ungeheuerlichkeit sondergleichen! Welch Torheit zu glauben, dass

66

derlei Gewalttaten irgendetwas zum Besseren wenden könnten. Doch Brennan schien in jener wahnwitzigen Hoffnung unerschütterlich.

Nun oblag es William, einzig und allein den argwöhnischen Warner weiter zu beschwichtigen und hinzuhalten, damit seine eigenen Pläne nicht durchkreuzt würden. Es war von höchster Notwendigkeit, dass William erneut seine Fähigkeiten im Schauspielen und Täuschen unter Beweis stellte, um das perfide Netz, welches sich spann, rechtzeitig auseinanderzureißen – für Krone und Vaterland. Niemand durfte ihm diesen Erfolg abspenstig machen.

Überdies brachte es ihn zur Raserei, an einem solchen Abend untätig zu verharren, während in den prächtigen Salons Londons Ballnächte und rauschende Feste abgehalten wurden. Und hier in Cork? Jane hatte sich in ihr Gemach zurückgezogen, mit der Begründung, dass sie ermattet sei. Doch wovon?

Andrew war ebenfalls im Haus, vertiefte sich in die Bücher der letzten Wochen – als ob er, William, diese Aufgabe nicht längst selbst übernehmen konnte. Doch es schien, dass Andrew ihn und Jane weiterhin bevormunden würde, selbst wenn sie einst längst der Gebrechlichkeit des Alters verfallen wären.

War das ein unerträgliches Dasein, in diesem elenden Kaff ...

In diesem Augenblick trat Kate neben ihn. „Darf ich noch einen Brandy servieren?", fragte sie.

Sie stand in einiger Nähe zu ihm, und für einen flüchtigen Moment erwog er den Genuss des Brandys, während sein musternder Blick auf sie fiel. In Wahrheit begehrte er etwas ganz anderes – und wie sehnlichst er dies begehrte ...

Es wäre durchaus geeignet, diesen verfluchten Abend zu retten. Unwillkürlich drängte sich der Gedanke in seinen Kopf, wie es wäre, ihrer schlanken Taille habhaft zu werden, die seidigen Strähnen ihres Haares durch seine Finger gleiten zu lassen und ihre weiche Haut ... Würde sie sich seinem Begehren zu entziehen versuchen, sich gar widersetzen? Und wenn dem so wäre. Jener Gedanke fachte nur sein loderndes Verlangen weiter an.

Er umfasste mit einer raschen Bewegung ihr Handgelenk, erhob sich und zog sie fest an sich heran. Ihre Gesichter waren nun nur noch einen Hauch voneinander entfernt. Ihren warmen Atem in seinem Gesicht fühlend, erblickte er den Ausdruck des Erstaunens in ihren Augen. Ob diese Nähe für sie angenehm oder unangenehm war, vermochte er nicht zu sagen.

Mit unmissverständlicher Entschlossenheit legte er seine Hand an ihren Hinterkopf und zog sie zu sich, um einen Kuss auf ihre Lippen zu senken. Der Geschmack von Brandy verriet, dass sie davon gekostet hatte.

„Haben Sie sich etwa am Brandy vergangen?", fragte er mit bewusst scharfer Stimme.

Sie schreckte offensichtlich zurück. Seine Freude über diese Reaktion war unverhohlen.

„Ich entschuldige mich ...", flüsterte sie.

„Das sollten Sie allerdings", zischte er ihr ins Ohr. Ohne weitere Umschweife drückte er sie in den Sessel und griff fordernd nach ihrem Kleid. Sein Verlangen vernebelte ihm die Sinne, und für einen kurzen Moment verschwamm alles andere in Bedeutungslosigkeit.

Doch ihre Zweisamkeit wurde jäh unterbrochen. „Was denkst du, was du da tust?", ertönte unerwartet eine donnernde Stimme aus der Richtung des Arbeitszimmers.

Mit plötzlichem Schrecken im Blick ließ William von Kate ab und erhob sich hastig. Kate erhob sich ebenfalls eilends und wich mit angstgeweiteten Augen zurück.

In der Tür des Zimmers stand Andrew, sein Gesicht vor Zorn gerötet, seine Augen funkelten vor Empörung. „Verlassen Sie augenblicklich den Raum", zischte er mit schroffem Ton dem Zimmermädchen zu, ohne seinen Blick von seinem Bruder abzuwenden.

Kate verließ hastig das Zimmer und verschwand in die Dunkelheit des Ganges.

„Was mischst du dich in meine Angelegenheiten?", fuhr William seinen Bruder mit scharfer Stimme an und trat einen Schritt auf ihn zu.

„Angelegenheiten nennst du das?", erwiderte Andrew, seine Stimme kalt wie Eis. „Wie kannst du dich zu solch einer frivolen Tat herablassen?“

„Du hast mir nicht vorzuschreiben, was ich zu tun oder zu lassen habe. Du bist nicht mehr mein Vormund!“, schleuderte William zurück.

„Habe ich dir denn gar nichts beigebracht? Was denkst du, wird dir ein solch billiges Vergnügen einbringen? Du wirst Ärger über dieses Haus bringen und wenn Kate klug genug ist, wird sie dir ein Kind andichten. Du … du unbesonnener Tor!“

William konnte es kaum ertragen, wenn Andrew sich so gebärdete, als ob er der weitsichtigere von beiden sei. Er fühlte eine tiefe Abneigung gegen jedwede Person, die es wagte, ihm Ratschläge zu erteilen.

"Du verharrst in einer Traumwelt. Blicke der Realität ins Angesicht. Die Welt hat sich verändert und du erscheinst mir wie ein sturer Langweiler. Nicht mehr und nicht weniger. Von dir werde ich mich gewiss nicht belehren lassen, wie ich mein Leben zu gestalten habe."

"Du erwartest ernsthaft, dass ich glaube, es sei heutzutage gang und gäbe, sich mit Dienstboten einzulassen? Mach dich nicht lächerlich. Finde dir gefälligst jemanden von gleichem Stand für deine Eskapaden, doch ich bitte dich im Namen des Allmächtigen, lass die arme Kate aus deinen Spielchen heraus."

"Finde dir doch endlich eine Gattin, damit du Jane und mich nicht mehr mit deinem ewigen väterlichen Gehabe belästigen musst."

„Wenngleich du meinst, du bedürftest keines Vormunds mehr, so verhältst du dich nicht entsprechend. Zudem bedenke, du und ich haben jedenfalls eine Verantwortung gegenüber Jane. Dies solltest du keinesfalls außer Acht lassen!“

„Pah, Jane, täusche dich nicht selbst. Von ihr kannst du noch etwas lernen!“ Voller Zorn stürmte William an Andrew vorbei die Treppe hoch, ohne die Absicht, noch ein weiteres Wort mit ihm zu wechseln.

„Wohin willst du? Unsere Unterredung ist noch nicht beendet!“, rief Andrew dem davonstürmenden William hinterher. Doch im gleichen Augenblick vernahm er das scharfe Geräusch einer ins Schloss fallenden Türe. William hatte ihn schlichtweg stehenlassen.

Nachdem er sich einigermaßen gesammelt hatte, richtete Andrew seinen Blick auf die ausgebreiteten Dokumente, die vor ihm auf dem Schreibsekretär lagen. Doch die Buchstaben und Zahlen schienen ihm nur wie ein konfuses Gewirr vor seinen Augen zu tanzen. Er war unfähig, seine Gedanken darauf zu fokussieren. Was nur war aus William geworden? Wie konnte er sich selbst derart herabwürdigen? Hatte er gänzlich jede Selbstbeherrschung, jede Selbstachtung verloren?

William war jünger als er, es trennten sie immerhin fünf Jahre, gewiss, doch ungeachtet dessen zählte auch er inzwischen dreißig Jahre.

Seit dem Tage, an dem William siebzehn Jahre zählte, hatte sich Andrew mit all seiner Sorgfalt um ihn bemüht. Einst war William ein wohlerzogenes Kind von feiner Sensibilität, großem Feinsinn und ernsthafter Wesensart gewesen, gesegnet zudem mit einer Musikalität, die ihn von anderen abhob. Vor allem jedoch war er stets seiner Mutter, ihrer aller Mutter, innig zugetan gewesen. Es war für ihn sicherlich erschütternd, beide Eltern in einem jähen Schicksalsschlag zu verlieren. Zum einen da er seiner Mutter so verbunden gewesen war, zum anderen, da er zweifelsohne auch in den Jahren des Erwachsenwerdens die väterliche Anleitung bitter nötig gehabt hätte. Andrew hatte sich redlich bemüht, die Eltern zu ersetzen, obgleich es auch für ihn kein leichtes gewesen war, auf einen Schlag beide Eltern zu verlieren und die Fürsorge für beide jüngeren Geschwister zu übernehmen. Er mochte damals bereits zweiundzwanzig Jahre gezählt haben, dennoch war es eine große Bürde.

Oft war er von Zweifeln übermannt worden, wie er diese erdrückende Aufgabe bewältigen sollte, doch zu keinem Zeitpunkt hätte er dies seine Mündel wissen lassen und seine unermüdliche Anstrengung bewahrte doch schließlich die Familie vor dem Zerfall.

Und trotz all seiner Bemühungen war es Andrew verwehrt geblieben, William in die rechte Bahn zu lenken. Seit dem bedrückenden Todestag ihrer Eltern hatte William begonnen, sich in eine völlig andere Richtung zu wandeln. Anfänglich hat-

70

te Andrew dies als eine Reaktion auf die schwere Zeit, die notwendige Umgewöhnung und das schwierige Alter seines Bruders abgetan. Doch die Zeichen waren unübersehbar: Immer häufiger hatte es Situationen gegeben, in denen Andrew schlichtweg ratlos gewesen war, wie er mit seinem jüngeren Bruder verfahren sollte.

Es kam zu Zwistigkeiten, zu Zornesausbrüchen und Verwerfungen, die manches Mal auch im Beisein von Jane geschahen.

Welch eine drastische Verwandlung William doch durchgemacht hatte! Einst ein feinfühliges, liebenswürdiges Kind, von großer Begabung für das Musische, war er nun zu einem Detective der Britischen Polizei geworden, dessen einzige Leidenschaft es war, sich in den Kreisen der High Society zu bewegen, dessen banales Treiben ihn offenbar geradezu magisch anzog, dem er sich nicht widersetzen konnte.

William war nach wie vor eine überaus charismatische Persönlichkeit, in der Lage, andere für sich einzunehmen, selbst wenn er sich kaum die Mühe gab, sein geistloses, kaltherziges und egoistisches Wesen zu kaschieren. Kaum jemand wollte wahrhaben, dass er sich inzwischen ganz und gar in dem Streben nach vergänglichen Vergnügungen und oberflächlicher Bewunderung verloren hatte. Und auch Andrew selbst, als sein älterer Bruder, konnte nicht leugnen, dass er William trotz allem liebte und ihm vieles verzieh, was er andernfalls als abscheulich und beschämend betrachtet hätte.

Doch eine Grenze gab es, die Andrew nicht zu überschreiten vermochte: Williams geringschätzige Haltung gegenüber den Dienstboten und seine verwerfliche Behandlung derselben. Diese Praktiken missbilligte Andrew aus tiefstem Herzen, und darüber konnte er nicht hinwegsehen. Solch ein Verhalten war inakzeptabel und untragbar für ihn. William durfte nicht zu einem solchen Menschen geworden sein. Dies war einfach zu viel, und dies vermochte Andrew nicht zu ertragen.

Mit einem Mal hörten die Zahlen und Buchstaben auf zu tanzen und begannen zu verschwimmen.

Andrew schluckte gegen den Kloß in seinem Hals an und wischte verstohlen die Tränen weg, die nun seine Wangen hinab liefen.

Er wusste, dass er nicht gegen die Tränen anzukämpfen brauchte. Es wäre zwecklos. Das verhasste Gefühl, als würde er innerlich zerrissen, füllte ihn wieder vollkommen aus. Es war lange nicht mehr so präsent gewesen, wie jetzt gerade.

Nach dem Tode der Eltern schien es ihn beinah zu überwältigen. Wochenlang, ja monatelang hatte er dagegen angekämpft und versucht, den Schmerz tief in seinem Inneren zu verschließen, da er verpflichtet war, voranzuschreiten. Die Vormundschaft über die beiden jüngeren Geschwister war ihm übertragen worden, und sowohl Vater als auch Mutter hätten dies von ihm erwartet.

In Wahrheit hatte ihm die Fürsorge für William und Jane sogar geholfen, die qualvolle Zeit des Verlustes und der Ungewissheit zu überwinden. Doch niemals hätte er vermutet, dass ihm dies so misslingen würde! William war ihm gänzlich entglitten, und Jane? Sie bewahrte immerhin das Andenken an Mutter, indem sie ihre Liebe zur Musik und zur Poesie pflegte.

Dennoch, dies allein konnte nicht das gesamte Leben ausfüllen. Er fühlte sich verpflichtet, einen Gemahl für sie zu finden, der sicherstellen würde, dass sie für den Rest ihres Lebens versorgt wäre. Doch Jane zeigte keinerlei Neigung, eine Ehe einzugehen. Ganz im Gegenteil brachte sie ihren Ruf Abend für Abend aufs Neue in Gefahr, während die kostbaren Jahre ungenutzt verstrichen, ohne dass sie sich auch nur im Geringsten um ihre Zukunft kümmerte

Und nun auch dies noch! Was würde William unternehmen in seiner Abwesenheit? Wie konnte er verhindern, dass sein Bruder sich in solch abscheuliche Taten verstrickte? Er konnte nicht begreifen, dass seine Geschwister eine so geringschätzige Haltung gegenüber den Bediensteten eingenommen hatten. Von ihm hatten sie dies gewisslich nicht erlernt. Wie hätte er sie dies auch lehren können?

Vielleicht war nun wahrhaftig der Augenblick gekommen, die Karten offen auf den Tisch zu legen, auf das Jane und William zur Besinnung kämen, ehe sie sich selbst unwiederbringlich dem Abgrund näherten.

Andrew spürte die Leere, die der Tod seiner Eltern in ihm hinterlassen hatte. Noch immer, nach all den Jahren, überkam ihn mitunter jenes Gefühl, als sei ihr Hinscheiden erst gestern geschehen. In solchen Momenten wünschte er sich nichts sehnlicher, als ihre Gesichter noch einmal zu sehen, ihre Stimmen zu hören, ihnen eine letzte Frage zu stellen – eine Frage wie die, wie er nun mit William verfahren solle. Was konnte er tun? Auch um ein letztes Mal Abschied nehmen zu dürfen, ein Abschied, der ihm einst verweigert worden war.

Adhmaid House nahe Shannagarry, County Cork, Irland

"Mo ghrá[5]" Mary Dubois richtete sich auf.

Isabella blickte mit besorgter Miene zu ihrer Mutter hinüber. „Befindest du dich abermals schlechter?"

„Nein, Isabella, sorge dich nicht. Es ist nur ein flüchtiges Unbehagen. Im Übrigen fühle ich mich von Tag zu Tag besser. Wie könnte es auch anders sein, bei der vortrefflichen Pflege, die mir von dir und deiner Schwester zu Teil wird?"

Isabella lächelte. Sie gedachte, dass es hauptsächlich Madeleine war, die sich unermüdlich der Pflege ihrer Mutter widmete, doch diese Erkenntnis trübte ihre heitere Gemütsverfassung nicht.

Ach, wie gerne hätte sie ihrer Mutter von dem freudigen Besuch von Miss Cahill berichtet, doch sie war sich des Gebots der Mäßigung wohl bewusst. Es war nicht angezeigt, ihre innere Freude übermäßig zu offenbaren. Es galt, eine ruhige, ungerührte Erscheinung zu wahren.

„Setz dich zu mir. Erzähle mir etwas", forderte ihre Mutter sie mit einem matten Lächeln auf.

„Es gibt tatsächlich etwas zu berichten", begann Isabella mit Bedacht. „Miss Cahill hat uns unverhofft die Ehre ihres Besuches erwiesen und mich eingeladen, am Freitag mit ihr einem Konzert beizuwohnen."

---

[5]   „Meine Liebe".

„Ein Konzert?“

„Ja, ein Weihnachtskonzert.“

Der Blick ihrer Mutter verdüsterte sich leicht.

„Sie spielen dort Werke von Bach und Händel, so hat es Miss Cahill angekündigt.“ Isabella fürchtete insgeheim, dass ihre Mutter es missbilligen könnte, dass sie ein Weihnachtskonzert besuchte. Doch den Umstand zu verschweigen, wäre einer Täuschung gleichgekommen, und so hegte sie die stille Hoffnung, letztendlich doch die Zustimmung ihrer Mutter zu gewinnen.

„Ein Weihnachtskonzert ...“ Mary Dubois verharrte in stillem Nachdenken. Als sie schließlich sprach, klang ihre Stimme, als ob in Erinnerungen schwelgend: „Als dein Vater und ich jung waren, haben wir ebenfalls oft und gerne Konzerte besucht.“

Isabella blickte erstaunt auf. Niemals zuvor hatte sie erlebt, dass ihre Mutter von den Tagen ihrer Jugend sprach.

„Wir haben diese Festlichkeiten niemals mit euch begangen. Wisse, mein Kind, dass dein Vater und ich uns von den strengen Dogmen der Kirche abgewandt haben ... Dort hört man allerlei Predigten ... Doch unsere Verbindung, die wollte man uns nicht gewähren. Man wollte uns nicht die Freiheit unsererseits zubilligen.“

Isabella lauschte mit aufmerksamer Hingabe, da ihre Mutter ihr so intime Einblicke in ihr Innerstes gewährte.

„Vielleicht wird es dir helfen, zu begreifen, weshalb wir jenen Weg wählten, welchen wir beschritten haben“, setzte Mary ihre Erzählung fort und schloss für einen Moment die Augen, ob der Müdigkeit, die wie Blei auf ihr lastete. „Du bist ein kluges Kind. Ich ahne, dass du dereinst zu wissen begehrst, weshalb wir ein andersartiges Leben führen als es dem Gros der Familien eigen ist.“

Isabella richtete ihren aufmerksamen Blick auf ihre Mutter. Obgleich sie sich nicht bewusst war, inwiefern ihr Leben sich von dem anderer Familien unterschied, war dieses Geständnis ihrer Mutter doch von hoher Bedeutung für sie.

„Es gab keinen anderen Weg“, sprach Mary schließlich mit Bestimmtheit. Nach diesen Worten verstummte ihre Mutter. Isabella blieb mit ihrer drängenden Neugier ebenfalls schwei-

74

gend zurück. Sie scheute sich, sich womöglich unbedacht oder aufdringlich zu zeigen. Mehr noch als bei ihrem Eintreten wurde ihr bewusst, dass sie an diesem Ort nicht über ihre Belange sprechen konnte. Zerrissen zwischen der Vorfreude auf einen unbeschwerten und wunderbaren Abend und dem dringlichen Wunsch, tiefer in die Geheimnisse ihrer Familiengeschichte einzutauchen, empfand sie eine zwiespältige Unruhe. Denn beides lag fernab ihrer eigenen Entscheidungsmacht und war dem Willen ihrer Eltern unterworfen. So verließ Isabella still und zögernd den Raum, in der stillen Hoffnung, dass ihre Eltern ihr die Gunst eines erfreulichen Abends doch noch gewähren würden.

Dublin, Irland

Bei seiner Rückkehr in die Pension wurde Laurence von Mrs. Hide, seiner Vermieterin, empfangen. Sie reichte ihm einen Brief, der am Vormittag eingetroffen war.

Laurence hatte sich des Absenders versichert und voller Freude entschieden nach den Anstrengungen des Tages ein wenig zur Ruhe zu kommen und eine kurze Runde mit Lizzy um die Häuserecken zu drehen, ehe er sich dem Brief widmete. Er entschied, sich den Inhalt des Schreibens sodann bei einem Glas Brandy zu Gemüte zu führen.

Als er sich in dem bequemen, grün gepolsterten Sessel in dem kleinen Salon, der, an den Schlafraum grenzend, zu seinen angemieteten Zimmern zählte, niedergelassen hatte, der Brandy wartete bernsteinfarben-leuchtend im Glas, nahm er den Brief endlich in die Hände und brach das Siegel. Er entfaltete die zarten Bögen des Schreibpapiers und begann zu lesen.

„Liebster Laurie ...

„Ich hege die Hoffnung, dass Du bei bester Gesundheit und ebenso in der Ferne wohlbehalten angelangt bist.

Mein Weg hat mich zu meinem geschätzten Freund Thomas Carlyle[6]

---

6 Thomas Carlyle (1795-1881) war ein bedeutender schottischer Schrift-

geführt.

Ihr seid einander, zu meinem Bedauern, nicht bekannt. Er ist ein Mensch von großherzigem Wesen. Er hat mich auf seinem Wohnsitz in Chelsea freundschaftlich aufgenommen und untergebracht.

Unsere Gespräche sind von einigem Disput geprägt, und nicht selten tragen wir sie im Geiste eines wahren Duells aus. So verstehst du, dass er mir ein bedeutender Gefährte ist."

Laurence musste unwillkürlich schmunzeln, da er diese geistigen Fechtkämpfe lebhaft vor Augen hatte. Auch er hatte solche oft mit seiner Schwester gefochten.

Der lebhafte Stil und die Ausdruckskraft des Schreibens fielen Laurence ins Auge. Hatte sich ihr Gemütszustand womöglich verbessert? Der Umgang mit einem Freunde und die Distanz zum elterlichen Haus schienen ihr gutzutun. Er wünschte sich, dass dem so sei, und blickte erwartungsvoll auf die nachfolgenden Zeilen. *„Ich habe sehr mit mir gerungen, um einen Weg zu finden, der es mir erlaubt, mit meinem künftigen Los Frieden zu schließen, so dies überhaupt der rechte Ausdruck sein mag ...*

Gleichwohl, meine Stimmung hat sich merklich gehoben, und dies wünsche ich dir mitzuteilen, auf dass du dich nicht weiter um mich sorgen musst.

Ich werde mein zweites Buch vollenden und es meinem Verleger übersenden, ehe man mir die Fesseln anlegt ..."

Laurences Herz zog sich spürbar zusammen, als er diese Worte las. Obgleich er sich der Ernsthaftigkeit oder doch des scherzhaften Untertons dieser Zeilen nicht gewiss sein konnte, lastete ein ungemein beklemmender Nachhall auf seiner Seele. Möglicherweise war dies von Eliza nicht beabsichtigt, doch ihre Worte trugen eine andere Gravitas als die zuvor geschriebenen.

„Wie hast du dich in Dublin eingelebt? Findest du Gefallen an deiner Arbeit im Hospital? Ich brenne darauf, Neuigkeiten von dir zu vernehmen. Solltest Du willens sein zu schreiben, so sende deine Zeilen an

<hr>

steller, Historiker und Philosoph. Carlyle war auch ein bedeutender Kritiker der industriellen Revolution und der damit einhergehenden sozialen Veränderungen. Seine Schriften und Vorträge hatten einen erheblichen Einfluss auf die viktorianische Gesellschaft und die intellektuellen Bewegungen seiner Zeit. Quelle: "The Life of Thomas Carlyle" von Richard Garnett.

die Adresse von Mr. Carlyle.
  Im Geiste bin ich stets bei dir, mein liebster Bruder.
  Auf bald, deine dich innig liebende Schwester, Eliza. "

Adhmaid House nahe Shannagarry, County Cork, Irland

Isabella kehrte erst gegen dreiundzwanzig Uhr heim.

Sie streifte die Mantille ab und ließ sich auf den Stuhl an ihrem Spiegeltisch sinken.

Sie legte sie Handschuhe ab und lehnte sich zurück. Ihre Frisur saß ebenso geordnet wie vor Stunden, als sie sich von diesem Platz erhoben und auf den Weg nach Cork gemacht hatte. Auch ihr Gesicht sah genauso aus, abgesehen von der leichten Rötung, die die Dezemberkälte in ihr Gesicht gemalt hatte. Fast erschien es ihr, als wäre sie nie fort gewesen und doch war alles anders, weil sie so anders empfand.

Die Bilder des Abends, alle Sinneseindrücke tanzten wie flirrende Schatten in ihrem Innern. Noch immer vernahm sie die zarten Nachklänge der Musik, spürte den donnernden Applaus, der den Saal erfüllte, das grelle Licht, die schillernden Farben und die Vielzahl an Düften von Parfüm und Puder, welche die Herren und Damen umgaben. Und sie sah das Bild ihrer Begleiterin Jane Cahill, hörte ihr Lachen ...

In diesem Moment fühlte sie sich heiter, beschwingt und voller Unbeschwertheit. Doch diese Empfindungen befremdeten sie und sie suchte sie zu unterdrücken, so gut sie konnte, da sie aus Erfahrung wusste, dass sie sich auf tückische Weise allzu rasch ins Gegenteil verkehren konnten und dann eine qualvolle innere Leere hinterließen, welche weit jenseits des Erträglichen läge. Unerträglicher womöglich als jedes Gefühl, dass sie bisher erlebt hatte.

Laurence trat an das Bett heran und legte behutsam die Hand auf die Schulter seines Patienten. Er regte sich und öffnete mühsam die Augen.

„Empfinden Sie Schmerzen?", erkundigte sich Laurence mit geteilter Sorge und professioneller Zurückhaltung.

Mit sichtlicher Anstrengung und einem Gesichtsausdruck, der von Schmerzen gezeichnet war, begegnete ihm der Kranke mit zusammengebissenen Zähnen.

"Hat Ihnen Schwester Theresa heute Beistand geleistet?", fragte er weiter.

Ein schwaches, kaum merkliches Kopfschütteln war die Antwort, die Laurence erhielt.

"Hat man Ihnen nichts zur Linderung der Schmerzen verabreicht?" setzte er nach, um herauszufinden, ob man womöglich eine Änderung des Behandlungsplans vorgenommen hatte, ohne seine ärztliche Einschätzung einzuholen.

Doch ein weiteres verneinendes Kopfschütteln folgte.

Laurence ließ seinen Blick durch den Raum schweifen. Keine Spur einer Schwester. Doch insgeheim war er froh, sie in der Tat nicht zu entdecken, denn es hätte ihn sehr verwundert, wenn sie Dienst gehabt hätte und die Pflege dieses Patienten vernachlässigt hätte. Schwester Theresa war von unfehlbarer Zuverlässigkeit und Hingabe, welche sie in den vergangenen Tagen unablässig bewiesen hatte. Das Gros der übrigen Pflegerinnen hingegen, empfand Laurence als rau, beinahe unbedeutend, in ihren Talenten wie auch in ihrem Interesse am Wohlergehen der Patienten.

Diese führten die nötigsten Verrichtungen aus, legten Verbände an, teilten Medikamente aus, hielten auch die Kamine in Stand und die Böden reinlich. Doch darüber hinaus betrachteten sie keine Aufgaben als die ihren.

Auch die Ärzte, von ihrer eigenen Bedeutung und Kompetenz überzeugt, sahen die Schwestern lediglich in der Erfüllung der allernotwendigsten Aufgaben. Gleichermaßen war es augenscheinlich, dass sie dringend auf helfende Hände angewiesen waren. Doch ihr Standesdünkel verhinderte es, die Schwestern mit mehr Verantwortung zu betrauen. Lieber ließen sie unzählige Aufgaben unerledigt, als dass sie den Schwestern, in deren Fähigkeiten sie wenig Vertrauen setzten, diese übertrugen und ihnen somit eine wichtigere Rolle zubilligten.

Da er die Dringlichkeit des Augenblicks erkannte, beschloss er, eigenhändig einzugreifen, denn der leidende Mann bedurfte dringend eines Schmerzmittels, und die Wunde musste auf zufriedenstellende Heilung überprüft werden.

„Wann hat Schwester Theresa Sie zuletzt aufgesucht?", erkundigte sich Laurence mit sanftem Nachdruck.

„Gestern ...", antwortete der Mann mühsam, kaum hörbar.

„Ich werde Ihnen etwas bringen, damit Sie die Schmerzen besser ertragen können." Mit diesen Worten begab sich Laurence auf den Weg zum Arzneischrank. Unterwegs begegnete er Schwester Betty. Eine Schwester von vermutlich Anfang zwanzig. „Schwester, haben Sie heute hier Dienst?"

„In der Tat." Sie bedachte ihn mit einem strahlenden Lächeln. Es war nicht das erste Mal, dass Laurence bemerkte, wie sehr sie sich bemühte, seine Gunst zu gewinnen.

„Der Patient in Bett Nummer fünf leidet unter heftigen Schmerzen. Warum hat man ihm kein Mittel verabreicht?" Verwirrung zeicnete sich in ihrem Blick ab. „Ich ... Das ist mir offenbar entgangen, ich werde diesen Missstand sogleich beheben." Mit geschäftiger Eile wandte sie sich dem Arzneischrank zu und begann, das geeignete Mittel zu suchen.

„Bringen Sie es sogleich zu Bett Nummer fünf. Ich werde die Wunde einer näheren Betrachtung unterziehen."

„Diese Aufgabe habe ich bereits verrichtet und ihm einen frischen Verband angelegt. Die Wunde präsentiert sich in einem ganz und gar unauffälligen Zustand. Sie müssen sich diese Mühe nicht auferlegen." Mit unterwürfigem Ausdruck begegnete ihr Blick dem seinen.

„Ach, so haben Sie den Verband erneuert, jedoch versäumt zu bemerken, dass der arme Mann von starken Schmerzen geplagt wird?", entgegnete Laurence mit einem Hauch von Ungläubigkeit und aufsteigendem Zorn in seiner Stimme.

Ihre Unruhe war nicht zu übersehen. „Er ... er schlief zu jener Zeit, er erwachte wohl eben jetzt ...“

„Bringt das Mittel“, äußerte Laurence mit fester Stimme, bemüht, seinen aufkeimenden Unmut zu verbergen, und eilte sogleich zurück zu seinem Patienten. Er ahnte bereits, was die quälenden Schmerzen verursachte. Schwester Betty, obgleich in vielerlei Hinsicht weniger akribisch, zeigte stets einen übergroßen Eifer beim Verbändeanlegen. Ihre Neigung, die Wunden dermaßen straff zu verschnüren, als wollte sie die Verletzung selbst erdrücken, war ihm wohlbekannt. Er würde diesen umgehend erneuern.

Bedachtsam löste er die straff gezogenen Schnüre, die sich so fest in die Haut des Leidenden gegraben hatten, dass sie deutliche Striemenspuren hinterließen. Während er sich dieser Aufgabe widmete, wuchs seine Ungeduld, da Schwester Betty sich offenbar wenig um Eile scherte. Jede verstrichene Minute nährte seinen Zorn. Doch schließlich, als er den Verband schlussendlich entfernt hatte, konnte er mit Erleichterung feststellen, dass die Wunde trotz ihrer groben Abbindung nicht entzündet war und die Schmerzen des Patienten merklich nachließen.

Nachdem er einen neuen, schonenderen Verband angelegt hatte, wollte Laurence sich gerade auf die Suche nach der Schwester machen, als diese unerwartet hinter ihm erschien.

„Hier, bitte sehr.“ Sie reichte ihm ein Glas mit einer Flüssigkeit. „Es ist Branntwein“, erwiderte sie, um seinen fragenden Blick zu beantworten.

Vorsichtig hob Laurence den Kopf des Patienten und ließ ihn sorgsam trinken. Schwester Betty stand dicht an seiner Seite, zu dicht.

„Sie können gehen, Schwester“, sprach er in einem Ton, der schärfer klang, als er beabsichtigt hatte.

V.

"Der bleiche Mond
hinter Nebeln trüb,
verliert sich in der Dunkelheit.
Die Nächte lang,
im Frost erstickt,
die Welt erstarrt."

Adhmaid House

Es war eine überaus günstige Gelegenheit und Madeleine musste sie nutzen.

So trat sie hinaus in die kühle, klare Luft dieses ungewöhnlich milden Winternachmittags. Sie überblickte die Gartenanlage. Die Natur zeigte sich in einem ruhigen, fast friedlichen Zustand. Die kahlen Äste der Bäume zeichneten sich scharf gegen den blassblauen Himmel ab, und das Gras war von einem leichten Frost überzogen, der im schwindenden Tageslicht glitzerte. Obwohl es Winter war, war der Tag ungewöhnlich trocken und angenehm. Sie verfügte nur über die wenige Zeit bis zum Abendessen, doch diese Zeit musste sie ausnutzen und einen Ausritt mit Aodhán unternehmen.

Sie trug jenen selbstgefertigten Hosenrock, der ihr das Reiten im Herrensattel ermöglichte, ungeachtet der strengen Vorschriften, die solch ein Verhalten untersagten. Eilig begab sie sich zu den Stallungen und drückte sich durch das schwere Holztor, um Aodhán überschwänglich zu begrüßen. Sie lachte freudig auf, als dieser nahe ihrem Gesicht schnaubte.

Unverzüglich holte sie Sattel und Geschirr herbei. Mit geübten Händen sattelte sie Aodhán, ihre Bewegungen waren sicher und routiniert. Sorgfältig überprüfte sie die Riemen und die Lage des Sattels, ehe sie sich dem zweiten Pferd zuwandte. Es war nun einige Tage her, seit sie Sheehan zuletzt gesehen hatte. Gewiss würde sie ihn in seiner kleinen Hütte antreffen.

Da nur wenig Zeit für einen Ausritt verblieb, fasste sie den Beschluss, ihn an seiner Behausung aufzusuchen. So sattelte sie sogleich ein Ross für ihn. Sie wählte eines der edelsten Tiere aus den Ställen ihres Vaters. Sheehan hatte eine tiefe Zuneigung zu allen Pferden, so würde ihm ihre Wahl gewiss zusagen.

Nachdem beide Tiere bereit waren, führte sie sie zum Tor und schwang sich geschickt in den Sattel ihres eigenen Pferdes. Mit einem leichten Druck ihrer Fersen setzte sie sich in Bewegung, die Zügel des zweiten Pferdes fest in der Hand, und ritt in Richtung Sheehans Cottages´.

Madeleine ritt in gemächlichem Tempo durch die winterliche Landschaft, die sich in sanften Hügeln und weiten Ebenen um sie ausbreitete. Der Boden war hart gefroren, und das Gras knirschte leise unter den Hufen der Pferde. In der Ferne konnte sie die dunklen Umrisse der Hügel erkennen, die sich gegen den Himmel abzeichneten. Ein sanfter Wind trug den harzigen Duft von Kiefernnadeln und feuchter Erde zu ihr hinüber.Der Anblick, welcher sich ihr vom Rücken Aodháns aus erschloss, war ihr stets ein Quell unermesslicher Freude, ungeachtet der Jahreszeit. Sie schätzte es über alle Maßen, die klare Luft zu atmen und den Wind im Haar zu spüren. Im Sommer waren es das heitere Singen der Vögel und das satte Grün der Sträucher im Park von Adhmaid House. Im Winter hingegen hallte das klagende Krächzen der Krähen durch die Lüfte, vermengt mit dem salzigen Hauch der nahen See. Sie wusste, dass ihr all diese jahreszeitlich wechselnden, bezaubernden Eindrücke niemals über wären. Der Gedanke, all dies könnte eines Tages für sie verloren sein, sei es durch die Hand ihres Vaters, der sie einer ehelichen Verbindung überantworten und zur Trennung von Adhmaid House zwingen könnte, war für sie gänzlich unerträglich. Eilig verbannte sie ihn aus ihrer Vorstellung.

Bald erreichte sie das Cottage des Gärtners, ein kleines, schlichtes Haus aus grauem Stein mit einem Strohdach. Der winterliche Garten darum herum schlief zu dieser Jahreszeit und ruhte sich für das kommende Jahr aus. Die Beete lagen leer und dunkel da und die Sträucher standen kahl und einsam, sodass das kleine Cottage besonders in dieser kargen Jahreszeit warm und einladend wirkte mit dem dünnen, flackernden Lichtschein, der durch das kleine Fenster in die Dämmerung fiel, die nun allmählich einsetzte. Madeleine zügelte Aodhán und stieg sachte ab. Sie führte die Pferde zu einem kleinen Unterstand, wo sie sie sicher anbinden konnte.

Als Madeleine sich dem bescheidenen Cottage näherte, vernahm sie leise Klänge, die sanft durch die Wände drangen. Es war Sheehan. Sie wusste wohl, dass er die Musik über alles liebte und selbst mit meisterlichen Händen die Violine spielte. Jedoch spielte er nicht die alten Meister, sondern er spielte die alten Weisen. Sie hatte Sheehan spielen gehört, so erkannte sie sogleich jede einzelne Melodie.

Sie hielt inne, um den Klängen zu lauschen.

Die Weise, die er spielte, war melodisch und melancholisch zugleich, und für einen Moment vergaß Madeleine die Kälte und die Eile, in der sie sich befand. Sie schloss die Augen und ließ die Musik auf sich wirken, spürte der Geschichte von Arthur McBride nach, die Sheehans Melodie erzählte. Still stand sie da, eingehüllt in die vertrauten Klänge.

Madeleine erblickte Arthur McBride und seinen Cousin vor ihrem inneren Auge, wie sie eines Morgens am Strand spazieren gingen. Während ihres Spaziergangs begegnen sie einem Rekrutierungsoffizier, einem Sergeanten und einem Trommler. Jene bemühen sich, Arthur und seinen Cousin für die britische Armee anzuwerben.

Der Sergeant spricht die jungen Männer freundlich an und erklärt ihnen die vermeintlichen Vorteile des Militärdienstes. Er lockt sie mit gutem Essen, Kleidung und Unterkunft sowie der Möglichkeit, Ruhm und Ehre zu erlangen.

Madeleine konnte die beiden sehen, wie sie sich die Rede des Sergeants still anhören, sich jedoch nicht überzeugen lassen und das Angebot höflich, aber bestimmt, ablehnen.

Der Sergeant wird daraufhin wütend und droht ihnen mit Gewalt, falls sie sich weigern, sich anwerben zu lassen. Dies führt zu einer Auseinandersetzung, bei der Arthur und sein Cousin die Oberhand gewinnen. Sie überwältigen den Sergeanten und seine Begleiter, schlagen sie nieder und werfen ihre Trommeln und Waffen ins Meer, um sicherzustellen, dass sie niemanden mehr rekrutieren können.

Am Ende des Liedes ziehen Arthur und sein Cousin ihrer Wege, zufrieden, da sie ihre Freiheit und Unabhängigkeit bewahrt haben. Das Lied endet mit ihrem Triumph, dem Militärdienst entkommen zu sein.[7]

Nachdem die letzten Laute der Violine verklungen waren, war Madeleine unschlüssig, ob sie klopfen, oder weiter warten sollte. Sie beschloss, zu klopfen.

Sheehan öffnete mit verwundertem Gesichtsausdruck. Doch er begriff wie immer augenblicklich.

„Miss Madeleine! Ich will nur schnell die Violine sicher verstauen, dann bin ich bereit für einen Ausritt!"

Madeleine machte einen Schritt in das kleine Cottage, um die Tür zu schließen und die kostbare Wärme nicht zu verschwenden. Im Eingang wartete sie, bis Sheehan seine Violine in den Geigenkasten gelegt hatte.

Er warf sich seinen warmen Mantel über und strahlte Madeleine voller unverstellter Vorfreude an.

Wenig später schwangen Sheehan und Madeleine sich auf die Pferde. Es begann bereits zu dunkeln, doch die Luft war klar und frisch. Eine salzige Brise wehte vom Meer herüber und

---

[7]   Das Lied wurde beispielsweise von Paddy O'Connor vertont. Die genaue Herkunft ist nicht eindeutig geklärt, doch es wird angenommen, dass es aus der Region um Donegal im Nordwesten Irlands stammt. Die Geschichte und der Stil des Liedes reflektieren die irische Volkskultur und die historischen Spannungen zwischen Irland und Großbritannien. Quelle: https://en.wikipedia.org/wiki/ArthurMcBride; zuletzt abgerufen am 30.12.2024 um 16:23.

brachte den Duft des Ozeans mit sich. Sie ritten in Richtung der Klippen.

Je näher sie den Klippen kamen, desto deutlicher vernahmen sie das donnernde Rauschen der Wellen, die unermüdlich gegen die Küste rollten. Schließlich spürten sie die feine Gischt auf ihren Gesichtern, die vom Wind herübergetragen wurde.

Vor ihnen lag nun eine gerade Strecke entlang der langgezogenen Küste.

Die beiden gaben ihren Pferden die Sporen, und die Tiere setzten sich in einen kraftvollen Galopp.

Madeleine spürte, wie ihr Herz schneller schlug, erfüllt von jenem Gefühl von Freiheit, dass sie so liebte. Der Wind wehte ihr durch das Haar, und trotz der Kälte wurde ihr warm von der Anstrengung des Ritts.

Das Hufgeklapper der Pferde hallte rhythmisch durch die sich herabsenkende Dunkelheit, gegen den Lärm der sich brechenden Wellen. Die Welt schien für diesen Moment stillzustehen. Der Wind, die salzige Luft und Aodháns unbändige Energie verschmolzen zu einer einzigen Impression.

Madeleine wäre am liebsten immer weiter geritten, doch ihre Vernunft riet ihr, bald umzukehren. Sie durfte Aodhán nicht zu sehr erschöpfen. Dafür liebte sie ihn zu sehr. Doch noch ein Stück wollte sie weiter, die Freiheit und den Wind spüren.

Und dann geschah etwas gänzlich Unerwartetes. Es ereignete sich so jäh, dass Madeleine nicht zu erfassen vermochte, was vor sich ging. Jegliche Möglichkeit zur Reaktion war ihr verwehrt. Plötzlich, wie aus heiterem Himmel, strauchelte Aodhán. Das Pferd musste gestolpert sein. Seine Beine verloren unter dem schweren Leib den Halt, und Aodhán stürzte zu Boden. Madeleine wurde über den Kopf des Tieres geschleudert, ihr Körper drehte sich in der Luft, und sie fühlte sich für einen Moment schwerelos, bevor sie mit einem harten Aufschlag auf der Erde zu liegen kam.

Sie hätte hinterher nicht mehr sagen können, wie sie auf dem Boden aufgeschlagen war, doch in jenem Augenblick, als sie aufschlug, durchzuckte ein scharfer, durchdringender Schmerz ihr Bein. Wie der Schnitt eines glühendes Messers. Der

Schmerz war von solcher Heftigkeit, dass ihr für einen Augenblick schwarz vor Augen wurde. Sie begriff sogleich, dass das Bein unter einem unnatürlichen Winkel abgeknickt war. Es hatte sich etwas ereignet, das nicht hätte geschehen dürfen. Jeder Versuch, sich zu rühren, führte zu überwältigenden, unerträglichen Schmerzen. So konnte sie nur reglos an Ort und Stelle ausharren. Tränen schossen ihr in die Augen, als ihre Gedanken zu Aodhán schweiften. Was war mit ihm geschehen? Sogleich beschleunigte sich ihr Atem in blanker Angst. Sie wendete all ihre Kraft auf, um sich zu ihm zu wenden. Jedoch, der Schmerz, der ihren Körper durchfuhr, raubte ihr den Atem, und doch gelang es ihr, sich eben so weit zu drehen, dass er in ihr Blickfeld rückte, was ihre Panik allerdings augenblicklich ins Unerträgliche steigerte. Aodhán lag ebenfalls am Boden. Er kämpfte, verzweifelt schnaubend, darum, auf die Beine zu kommen. Madeleine spürte die Tränen, die ihre Wangen hinabliefen, nicht. Ihr Innerstes brannte danach, zu ihm zu eilen. Ihn zu beruhigen. Ihm aufzuhelfen. Ihm beizustehen. Allein, diese schmerzvolle Odysee konnte sie nicht bewältigen. Und dann, wie ein unerwartetes Wunder, wurde sie Zeugin, wie es Aodhán gelang, auf die Beine zu kommen. Sie schluchzte auf vor Erleichterung und rief seinen Namen.

Aodhán drehte sich ihr zu und schritt langsam und bedächtig zu ihr, als wäre nichts gewesen. Als habe es seinen Kampf nicht gegeben.

„Aodhán!" Sie streckte ihm ihre Hand entgegen.

Das Tier trat sachte an sie heran und berührte mit den Nüstern ihre Hand. Sie spürte den warmen Atem des Pferdes und wurde sogleich ruhiger.

In eben jenem Augenblick erreichte Sheehan sie. Er hatte sogleich sein Pferd gezügelt und war abgesprungen, als er des Unglücks gewahr geworden war. Er kniete sich neben sie, sein Gesicht von Sorge gezeichnet. "Miss Madeleine, habt Ihr Euch verwundet?", fragte er mit zitternder Stimme, während er behutsam ihre Hand aufnahm. Madeleine vermochte nur schwach den Kopf zu schütteln, während Tränen ungehindert über ihr Gesicht strömten. "Mein Bein ... es ist gebrochen", flüsterte sie kaum hörbar.

Sheehans Entsetzen war ihm nur zu deutlich anzusehen und zu ihrem eigenen Erstaunen spürte sie, wie dies, vollkommen unerwartet, Ruhe in ihr auslöste. Eilig wischte sie sich die Tränen fort. „Seien Sie unbesorgt. Es ist gewiss nicht ...", ihre Stimme brach ab. Die Schmerzen waren überwältigend. „Bitte ... reiten Sie zurück und ... bringen Sie Hilfe ..."

Sheehan indes wirkte zweifelnd und schien hin und her gerissen. "Doch, ... ich kann Euch nicht allein hier zurücklassen!", rief er schließlich aus mit einer Entschlossenheit, die dennoch Ratlosigkeit offenbarte.

"Sie werden es tun müssen. Vermögen Sie doch darauf zu vertrauen, dass ich nicht allein bin; Sehen Sie, ... Aodhán weicht nicht von meiner Seite. Es gibt keinen anderen Ausweg. Ich vermag nicht aufzustehen, noch zu laufen, geschweige denn zu reiten."

Nach langem, inneren Ringen fasste Sheehan schließlich einen Entschluss und richtete sich mit einem Ruck auf. Im nächsten Augenblick schwang er sich behände auf sein Ross und verschwand in eiligem Galopp in der Finsternis der Nacht.

Madeleine ließ ihren Kopf zurück auf die Erde sinken. Als das Hufgetrappel langsam in der Ferne verhallte und keine Ablenkung ihr den Schmerz mehr erleichterte, wurde das Pochen in ihrem Bein schier unerträglich. Sie konnte die Tränen nicht zurückhalten. Bald waren sie die einzige Wärme, die sie noch empfand. Die Kälte der gefrorenen Erde kroch längst unerbittlich durch den Stoff ihrer Kleider. Der Wind, der von der See herüberwehte, trug ebenfalls dazu bei, dass sie binnen kürzester Zeit auskühlte. Das Zittern, das sie befiel, verstärkte die Schmerzen umso mehr. Sie atmete verzweifelt gegen Schmerz und Kälte an. In eben jenem Augenblick vernahm sie das vertraute Schnauben von Aodhán dicht an ihrem Gesicht und spürte seinen warmen Atem. Sie griff mit den Händen nach dem Kopf ihres Pferdes und spürte die Wärme des Felles an ihren Händen. Aodháns Anwesenheit mit all ihren Sinneswahrnehmungen beruhigte sie schlagartig und gab ihr Trost.

Cork, Irland

„Mo gráh, denkst du, dass du vermagst, es durchzustehen?“ Er blickte sie zweifelnd an. Es war noch immer nicht einzuschätzen, wie sie reagieren würde, einerlei, was er sagte oder tat. Manchmal stark wie eh und je, dann, plötzlich, ganz in Tränen oder im Zorn aufgelöst ...

„Mach dir keine Gedanken, Tadhg, ich nehm die Kinder mit zu Tante Helen und wir haben einen schönen Adventsnachmittag. Du gönnst dir einen Whiskey und kommst dann abends heim.“ Ihre Stimme war sanft, doch ihr Lächeln überzeugte ihn weniger. Während sie weitergingen, hatte er ein Auge auf die Kinder, die vorauseilten und die Eltern kaum beachteten.

Schließlich hatten sie den Marktplatz erreicht, wo sich ihre Wege trennten. Tadhg hatte sich mit William Cahill im Pub verabredet. Er rief die Kinder zurück und wandte sich dann Caoimhe zu. Sollte er noch einmal seine Sorge aussprechen oder lieber nicht? Schließlich nahm er ihre Hand. Er schenkte ihr ein Lächeln, hoffend, dass sie seine Zuversicht aufnehmen könnte.

Just in dem Moment, als er ihren Blick zu deuten versuchte, fühlte er eine Hand auf seiner Schulter. Er drehte sich um und sah in die Augen von Cahill.

„Ah, me lad[8]!“ Cahill streckte ihm die Hand hin.

Caoimhe musterte Cahill mit einem prüfenden Blick an.

Cahill lächelte gewinnend.

Ihr Miene verriet keine Regung.

„Darf ich vorstellen? Das ist meine liebe Frau Caoimhe und das ist William Cahill.“

„Dein Freund, William Cahill, wolltest du wohl sagen?“ Cahill hielt Caoimhe die Hand hin. Sie nahm sie und er deutete eine tiefe Verbeugung und sogar einen Handkuss an. „Brennan, du hast mir nie gesagt, wie entzückend deine Frau ist!“ William Cahill ließ Caoimhe bei diesen Worten nicht aus den Augen.

---

[8] Informelle, freundschaftliche, gebräuchliche Art der Ansprache unter Freunden in Irland und Großbritannien im 19. Jahrhundert, insbesondere in den einfachen Schichten der Bevölkerung.

Tadhg konnte deutlich erkennen, das Caoimhe innerlich einen Schritt zurückwich. Erkannte sie gut genug um zu wissen, dass derart freundliche Worte bei ihr Misstrauen auslösten. Einerseits freute ihn ihre Reaktion, andererseits erschien ihm selbst Cahills Art als herzlich.

Cahill schien Caoimhes Zurückhaltung nicht zu bemerken. Er setzte noch eins obendrauf. „Sie nehmen es mir doch nicht übel, wenn Sie ihren Mann meinetwegen heute Nachmittag entbehren müssen?"

Tadhg empfand Cahill nun doch als aufdringlich und seine Art als ungebührlich, doch er war sich nicht sicher, ob diese Weise des Umgangs möglicherweise in England üblich war und Cahill das dort so gelernt hatte. Vielleicht war er, Tadhg, auch einvertrocknet und hatte die Leichtigkeit der Jugend verloren? Cahill hatte keine Familie, die er versorgen musste, der litt keinen Hunger. Gewiss tat er ihm Unrecht, wenn er sein Benehmen als unpassend verurteilte.

„Bis später!", riss Caoimhe ihn aus seinen Gedanken.

Tadhg versuchte, die trübe Stimmung abzuschütteln, die ihn plötzlich überkommen hatte. „Bis später." Er drückte ihre Hand für Augenblicke fest in seiner und sah ihr in die Augen. „Habt einen schönen Nachmittag. Ich hole euch später ab und dann gehen wir den Heimweg gemeinsam."

Als Caoimhe und die Kinder um die nächste Ecke verschwunden waren, wandte er sich Cahill zu.

Der sah ihn mitleidsvoll an. „Ihr habt keine leichte Zeit, was?"

Tadhg Brennan schwieg dazu. Er atmete nur fest aus und schüttelte kaum merklich den Kopf. Dann schritten sie nebeneinander her zum Pub.

Als Tadhg Brennan gegen neunzehn Uhr an der Tür von Helen Brennan klopfte, war er in besserer Stimmung. Mit Cahill war ganz gut reden. Er wollte ihm zwar immer noch nicht recht über den Weg trauen, denn Fremden traute er aus Prinzip nicht, und Cahill blieb nach seinem Sinn ein Fremder, doch immerhin trafen sie sich nun schon seit einigen Wochen. Cahill zeigte ein großes Interesse an der Bewegung. Tadhg hatte ihm sogar zugesagt, ihn mit zur nächsten Versammlung zu nehmen. Die Initiatoren sagten immer wieder, dass sie neuen Zulauf wünschten.

Was Tadhg jedoch (noch) nicht preisgegeben hatte, war, dass in wenigen Tagen ein geheimes Treffen stattfinden würde, bei dem nur wenige Auserwählte dabei sein würden. Dort sollten die Details der Sache besprochen werden. Durch Daoiri war er ebenfalls eingeladen. Daoiri hatte ihm den Weg in die Bewegung geebnet. Inzwischen war Tadhg sich sicher, dass er das Richtige tat. Es war das Einzige, was ihm Hoffnung gab, diesem Elend endlich ein Ende zu setzen. Und vielleicht würde es ihn auch Caoimhe wieder näher bringen. Seiner Caoimhe, die sich seit jenem schrecklichen Morgen so weit in sich zurückgezogen hatte

Adhmaid House nahe Shannagarry, County Cork, Irland

Jules Dubois schenkte sich einen Brandy ein. Seine Hände stellten sich dabei ungelenk und starr an. Die Kälte war noch nicht wieder aus seinen Knochen gewichen. Sie war während der langwierigen, strapaziösen Fahrt über die unwegsamen Straßen des Countys in seine Glieder gekrochen und ließ nicht locker, obgleich er bereits seit einer viertel Stunde im Haus am warmen Kamin verweilte. Er wünschte nicht mehr oder weniger als kurz in Ruhe anzukommen, ehe er Mary aufzusuchen wollte. Er hatte sich bereits auf das Wiedersehen gefreut. Nun hatte es zwar schon zu der späten Stunde zweiundzwanzig Uhr geschlagen, denn alles hatte sich verzögert, weil ein Baum auf die Gleise gestürzt war und den Zug erheblich aufgehalten hatte, dennoch würde er Mary noch aufsuchen. Ein Versprechen, dessen Einhaltung er Mary bei seiner Abreise vor wenigen Tagen gelobt hatte, verlangte dies von ihm.

Er hegte die Hoffnung, dass ihr Befinden sich ein wenig gebessert habe.

Wie lange waren sie sich so fremd gewesen, hatten sie mehr

90

nebeneinander her als miteinander gelebt und nun sah er dem Wiedersehen voller freudiger Erwartung entgegen.

Die Reise war notwendig gewesen, sonst hätte er sie gewiss nicht unternommen. Der Auftrag stellte ihn vor gewisse Hürden, doch bislang konnte er sie bewältigen. So manchem unter seinen ehemaligen Geschäftspartnern schien die Zeitspanne seit ihrer letzten Zusammenarbeit derart lang vergangen, dass es seiner persönlichen Präsenz und zuweilen eines energischen Auftretens bedurfte, um die einstigen Verbindungen aufzufrischen, den gebührenden Eindruck zu hinterlassen und wichtige Angelegenheiten persönlich zu klären. Nun jedoch konnte er wohl davon ausgehen, dass alles wieder seinen gewohnten Gang nahm und zu seiner Zufriedenheit ausgeführt würde.

Als er sich etwas erwärmt hatte und der Brandy sein Übriges tat, verließ er den Salon und suchte Marys Gemächer auf.

„Ja bitte?", erklang es leise durch die Türflügel.

Er trat ein.

Mary saß am Fenster im Lehnstuhl, ein wollenes Tuch über ihre Schultern geworfen, wobei ihr offenes Haar sanft darüber fiel. Als sie ihn erblickte erhob sie sich sogleich und lief ihm entgegen.

Er nahm sie zärtlich in seine Arme und senkte einen Kuss auf ihre Lippen.

Er verbrachte die Nacht bei ihr, und die Stunden vergingen wie im Fluge, während der Mondschein, der durchs Fenster fiel, ihre neu erwachte Nähe mit seinem silbernen Glanz beschien. Die erste Helle des Morgens fand sie noch immer ins Gespräch vertieft.

Mary berichtete Jules, dass Madeleine sich zu einem Ausritt begeben habe, aller Wahrscheinlichkeit nach in der Gesellschaft von Sheehan. Zugleich versicherte sie, dass ihr von diesen Begebenheiten keinerlei Kenntnis zugestanden war, als Jules sie mit durchdringendem Blick befragte. Des Weiteren fügte sie an, dass Madeleine bedauerlicherweise gestürzt sei und sich dabei eine Verletzung am Bein zugezogen habe.

Jules empfand es als in höchstem Maße unpassend, dass Madeleine sich herabließ, in Begleitung des Gärtners Ausritte zu unternehmen. Indes überging er geflissentlich die leise, doch unumstößliche Wahrheit, dass ihm selbst jene Unternehmungen völlig unbemerkt geblieben waren. Er beschloss, sich später dieser Angelegenheit zu widmen.

Zunächst jedoch beschloss er außerdem etwas gänzlich anderes, nämlich fortan täglich mit Mary einen Spaziergang zu unternehmen, auf dass sie das wärmende Sonnenlicht und die klare Luft zu spüren bekomme, um so ihre Kräfte allmählich wiederzuerlangen.

Mary war anfänglich unschlüssig, doch willigte sie ein, nachdem Jules sie beruhigte und ihr versprach, dass sie langsam beginnen und nur ein kurzes Wegstück zurücklegen würden.

Mary verschwieg ihm indes, dass obgleich ihre gesundheitliche Verfassung insgesamt gebessert war, sie immer wieder von Übelkeit heimgesucht wurde. Diese Unannehmlichkeit behielt sie einstweilen für sich, um die wiedererlangte Harmonie nicht zu trüben.

Am nächsten Morgen nahm Jules ein Bad, dann begab er sich in das blaue Zimmer zum Frühstück und anschließend suchte er Madeleine auf.

Madeleine saß aufgerichtet in ihrem Bett, sie war bereits angekleidet und hatte wohl auch schon das Frühstück eingenommen. Sie strahlte über das ganze Gesicht, als sie ihren Vater erblickte. „Du bist zurück?!"

„Offensichtlich." Er ergriff einen Stuhl und nahm Platz an ihrem Bett. „Was muss ich vernehmen? Du bist vom Pferd gestürzt?"

„Ach, es ist kaum mehr zu spüren. Aodhán war auch ganz und gar unschuldig. Nein, der Fehler lag bei mir."

„Daraus folgere ich wohl, dass nicht das Pferd, sondern du selbst die Zurechtweisung verdienst?" Er hob die Augenbrauen in gespieltem Ernst. Doch in ernsthafterem Tone setzte er hinzu: „Sei versichert, dass ich dir weder Tadel noch Vorwürfe wegen des Reitunfalls machen wollte. Solch ein Missgeschick

92

kann selbst dem erfahrensten Reiter widerfahren. Was jedoch der Schelte bedarf, ist die Tatsache, dass du in der Gesellschaft des Gärtners ausgeritten bist. Diese Wahl der Begleitung verwundert mich sehr. Wäre es dir wohl möglich, mir dies zu erläutern?“

Madeleine sah ihn mit einem schwer zu deutenden Blick an. War es Schuldbewusstsein? War es Trotz, oder Furcht vor Strafe, oder war ihr Gesichtsausdruck dem Bemühen, eine Erklärung zu finden, geschuldet?

Unzweifelhaft hatte Madeleine noch nicht vollständig erfasst, worin der Unterschied zwischen ihr und dem Dienstpersonal lag und welche Regeln des Benehmens es zu beachten gab. Einen Augenblick verharrte Jules in stillem Warten, doch aufgrund ihrer Unfähigkeit oder wohl auch ihres Unwillens, sich erklärend zu äußern, erhob er schließlich selbst das Wort. „Was die standesgemäße Etikette betrifft, dulde ich keinerlei Nachlässigkeit. Du und deine Schwestern, ihr entstammt einer anderen Gesellschaftsschicht. Es ist von großer Bedeutung, sowohl für euch selbst, für uns, als auch für das Personal, dass eine klare Trennung gewahrt bleibt. Die Dienerschaft benötigt von den Herrschaften präzise Anweisungen und ein entschlossenes Auftreten, um ihre jeweilige Position zu verstehen. Anderenfalls gerät der gesamte Haushalt in Unordnung. Die Dienerschaft würde uns bald auf der Nase herumtanzen und Spott und Hohn über uns ergießen. Und wahrlich, sie würden es mit Recht tun.“

Madeleines Gesichtsausdruck verhieß Protest, doch das ließ Jules nicht zu. "Wenn du diesen Ernst nicht verstehst, dann werden wir uns gezwungen sehen, dich in Zukunft mit großer Strenge zu erziehen. Solltest du uns keine Verlässlichkeit zeigen, wirst du keine Ausritte mehr unternehmen dürfen und die Besuche in der Küche werden ebenfalls untersagt. Wir würden dann deiner Gouvernante befehlen müssen, dir fortwährend auf die Finger zu sehen. Ist das dein Wunsch? "

„Vater, es ist doch nur ... wer ist denn sonst da, um mit mir auszureiten?“, entgegnete Madeleine leise.

Jules sah seine Tochter nachdenklich an. Sie hatte nicht unrecht. Doch das hieß keineswegs, dass er ihr Verhalten tolerierte, oder dass er auch nur einen weiteren Tag darüber hinweg sehen konnte. Er würde sich etwas überlegen müssen. „Nun gut, Madeleine, ich sehe ein, dass du Gesellschaft bedarfst. Wir werden folgende Übereinkunft treffen: Du wirst fortan keinerlei Umgang mehr mit dem Dienstpersonal pflegen, im Gegenzug werde ich Sorge dafür tragen, dass du diesen Umgang nicht länger notwendig haben wirst."

Madeleines Blick offenbarte ihre innere Zerrissenheit. Jules konnte erahnen, dass diese Vereinbarung für sie schwer einzugehen war, zumal er ihr nicht im Detail darzulegen vermochte, welchen Plan er für sie hegte. Das konnte er auch nicht, weil er es beim besten Willen selbst noch nicht wusste. Doch das Entscheidende war, dass sie einen Antrieb hatte, Abstand zu den Dienstboten zu halten. Ihm würde schon etwas einfallen. „Kann ich mich auf dich verlassen?", fragte er mit durchdringendem Blick.

Madeleine bemühte sich, so aufrecht zu sitzen, wie es ihr der Schmerz in ihrem Bein erlaubte. Ihr Vater durfte keinesfalls den Eindruck gewinnen, dass sie darunter litt. Er sollte stolz auf sie sein und sie nicht etwa bedauern oder gar belächeln.

Sie konnte sich nicht daran erinnern, dass er sie schon einmal in ihren Gemächern aufgesucht hatte, doch nun war er hier, und sie hatte sich wahrhaftig gefreut, als er den Raum betrat. Jetzt jedoch ruhte sein strenger Blick auf ihr, und sie wusste, er erwartete ein Zugeständnis von ihrer Seite.

Madeleine wusste, dass sie jedes gegebene Versprechen gewissenhaft einzuhalten hatte. Und ihr Vater verlangte nach eben diesem Versprechen. Die Vorstellung, dass er für sie eine angenehme Gesellschaft, wie Miss Cahill, arrangieren würde, die sie auf ihren Ausflügen begleiten könnte, war in der Tat eine verlockende Aussicht. Doch der Preis schien ihr fast unerträglich hoch.

Wie sollte sie ihre Freundschaft mit Margret aufgeben können? Wie wäre es ihr möglich, auszureiten ohne eine Begleitung? Wie sollte sie die Tage ertragen. Besonders jetzt, da Isabella eine Freundin gefunden und nur mehr wenig Zeit für Madeleine hatte ...

Madeleine spürte, wie Tränen in ihr aufstiegen.

Madeleine kämpfte mit einem Sturm von Gefühlen. Einerseits wollte sie ihren Vater durch ihr Einverständnis erfreuen, doch andererseits war Margret ihr nach Isabella der wichtigste Mensch in ihrem Leben.

Während sie überlegte, schien der Blick ihres Vaters nach und nach weicher zu werden, sie meinte gar, einen Hauch von Nachsicht darin zu erkennen. Würde er ihr das Versprechen erlassen?

„Ich weiß, es ist nicht leicht für dich. Als ich ein Junge war, hing auch mein Herz sehr an meiner Gouvernante. Und das ist auch richtig, wenn man ein Kind ist. Jedoch du bist jetzt kein Kind mehr, Madeleine. Zum Erwachsenwerden gehört es, Abschied zu nehmen und gewisse Dinge hinter sich zu lassen. Wenn du heiraten und Kinder haben wirst, wird es deine Pflicht sein, ihnen das richtige Verhältnis zu den Dienstboten vorzuleben und beizubringen."

Madeleine blieb stumm. Die Worte ihres Vaters trafen sie tief. Tränen begannen ihre Wangen hinabzufließen.

„Ich werde dich nun allein lassen, damit du darüber nachdenken kannst", fuhr er in milderem Tonfall fort. „Doch erwarte ich spätestens heute Abend deinen Entschluss."

Cork, Irland

Es war ein hübsches Stadthäuschen. Die Schneedecke, die es umgab, verlieh ihm ein reizendes Aussehen.

Isabella hätte Zerspringen können vor Aufregung und Vorfreude. Wie tat ihr Madeleine leid, die zu Hause im Bett lag mit ihrem kranken Bein und nun besonders, da Vater ihr den Umgang mit Margret untersagt hatte. Doch sie konnte jetzt nicht schwermütig sein. Sie war so glücklich, Jane Cahill besuchen zu dürfen!

Die Kutsche stand noch und Sheehan wartete, bis sie eingelassen würde. Sie betätigte den Türklopfer.

Eine junge Frau in der schlichten Aufmachung eines Zimmermädchens öffnete. „Guten Tag.“

„Guten Tag, mein Name ist Isabella Dubois.“

„Bitte. Sie werden bereits erwartet.“

Isabella trat ein. Sogleich schlug ihr eine wunderbare Wärme entgegen und der leichte Geruch eines Holzfeuers.

Es war ein kleines, dafür recht elegant eingerichtetes Haus. Die Wände waren in sanften Cremefarben gehalten. Das Licht, das durch die hohen, schmalen Fenster fiel, war matt und kühl, doch das Licht, das von den flackernden Flammen im Kamin ausging, ließ den polierten Holzfußboden warm glänzen und verbreitete eine behagliche Stimmung im Raum.

In der Mitte des Zimmers lag ein Perserteppich. Isabella hatte Vater von solchen Teppichen sprechen hören. Einmal hatte sie solche Teppiche gesehen, als er mit ihnen gehandelt hatte. Seither zierte einer den Salon. Sie wusste, dass diese Teppiche kostbar waren und von weither kamen. Zur Linken sah sie einen Schreibsekretär aus Mahagoni, auf dem ein Tintenfass und ordentlich gestapeltes Schreibpapier lagen. Sie konnte sich gut vorstellen, dass hier gewöhnlich Mr. Cahill Platz nahm. Ein zierlicher Kerzenleuchter stand daneben und versprach behagliches Licht. Gegenüber befand sich der Kamin, von dem die Wärme ausging und an dessen Seiten zwei perfekt symmetrisch angeordnete grüne Lehnstühle standen. Vor dem Kamin stand ein Sofa.

Unweit des Sofas entdeckte sie einen Schrank aus dunklem Mahagoniholz, den eine wohlgeordnete Sammlung von Karaffen zierte.

Über dem Schrank hing ein einziges Gemälde in einem schlichten Rahmen, das eine friedliche Landschaft darstellte. Neben dem Sofa stand ein kleiner, runder Teetisch, der mit einem filigran mit Blumen verzierten Porzellanservice geschmückt war.

Isabella blieb unschlüssig im Eingangsbereich stehen. Das Zimmermädchen nahm ihr Mantille, Handschuhe und Hut ab.

96

In diesem Augenblick kam Jane Cahill die Treppe herab geeilt. „Liebe Isabella, wie nett, dass Sie mich besuchen. Kate wird uns gleich etwas Gebäck bereitstellen, dann können wir uns an den Kamin setzen. Sie sind gewiss recht durchgefroren!"

Isabella bestätgte die Annahme und erklärte, dass sie sich gerne an den Kamin setzen würde.

„Meine Brüder sind nicht im Hause. Sie können sich also ganz frei fühlen. Setzen Sie sich gerne bequem. Ich lege zu Hause keinen sonderlichen Wert auf die Etikette", erklärte Jane Cahill in vergnügtem Ton.

„Ihre Brüder?"

„Ja natürlich, Sie kennen nur Andrew, - Mr. Cahill -, wie ich annehme?", ergänzte sie mit einem amüsierten Lächeln.

Isabella nickte nur. Sie war nicht sicher, wie sie antworten sollte, weil sie keineswegs etwas tun oder sagen wollte, was Mr. Cahill oder seine Schwester Jane ihr übelnehmen konnten.

„Doch ich habe noch einen weiteren Bruder. William. Er ist allerdings, wie bereits erwähnt nicht im Hause." Jane Cahill bedeutete ihr, auf dem Sofa Platz zu nehmen und ließ sich neben sie fallen. Sie lehnte sich leger zurück und legte ihren Arm über die Lehne.

Isabella hingegen saß kerzengerade und hatte die Hände im Schoß gefaltet. Sie beobachtete Jane Cahill, während diese so freimütig sprach und sich bewegte, wie man es nur zu Hause tat und höchstens, wenn nur die eigenen Schwestern es sehen konnten. Isabella konnte ihre gleichzeitige Irritation und Bewunderung kaum verbergen.

Jane Cahill zeichnete sich durch ein bemerkenswertes Selbstbewusstsein und eine unvergleichliche Sicherheit in ihrem Auftreten aus. Ihre Präsenz strahlte Lebendigkeit und Frohsinn, so dass gewiss jedermann in ihrem Umkreis von ihrer Lebensfreude angesteckt wurde, dachte Isabella.

Und sie war dabei so schön. Sie war hinreißend und zog Isabella vollkommen in ihren Bann.

Isabella hätte nur minutenlang, ja stundenlang in Jane Cahills Augen blicken können. Ihre lachenden, schillernden Augen, in denen sich die Flammen des Kaminfeuers spiegelten und die lustig hin und her sprangen.

„So residieren Sie also hier mit Ihren beiden Brüdern?“ sprach sie, bemüht, das Gespräch voranzutreiben.

„Ja, in der Tat. Allerdings verweilt Andrew nunmehr größtenteils auf Adhmaid House. Nichtsdestoweniger wohnen wir im Grunde genommen zu dritt zusammen. Wissen Sie, nachdem unsere Eltern uns verließen, nahm Andrew sich unserer an. Er sorgte viele Jahre hingebungsvoll für uns, wofür wir ihm unermesslich dankbar sind.“ Kurz schwieg sie, dann stahl sich ein amüsiertes Lächeln in ihr Gesicht und sie fuhr fort: „Nun jedoch hegt er die Meinung, es sei an der Zeit für mich, den Bund der Ehe einzugehen.“ Jane Cahill lachte hell und auf.

Isabella betrachtete sie erstaunt.

Jane lachte umso mehr. „Ich und heiraten?! Ich bin doch viel zu jung dazu! Wünschen Sie im Übrigen einen Wein?“

„Ähm...“ Isabella war von dieser Wendung überrumpelt und vermochte kaum zu ergründen, ob sie Miss Cahill tatsächlich für zu jung zum Heiraten hielt. Die unerwartete Frage nach Wein verunsicherte sie, da ihr der Gebrauch, am Nachmittag Wein zu trinken, nicht geläufig war. „Ich ...“

„Sie möchten doch wohl nicht etwa Tee trinken?“, fragte Jane Cahill in erstaunter Tonlage.

Isabella blickte sie verwirrt an. „Ich...“

Jane Cahill schaute sie mit einem Ausdruck an, als kämpfte sie mit einer Entscheidung. Isabella wartete, unsicher darüber, ob sie reden solle oder nicht. Sie konnte sich keinen Reim darauf machen, warum es selbstverständlich sein sollte, nun Wein zu trinken und sonderbar anmutete, sich Tee zu wünschen. Ein untrügliches Gefühl beschlich sie, dass sie etwas nicht begriffen hatte.

Schließlich schien Jane Cahill sich entschieden zu haben, ihre Gedanken zu enthüllen. „Doch wissen Sie nichts von den bedauernswerten Zuständen in den Kolonien! Viele Damen der höheren Gesellschaft haben sich entschlossen, keinen Tee mehr zu genießen, bis die Herren sich dazu durchgerungen haben werden, dort annehmbare Zustände zu schaffen.“

Isabella wusste wahrlich nicht viel über die besagten Zustände

in den Kolonien. Sie hatte nur ihren Vater darüber sprechen
hören, dass die Ureinwohner in den Kolonien aufsässige Wilde
seien und doch dankbar sein müssten, nun der zivilisierten
Welt zugeführt zu werden. Er hatte mehrfach und unablässig
betont, dass das Bestreben der Zivilisierung unweigerlich durch
die Überwindung etlicher Widerstände bewerkstelligt werden
müsse. Dieses Vorgehen verglich er mit dem Prozess der Erziehung, der gemäß seinen Ansichten gleichwohl ohne das Vergießen von Tränen nicht vonstattengehen könne. Noch immer
klangen ihr die Worte ihres Vaters in den Ohren, als er vor
drei Jahren von einem tragischen Verlust berichtete. Ein Han-
delsschiff, das er im Überseehandel einsetzte, war bei Burma
von Rebellen angegriffen und schwer beschädigt worden. Diese
unerfreulichen Ereignisse hatten zu dem empfindlichen Verlust
des Schiffes geführt und ihn in seiner Überzeugung, dass die
Burmesen zu zivilisieren seien, noch bestärkt. Er hatte sie als
ungehobelt und rau bezeichnet, als hinterlistig und falsch. Sein
Urteil über diese Menschen war unerbittlich.

Doch war es, dass Isabella sich heimlich fragte, welches Gefühl es wohl hervorrufen würde, wenn fremde Eindringlinge
aus fernen Landen nach Irland übersetzten, um die ange-
stammte Bevölkerung zu zwingen, eine ihnen völlig fremde Lebensweise zu übernehmen. Und trotz ihrer Abgeschiedenheit
hatte sie sehr wohl erkannt, dass es nicht wenige Iren gab, die
die britische Übermacht in ihrem Heimatsland verwarfen und
sich in ihrer Eigenständigkeit beeinträchtigt fühlten.

Wenngleich sie kaum je Zeuge der derzeitigen Ereignisse war,
so entging ihr nicht der vielfach aufkeimende Unmut ob der
bestehenden Verhältnisse. Diese innerliche Zerrissenheit brachte sie sogar dazu, heimlich an der Richtigkeit der Ansichten
ihres Vaters zu zweifeln, indes wagte sie keinerlei Fragen zu äußern. Ihr Vater hatte zudem verkündet, diese Menschen seien
Barbaren: ohne feine Gesellschaftsnormen, ohne Etikette, ohne wissenschaftliche Vorrangstellung, gänzlich ohne Bildung
und Kultur. Solche Beschreibungen hatten sie bewogen, doch
froh zu sein, weit fort von all diesen Umständen zu leben. Da
sie wusste, dass es nicht in ihrer Rolle stand, sich ein eigenes

Urteil zu bilden, enthielt sie sich jedoch jeglichermaßen eines solchen Versuches.

„Offensichtlich muss ich ein ernsthaftes Gespräch mit meinem verehrten Bruder führen, wie es geschehen kann, dass er Ihnen die gegenwärtig bedeutenden Themen gänzlich vorenthält. Er ist doch schließlich Ihr Lehrmeister!“

VI.

„Mittnächtlich trat ich in ein festliches Haus hinein,
Die hellen Tore offen, die Fenster voller Schein,
Und alle meine Freunde haben mir zugelacht,
Da bin ich in Ruinen, wo Wind heult, aufgewacht.
Und wenn ichs recht bedenke, muss ich hinaus und gehen
Unter Hunde und Pferde, die mein Gespräch verstehn ..."[9]

William Butler Yeats

Dublin, Irland

Der Wind war in der Tat frisch.

Die Kälte kroch ihm in die Ärmel und die Hosenbeine hinauf und kniff ihm in die Wangen.

Es war längst dunkel geworden.

Die zahllosen Laternen erleuchteten die Straßen der Dubliner Innenstadt nur mäßig, weil der Lichtschein von Nebelschwaden umklammert wurde und eben jener Nebel machte es schwer, mehr als ein paar Fuß weit zu sehen. Die Laternen warfen schwaches Licht auf das Kopfsteinpflaster, das unter seinen Schritten leicht glänzte. Der Wind wehte durch die engen Gas-

---

[9]Aus „Der Fluch Cromwells" von William Butler Yeats dt. v. Werner Vortriede, W.B.Yeats, Die Gedichte, Luchterhand 2005.

sen und trug das entfernte Geräusch von Musik und Gelächter von einem Pub herüber. Er zog den Kragen seiner Jacke fester um seinen Hals und steckte die Hände tief in die Taschen, während er voranschritt.

Genau genommen war es ein Abend, der einlud, sich in ein geschütztes, erwärmtes Haus zurückzuziehen und bei einem heißen Getränk am Kamin zu verweilen.

Doch nichts zog Laurence heimwärts. Vielmehr war das Gegenteil der Fall. Voller Vorfreude verweilte er am kunstvoll gearbeiteten schmiedeeisernen Geländer der Ha'penny Bridge, ihres verabredeten Treffpunktes. Unter ihm plätscherte der Liffey in gemächlicher Ruhe dahin.

Selbst als die vereinbarte Zeit um fünfzehn Minuten überschritten war, hielt er, der Kälte trotzend, seine Stellung. Dann endlich erblickte er sie, in einen wollenen Mantel gehüllt. Die Röcke der Damen, die nicht zur obersten Gesellschaftsschicht zählten, waren keineswegs so unzumutbar weit ausladend. Sie trug zudem einen Ausgehhut, der den Wind besser abwehrte als sein Zylinder, unter dessen Krempe seine Ohren von der Kälte vermutlich längst feuerrot leuchteten.

„Haben Sie auf mich gewartet? Das tut mir sehr leid. Ich wurde aufgehalten!", rief sie zur Begrüßung.

„Nein, keineswegs, ich habe ... den Nebel und den ... Wind genossen!", erwiderte er und zwinkerte ihr zu.

Sie lachte ihr unwiderstehliches Lachen, was Laurence freute.

„Kommen Sie, lassen Sie uns aufbrechen. Ich weise Ihnen den Weg", sprach sie sodann. „Nebel und Wind können Sie auch ein andern Mal genießen!" Mit einer natürlichen Unbefangenheit hakte sie sich bei ihm unter.

Laurence ließ es geschehen. Es löste ein vertrautes Gefühl aus, als kennten sie sich seit vielen Jahren. Dabei war ihre Bekanntschaft doch erst frisch, und an diesem Abend trafen sie sich zum ersten Male außerhalb ihrer pflichtgemäßen Zusammenkünfte im Hospital.

Sie schritten zügig durch die beißende Kälte. Nach wenigen Straßenecken und Hausreihen wurden die Straßen belebter, viele Menschen eilten geschäftig umher und schienen allerlei

Vorhaben zu verfolgen.

Bald darauf tat sich vor ihnen im nebligen Dunkel ein kleiner Markt auf. Die Stände waren von Laternen erhellt, deren warmes Licht flackernde Schatten auf die flanierenden Passanten warf. Die Menschen, allesamt in wollene Mäntel und Tücher gehüllt, drängten sich um die Stände, die mit verschiedenartigen Waren lockten.

„Würden Sie gerne einen Glühwein trinken?", fragte Laurence. Er rieb seine Hände gegeneinander, um die Kälte zu vertreiben, doch es war zwecklos. Die Vorstellung einen heißen dampfenden Becher Glühwein zu halten war verlockend.

„Sehr gerne", erwiderte Theresa.

Laurence bemerkte in diesem Moment, dass sie zitterte. „Sie frieren! Wäre es nicht ratsam, dass wir ein Café aufsuchen?", fragte er besorgt. Er ärgerte sich, dass er das bislang nicht bemerkt hatte.

„Nein, keineswegs. Wenn ich etwas Warmes getrunken habe, wird das nicht mehr notwendig sein." Sie lächelte tapfer und zog ihn entschlossenen Schrittes einem der einladenden Stände entgegen.

Laurence bestellte zwei Becher des heißen Getränkes, zahlte und reichte seiner Begleiterin einen der Becher. Dann blickte er sich nach einem Ort um, wo sie verweilen konnten, ohne in Gefahr zu sein, angerempelt zu werden. Etwas weiter links war eine Hausecke und gleich daneben ein Eingang. Davor stand eine Laterne, die ihren dürftigen Schein um den Platz ausbreitete. Dorthin wies er Theresa.

Von hier aus konnten sie gut den Markt überblicken, waren jedoch etwas außerhalb des Publikumverkehrs.

Laurence umfasste den heißen Becher und betrachtete Theresa. Er musste grinsen. Ihre Nase war rot von der Kälte und ihre Wangen ebenfalls. Das verlieh ihr ein jugendliches Aussehen. Sie hatte überhaupt nicht mehr das Erscheinungsbild einer Schwester.

„Was geht Ihnen durch den Kopf?", fragte sie.

„Ich ... dachte ... nur ans Hospital", erwiderte er ausweichend.

„Das sollten Sie doch aber nicht", stellte Theresa fest.

Laurence sah sie erstaunt an.

„Nun ja, während der Arbeit bin ich fortwährend mit den Gedanken bei den Patienten, doch sobald ich das Hospital verlassen habe, bemühe ich mich, nicht mehr daran zu denken."

„Nun, dabei ... habe ich den Eindruck gewonnen, dass Ihnen die Arbeit sehr am Herzen liegt!?"

„Gewiss! Doch, wenn ich die Bekümmernisse und Leiden der Kranken zu mir nach Hause trage, so wird ihnen und mir gleichermaßen wenig gedient sein. Denn ich erschöpfe meine Kräfte, welche mir sodann im Hospital mangeln würden. Dies wird keinem der Patienten von Nutzen sein."

„Nun, das leuchtet mir ein", stellte Laurence fest.

Ihm gingen die Gesichter einiger Schwestern durch den Sinn, die er in den vergangenen Jahren kennengelernt hatte. Sie verrichteten die Handgriffe entweder so zaghaft, als handelte es sich bei den Patienten um zerbrechliche Porzellanpuppen oder sie fuhrwerkten mit einer fast schauerlichen Hast herum, als ob ihr Ziel eher darin bestände, den Patienten das Leiden zu verkürzen, statt ihnen zur Genesung zu verhelfen.

Laurence wusste wohl, dass viele Schwestern diesen Weg aus Motiven moralischer Hingabe beschritten hatten, während andere durch den Zwang der Umstände – etwa als Witwen oder unverheiratete Frauen – in diese Rolle getrieben wurden.

Einige fanden in der so gewonnenen Unabhängigkeit ihre Zufriedenheit, während andere an den schwierigen Bedingungen, unter denen sie arbeiteten, verzweifelten.

Die Arbeitsbedingungen für Krankenschwestern waren oft hart und von großer Entbehrung gekennzeichnet. Lange Arbeitsstunden, dazu oft unter herausfordernden und mitunter unhygienischen Verhältnissen, vor allem während Kriegsausbrüchen oder Epidemien, prägten ihren Alltag. Die physischen und emotionalen Anforderungen ihres Amtes waren geradezu überwältigend. Die Entlohnung für den Dienst, den sie leisteten, war meist dürftig, und viele Frauen widmeten sich der Pflege aus einer Wohltätigkeit oder einem tief religiösen Eifer, für den sie in der Regel nur geringe monetäre Anerkennung erhielten.

„Woher, frage ich mich, nehmen Sie Ihre Zuversicht, wenn doch so wenige Schwestern in jener Weise handeln, die als vorbildlich betrachtet werden könnte?"

„Ich habe von Miss Sieveking aus Deutschland gelesen und ihre Betrachtungsweisen haben bei mir tiefen Anklang gefunden. Ich habe viel sinniert über ihre Worte."

„Doch warum, so frage ich, verrichten so wenige Schwestern ihr Amt mit Freude?", fragte er schließlich.

„Go deimhin!", fast keine, die sich dieser Profession verschreibt, pflegt eine Vorstellung, die annähernd die Realität widerspiegelt. Des Weiteren finden sich kaum Möglichkeiten zur ordentlichen Schulung. Miss Sieveking hat die dringliche Notwendigkeit einer gründlichen Bildung für jene, die ihre Kräfte in die Pflege und Sozialarbeit investieren, klar erkannt. In ihrer Heimatstadt Hamburg organisiert sie wohlgeordnete Schulungen für die Mitglieder eines Vereins, den sie mit Weitsicht gegründet hat, um die Fähigkeiten und Erkenntnisse zu fördern. Und so manches hoffnungsvolle Gemüt, das sich von der harschen Realität nicht hat abschrecken lassen, wird durch die Art und Weise, wie sich Ärzte und Schwestern untereinander begegnen, in ihrer Berufung entmutigt und ihrer Hingabe beraubt." Theresa richtete ihren Blick auf ihn, als wolle sie seine Reaktion auf ihre Äußerungen abwarten.

Laurence wurde in jenem Augenblicke klar, dass er niemals zuvor eine solche Offenbarung einer Schwester über die vorherrschenden Umstände vernommen hatte. Auch hatte er noch nie aus solch einem Blickwinkel den Alltag in der Klinik betrachtet. So verharrte er zunächst wortlos, versunken in Gedanken über das Gehörte.

Schließlich setzte Theresa von neuem an. „Ich hoffe wohl, Sie nehmen meine Betrachtungsweise nicht ungnädig auf. Ich richtete sie keineswegs gegen Ihre Person."

Da blickte er eilends auf. „Nein, keineswegs! Ich dachte nur eben: Nie zuvor hat sich mir eine Schwester derart offenherzig über die Zustände im Hospital geäußert. Und Sie haben wohl Recht."

Theresa schien eine Weile in Gedanken versunken. Dann

lachte sie auf. „Lassen wir solch ernste Themen beiseite. Morgen, bei der Arbeit, mögen wir uns wieder den beruflichen Angelegenheiten widmen."

So brachten sie die entleerten Becher zurück und holten sich sogleich je einen neuen.

Dann schlenderten sie gemächlich von Stand zu Stand, besahen Schmuck und Spielzeug, welches wohl als Weihnachtsgabe geeignet wäre. Sie vermochten es tatsächlich, das Hospital und die Arbeit zu vergessen und verbrachten einen durchaus vergnüglichen Abend.

Schließlich bot Laurence an, Theresa nach Hause zu begleiten. Ihm widerstrebte es, sie der kalten und dunklen Nacht zu überantworten. Auch auf dem Wege zu jenem Haus, in dem sie, wie sie ihm anvertraut hatte, eine kleine Mietswohnung bewohnte, unterhielten sie sich vortrefflich. Laurence konnte sich kaum entsinnen, wann er zuletzt solch eine unbeschwerte Heiterkeit und Frohsinn verspürt hatte.

Als sie eine entlegene Gasse im Süden der Stadt erreichten, verharrte Theresa. „Hier ist es", sprach sie.

Laurence richtete seinen Blick unwillkürlich zu den Fenstern empor und fragte sich, hinter welchem Fenster sie wohnte?

„Es ist das Fenster dort oben." Sie zeigte in die Höhe.

Mit einem Mal wusste er, welche Frage er ihr stellen musste. „Was ist es, das Ihnen die Arbeit erschwert? Was müsste anders sein?" Er betrachtete sie mit gespanntem Interesse. Vorhin war ihm diese Frage nicht in den Sinn gekommen. Sie allein konnte vielleicht am besten ergründen, was ihre eigenen Wünsche und Hoffnungen betraf.

Theresa schwieg für einen Augenblick, tief in Gedanken versunken. Es erforderte sicherlich einen beachtlichen gedanklichen Wandel, nachdem sie noch wenige Augenblicke zuvor in scherzender Konversation und Leichtfertigkeiten vertieft gewesen waren. „Wissen Sie," sprach sie schließlich. "Ich hege die Überzeugung, dass eine Schwester mannigfaltige Aufgaben bewältigen kann, die traditionell den Ärzten obliegen. Dies würde nicht nur die Last der Ärzte mindern, sondern auch den Beruf der Schwester in eine bedeutendere Position erheben. Auf

106

diese Weise könnten Schwestern wie ich, die ihre Aufgaben mit
großem Eifer und Hingabe erledigen, ihren Beitrag auf nützli-
che und wesentliche Weise leisten und so das Wohl der Patienten erheblich verbessern. Den Schwestern sollte mehr Verantwortung und eine fundiertere Ausbildung zuteil wird. Es wäre
mein Wunsch, dass nur jene Frauen diesen Beruf ausüben, die
gut ausgebildet sind und somit wirklich etwas zur Heilung und
Pflege der Patienten beitragen können. So könnte auch eine
harmonische Zusammenarbeit zwischen Ärzten und Schwestern die Norm werden."

Laurence ergriff ihre Hände. Sie waren starrgefroren. Er lächelte sie an. „Ich danke Ihnen, für Ihre Offenheit. Es war ein
sehr schöner Abend. Doch jetzt will ich sie nicht weiter aufhalten. Sie müssen sich aufwärmen."

Sie erwiderte sein Lächeln. „Ich freue mich sehr, dass Sie jetzt
hier im Hospital arbeiten. Irgendwann wird es vielleicht einer
Schwester gelingen, etwas zu verändern. Ich bin da sehr guter
Dinge. Und mein Gefühl sagt mir, wir werden dies womöglich
noch erleben[10].

---

[10] Theresa sollte Recht behalten. Nur wenige Jahre später erlangte Florene
Nightingale (1820-1910) als Begründerin der modernen Krankenpflege
Berühmtheit. Ruhm erlangte sie insbesondere durch ihren selbstlosen
Dienst während des Krimkrieges (1853-1856). In den Lazaretten von
Scutari (heute ein Teil von Istanbul), machte sie von sich reden, indem
sie die katastrophalen hygienischen Zustände und unzureichenden medizinischen Versorgungen verbessern half. Ihre systematische Herange-
hensweise an die Pflege verwundeter Soldaten und die Implementierung
von Sauberkeits- und Hygienestandards senkten die Sterblichkeitsrate
drastisch. Durch ihre gewissenhaften Beobachtungen und den Einsatz
von statistischen Methoden, die ihre Erkenntnisse fundierten, brachte
Florence Nightingale den wissenschaftlichen Erweiterungen in der Pflege und Krankenhaushygiene den gebührenden Respekt ein. Ihr bahn-
brechendes Werk "Notes on Nursing: What It Is and What It Is Not",
veröffentlicht im Jahre 1860, diente Generationen von Pflegenden als
grundlegendes Lehrbuch und Manifest einer neuen Ära in der Krankenpflege. Nightingale gründete ferner im Jahr 1860 die erste säkulare
Krankenpflegeschule der Welt am St Thomas' Hospital in London, die
Florence Nightingale School of Nursing and Midwifery, welche zur Kö-
niginnen-Klinik des Wissens und der Ausbildung in der Krankenpflege
wurde und deren Einfluss weit über die Grenzen Englands hinausreichte. Ihr unermüdlicher Geist und ihre unerschütterlichen Bemühungen
trugen wesentlich dazu bei, die Pflegeberufe zur anerkannten und re-

Laurence verharrte einen Moment in nachdenklicher Stille,
ehe er sprach. „In der Tat, davon bin auch ich vollends überzeugt." Sodann fügte er hinzu: „Ich wünsche Ihnen eine angenehme Nacht. Bis morgen."

"Oiche mhaith[11]", entgegnete sie, während sie sich abwandte
und den Schlüssel im Schloss drehte.

Er beobachtete schweigend, wie sie im Schatten des Türrah-
mens verschwand und das schwere Holzportal sich leise hinter
ihr schloss.

Laurence wartete, bis in dem Fenster, auf das sie gedeutet hatte, ein Licht aufleuchtete. Sodann zog er den Mantel enger um
seine Schultern, denn nun, da er allein war, spürte er mit einem Mal die klirrende Kälte des Abends umso schärfer. Er setzte seinen Weg mit großen Schritten in Richtung seiner mo-
mentanen Bleibe fort. Zwar residierte er noch immer in jenem
bescheidenen Hotel, doch hatte ihn ein vertrauter Kollege unlängst wissen lassen, dass dessen Tante ein kleines Stadthaus in
Dublin ihr eigen nenne. Jenes Anwesen, so ließ er verlauten,
bliebe den größten Teil des Jahres verwaist, da die Dame während der trüben Wintermonate vorzugsweise Reisen in südli-
chere und wärmere Gefilde unternehme – ein Umstand, der
ihrer von Gicht geplagten Konstitution geschuldet sei. Diese
Verwandte indes wisse ihr Haus ungern derart lange Zeit un-
wohnt. Der Kollege hatte ihr geschrieben und sie hatte geant-
wortet, Dr. Huton solle sich bei ihrer Haushälterin vorstellen.
Sofern diese einen günstigen Eindruck von ihm hätte, stände
es ihm frei, vorübergehend das Häuschen beziehen. Sie gedenke nicht vor dem Monat Mai nach Dublin zurückzukehren.

Laurence beabsichtigte, am Sonnabend vom Hotel in das
Stadthaus überzusiedeln. Dr. Peel würde ihn um 14:00 Uhr
dort erwarten und ihm die Schlüssel aushändigen.

Alles ließ sich so gut an. Ihm war es, als habe dieses Leben nur seiner Ankunft geharrt. Als stünde es da wie ein Paar Schuhe, bereit von ihm aufgenommen zu werden.

War dies nicht das erstrebenswerteste Dasein? Ein Leben nach seinem eigenen Bestreben ausgestaltet, mit Arbeit, der er innig zugetan war, einem wohlwollenden Kreise von Kollegen und ein Abend wie der heutige.

In diesem Moment verweilten seine Gedanken bei Schwester Theresas tiefdunklen Augen, ihren wohlklingenden Dialekt, welcher unverkennbar ihre Herkunft aus Ulster verriet, und ihr entwaffnendes Lachen.

Er war mit dem Privileg der Geburt gesegnet worden. Von frühester Jugend an standen ihm alle Annehmlichkeiten dieser Welt zur Verfügung, und als Sohn eines Marquess standen ihm nahezu alle Türen offen. Doch ein bescheidener Abend wie der heutige, seine Ausgaben beliefen sich auf weniger als 2 Schilling, genau genommen 1 Schilling und 4 Pence, der ihm doch unermessliche Freude bereitete, sollte ihm verwehrt bleiben und der Marquess durfte davon gewiss nichts erfahren.

Hätte er stattdessen ein Vermögen am Spieltische verloren für ein vergängliches Vergnügen, so wäre dies als ein unbedeutendes Malheur abgetan worden. Doch ein Abend solcher wie dieser Zeit war ein Ding der Unmöglichkeit. Welch absurder Gedanke ... und welch unerhörtes Glück, dass er einen Onkel hatte, der ihm solches ermöglichte.

Was wohl Alexander just in diesem Augenblick trieb? Gewiss durchkreuzte er unter dem dunklen, sternensprenkelten Himmelsgewölbe, der sich gleichwohl über Laurence spannte, die Weiten des Meeres. Und alle Welt dachte, er, Laurence, begleite ihn auf dieser abenteuerlichen Reise.

Welcherlei Gedankenspiele wohl Onkel Alexander durch den Sinn gegangen sein mochten, als er seinem Vater dieses Arrangement abtrotzte, und ihm, Laurence, dieses Geschenk machte. Doch war es tatsächlich ein Geschenk? Laurence war bereits nach kurzer Zeit so tief in sein neues Dasein eingelebt, dass er sich nicht länger imstande fühlte, sich vorzustellen, er hätte eine andere Wahl in Erwägung getroffen. Gleichwohl war ihm bewusst, dass dieser vorübergehende Ausflug ihm die

Rückkehr in sein früheres Leben erheblich erschweren würde, jenes Leben, welches er an der Seite von Cara zu beginnen gedachte.

Cara, - um die Wahrheit zu sagen, drängte sich, sobald er an sie dachte, das Bild von Theresa in seine Vorstellung. Um wieviel reizvoller die Begegnungen mit Theresa waren im Vergleich zu jenen mit Cara ... Die Zeit mit Theresa floss so schnell dahin wie ein reißender Strom, wohingegen die Augenblicke, die er mit Cara zuletzt verbracht hatte, sich träge und mühsam hingezogen hatten, gleich einem Kutschrad, das sich durch zähen Morast arbeitet.

Von Cara würde er eine Weile nichts vernehmen, da die allgemeine Annahme herrschte, er befände sich derzeit auf hoher See. Es war ihm nur erlaubt, in Korrespondenz mit Eliza zu treten, was jedoch seinen Belangen durchaus entgegenkam. Welcherlei Neuigkeiten hätte er den übrigen Verwandten schließlich übermitteln können? Eliza indessen, die nicht daheim verweilte, sondern noch immer bei ihrem Freund Carlyle logierte, war es, der Laurence zuletzt geschrieben hatte.

Den Brief hatte er tatsächlich erst am gestrigen Tage absenden lassen. Darin kündigte er bereits seinen Plan an, umzuziehen, und erzählte zudem von seiner Tätigkeit im Hospital.

Besonders detailliert hatte er die Genesung seines ersten Patienten, des Mannes mit dem amputierten Bein geschildert, dessen Wunde sich aller Voraussicht nach erfreulich schloss. Ebenso hatte er ihr anvertraut, dass trotz dieser erfreulichen Entwicklung wider Erwarten Dr. Thacker gegen Laurence offensichtlich Antipathien hegte. Hätte dieses Verhalten nicht alle Regeln des gesunden Menschenverstands verletzt, hätte Laurence glatt vermuten können, diesen Mann würde es mehr beglücken, wenn der Patient verstürbe. Aber Laurence hatte sich entschieden, den Unhöflichkeiten und spitzen Seitenhieben Dr. Thackers keine weitere Bedeutung beizumessen, da er ihn für jemanden hielt, dem man mit äußerster Vorsicht begegnen sollte. Nicht nur einmal hatte er Thacker unfreiwillig dabei belauscht, wie er den Chefarzt in abfälliger Weise besprach, und selbst erlebt, wie er jenen höchsten Anordnungen

110

entgegenwirkte, was zu gefährlichen Situationen für die Patienten geführt hatte. Jedoch sollte man es wahrlich als Segnung betrachten, wenn jener, der sich wie eine Natter zeigte, einem seine Schändlichkeit so offensichtlich und fortwährend offenbarte. So wurde es umso leichter, nicht seinen Fallstricken zu erliegen.

Im Gesamten war das Klima unter der Ärzteschaft alles andere als angenehm, doch dies war für Laurence keine Überraschung, da ihm solche Befindlichkeiten bereits aus seiner Ausbildungszeit wohlvertraut waren.

So war Laurence auch bislang an dem Versuch gescheitert, anzuregen, dass man auch hier endlich die Betäubung mittels Chloroform einführte.

In diesem Augenblick erreichte er das Hotel. Er betätigte den Türklopfer, wohl wissend, dass er zu dieser späten Stunde etwas warten müsste, bis man ihm Einlass gewährte. Er rieb sich die kalten Hände. Bald würde er im Warmen sein und bei Lizzy. Sicherlich erwartete sie ihn bereits sehnsüchtig.

Cork, Irland

„Tagaigí isteach[12], sucht euch ein Fleckchen zum Sitzen." Der Mann mit dem alten, abgetragenen Hut hielt die Tür gerade so weit offen, dass Tadhg und Daoiri eintreten konnten.

Tadhg sagte nichts, doch ihm kam so ein Gedanke hoch: Der Mann hatte Daoiri mit einem speziellen Blick bedacht, so schien es ihm jedenfalls. Er schielte zu Daoiri, doch der schien nichts davon bemerkt zu haben, jedenfalls ließ er sich nichts anmerken. Vielleicht dachte Tadhg nur zu viel nach, vielleicht war's bloß eine freundliche Begrüßung.

Dann wurden Tadhgs Gedanken woanders hingelenkt. Er dachte, dass der Kerl, der sie eingelassen hatte, gerade von allen am schäbigsten aussah.

---

12 „Tagaigí isteach" (gespr. Tag-gee isch-tjak) bedeutet „Kommt herein"
    auf Irisch.

Die Zwei schlüpften weiter nach hinten links und fanden zwei
freie Plätze. Tadhg und Daoiri setzten sich und schauten sich
um. Drinnen im Raum waren allerhand Leute, aber keiner sah
so abgerissen aus wie der Türwächter. Er war vielleicht irgendein geheimer Verbündeter oder ein armer Schlucker, der eine
Aufgabe bekommen hatte, dachte Tadhg bei sich. Aber sicher
war er sich nicht. Man wusste nie, wer wem verbunden oder
noch was schuldig war in diesen Zeiten.

Der kleine Raum füllte sich allmählich, wobei man die Anwesenden noch mühelos zählen konnte, es waren jetzt fünfzehn,
mit ihm selbst sechzehn an der Zahl. Schließlich machte der
Einlasser offenbar sein letztes Häkchen auf der Liste, schloss
die Tür und nickte einem anderen zu.

Diese Versammlung war eine ganz andere Sache als die letzte,
wo jedermann kommen konnte, der sich interessierte. Hier
durften nur die Geladenen herein.

Tadhg versuchte, in den Gesichtern der anderen zu lesen.
Was mochte sie wohl umtreiben? Was brachte sie dazu, dieses
gefährliche Spiel mitzumachen? War es vielleicht ein Fehler,
dass er sich drauf eingelassen hatte? Doch trotzdem, er könnte
immer noch aussteigen ... oder konnte er das wirklich? Und
wollte er das überhaupt?

Seine Angst wurde längst von der Verzweiflung über die ausweglose Situation, in der sich seine Familie befand einerseits
und die schwache Hoffnung, diesem Grauen doch noch entkommen zu können andererseits, überdeckt.

„Ich überlege schon eine Weile, ob ich Cahill einweihen soll,“
flüsterte Tadhg seinem Freund Daoiri zu.

„Ihr kennt euch ja schon eine ganze Weile ...“

„Er ist sehr interessiert an der Bewegung. Und sie wollen ja,
dass mehr Leute dazu kommen ...“

„Schhh, jetzt gilt es, erstmal zuzuhören, was sie zu sagen haben.“ Daoiri deutete nach vorne.

"Freunde, ich freue mich sehr, euch hier zu sehen", begann
der Mann mit einer festen Stimme. "Die letzte große Versammlung hat gezeigt, dass wir immer mehr Anhänger gewinnen.
Doch diese Runde hier ist nur für jene unter uns, die bereit

sind, den entscheidenden Schritt zu tun. Wir werden alle Stillschweigen bewahren über das, was hier gesprochen wird. Jeder einzelne möge nun in sich gehen und entscheiden, ob er sich bereit fühlt. Wenn nicht, dann ist jetzt der Augenblick, den Raum zu verlassen und Abstand zu suchen von unserer Unternehmung."

Der Sprecher sah sich abwartend um. Die Anwesenden blickten ebenfalls umher.

Tadhg spürte, wie das Gewicht der Entscheidung auf seinen Schultern lastete. Würde er und würden all die anderen bereit sein, alles zu riskieren?

Keiner erhob sich, keiner verließ den Raum.

„Gut, so sei es", ergriff der Sprecher wieder das Wort. „Wir wissen alle, wir haben nur einen Versuch. Jeder von uns riskiert mit dieser Unternehmung seinen Hals. Und wir können nur siegen, wenn wir fest zusammenstehen. Versammelt in dieser Stunde, in der die Schatten der Unterdrückung über unser geliebtes Irland fallen, lasst uns die Flamme der Hoffnung und des Mutes in unseren Herzen entzünden. Lasst uns die Geister der großen Helden heraufbeschwören, die vor uns standen, als das Land in Not war, und die für die Freiheit kämpften, wie wir es nun tun wollen." Eine gespannte Stille legte sich über die Versammlung, während er seine Worte auf die Anwesenden wirken ließ. „Erinnert euch an Wolfe Tone, den unerschrockenen Patrioten, der sein Leben für das Ideal eines freien und unabhängigen Irlands gab. Sein Mut und seine Vision sind ein Leuchtfeuer für uns alle. Er träumte von einem Irland, in dem Katholiken und Protestanten Seite an Seite standen, vereint in ihrem Streben nach Freiheit und Gerechtigkeit. Sie haben ihn nicht bekommen, er ist in Freiheit selbst gegangen.[13]

---

[13] Theobald Wolfe Tone (1763-1798), oftmals einfach als Wolfe Tone bezeichnet war einer der Gründerväter der Society of United Irishmen, einer revolutionären Organisation, die sich für die Unabhängigkeit Irlands von der britischen Herrschaft einsetzte. Die Vereinigten Iren spielten eine entscheidende Rolle im Irischen Aufstand von 1798, einem fehlgeschlagenen Versuch, Irland durch bewaffneten Widerstand von der britischen Herrschaft zu befreien. Tone gilt als eine Schlüsselfigur in der irischen revolutionären Geschichte und als ein Symbol für den irischen Nationalismus. Quelle: "Life of Theobald Wolfe Tone" von William

Lasst uns nicht vergessen, die tapferen Männer und Frauen, die in den Rebellionen von 1798 und 1803 ihre Leben gaben. Ihre Namen mögen in den Annalen der Geschichte verblassen, jedoch, ihre Taten sind in das Gedächtnis Irlands eingeprägt. Sie kämpften mit der Überzeugung, dass die Tyrannei niemals das letzte Wort haben darf.

Denkt an Robert Emmet, einer von euch, in eine edle Familie geboren, dessen Leidenschaft und Hingabe für unser Land ungebrochen blieben, selbst im Angesicht des Todes. Seine letzten Worte, bevor er gehängt wurde, hallen noch immer in unseren Herzen wider. Sein Opfer ist ein Mahnmal für uns, dass der Kampf für Freiheit niemals vergeblich ist. Doch erst wenn Irland seinen Platz inmitten der Nationen der Erde eingenommen haben wird, ist sein Kampf gewonnen.[14] Lasst uns seiner mit einem Lied gedenken!" Mit diesen Worten winkte er weitere Leute herbei. Sie traten mit Instrumenten auf die Bühne. Kaum standen sie oben, da begann auch schon die Musik zu erklingen. Sie spielten Young Emmet. Tadhg war dies Lied wohl bekannt. Die ganze Menge wusste das Lied, jeder Mann im Saal. Alle sangen mit, auch Tadhg, als sie spielten:

Theobald Wolfe Tone: Dieses Buch wurde von seinem Sohn William verfasst und basiert auf den Papieren und den Schriften von Wolfe Tone selbst, einschließlich seiner Tagebücher und Briefe.

[14] Robert Emmet (1778-1803) war ein bedeutender irischer Nationalist und Revolutionär. Nach dem Scheitern des irischen Aufstands 1798, in dem Wolfe Tone eine führende Rolle gespielt hatte, floh Emmet ins europäische Exil, kehrte jedoch 1802 nach Irland zurück, um eine erneute Rebellion zu planen. Im Juli 1803 führte Emmet einen Aufstand in Dublin an, der jedoch schlecht organisiert war und rasch niedergeschlagen wurde. Emmet wurde verhaftet, vor Gericht gestellt und des Hochverrats für schuldig befunden. Er wurde am 20. September 1803 gehängt und anschließend geköpft. Robert Emmet ist besonders bekannt für seine leidenschaftliche Rede vor Gericht, die als "Emmet's Speech from the Dock" bekannt ist. In dieser Rede verteidigte er seine Handlungen und seine Liebe zu Irland und sprach den berühmten Satz: "When my country takes her place among the nations of the earth, then, and not till then, let my epitaph be written." Seine berühmte Rede "Emmet's Speech from the Dock" ist ein wichtiger historischer Text, der oft zitiert wird. Quelle: Robert Emmet: A Life" von Patrick M. Geoghegan

114

> *„'Tis Emmet, young Emmet, the brave and the true,*
> *The darling of Erin, and the pride of the few,*
> *The pride of the few, and the darling of all,*
> *Who gave up his life for the cause of the Gael.[15]“*

Nachdem die letzten Klänge verhallt waren, sprach der Redner weiter. Seine Worte hallten durch den Raum, eindringlich und voller Nachdruck: „Sie alle starben für Irland, dessen Tränen niemals trocknen werden. Die Franzosen mögen uns im Stich gelassen haben, doch wir haben Unterstützung aus Schottland erhalten, und wir haben einen Handelsmann, der die besten Verbindungen nach Frankreich hat, wo noch Unmengen von Waffen aus den 1780er und 90er Jahren lagern, und wir haben mittlerweile recht genaue Pläne über die Zielpersonen. Es werden heute noch keine Namen bekannt gegeben, um die Sache nicht zu gefährden, falls doch noch einer abspringen sollte. Zunächst werden in Kürze die Lieferungen eintreffen", erklärte der Redner. "Wir haben als Versteck ein leerstehendes Gebäude bei London ausgewählt."

Tadhgs Nerven waren angespannt wie die Seile auf einem Fischerboot. Er wischte die klammen Hände unauffällig an den Innentaschen an seiner Hosen ab, während er gebannt lauschte, was der Mann auf der Bühne preisgab. Wieder und wieder stahl sich der Gedanke in seinen Kopf, ob er diesem Unterfangen gewachsen sein würde.

„In wenigen Wochen nun werden wir viele Hände brauchen, die die Waren am Strand in Empfang nehmen, sie verladen und dann in unser Versteck bringen.“ Diese Tätigkeit würde gut bezahlt werden. Das Geld der Unternehmung stammte von Personen, die sich entschieden hatten, die Sache zwar nicht aktiv, dafür jedoch durch finanzielle Beteiligung zu unterstützen.

---

[15] Das genaue Datum und der ursprüngliche Autor des Liedes "Young Emmet" sind nicht eindeutig dokumentiert, da es sich um ein traditionelles Volkslied handelt. Es handelt von Robert Emmet, dem irischen Nationalisten und Anführer des gescheiterten Aufstands von 1803. Da "Young Emmet" ein traditionelles irisches Volkslied ist, gibt es verschiedene Versionen des Textes, die im Laufe der Zeit entstanden sind. Eine Interpretation hat Daoiri Farrell unter dem Titel „Young Emmet“ gesungen. Abrufbar bei Spotify.

Tadhg dachte angestrengt nach. Wer waren diese Leute, die große Reichtümer besaßen und solch eine Sache unterstützten? Es mussten Feinde der britischen Krone sein, das war gewiss.

Es war wie ein Netz aus geheimen Helfern und stillen Unterstützern. Vielleicht, dachte Tadhg, waren es wohlhabende Kaufleute, die heimlich gegen die britische Regierung operierten?

Könnten Wenige wirklich ein so großes Unterfangen stemmen? Die Geschichte Irlands war voll von Helden und Rebellen, die mit wenigen Mitteln Großes vollbracht hatten. Es war möglich, dass nur einige Mutige eine solche Sache ins Rollen brachten.

Während der Mann vorne weitersprach, stieß Daoiri Tadhg mit dem Ellenbogen an. „Und, Tadhg? Was sagt deine Caoimhe dazu? Hat sie Cahill bereits kennengelernt?", flüsterte er.

Tadhg kannte Daoiri gut genug, um zu wissen, dass er großen Wert auf Caoimhes Meinung legte. Daoiri hatte sie seit der Kindheit gekannt und schätzte Frauenmeinungen im Allgemeinen mehr als manch anderer. Darin war er schon immer eigen gewesen.

„Caoimhe ist strikt dagegen, ihn ins Vertrauen zu ziehen. Sie misstraut ihm", gestand Tadhg schließlich. „Sie hat ein schlechtes Gefühl bei ihm."

„Nach mór!16" Daoiri wirkte überrascht, seine Augenbrauen zogen sich zusammen. „Weshalb das?"

„Sie haben sich nur einmal gesehen, doch sie meinte, seine Art gefiel ihr gar nicht", erklärte Tadhg, der selbst unschlüssig war, was er davon halten sollte. Eine Weile schwiegen beide. „Weiber! Er hat wohl einmal zu viel geblinzelt?" Tadhg lachte verhalten. Dabei war ihm gar nicht danach zumute. Er musste sich selbst gestehen, dass ihn ihr Urteil verunsicherte. Schließlich konnte er sich nicht vormachen, dass er nicht selbst zunächst misstrauisch gewesen war. Wenn sie ihr Gefühl nun doch nicht trügte? Andererseits bezog sich ihr schlechter Eindruck nicht direkt auf seine Vertrauenswürdigkeit, sondern auf sein albernes Geschwätz.

---

16 "Nach mór!" (gespr. Nock more) bedeutet auf Irisch sinngemäß „Schau an!"

116

„Nun, mir schien er durchaus ein reges Interesse an der Bewegung zu haben, als er dich zur großen Versammlung begleitete", gab Daoiri zu bedenken.

Tadhg erinnerte sich an den Abend. Es war eine Versammlung für alle Interessierten, die weit weniger verfänglich gewesen war, als diese hier. Cahill hatte später viele Fragen gestellt, hauptsächlich über die Redner und deren Namen. Tadhg hatte jedoch nicht so viele Kenntnisse wie Daoiri.

Daoiri führte fort: „Womöglich solltest du noch ein wenig abwarten. Dann wirst du bestimmt wissen, was zu tun ist."

Adhmaid House nahe Shannagarry, County Cork, Irland

Isabella holte tief Atem, ehe sie sich, ebenso wie alle übrigen Anwesenden an der Tafel niederließ.

Ein Gefühl der Beklemmung ergriff sie.

Ihr flüchtiger Blick, den sie auf Jane Cahill warf, offenbarte nichts über deren inneren Gemütszustand. Doch Isabella hatte bereits mehrfach festgestellt, dass Jane es vortrefflich verstand, sich ihre Regungen nicht ablesen zu lassen. Heute dinierte Miss Cahill zum allerersten Mal gemeinsam mit der Familie von Isabella. In der Tat konnte sich Isabella nicht entsinnen, dass jemals zuvor ein Gast im Kreise ihrer nächsten Angehörigen an einem Mahl teilgenommen hatte.

Jane trug ein wunderschönes Kleid aus einem feinen zartblauen Stoff. Den Rock zierten unzählige kleine gewebte Rosen. Ihr Haar war zu einer eleganten Frisur gesteckt. Sie saß tadellos. Jane musste eine geschickte Zofe haben.

Isabella empfand Jane Cahill als bildschön, wie sie zum wiederholten Male feststellen musste.

Jane war darauf bedacht, sich ihre innere Unruhe nicht anmerken zu lassen.

Es war eine ungewohnte Situation für sie, im Kreise einer fremden Familie am Tisch zu sitzen. Überhaupt, wann hatte sie zuletzt mit einer Familie diniert? Für gewöhnlich speiste sie allein oder mit William, manchmal auch mit Andrew. Durchaus, sie konnte sich an zahlreiche gemeinsame Essen mit Andrew und William im Verlaufe der vergangenen Jahre erinnern, doch das letzte richtige Familienessen lag in weiter Vergangenheit, wenige Tage vor jenem Unglückstag. Sie wollte daran jetzt nicht denken. Es gehörte nicht hierher. Heute sollte ein angenehmer Abend werden. Sie hatte endlich eine Freundin gefunden und nun würde sie mit etwas Geschick die Sympathie von Isabellas Eltern gewinnen und dann würde vielen gemeinsamen Unternehmungen nichts mehr im Wege stehen.

Jane wusste um die Kunst des Sympathiengewinnens und hatte oft bemerkt, dass ihr dies überaus meisterhaft gelang. Und diesmal wollte sie unbedingt gefallen. Den Eltern von Isabella, denn mittlerweile hatte sich ihr Eindruck verflüchtigt, Isabella sei einfältig. Was ihr durchaus bemerkenswert erschien, da diese in vollständiger Abgeschiedenheit lebte.

Doch was trieb diese Familie zu einem Leben in solch gänzlicher Abgeschiedenheit?

„Es ist wahrhaftig ein reizendes Ereignis, dass wir nun die Freude haben, Sie näher kennenlernen zu dürfen“, sprach Isabellas Vater.

Jane, geübt in der stillen Kunst der Beobachtung, ließ ihren Blick unbemerkt über Mr. Dubois schweifen. Durch ihre aufmerksame Prüfung entging ihr nicht die subtile Nuance seiner Gesten und Worte. Diese, obgleich gewählt und höflich, trugen eine schwebende Zweideutigkeit in sich, als ob seine wahre Natur nur bruchstückhaft durch die Fassade hindurchschimmerte. Seine Augen sprachen von verschwiegenden Geschichten und in stiller Einsamkeit begangenen Pfaden, was Jane mit leiser Verwunderung wahrnahm.

Sein Erfolg als Kaufmann erschien ihr offenkundig, seine Umgangsformen waren tadellos. Ein Mann von stattlicher Erscheinung und selbstsicherem Auftreten. Doch war da eine stille, schwerelose Aura in seinem Auftreten. Ein Hauch von Melancholie lag über ihm und verlieh seinen Bewegungen eine ungreifbare Eleganz. Jane drängte sich das Gefühl auf, dass er nicht nur ein Gesicht hatte.

Auch in Gesellschaft, wie hier, umhüllte ihn ein Schein der Rätselhaftigkeit, die ihn wie ein Schatten erscheinen ließ. Er blieb zweifellos immer knapp außerhalb der Reichweite echter Vertrautheit. So erschien ihr Jules Dubois als eine enigmatische Gestalt, eine Verkörperung von Absence und Präsenz zugleich.

Jane war sich ihrer Einsicht sicher: Dubois glich ihr im Wesen. Nur aus diesem Grund vermochte sie, diesen geheimnisvollen Schimmer auf den ersten Blick zu erkennen. Doch eine beunruhigende Gewissheit erwachte in ihr: Diese Ähnlichkeit machte ihn gefährlich. Wie eine finstere Silhouette erkannte sie pötzlich, dass Dubois jemand war, der ihr erheblichen Schaden zufügen könnte — eine der wenigen Personen, die eine tatsächlich Bedrohung für sie darstellten. Dennoch verstand sie es, sich nichts anmerken zulassen. „Danke sehr", entgegnete sie höflich, indes sie ihre Blicke über die Anwesenden schweifen ließ.

„Ich vernahm, Sie stammten ursprünglich aus London, Miss Cahill?" fragte Mrs. Dubois mit unverhohlenem Interesse.

„Ja, ganz recht. Ich bin mit meinen beiden Brüdern nach Cork übergesiedelt."

„Und wie kam es zu diesem Wechsel, wenn ich fragen darf?" erkundigte sich Mr. Dubois mit einem schwer zu deutenden Ausdruck.

Eine junge Bedienstete trat hinzu und offerierte Jane zwei Weine zur Auswahl. Sie wählte den weißen.

„Mein Bruder William wurde nach Cork versetzt. So beschloss Andrew, welcher mein Vormund war, dass es das Beste wäre, wenn wir gemeinsam nach Cork gehen. Da es ein Gewinn wäre, eine neue Stadt kennenzulernen", erläuterte Jane, während der Wein in ihr Glas floss.

„Dabei besitzt Cork im Vergleich zu London doch wahrlich wenig Reize!", bemerkte Isabellas Vater und wählte den roten Wein.

Jane konnte ihm inhaltlich nichts entgegenhalten, doch schien es ihr unpassend, dies hier weiter zu erörtern. So hielt sie höflich inne und ließ ihre Gedanken unausgesprochen.

Madeleine nahm an jenem Abend kaum Anteil an der Konversation. Ihre Befindlichkeit war von Trübsal geprägt und es hätte ihrer Neigung entsprochen, diesem Diner gänzlich fernzubleiben; indessen war ihr dies versagt gewesen. Ihr Bein schmerzte sie und düstere Gedankengänge bedrückten ihr Gemüt. Seit ihrer letzten Unterredung hielt Vater sie unter wachem Auge. Sie sah sich gezwungen, ihn zu überzeugen, dass sie ihre freigegebene Zeit nicht mit dem Gesinde verbrachte.

Wie tief beneidete sie doch Isabella um deren vertraute Freundin. Ach, hätte auch sie nur eine solche gehabt, so wären ihr die Tage nicht so trostlos und einsam erschienen. Doch ein solch' vertrauter Umgang fehlte ihr nun gänzlich.

Mutter war in wesentlich besserer Verfassung, nach der langen Zeit der Pflege. Jede freie Minute verbrachte sie nun ungeteilt mit Vater und bedurfte der Pflege ihrer Töchter nicht länger. Wie in den Tagen vor ihrer Krankheit, hielt sie letztere von sich fern.

Vater genügte es, zu überwachen, dass Madeleine seinen Anweisungen Folge leistete. Er hatte sichtlich kein Interesse daran, auch nur einen Teil seiner kostbaren Zeit mit Madeleine zu verbringen. Nun, an einen Ausritt war schließlich beim besten Willen noch längst nicht zu denken. So blieb die Hoffnung auf einen solchen vorerst ein unerfüllter Wunsch, da der Bruch noch Wochen veranschlagen würde, ehe Madeleine wieder in den Sattel steigen könnte.

An jenen bedauernswerten Vorfall des gestrigen Tages wagte Madeleine nicht einmal im Entferntesten zu denken. Als die liebenswerte Margret den steilen Aufstieg ins obere Stockwerk unternommen hatte, um Madeleine Trost zu spenden, wurde sie von dieser auf das Härteste zurückgewiesen, welche keinen anderen Ausweg, da Vater in unmittelbarer Nähe weilte und jede Regung mit argwöhnischem Blick verfolgte. So war Madeleine genötigt, Margret in herber Weise zurückzuweisen, obwohl diese Handlung sie selbst zutiefst schmerzte. Letztlich konnte Madeleine nicht sagen, ob ihr Verhalten den Befehlen und Erwartungen ihres Vaters gerecht geworden war.

120

An jenem Abend, als Madeleine ihre Eltern beobachtete, wie sie in angeregte Unterhaltung mit Isabellas Freundin vertieft waren, kam es ihr vor, als befinde sie sich innerhalb eines fremden Haushalts oder gar einer Erzählung, die keineswegs die ihre war. Es war für sie kaum vorstellbar, dass diese Menschen, die nun wie vertraute Gefährten miteinander plauderten und sich erlaubten, gelegentlich scherzhafte Bemerkungen auszutauschen, tatsächlich ihre Eltern seien. Seit Madeleine zurückdenken konnte, hatten ihre Eltern stets eine kühle und unnahbare Haltung sowohl gegeneinander als auch gegenüber ihren Töchtern eingenommen.

Wie sehr sehnte sich Madeleine danach, sich aus dieser befremdlichen Szenerie zu entfernen. Die plötzliche Verwandlung ihrer Eltern, erfüllte sie mit einem tiefen, nicht zu ignorierenden Unbehagen.

Dublin, Irland

Laurence fügte sorgfältig einige wenige Kleidungsstücke zusammen und verweilte einen Augenblick in nachdenklicher Betrachtung, ob wohl alles Nötige zur Hand sei. Nachdem er sich überzeugt zu haben meinte, dass nichts weiter vonnöten sei, verschloss er sorgsam seinen kleinen Koffer. Hernach griff er nach seinem, in dieser Jahreszeit unverzichtbaren, doppeltgeknöpften Mantel mit breiten Revers, gefertigt aus schwerem Wollstoff und setzte seinen aus Seidenfilz genähten Zylinderhut auf. Auch auf den wärmenden Schal und die gefütterten Handschuhe verzichtet er nicht. Nun war er bereit, sich den kommenden Tagen zu stellen

Lizzy schien die Aufbruchstimmung zu spüren. Sie lief aufgeregt um seine Beine herum und musste mehrfach ermahn werden. Selbstverständlich würde sie ihn begleiten.

Es war sein erster Urlaub. Er würde die festlichen Weihnachtstage im Elternhaus auf Tallwood Manor zubringen.

Vor einigen Tagen war ein Schreiben von Alexander eingetroffen, welches besagte, dass auch er anreisen würde und sie somit auf Tallwood Manor ein Theaterstück zu geben hätten. - Das Theaterstück einer gemeinsamen Seereise -. Alexander hatte ihm genaueste Instruktionen gegeben, was er zu berichten habe. Auf Laurence´ Gesicht stahl sich unweigerlich ein Grinsen, wenn er sich vor Augen führte, wie sie die ganze Familie hinters Licht führen würden. Doch ein Rückweg war ausgeschlossen und er verspürte auch keinerlei Neigung zur Umkehr. Vielmehr wollte er der unglücklichen Cara am liebsten eine Absage erteilen und ewig so weiterleben, wie er es nun tat. Alexander war ein Teufel. Er hatte genau gewusst, welche Folgen dieses Experiment für Laurence haben würde - es würde ihn zweifellos in einen Zustand des inneren Haders versetzen.

Theresa hatte er am gestrigen Abend letztmalig gesehen. Sie hatten mit weiteren Bekannten gemeinsam ein Pub besucht. Die Erinnerung und die bevorstehende Reise in sein „wahres" Leben ließen ihn sofort wehmütig werden. Er seufzte leise und versuchte, sich mit etwas Abgeklärtheit zu rüsten.

Dann verließ er Lady Orwells hübsches, kleines Stadthäuschen, in dem er sich in kürzester Zeit so vortrefflich eingelebt hatte. Mit zügigen Schritten und Lizzy an seiner Seite trat er an die Droschke heran, öffnete sie und schwang sich hinein. "Zum Bahnhof!", wies er den Kutscher an.

Die Droschke setzte sich mit einem Ruck in Bewegung und fuhr holpernd an. Er blickte aus dem Fenster auf die geschäftigen Straßen Dublins, die er nun schon wie seine Westentasche zu kennen meinte, die jedoch gleichwohl den vielen viel zu dürren, zerlumpten Kindern gehörten, die dort in ihre Spiele vertieft waren, und von denen manch eines bittend die Hände ausstreckte, wenn er sonst die Straßen passierte und gerade kein Constable der Dublin Metropolitan Police in jener unverkennbaren Uniform mit ihren hohen Krägen und Dienstmützen, und mit Dienstknüppel, manchmal gar mit Säbel bewaffnet, zugegen war, welchen es übertragen war, in den Straßen Dublins für Ruhe, Sicherheit und die Einhaltung der Gesetze zu sorgen. Nur selten streckte er ihnen einige Münzen zu, doch manches Mal etwas Essbares. Es versetzte ihm stets einen Stich ins Herz, sie in ihrer Hilflosigkeit zurückzulassen.

Schließlich hielt die Droschke. Er bezahlte den Kutscher und wandte sich dem Bahnhofsgebäude zu.

Er sah, wie die Menschen in dicken Mänteln, die Hüte tief ins Gesicht gezogen, und mit schweren Gepäckstücken beladen, hastig über die Bahnsteige eilten.

Ein Zug setzte sich soeben in Bewegung. Der Rauch der Dampflokomotive vermischte sich mit der kalten Winterluft und bildete eine dichte, graue Wolke, die den gesamten Bahnhof einhüllte. Das Zischen des Dampfes und das laute Rattern der Räder auf den Schienen erfüllten die Luft mit dröhnendem Lärm.

Er wusste, dass Arbeiter, mit rußverschmierten Gesichtern und groben Händen, nun unermüdlich Kohle in die Feuerkammer schaufelten.

Er richtete den Blick in die Höhe. Die hohen, eisernen Träger des Bahnhofs wirkten imposant und doch bedrückend unter dem grauen, verhangenen Himmel.

Entlang der Bahnsteige drängten sich die Reisenden. Er schritt nun ebenfalls dem Bahnsteig zu. In Kürze musste der Vorortzug nach Kingstown eintreffen. Kingstown war der Hauptfährhafen für die Reise über die See.

Von Kingstown aus würde er die Dampffähre über die Irische See nach Holyhead auf der Insel Anglesey in Wales nehmen.

Diese Überfahrt war ein Unterfangen von einigen Stunden abhängig von den Wetterbedingungen. Es war ein glücklicher Umstand, dass inzwischen Dampfschiffe die Segelschiffe weitgehend ersetzt hatten. Dies machte die Überfahrt nicht nur sicherer, sondern beschleunigte sie auch ungemein.

Nach der Ankunft in Holyhead würde er die Reise mit der Eisenbahn fortsetzen. Die London and North Western Railway war erst vor zwei Jahren durch die Fusion der Grand Junction Railway, der London Birmingham Railway und der Manchester and Birmingham Railway entstanden, was große Wellen in der Presse geworfen hatte, und betrieb eine direkte Zugverbindung von Holyhead nach London. Diese Strecke führte durch Wales und England und war eine der Hauptverbindungen zwischen

Irland und der britischen Hauptstadt. Laurence war bekannt, dass derzeit daran gearbeitet wurde, einen Schnellzug auf diese Gleise zu bringen.

Selbstverständlich war ihm auch bekannt, dass es am 24. Mai dieses Jahres auf eben dieser Strecke einen tragischen Unfall gegeben hatte, als die Dee-Brücke bei Chester, Cheshire einstürzte, ausgerechnet auf jenem Streckenstück, das erst im vergangenen Jahr im September fertiggestellt worden war. Der Nahverkehrszug von Chester hatte sich auf dem letzten Brückenträger befunden, als der äußere der beiden gusseisernen Träger des Unterbaus der Fahrbahn brach. Der Lokomotivführer, sagte später, er habe eine noch ungewöhnliche Erschütterung gespürt und aufgrund dessen allen zur Verfügung stehenden Dampf auf die Zylinder gegeben, um den Zug schnellstens von der Brücke zu bekommen. So gelang es, die Lokomotive rechtzeitig auf die andere Seite zu bringen, jedoch riss sodann die Kupplung zum Schlepptender. So stürzten der Tender und die folgenden Waggons mit allen Insassen, dem Zugführer, dem Heizer und zwei Schaffnern in den etwa zehn Yards darunter strömenden Dee. Nach dieser Tragödie war es dem Lokomotivführer zu verdanken, der geistesgegenwärtig und mutig zur nächsten Betriebsstelle weiterfuhr, den Alarm auslöste, die Richtung wechselte und an der Unfallstelle vorbei über die beschädigte Brücke auf der noch intakten Spur zurückfuhr, um auch in Chester den Alarm auszulösen, damit nicht der Folgezug ins Verderben fuhr.

Noch waren die Untersuchungen zu dem Unglück nicht abgeschlossen, sodass nicht mit Gewissheit gesagt werden konnte, was die Ursache gewesen war.

Die Eisenbahnaufsichtsbehörde war der Auffassung, dass das Gusseisen durch den Wechsel von Belastung und Entlastung spröde geworden war und deshalb hatte brechen müssen. Doch Testungen hierzu liefen noch. Wenn dem so war, dann wäre die Konstruktion insgesamt fehlerhaft gewesen.

Robert Stephenson hingegen, der Konstrukteur der Brücke, hatte sich dahingehend geäußert, dass die Lokomotive wohl entgleist sein müsse und der dadurch verursachte Stoß gegen die Brücke diese brechen lassen habe. Laurence war in technischen Fragen zu unbewandert, um sich ein eigenes Urteil dazu zu bilden, wenngleich ihm durchaus bekannt war, dass manch anderen ein solcher Umstand nicht davon abhielt, dennoch ein Urteil zu fällen, so dass die Wellen hochschlugen zu dieser Frage. Er hatte den Marquess sagen hören, dass dieser Stephensons Aussage für ausgemachten Unfug halte, da wohl sonst die Lokomotive ebenfalls hätte abstürzen oder zumindest entsprechende Schäden hätte aufweisen müssen, was bekanntlich nicht der Fall war. Eines, so meinte der Marquess, sei gewiss: Wenn die königliche Untersuchungskommission einmal zu einem Ergebnis käme, und dies müsse wohl angesichts der Bedeutung der Sache geschehen, dann müssten Gusseisen in tragenden Konstruktionselementen beim Bau von Eisenbahnbrücken unterbunden werden. Dies war nicht unbedingt beruhigend, denn bisher waren solche Gusseisen nicht verboten. Wenn dies also die Ursache war, dann befuhren derzeit täglich Züge mit Passagieren solch gefährliche Konstruktionen.

Für Laurence bedeutete das Unglück, dass er über eine andere Strecke ausweichen musste, denn bis die Linie wieder befahrbar wäre, würde es gewiss noch eine Weile dauern. Er hoffte aufrichtig, dass man aus den Untersuchungen Konsequenzen ziehen würde.

Über seinen Gedanken war die Zeit verstrichen und der Zug eingefahren. Laurence reihte sich unter den Einsteigenden ein und bestieg den Zug. Er fand einen Sitzplatz am Fenster. Lizzy nahm zu seinen Füßen Platz. So hatte er zumindest warme Füße während der Fahrt.

Dann setzte sich der Zug in Bewegung. Nach kurzer Zeit hatten sie Dublin verlassen und nun erstreckte sich das weite Land um den dahineilenden Zug.

Die irische Landschaft, eingehüllt in ein Kleid aus Schnee, erstreckte sich weit und breit. Die Weiden, die sonst von sattem Grün waren, lagen nun unter einer dicken, weißen Decke. Die Bäume, deren Äste schwer von der Last des Schnees waren, standen wie stumme Wächter in der Kälte. Die Hügel, die sich sanft in die Ferne zogen, wirkten wie schlafende Riesen, die unter der winterlichen Pracht ruhten.

Laurence musste unwillkürlich schmunzeln, wenn er daran dachte, wie gern er dieses Land hatte. Seinem Vater würde er davon wohl nichts berichten. Hier offenbarten sich die unausgesprochenen Gräben zwischen ihm und Seiner Lordschaft.

Verschneite Ebenen, dunkle Waldstücke und einsame Moore, verlassen wirkende Farmen, vereinzelte, prächtige Gutshäuser in durchstrukturierten Parkanlagen und verstreute, ärmliche Dörfer mit zerfallenen Cottages zogen gemächlich vorbei. Aus manchen Schornsteinen stiegen Rauchwolken in den trüben Himmel, andere Häuser und Hütten wirkten verlassen, manche ragten nurmehr als schwarze Ruinen aus dem Schnee, da sie abgebrannt worden waren.

So erkannte er zugleich die Not, die sich unter der friedlichen Schneedecke zu verbergen schien; die Katastrophe dieses Jahres und gleichwohl der vergangenen. Bei aller Schönheit. Dieser Winter war so schrecklich, wie Laurence es noch nie erlebt hatte. Nicht einmal in dem Jahr ohne Sommer, anno 1816, sollte es so schrecklich gewesen sein, wie in diesem Jahr. Damals hatte der Ausbruch des Tambora im Jahr davor in Indonesien zu einer Verdunkelung der Athmosphäre geführt. Theresa hatte ihm geschildert, was dies für ihre Familie bedeutet hatte. Es war bis heute im Gedächtnis der Menschen tief verwurzelt, obgleich es so viele Jahre zurück lag.

Die Sonne hatte kaum mehr geschienen, und es hatte eine unheimliche, beängstigende Dunkelheit geherrscht.

Um sich vor den bösen Geistern zu schützen, hatten die Menschen Hufeisen über ihre Türen gehängt. Viele konnten sich die Vorgänge nicht erklären und suchten Zuflucht in den alten Bräuchen, was – wie Laurence wusste – von der britischen Obrigkeit verurteilt und bestraft wurde.

Die Temperaturen waren den ganzen Sommer über unnatürlich niedrig geblieben. Auch im Juni und Juli hatte es Regenfälle und sogar Schneestürme gegeben. Die Ernten waren durch die Kälte und Nässe stark beeinträchtigt worden, was zu massiven Ernteausfällen und Hungersnot geführt hatte.

Die Preise für die kärglichen Lebensmittel stiegen in uner-

126

messliche Höhen, sodass sie unbezahlbar wurden.

Zu allem Überfluss waren sodann Krankheiten in der geschwächten Bevölkerung ausgebrochen, und es hatte viele Tote zu beklagen gegeben.

Viele Familien verloren damals ihre Lebensgrundlage und mussten ihre Heimat verlassen. Die Erinnerung an dieses düstere Jahr war bis heute allgegenwärtig und die jetzige Lage rief die Schrecken von damals umso mehr in Erinnerung.

Die Not, die nun um sich griff, zeichnete sich jedoch durch ihre verheerende Dauer aus. Es war nicht ein Jahr der Not, sondern es wollte kein Ende nehmen. Seit drei Jahren griff die Tragödie um sich. Und obgleich in diesem Jahr die Ernte zum ersten Mal seit 1844 nicht verdorben gewesen war, war die Not inzwischen so groß, dass auch dies nicht zu einer Milderung führe konnte. Weil es kaum mehr Saatkartoffeln gegeben hatte, war die Ernte viel zu kärglich ausgefallen.

Die Kartoffelfäule schien besiegt zu sein und dennoch war die Not unbeschreiblich. Schlimmer als die Jahre zuvor.

Jeden Tag wurde von mehr und mehr Toten berichtet. Die Behörden kamen nicht mehr mit den Bestattungen hinterher. Die Menschen wurden in Massengräbern verscharrt unter gröbster Missachtung jeglicher Glaubensvorschriften und Bestattungsbräuche.

Man fand Häuser vor, in denen alle Bewohner verstoren waren, an Typhus oder der Cholera. Ganze Familien wurden ausgelöscht und Scharen von Menschen hatten ihr Obdach verloren, weil die Grundbesitzer sie davon jagten, da sie ihre Pacht nicht bezahlen konnten. Doch es war, wie Theresa es gesagt hatte. Es war sinnlos, sich all das vor Augen zu führen, wenn man es doch nicht ändern konnte. So richtete er seine Aufmerksamkeit zurück auf seine Reise.

Zunächst kam ihm Theresa in den Sinn, die er nun zurück ließ. Das war sicher gut, denn so konnte er seine Gedanken ordnen. Er dachte gerne an sie, wenngleich sie seine Gedanken keineswegs beherrschte. Er mochte ihr Wesen. Er mochte ihr Lachen, ihren Dialekt und die dunklen Augen. Sie erinnerten ihn an Elizas Augen. Sie war ihm wie eine Vertraute. Doch eben dies bedeutete ihm viel.

Zurück blieben auch das Hospital und die Patienten, der Ort, an dem er die meiste Zeit des Tages zubrachte und wo bislang niemand seinem Vorschlag, das Chloroform einzuführen, besondere Beachtung schenkte, trotz der beachtenswerten Erfolge, die Dr. Simpson zuletzt damit erzielt hatte.

Zurück blieb Mr. Glow, der nun schon recht gut genesen war, nach seiner Beinamputation, was er als ein großes Glück bezeichnen musste, angesichts der hohen Sterblichkeit bei diesen Operationen und hinsichtlich Laurence Einstand und seiner Stellung am Krankenhaus unter den Ärzten.

Zurück blieb auch Dr. Thacker.

Laurence trug glücklicherweise kein sonderlich empfindliches Gemüt in sich, nichts desto trotz er konnte nicht abstreiten, dass er sich unwohl fühlte im Beisein Dr. Thackers.

Die Fahrt zurück nach Tallwood Manor löste in ihm zwiespältige Gefühle aus. Seit seiner Abreise nach Dublin waren nur wenige Wochen vergangen, doch es erschien ihm, als sei seitdem eine Ewigkeit verstrichen. Ihm war, als kehre er nicht nur zurück in das Haus seiner Eltern, sondern zurück in eine fremde Welt.

Anlässlich der Weihnachtsfeiertage kam die ganze Familie auf Tallwood Manor zusammen. Er würde wohl auch Eliza endlich wiedersehen, deren Hochzeit mit Tom unvermeidlich näher rückte. Ebenso wie seine eigene Heirat, woran er jedoch gar nicht denken mochte. Ein Gedanke, den er stets zu verdrängen suchte.

Er ahnte auch, dass die Cartwrites über Weihnachten zu Besuch kommen würden. Gewöhnlich verbrachten sie den zweiten Weihnachtsfeiertag im Hause der Hutons.

Er hatte Cara inzwischen seit langer Zeit nicht mehr gesehen, und vermutlich freute sie sich sehr darauf, ihn wiederzusehen. Es tat ihm leid, dass er nicht dieselbe Freude empfand, doch er konnte diese Empfindung nicht erzwingen.

Wenn er versuchte, sich Caras Gesicht vorzustellen, dann schob sich sofort das Bild von Theresa vor sein inneres Auge. Sie sah er klar und deutlich, mit all ihren lieb gewonnenen Eigenheiten. Wenngleich er nicht davon ausging, dass er Theresa während seiner Abwesenheit von Dublin schmerzlich vermissen würde, so konnte er doch aufrichtig behaupten, dass er sich auf das Wiedersehen mit ihr in der Tat freute.

VII.

Adhmaid House nahe Shannagarry, County Cork, Irland

Madeleine blickte aus dem Fenster. Sie musste ihr Bein nach wie vor schonen und viel Zeit im Sitzen zubringen. Der Schnee war nun geschmolzen und hatte eine matschige, unansehnliche Landschaft hinterlassen, die des nachts fror und tagsüber wiederum antaute. Das Anwesen wirkte überhaupt nicht behaglich, sondern trist und hässlich.

In einer ebensolchen Stimmung fühlte sich auch Madeleine. Sie liebte die Winterzeit doch eigentlich.

In ihrem Elternhaus wurde christlichen Festen keine Beachtung geschenkt. Jedoch war es Margret, die dieser Zeit einen besonderen Zauber verlieh.

Von Margret wusste Madeleine, dass in christlichen Familien in dieser Zeit Weihnachten gefeiert wurde und was sich dahinter verbarg.

Von Margret wusste sie auch von dem Brauch, die Wintersonnenwende zu begehen, welche auf den kürzesten Tag und die längste der Nächte im Jahreslauf fällt. Margret hatte ihr erklärt, wie bedeutsam dies war, denn es verhieß die Rückkehr des Lichts. In den frühen Jahren ihrer Kindheit hatte sie jenes traurige Jahr erlebt, das keinen Sommer hervorbrachte. Es war ein Jahr geprägt von Hungersnot und dem Dahinscheiden vieler Menschen. Dieses Ereignis hatte sich tief in ihr verankert und sie hatte Madeleine viel davon berichtet. Seither hatte das Fest der Wintersonnenwende eine noch tiefere Bedeutung für sie

130

gewonnen.

Margret stellte zu dieser Zeit in alle Fenster des Hauses Lichter, wobei Madeleine ihr regelmäßig zur Hand ging. Dieser Brauch läutete die schöne Zeit ein, in der Margret ihr Geschichten erzählte. Geschichten ihrer Heimat. Geschichten, die sie selbst erlebt hatte und Geschichten, die in weiter Ferne lagen und wieder und wieder erzählt wurden. Madeleine hegte eine innige Liebe zu diesen Erzählungen.

In dieser geselligen Zeit bereitete Margret all jene auch köstlichen Speisen, die es sonst nicht gab. Besonders liebte Madeleine Colcannon. Es wurde aus gestampften Kartoffeln zubereitet, die mit gehacktem Kohl oder Grünkohl und feinen Frühlingszwiebeln vermischt wurden. Margret hatte immer Butter und Milch oder Sahne zugefügt. Doch nachdem die Kartoffeln ausblieben, wurde auch dieses geliebte Gericht seit drei Jahren nicht mehr zubereitet.

In den vergangenen Jahren hatte Madeleine all die Geschichten, Lieder und Gedichte, die Margret ihr anvertraut hatte, mit Hingabe an Melissa und Elizabeth weitergegeben, doch dieses Jahr war anders.

Vater verwehrte ihr mit unnachgiebiger Strenge den Zutritt zur Küche, und auch nur einen flüchtigen Augenblick der Nähe zu Margret zu verbringen, duldete er nicht.

Es war ihr eine unerträgliche Prüfung, der sie kaum gewachsen war, besonders in diesen winterlichen Tagen der Einkehr und des Lichtes.

Unglücklich und von der düsteren Schwere des Augenblicks erdrückt, verbrachte Madeleine Stunde um Stunde allein am Fenster, eingeschlossen ihrer eigenen Einsamkeit. Die Tage schienen endlos, und mit jeder verstreichenden Stunde fühlte sie die Last auf ihren Schultern schwerer und unerträglicher werden.

Wie sehr verabscheute sie ihr Leben in diesen trostlosen Mauern! Eingesperrt und abgeschnitten von den Freuden der gemeinschaftlichen Aufgaben und der Gesellschaft der ihr am nächsten stehenden Menschen.

Und wenn sie auch wusste, dass jene Gefühle von Abscheu

der Mutter gegenüber nicht recht waren, konnte sie die Empfindung nicht tilgen, da auch ihre Mutter wenig Anteilnahme an ihrem Leiden zeigte.

Doch was sie in Bezug auf Isabella empfand, vermochte sie nicht zu benennen. In ihren Empfindungen rangen gegensätzliche Gefühle um die Vorherrschaft. Sie freute sich aufrichtig für Isabella, doch zugleich ergriff sie eine tiefsitzende Unzufriedenheit. Es war das schmerzvolle Gefühl, dass Isabella sie zu verlassen schien. Und dies, obwohl sie nichts mehr ersehnte, als sich für ihre Schwester aufrichtig zu freuen.

Isabella hatte sich seit ihrer Bekanntschaft mit Jane gänzlich verwandelt. Wenn Jane zu Besuch auf Adhmaid House weilte, war Madeleine oft in ihrer Gesellschaft. Auch sie hegte in jeder Hinsicht wohlwollende Gefühle für Jane, dennoch schien ihre nicht die Intensität von Isabellas Zuneigung zu erreichen.

Und unweigerlich musste Madeleine doch lächeln, sobald ihre Gedanken zu ihrer Schwester wanderten. Isabella war für sie immer die große Schwester gewesen, eine unverrückbare Säule in ihrem Leben. Doch in der Gegenwart von Jane schien Isabella in eine Rolle zu schlüpfen, die Madeleine bislang unbekannt gewesen war. Es war faszinierend, Isabella dann zu beobachten.

Ihre Ungeduld nahm stetig zu, derweil sie auf die Pläne des Vaters harrte; warum nur musste ihr dieses Missgeschick mit dem Reitunfall passieren?

Madeleine dachte an den unglückseligen Nachmittag zurück. Sie war zunächst allein zu dem alten Cottage von Sheehan geritten. Dort hatte sie ihn Arthur McBride spielen hören ...

In diesem Augenblick erinnerte sie sich daran, wie wunderbar es gewesen warn, jene Melodie zu vernehmen. Und kaum dass sie sich darauf besann, kam sie ihr wieder in den Sinn. Sie schloss die Augen und lehnte sich zurück. Unwillkürlich musste sie lächeln. Eine wunderbare Ruhe senkte sich über sie. Ganz anders als jene Ungeduld, die sie zuvor beherrscht hatte.

Plötzlich wurde ihr mit aller Klarheit bewusst, was sie zu unternehmen trachtete. Ja, selbst mit dem verwundeten Bein sollte ihr dies glücken. Mit festem Vorsatz nahm Madeleine ihre

Violine aus dem Kasten, spannte das Rosshaar ihres Bogens sorgsam und stimmte das Instrument. Warum sollte es ihr nicht auch gelingen, die Melodie von Arthur und seinem Cousin auf der Violine zu spielen?

Als die ersten Töne in die Stille des Raumes flossen, verzog Madeleine gequält das Gesicht. Ganz so einfach war es wohl doch nicht. Allein, sie war entschlossen, nicht aufzugeben. Zum ersten Mal seit langer Zeit verspürte sie wieder Freude und Erfüllung in einer Tätigkeit. So versuchte sie es erneut, immer und immer wieder, unbeirrt in ihrem Bestreben, und schließlich war ihr Erfolg beschieden. Wie wunderbar war das sublime Gefühl, ausgelöst durch den Erfolg, zum ersten Mal eine Melodie zu spielen, die sie selbst ersann, ganz ohne Notenblätter, ganz nach ihrem eigenen inneren Klangbild.

Isabella wusch sich abschließend das Gesicht und eilte dann rasch zu ihrem Bett hinüber. Mit flinken Händen schlug sie die Decke zurück und schlüpfte darunter, sich fest umhüllend, denn eine frostige Kälte drang unablässig durch das Fenster herein.

Es war die Nacht vor dem 24. Dezember, dem heiligen Vorabend des Festes der Christgeburt, wie es die Christen zu nennen pflegten. In den vergangenen Jahren hatte sie stets am ersten Weihnachtstag, am Morgen des 25. Dezembers, ihren Schwestern kleine Gaben überreicht.

Auch in diesem Jahr hatte Isabella Geschenke für ihre Schwestern vorbereitet, und voller Vorfreude erwartete sie den Anbruch des festlichen Tages. Doch etwas war anders in diesen letzten Wochen gegenüber den Jahren zuvor.

Lag es an Mutter und Vater? Niemals zuvor hatte sie sie so einander zugewandt erlebt.

Lag es an Madeleines Verletzung? Ihrer Melancholie, die Isabella deutlich wahrnahm? Nein, auch das war es nicht. Es lag an ihr selbst. Ja, das war die Wahrheit. Sie selbst hatte eine Wandlung erfahren. Sie war glücklich. Sie war erfüllt von Dingen, die sie mit Glück erfüllten. Sie hatte nun Jane.

Die Weihnachtszeit hatte sich mit leisen, aber raschen Schritten herangeschlichen, ohne dass Isabella den flüchtigen Wechsel der Zeit bemerkt hatte und Isabella fühlte sich, als gehöre sie nur noch zur Hälfte ihrer Familie an, während die andere Hälfte ihres Wesens einem neuen, eigenen Leben angehörte – einem Leben, das sie mit Jane teilte.

Wie gerne ließ sie ihre Gedanken zu Jane schweifen, gedachte sie ihrer strahlenden Augen und der Melodie ihrer Stimme. Dann vernahm sie sogleich tief in ihrem Innern ihr ansteckendes Lachen.

Und niemals würde sie jenen Augenblick ihres ersten Kusses vergessen. Dass es ein dermaßen berauschendes Gefühl geben konnte, wie dasjenige, welches sie in jenem Augenblick empfunden hatte. In jenem Moment schien die Welt um sie herum zu versinken, schien es nur sie und Jane zu geben.

Es war wahrlich ein schöner Abend gewesen. Doch in diesem Augenblick, als Mary und Jules nun unter sich waren, da ihre Töchter sich zurückgezogen hatten, und am Kamin beisammen saßen, waren Marys Gedanken von einer schweren Bürde befangen, sollte sie das zarte Band, welches in den vergangenen Wochen zwischen ihnen neu gesponnen war, in Gefahr bringen, durch das, was sie beabsichtigte ihm zu offenbaren? Doch welch anderer Weg bot sich ihr? Der Dialog mit ihm war unvermeidlich. Sie musste hoffen, dass ihre neuerliche Verbundenheit stark genug war, diese Offenbarung zu tragen. Zudem verspürte sie ein aufrichtiges Verlangen, ihre Erkenntnis zu teilen und nicht weiterhin einsam mit sich zu tragen.

Ihr Entschluss reifte bereits vor wenigen Stunden, als sie sich für die abendliche Gesellschaft vorbereitete. Sie hatte in den Spiegel geblickt, in Nachdenklichkeit versunken, ihre Gestalt nur mit der zarten Wäsche bekleidet. So hatte sie sich betrachtet. Dabei war sie zutiefst schockiert gewesen, wie ihr vermeintliches Spiegelbild ihr fremder als je zuvor schien. Sie wirkte viel zu mager und gealtert, fast ein Jahrzehnt schien sie in den letzten Wochen überholt zu haben. Ihr Gesicht weiß und wie ein Schatten.

In diesem trübsinnigen Moment erschien Grace, welche sie

geschickt aus diesen düsteren Gedankengängen befreite. Und mit einer sicheren Hand und einigen Tupfern Rouge und Puder gelang es Grace meisterlich, Marys müdes Gesicht zu verjüngen und sie sodann mit der wunderschönen Kette mit dem Rubinstein zu schmücken. Anschließend war Grace ihr behilflich gewesen, zunächst das Korsett und den Reifrock, die Unterröcke überzustreifen und sodann, in das prächtige, bordeauxrote Abendkleid zu schlüpfen, von welchem sie wusste, dass es Jules besonders gefiel.

Doch dann geschah das Unvorhersehbare. Plötzlich und ohne Vorwarnung überkam sie ein Schwindelgefühl, gefolgt von einer Woge der Übelkeit. Gottlob war Grace zur Stelle und löste mit flinken Fingern die engen Ösen des Korsetts, was augenblicklich Erleichterung brachte.

Mary fragte sich, was es mit diesen wiederkehrenden Anfällen von Übelkeit und Schwindel auf sich hatte. Könnte es eine Nachwirkung jener Krankheit sein, die sie durchgestanden hatte? Doch sie vermochte nicht, daran zu glauben. Immer wieder in letzter Zeit überlegte und rechnete sie nach, und versuchte sich an das Gefühl vergangener Male zu erinnern – besonders an das letzte Mal, vor acht Jahren. Konnte es wahrlich möglich sein? Hatte sich das Schicksal erneut auf diese Weise angekündigt? Wollte sie sich der Möglichkeit öffnen, wollte sie der Natur ein weiteres Mal gestatten, was sie einst schon durchstanden hatte?

Dabei hatte sie es längst gewusst und war doch nicht bereit gewesen, diese Erkenntnis wirklich in ihr Bewusstsein dringen zu lassen. Verworrener und überwältigter konnte sie sich kaum fühlen angesichts dieses Gedanken, der wie ein ungebetener Schatten über ihr lastete.

So saß sie nun da. Das prasselnde Feuer warf einen hellen Schein auf Jules, bei welchem ihre Gedanken weilten. Die Zeit schien in diesen kostbaren Augenblicken stillzustehen.

Mary wusste, dass der Moment der Wahrheit unumgänglich nahte, und doch konnte sie sich nicht durchringen ...

... Jules leerte sein Brandyglas mit einem Zug. Er genoss das warme Brennen im Hals und die sanfte Benebelung seines Geistes, die sich unweigerlich einstellte, während er sich nachschenkte. Alles um ihn erschien ihm gedämpfter und wie in der Schwebe. Die Zeit zog an ihm vorüber, als stehe er außerhalb ihrer. Neben ihm saß Mary, still und tief in Gedanken versunken, während ihr Blick unverwandt auf das flackernde Feuer gerichtet war. Er betrachtete sie in schweigsamer Bewunderung, das Brandyglas versonnen zwischen seinen Fingern drehend. Mary sah hinreißend aus.

Sie trug jenes Abendkleid, welches ihm am meisten zusagte.

Die Farben waren prächtig und der Schnitt betonte ihre Gestalt überaus vorteilhaft. Ihr Dekolleté gewährte den Blick auf jene Kette, die er ihr kürzlich geschenkt hatte. Bei jedem Atemzug hob und senkte sich das Schmuckstück in sanfter Bewegung. Dennoch blieb ihr Gesichtsausdruck unergründlich, als hätte sie ein Geheimnis in ihrem Innersten verborgen. Woran mochte sie denken? Ungewissheit beschlich ihn, doch war er sich seiner eigenen Gedanken sicher. Und vielleicht genügte das für den Augenblick.

Ihre Blicke trafen sich, als sie unerwartet zu ihm hinübersah.

Sie lächelte, ohne dass jedoch ihre Augen ihren nachdenklichen Ausdruck verloren. Er sehnte sich danach, die Schwere dieses Augenblicks in Leichtigkeit zu verwandeln, sie der Nachdenklichkeit und Ernsthaftigkeit zu entreißen. Er begehrte nichts sehnlicher, als einen unbeschwerten Abend in ihrer Gesellschaft zu genießen.

So streckte er seine Hand aus und strich ihr über die Wange. Trotz allem schien sie immer noch so zerbrechlich, auch wenn Mary sich augenscheinlich von ihrer Krankheit gut erholt hatte. Dann griff er mit zärtlicher Entschlossenheit in ihr kunstvoll aufgestecktes Haar und zog sie zu sich heran. In dem Augenblick, in dem er sie küsste, spürte er, wie sie nachgab; die Anspannung schwand von ihren Lippen.

In diesem Moment, tauchte in Jules Gedanken das Bildnis seines Vaters auf und dessen Prophezeiung, die ihm einst das Scheitern vorhergesagt hatte. Der alte Mann hatte sich gründlich geirrt. Obwohl die letzte Zeit trügerischerweise seine düsteren Ankündigungen zu bestätigen schien, hatte sich das Blatt nun gewendet. Jules fragte sich flüchtig, was wohl aus diesem Mann geworden war, den er einmal seinen Vater genannt hatte. Doch gleichermaßen war ihm sein Schicksal einerlei. Vater hatte damals eine Entscheidung getroffen, die Jules aus seinem Leben ausgeschlossen hatte. Also mochte er bleiben, wo der Pfeffer wächst.

Jules schüttelte energisch die unerfreulichen Gedanken ab, und merkte zugleich, dass er in seinem inneren Aufruhr gröber war, als er beabsichtigt hatte. Die dadurch bewirkte Veränderung in Marys Haltung entging ihm nicht.

So lockerte er seinen Griff und küsste Mary weiter, während er begann die Knöpfe ihres Kleides auf ihrem Rücken zu öffnen. Doch er bemerkte sofort, dass sie sich versteifte. Er löste sich von ihr und blickte sie fragend an.

Kurz schien sie mit sich zu ringen. Schließlich sprach sie: „Lass uns zunächst mein Schlafgemach aufsuchen."

Er spürte Unwillen in sich aufkeimen. „Warum so?", erkundigte er sich in schärferem Ton, als er es beabsichtigt hatte. Denn ihm war durchaus bewusst, weshalb sie sich in ihre Gemächer zurückziehen wollte, und diesem Ansinnen, das in seinen Augen keinerlei Notwendigkeit besaß, musste er mit Missfallen begegnen. Die späte Stunde ließ keine Sorge zu, dass ihre Töchter sie stören könnten; sie würden mit Sicherheit längst in ihren eigenen Gemächern ruhen. Und sollte ein Mitglied des Hauspersonals dennoch hier erscheinen, so würde dies einen nicht unerheblichen Unmut hervorrufen. Dies sollte ihnen bewusst sein. Im Übrigen hatte es keine Bedeutung, sollten die Dienstboten Zeuge dessen werden, was zwischen ihm und Mary geschah — dies war nicht ihre Angelegenheit und hatte sie keinesfalls zu interessieren.

Er gedachte keineswegs, ihren überflüssigen Besorgnissen nachzugeben. Dies erschien ihm überaus albern und trübte lediglich die vorhandene Stimmung. „Das wird nicht nötig sein", erwiderte er stattdessen entschieden. Daraufhin neigte er sich zu ihr und bedeckte ihre Lippen erneut mit einem Kusse, während seine Hand drängend ihr Dekolleté berührte.

Obwohl er wohl gewahrte, dass sie sich nicht ganz wohl fühlte, hier zu verweilen, kam ihm in einem flüchtigen Augenblick der Verdacht, dass sie noch andere Gründe haben könnte, ihm nicht zu Willen sein zu wollen. Jene subtile Wahrnehmung dieser Möglichkeit ließ einen Funken von Zorn in ihm auflodern. Doch er drängte diese Überlegung hastig fort, entschlossen, die Stimmung des Augenblicks nicht beeinträchtigen zu lassen.

Es stand ihm zu, zu bestimmen, was sie wann, wo und wie zu tun hatten. Als Herr dieses Hauses oblag es ihm allein, zu entscheiden, und in diesem Augenblick, da endlich alles seinen Wünschen zu entsprechen schien, konnte ihm niemand verdenken, dass er auf die Ausübung seines Rechtes bestand.

Seine Hände wanderten beharrlich über ihre zarte Haut, und er bemerkte den leisen Widerstand in ihrer Gestalt, den er jedoch bewusst ignorierte. Der Augenblick verlangte nach Hingabe, nicht nach Diskussion, und Jules war entschlossen, diesen Moment der Intimität nicht durch weitere Einwände oder eine übertriebene Fürsorge trüben zu lassen.

Cork, Irland

Jane Cahill liebte die Weihnachtszeit und zugleich war es immer wieder die schwerste Zeit des Jahres für sie.

In ihrem Elternhaus waren diese Wochen einst als eine Zeit tiefer geistlicher Bedeutung und familiärer Innigkeit begangen worden. Mutter und Vater waren gläubige Anhänger der Anglikanischen Kirche gewesen. Weihnachten war für sie stets ein besonders wichtiges Fest gewesen. Mutter hatte den Vorbereitungen viel Aufmerksamkeit gewidmet und in diesen Wochen und Tagen auch ihrer einzigen Tochter Jane besonders viel Aufmerksamkeit zuteil werden lassen. Es war das Fest, dass Jane bis heute tief mit ihrer Mutter verband.

Die Vorbereitungen hatten schon Wochen vor dem eigentlichen Fest begonnen. Mutter hatte mit Jane und William das

Haus mit immergrünen Zweigen, Stechpalmen und Misteln geschmückt, was die Hoffnung und das ewige Leben symbolisierte, wie sie ihnen erklärt hatte. Der Duft von Tannenzweigen hatte das ganze Haus erfüllt. Gemeinsam hatten sie an den Adventsandachten teilgenommen, die sie auf die Ankunft Christi vorbereiteten. Diese Andachten waren für sie eine Zeit der Besinnung und des Gebets gewesen.

Am Weihnachtsmorgen war Jane immer bereits früh erwacht, erfüllt von freudiger Erwartung. Sie hatte sodann ihr schönstes Kleid angelegt und gemeinsam waren sie zur Christmette gefahren. In der Kirche hatte eine so feierliche Atmosphäre geherrscht, dass Jane nur gebannt an der Hand der Mutter hatte dastehen können. Sie hatte gelauscht, wenn die Gemeinde die Weihnachtslieder gesungen und der Klang der Orgel den Raum erfüllt hatte. Die Predigt des Pfarrers hatte der Geburt Jesu Christi und der Botschaft des Friedens und der Liebe, gegolten. An all dies konnte sich Jane erinnern, als sei es gestern gewesen, dabei war es Jahre her, seitdem sie zuletzt an Mutters Hand all das erlebt hatte.

Nach dem Gottesdienst waren sie nach Hause zurückgekehrt, wo ein festliches Mahl auf sie gewartet hatte, welches die Köchin bereitet hatte. Andrew und Vater hatten angeregte Gespräche geführt. Jane wusste, dass Vater ein Anwalt von einiger Bedeutung gewesen war. Er hatte sich in höchsten Kreisen bewegt, was die Familie mit Stolz erfüllt hatte, da sie dem bürgerlichem Stand angehörten und es einzig Vaters Einsatz und Erfolg als Advokat geschuldet war, dass sie in jene Kreise hatten aufsteigen können. Jane konnte sich überdies erinnern, dass Andrew studiert hatte in jenen Jahren. Der Duft von frisch gebackenem Brot und gebratenem Fleisch, der das Haus erfüllt hatte, war ihr noch heute so gegenwärtig, als sei all das gerade erst geschehen. Nach dem Essen in fröhlicher Gemeinschaft waren Geschenke ausgetauscht worden.

Weihnachten bedeutete jedoch gleichermaßen, sich wohltätig zu zeigen. Sie und ihre Familie hatten in jedem Jahr auch die weniger Glücklichen in ihrer Gemeinde besucht, ihnen Essen und kleine Geschenke gebracht und Zeit mit ihnen verbracht.

Ihre Mutter bei der Hingabe an die Bedürftigen zu beobachten, hatte auf Jane einen unauslöschlichen Eindruck hinterlassen. Diese Bilder der Besuche waren ihr tief ins Gedächtnis geprägt, und sie wusste gewiss, dass sie niemals verblassen würden. Sie hatte während jener Momente niemals ein Wort geäußert, sondern war nur still und ehrfürchtig Zeugin gewesen.

Anders verhielt es sich mit ihrem Bruder Will, der stets ausgelassen mit den Kindern jener Menschen spielte, bis er schließlich von den Erwachsenen hinaus in den frischen Schnee gejagt wurde, damit er dort seine überschäumende Energie ausgiebig erschöpfte.

Jane rechnete es Andrew hoch an, dass er diese Traditionen, so gut er es vermochte, weitergeführt hatte.

Obgleich William sich oftmals in sich selbst zurückzog, wusste sie tief in ihrem Innern, dass auch er diese Zeit dazu nutzte, um der Eltern zu gedenken und sich des verlorenen Glücks zu erinnern.

Für Jane war Weihnachten jedoch zugleich stets eine Zeit der Prüfungen gewesen. Die Weihnachtsfeste in den Jahren unmittelbar nach dem Unglück waren ihr besonders schwer gefallen. Sie vermochte nicht zu zählen, wie häufig sie von unerträglichem Kummer heimgesucht worden war. Und doch gab es keine Zeit, in der sie sich den Eltern näher fühlte; dafür liebte sie Weihnachten von Herzen.

In diesem Jahr jedoch war die Situation eine gänzlich andere. Sie streifte ihre Schuhe ab, zog die Beine an und legte ihre Füße auf das Sofa vor sich. Dann umfasste sie ihre Knie mit den Armen und bettete ihr Kinn darauf. Sie war allein. In ihrer Einsamkeit konnte sie nach Belieben sitzen, wie es ihr gefiel, ungestört von den Formalia, die das gesellschaftliche Leben sonst diktierte.

Sie blickte in das prasselnde Feuer des Kamins. Dieses Jahr war der bohrende Schmerz über den Verlust ihrer Eltern, besonders über den Verlust Mutters, weit entfernt. Er war da, gewiss, doch erschien er ihr wie verhüllt hinter etwas Wunderbarem. Und dieses Wunderbare hatte einen Namen. Es war ein bezaubernder Name. Isabella ... Wie schön es klang, ihn auszusprechen.

Er verabscheute das gesamte Durcheinander zutiefst.

William Cahill ließ seine Beine, übereinandergeschlagen locker auf dem Schreibtisch ruhen. Mit einer lässigen Bewegung kippte er seinen Stuhl nach hinten.

Drüben saß Jane. Sie war allein, doch dies würde sie kaum kümmern.

Er verspürte keinerlei Neigung, sich zu ihr zu gesellen.

Ein Gläschen Brandy wäre ihm willkommen gewesen, doch mangelte es ihm an der Motivation, aufzustehen.

Abermals nahten die Weihnachtstage, eine Zeit, die er inbrünstig verabscheute. Jane mochte glauben, was ihr beliebte. Im Grunde wusste sie doch nichts über ihn.

Jane hing bis heute noch jede Weihnachten der Erinnerung an die Eltern nach.

Gottlob war ihm solch rührselige Sentimentalität fern. Er weigerte sich nachdrücklich, sich mit solchen Gedanken zu befassen. Welch ein Unsinn!

Ihn verlangte es vielmehr danach, etwas zu unternehmen! Verflucht, dass sie sich nicht in London befanden, wo es mannigfache Ablenkungen gab.

Wie hasste er Cork, Überhaupt, Irland, dieses verfluchte Irland mit seinen verfluchten Hungerleidern.

Gleichwohl sollte er ihnen zu Dank verpflichtet sein, dass sie ihm einen Narren wie Tadhg Brennan beschert hatten, der ihm in Kürze Zugang zu den geheimen Zusammenkünften jener Verschwörer gewährte.

Warum war seine Stimmung also so düster? Warner hatte ihm über die Feiertage bis Neujahr freigegeben und wollte sodann alle weiteren Angelegenheiten mit ihm besprechen. Dies bot ihm reichlich Zeit, um sich zu überlegen, welchen Schachzug er anwenden könnte, um diesen verfluchten Kerl weiter hinzuhalten. Er konnte Warner nicht ausstehen. Warum war solch ein Mann sein Vorgesetzter, während er selbst nur ein schlichter Detective war? Doch eines Tages würde sich dies ändern. Vielleicht sogar schon bald.

Über Weihnachten wünschte er sich, die Angelegenheiten mit Brennan ruhen zu lassen, doch nach den Feiertagen gedachte er, endgültig Nägel mit Köpfen zu machen und Brennan in seine Falle zu locken. Bis dahin wollte er nichts von der Arbeit wissen und die Feiertage in Ruhe genießen. Warum also verschwendete er seine kostbare Zeit mit der Betrachtung jener Dinge, die ihm doch im Grunde wohlgelungen erschienen?

Ein Brandy. Durchaus, immer noch sehnte er sich nach einem Brandy.

William entschied sich, nach Kate zu läuten. Warum auch nicht? Schließlich gehörte sie zum Dienstpersonal, und es war doch wohl ausnahmsweise einmal nicht zu viel verlangt, dass sie ihm zur Verfügung stand, auch wenn sie bereits Feierabend hatte. Ohne zu zögern griff er nach der Klingelschnur und zog daran. Dann lehnte er sich zurück und wartete auf ihr Erscheinen.

Er stellte sich vor, wie Kate sogleich, womöglich etwas schlaftrunken, hereinkommen würde, um zu erfragen, was sein Begehr sei. Dieser Gedanke erheiterte ihn. Gewiss hatte sie bereits ihr Nachthemd angelegt. In seiner Vorstellung erblickte er, wie sie sich bereits entkleidet hatte und ...

Kate erschien nicht. Nach einer Weile läutete William erneut, wiederum ohne Erfolg. Seine Geduld begann allmählich zu schwinden, und er stellte sich vor, wie sie sich bequem in ihrem Bett räkelte, offenbar nicht bereit, seinen Ruf zu beachten. Dieser Gedanke vergiftete seine Laune vollends und vermehrte seinen Zorn.

Unvermittelt kam ihm Andrews mahnende Stimme in den Sinn, wie er ihn wegen seiner vermeintlichen Allüren bezüglich Kate zurechtgewiesen hatte. Andrew hatte sich über die Jahre hinweg wie ein Vater aufgespielt, was er niemals gewesen war, und William hatte ihm doch immer diese Macht über sich eingeräumt. Es ärgerte ihn, dass er sich von Andrew sagen ließ, zu wem er sich gesellen durfte und zu wem nicht.

Mit wachsendem Zorn spürte William, wie wohltuend es war, die Wut auf denjenigen zu richten, der sie verdiente. Was brachte es einem schließlich ein, auf seinen Bruder zu hören,

142

sich von ihm schikanieren zu lassen? Es führte lediglich dazu, dass die Dienstboten einem auf der Nase herumtanzten.

Doch damit war nun Schluss.

Seine rührselige Schwester mochte drüben am Feuer sitzen, sie würde gar nichts bemerken. Andrew war nicht im Hause, da er sich mal wieder als ergebener Diener für jene irische Familie betätigen musste.

William konnte sich eines hämischen Grinsens nicht erwehren. Andrew, der ewig gehorsame Sohn ...

Er richtete sich entschlossen auf. Die Umstände schienen ihm geradezu vortrefflich in die Hände zu spielen. Er erhob sich, trat zur Tür und öffnete diese. Im Salon saß Jane, die sich ihm zuwandte und hastig ihre Sitzhaltung geraderückte, was William nur flüchtig wahrnahm. „Ich werde mich zurückziehen, denn ich bin müde“, sprach er mit möglichst gleichgültigem Tonfall. „Ich werde mir lediglich noch eine Kleinigkeit zu essen holen.“

Sie antwortete irgendetwas, doch er vernahm es nicht.

Mit entschlossenen Schritten ging er Richtung Küche, wohl wissend, dass die Tür zur Mädchenkammer sich dort befand.

Als er die Küchentür hinter sich geschlossen hatte, schritt er sogleich eilends auf die Mädchenkammer zu, wohin ihn seine Absichten lenkten.

Sollte er klopfen? Womöglich erschrak sie, wenn er es nicht tat. Doch gleichzeitig wollte er ihr nicht die Gelegenheit geben, ein großes Aufsehen zu erregen. Er entschied sich für einen leisen und behutsamen Ansatz, drückte lautlos die Türklinke herunter und öffnete die Tür.

Der Raum lag in völliger Dunkelheit, und der gleichmäßige, ruhige Atem von Kate drang an seine Ohren. William kannte das Zimmer nicht und blieb daher einen Moment regungslos stehen, um seinen Augen Zeit zu geben, sich an die Finsternis zu gewöhnen. Er wollte keinesfalls unnötigen Lärm verursachen, indem er womöglich über etwas stolperte.

Allmählich gewahrte er die Umrisse im Raum und trat nahezu geräuschlos an ihr Bett heran. Er lauschte ihrem Atem und bemerkte, dass sie offenbar träumte, da ihre Bewegungen gelegentlich unruhig erschienen. Nach einer Weile kehrte ihre Ruhe zurück, und ihm wurde bewusst, dass sie auf dem Rücken lag. Die Bettdecke hob und senkte sich sanft mit ihrem Atem. Wenn sie nun ihre Augen öffnete, würde ihr erster Blick direkt auf ihn fallen.

Er zog vorsichtig die Decke zurück und ihr Oberkörper wurde frei. Sie trug das übliche keusche Nachthemd. Auch die Haube konnte er nun im Dunkeln erkennen. Welch entsetzliche, schauderhafte Haube! Mit einer Mischung aus Abscheu und Entschlossenheit ergriff er das Bändchen, mit welchem das Nachthemd am Halse zusammengebunden war, und öffnete die Schleife. Der Knoten löste sich. Er griff nach dem Stoff des Hemdes und zog ihn auseinander. Sie trug nichts darunter. Ihr Brüste waren die einer jungen Frau. Er musste sich sehr zusammennehmen, um nicht danach zu greifen. Er wollte sie nicht wecken, noch nicht ... Mit einem Mal bewegte sie sich. Sie atmete tief und drehte sich zur Seite. Fort von ihm. Nun sah er nur noch ihren Rücken und die schreckliche Haube, darunter das Haar.

Nach kurzem Überlegen gewann seine Ungeduld die Oberhand. Er riss energisch die Decke weg und zerrte ungestüm an ihrem Hemdenstoff. Sie fuhr erschrocken empor, und in ihren weit aufgerissenen Augen war ihr Ensetzen zu lesen.

„Still!" zischte er mit scharfer Stimme.

Sie atmete hektisch mit weit aufgerissenen Augen - offenbar hatte sie Angst - doch sie schwieg. Er zerrte an dem Stoff, dann riss das Hemd auf. Sie versuchte sich wegzudrehen, offenbar um aufzustehen und ein entsetzliches Scheppen erfüllte den Raum. Sie hatte irgendetwas umgeworfen.

William erstarrte. „Verdammt, was tust du?", zischte er zornig.

„Es tut mir leid ..." stammelte sie.

William konnte nur hoffen, dass Jane nichts gehört hatte. Aber es regte sich nichts.

„Reiß dich zusammen. Ich tu dir doch nichts", fauchte er sie an.

Sie nickte eilig.

Nun würde ihn nichts mehr aufhalten.

144

Jane zuckte erschrocken zusammen. Da war doch etwas zerschellt? Das Geräusch war aus der Richtung der Küche zu ihr gedrungen. War nicht Will zur Küche gegangen? Er hatte sich ein Nachtmahl holen wollen. Das war schon eine ganze Weile her. Vermutlich war ihm etwas heruntergefallen, wobei, der Klang schien von weiter her gekommen zu sein. Doch das war Unsinn. Woher sollte das Geräusch sonst gekommen sein, wenn nicht aus der Küche.

Jane verspürte ein unbehagliches Gefühl und wartete, unfähig, nachzusehen, doch mit einiger Wachsamkeit, eine geraume Weile. William kam noch immer nicht zurück.

Sie wartete noch einen Augenblick, dann überwog ihr innerer Drang, nach dem Rechten zu sehen die Angst.

Sie erhob sich, trat zur Küchentür. Vielleicht hatte er sich verletzt?

Als sie sie zaghaft einen Spalt breit geöffnet hatte und in die Küche blickte, stellte sie überrascht fest, dass William sich nicht dort befand.

Sie überlegte. Wo konnte er sein? Plötzlich vernahm sie Geräusche. Sie kamen aus der Mädchenkammer. Jane erschauderte. Ein entsetzlicher Gedanke schoss ihr durch den Kopf. Das konnte nicht sein ... das durfte nicht sein ... Doch wo sollte William sich sonst befinden? Und was ging dort vor sich? Die Tür war verschlossen. Es drang auch kein Lichtschein durch den Spalt unter der Tür. Doch die Geräusche waren grauenhaft. Janes Herz krampfte sich zusammen. Sie hörte das Knarren eines Möbels, sie hörte jemanden schnell atmen und sie hörte ... Das war nicht möglich ... Das wollte sie nicht wissen. Einen Augenblick verharrte sie reglos, dann taumelte sie zurück und verließ die Küche. Sie eilt die Treppe hinauf so schnell sie es vermochte und schloss atemlos die Tür hinter sich.

Ohne ein Wort zu sprechen, saßen sie an dem alten, abgenutzten Holztisch.

Eine Kerze flackerte lustlos zwischen ihnen.

Der alte Ofen war längst erloschen, und die Frostkälte des Winters kroch unbarmherzig durch die dünnen Wände, die Fenster und die Tür, obwohl diese fest verschlossen waren. Holz war rar und teuer, und sie mussten sparsam damit haushalten, denn sie wussten nicht, wie lang der Winter dieses Jahr dauern würde. Sie hatten kaum einen Penny für Brennmittel übrig, und jede Münze musste dreimal in Tadhgs Taschen gedreht werden, bevor er ausgegeben werden durfte.

Die Kinder schliefen auf ihrem Strohlager, eingehüllt in abgewetzte Wolldecken, die trotz Mottenlöchern noch etwas Wärme boten. Zumindest würden sie im Schlaf nicht frieren, so hoffte er. Und wenn Tadhg oder Caoimhe die Kälte nicht mehr ertragen konnten, müssten auch sie sich zur Ruhe begeben.

Tadhg Brennan war mit seinen Gedanken bei der letzten Versammlung. Er überlegte, wie es ablaufen würde. Er würde einige Tage von Zuhause fort sein müssen. Würde Caoimhe dann allein zurecht kommen? Diese Sorge nagte an ihm. Ein rascher Blick zu seiner Frau ließ ihn innehalten. Sie saß still da und stopfte die Socken. Die vielen Socken, bei fünf Kindern! Nein, vier waren es, verflucht noch mal! Wieder versetzte ihm die unvermittelte Erinnerung an Will einen Stich.

Caoimhe saß da, das Gesicht in ernstem Ausdruck, und die Schatten des schwachen Kerzenlichts ließen sie älter erscheinen, als sie tatsächlich war. Tadhg beobachtete sie schweigend, wie sie gedankenverloren die Nadel durch die abgenutzte Wolle zog.

Schon bald würde sie sich erheben, wie sie es immer tat, und zu dem Bett der Kinder gehen. Sie würde sich über Matt beugen, ihm über die Stirn streichen und horchen, ob sein Atem ruhig war und sie würde noch besorgter drein schauen, so ahnte er.

Tadhg sorgte sich ebenfalls. Sie wären nicht die Einzigen, doch es durfte nicht geschehen. Sie durften nicht noch ein Kind verlieren. Caoimhe vermochte kaum den Tod von Will zu verwinden. Dennoch, die Kinder waren zu geschwächt. Jede noch so geringe Erkrankung brachte ihre ausgezehrten kleinen Körper in größte Not und einen Arzt konnten sie nicht bezahlen. Ein Arzt vermochte zudem nichts auszurichten. Was sollte der schon tun? Die Kinder brauchten starke Nahrung und Sonnenschein. Nicht mehr die klamme, feuchte und kalte Luft, den Schmutz der Straße und die dürftigen Suppen, die Caoimhe aus den wenigen Lebensmitteln brauen konnte, die er zu beschaffen vermochte. Wenn nur endlich die Sache lief. Wenn er seinen Lohn dafür bekam, dann würde es ihnen eine Weile besser gehen. Dann konnten sie Nahrungsmittel erstehen und einmal wieder satt werden. Und das mussten sie dringend. Denn der ärgste und längste Teil des Winters stand ihnen noch bevor ...

Nun stand die Weihnachtszeit ins Haus. Doch was für Weihnachten sollten das wohl werden? Er konnte keines seiner Kinder satt bekommen. Es würde kein Weihnachtsessen geben.

Hier saß er nun in der kleinen Hütte, die nicht seine war und es auch nie werden würde und schaute auf seine magere Frau und seine hungernden Kinder, die schwer atmeten. Es war Christmas time, doch er empfand nur Schwere. Und dabei war es nicht christlich, zu klagen. Alle hungerten doch. Überall war Leid und Elend. Und doch erschien ihm sein Leid nochmal so groß, denn er musste die Gebote brechen, die er so festhielt.

Er war ein frommer Katholik, und die Gebote der Kirche waren ihm heilig. Doch wenn er die Wahl nur hatte zwischen den Geboten und dem Leben seiner Kinder und Caoimhe, was blieb ihm anderes übrig, als sich gegen die Gebote zu entscheiden? Es bereitete ihm arge Gewissensbisse, doch es genügte ein Blick auf Caoimhe, mit ihren eingefallenen Wangen und den großen, leeren Augen ...

Ihm kamen die Worte des Priesters in den Sinn, doch es war kein anderer Weg. Weder er noch seine Kinder oder Caoimhe könnten länger überstehen ohne einen Bissen zwischen den Zähnen.

Es behagte ihm schon lange nicht mehr, ihnen in die Augen zu schauen, weil er sich davor fürchtete, in ihren schwächer werdenden Blicken sein Versagen zu erkennen.

In diesen schrecklichen Tagen von Hunger und Not, war für ihn kein Fest der Freude. Der Glanz vom Christkind, den er selbst in seiner Kindheit so geliebt hatte, war verdunkelt von den Schatten der tiefen Ringe unter den Augen der Kleinen und seinen gebrochenen Geboten.

Es gab nur einen einzigen Lichtblick. Er fühlte in den Taschen seines Mantels, den er wegen der Kälte auch in diesem Moment trug. Dort erspürte er mit den Fingern was er erstanden hatte. Es waren Zuckerstangen. Er hatte für jedes Kind eine Zuckerstange auf dem Weihnachtsmarkt erstanden, weil die Verkäuferin ein Herz und Erbarmen gehabt hatte und ihm die Zuckerstangen zum halben Preis verkauft hatte. Er freute sich unbändig darauf, ihre Augen leuchten zu sehen, wenn er sie ihnen morgen geben würde ...

Es war der Morgen des 25. Dezember 1847. Der Tag an dem die Christen, und als solchen bezeichnete sich Tadhg Brennan, Freude empfanden und Jesus gedachten.

Früher an solchen Tage wurden Morgens Geschenke ausgepackt, dann ging es zur Kirche hin, wo Lieder gesungen wurden. Kinder tollten im Schnee herum, kehrten heim an den warmen Kamin, hörten Geschichten und spielten mit ihren Gaben.

Doch diese Weihnacht gab es all das für Tadhg und seine vier Kinder: den sechsjährigen Cian[17], den dreijährigen Matt, die zweijährige Eabha[18] und die einjährige Fiadh[19] nicht.

Ein Kind hatten sie begraben.

Deshalb und weil alle hungrig waren, war keinem feierlich zu Mute und hoffnungsvoll ohnehin nicht.

Doch Tadhg hatte jene Zuckerstangen erstanden und sich nun tagelang darauf gefreut, ihre frohen Gesichter zu sehen, wenn er ihnen die süßen Leckereien aushändigen würde. Doch nun blieben die Zuckerstangen unbeachtet in seinen Manteltaschen verborgen, denn an diesem düsteren Morgen legte sich die Hoffnungslosigkeit noch schwerer über ihr bescheidenes Heim als an jenem Tag, als Will gestorben war.

Zum Glück war Cian schon so groß und klug geworden, dass

17 Gesprochen: Kijan
18 Gesprochen: Ey-wa
19 Gesprochen: Fiewa

148

er Eabha und Fiadh zur Nachbarin hinübergebracht hatte, wo sie erstmal Schutz fanden. Und so blieb Tadhg zurück, starr und betäubt vor Entsetzen, unfähig, klare Gedanken zu fassen oder irgendetwas zu empfinden und unfähig, sich um Caoihme kümmern. Ihre Tränen flossen unaufhörlich, und es schien, als büße sie all ihren Verstand ein. Tante Helen war gekommen und hatte Caoimhes Stirn mit einem Stofffetzen verbunden. Die Stirn hatte stark geblutet, nachdem sie mehrmals mit dem Kopf gegen die Wand geschlagen hatte. Es war die alte Wunde, die nach Wills Tod nur langsam verheilt war.

Matt hatte sie still und leise verlassen, hatte sich - während alle schliefen - davon gemacht ...

Im Bett lag nur noch der kalte, verlassene, ausgemergelte kleine Körper.

Der Anblick des leblosen Körpers seines Kindes hatte ihm an diesem Morgen das Herz zerrissen. Nun stand er ohnmächtig da und meinte, von seiner tiefen, nagenden Schuld und dem Gefühl des Versagens innerlich zerfressen zu werden.

Die endlosen Tage und Nächte, die er damit verbracht hatte, nach Arbeit oder Nahrung zu suchen, strichen an seinem inneren Auge vorbei. Er sah sich selbst durch die Straßen streifen, nicht wissend, wohin. Er hatte alles versucht, was in seiner Macht stand und dabei versagt. Er hatte Tag für Tag die zunehmende Schwäche und den Schmerz in den Augen seiner Kinder sehen müssen, ohne etwas dagegen tun zu können. Und nun hatten sie nach Will auch noch Matt verloren.

VIII.

„Der Abend wechselt langsam die Gewänder,
die ihm ein Rand von alten Bäumen hält;
du schaust: und von dir scheiden sich die Länder,
ein himmelfahrendes und eins, das fällt;

und lassen dich, zu keinem ganz gehörend,
nicht ganz so dunkel wie das Haus, das schweigt,
nicht ganz so sicher Ewiges beschwörend
wie das, was Stern wird jede Nacht und steigt -

und lassen dir (unsäglich zu entwirrn)
dein Leben bang und riesenhaft und reifend,
so daß es, bald begrenzt und bald begreifend,
abwechselnd Stein in dir wird und Gestirn."[20]
Rainer Maria Rilke

Der majestätische und erhabene, volltönende Klang der Orgel erfüllte das große, hellerleuchtete Kirchenschiff, die Luft in sanfte Schwingungen versetzend und tief in die Seelen der Gemeinde eindringend, welche die Ränge füllte.

Die unzähligen Kerzen flackerten und tauchten das Kirchen-

---

20 „Abend" aus „Das Buch der Bilder von rainer Maria Rilke, 1906,
    Quelle https://www.abipur.de/gedichte/analyse/17-abend-rilke.html,
    zuletzt abgeruven am 01.03.2025 um 9:37.

innere in ein warmes, flackerndes Licht, sodass der Kälte, die durch das alte Gemäuer drang etwas wärmendes entgegengesetzt war.

Die wissenschaftliche Ausbildung zwang Laurence, die Welt – auch die Kirche – mit den Augen der kritischen Vernunft zu betrachten. So nahm er an, obgleich er sich dieser Annahme letztlich nicht gänzlich sicher sein konnte. Er sah alles durch den Schleier seiner Skepsis. Während die Gemeinde in andächtigem Gesang vereint war und der Prediger in erhabener Rhetorik das Wort Gottes verkündete, schweiften seine Gedanken immer wieder fort zur immer größer werdenden Not Irlands, geprägt von der großen Hungersnot, die tiefgreifendes Leid brachte, und zur heuchlerischen Frömmelei der wohlhabenden Schichten Englands. Dieser Schicht, in welcher auch er, durch seine Geburt unvermeidlich zugehörig, seinen Platz innehatte.

Und doch rief diese vertraute Atmosphäre in ihm Erinnerungen an seine Kindheit hervor. Eine glückliche Kindheit im Hause seiner Eltern, die gewiss verstanden, die religiösen Vorschriften zu ihrem Vorteil auszulegen, die es jedoch dennoch vollbracht hatten, ihm eine sorglose Kindheit zu schenken, die sich so sehr unterschied von dem Elend, das er gegenwärtig wahrnahm. So kam er nicht umhin, festzustellen, dass die Andacht trotz seines unnachgiebigen Zweifels eine warme, freundliche und beglückende Stimmung in ihm auslöste.

Diese Gefühle, widersprüchlich und unvereinbar, setzten ihn einem tiefen, unentrinnbaren, innerem Zwiespalt aus.

Dann wieder kamen ihm die gestrigen Szenen in Erinnerung und dämpften sogleich seine Stimmung. Der gestrige Abend war einerseits gesellig und stimmungsvoll gewesen, doch zugleich mühevoll und bedrückend. Und es war spät geworden, wobei mehr als ein Glas Wein geflossen war.

Laurence war müde und er hatte pochende Kopfschmerzen. Die Weihnachtsmesse würde noch zwei Stunden andauern, wie beneidete er Alexander, der selbstverständlich derart starke Kopfschmerzen hatte - von der langen Anreise und überhaupt - dass es ihm unmöglich gewesen war, die Messe zu besuchen.

Alexander und er hatten sich am gestrigen frühen Nachmittag

in London getroffen. Von dort waren sie gemeinsam nach Tallwood Manor weitergereist. Alexander hatte ihm berichtet, welche Schiffsroute sie die letzten Wochen genommen und welche Häfen sie angelaufen hatten. Schließlich wollten sie keinen Verdacht erregen, wenn Laurence keine Fragen beantworten könnte, die zwangsläufig gestellt würden.

Die Anreise war sehr unterhaltsam und kurzweilig gewesen. Wenn Laurence daran dachte, musste er unwillkürlich grinsen.

Alexander hatte wieder einmal gesprüht vor Leben und Elan und er hatte etliche Anekdoten zum Besten gegeben. Fast reute es Laurence, dass er nicht tatsächlich mit Alexander gezogen war.

Doch andererseits bezweifelte Laurence, dass ihm jene belanglosen Bekanntschaften ebenso viel Vergnügen bereitet haben würden, wie Alexander. Dabei hatte er sogleich wieder Theresas Bild vor Augen gehabt. Die Bekanntschaft mit Theresa war alles andere als belanglos. Und gerade das schätzte er an ihr.

In diesem Moment erhoben sich alle zum Gebet.

Laurence tat es ihnen gleich, wobei er anstatt zu beten überlegte, ob es nicht doch reizvoll wäre, eine "belanglose" Beziehung mit Theresa anzustreben. Es amüsierte ihn, gerade in diesem heiligen Rahmen, zwischen den andächtig Betenden stehend, über derlei weltliche Dinge zu sinnieren. Der Gedanke, ob es seinem Wesen entsprechen könnte, ein Leben ähnlich dem Alexanders zu führen, mit Theresa als seiner auserwählten, kurzzeitigen Vergnügung, erwies sich als ebenso verlockend wie befremdlich. Doch bald darauf entschied er, dass ein solcher Lebenswandel wohl keineswegs zu seinem Charakter passte. Besonders in Bezug auf Theresa, deren Wesen ihm aufrichtig und tugendhaft erschien, missfiel ihm die Vorstellung zutiefst. Ein Unwohlsein über die Art seiner Überlegungen überkam ihn unweigerlich, sodass er sich schuldig fühlte, derlei Gedanken überhaupt gehegt zu haben. In seiner Wertschätzung und Achtung für Theresa konnte und wollte er solch ehrlose Überlegungen nicht in Zusammenhang mit ihr bringen. Und zugleich war sie wohl der Grund, warum er sich nicht im Stande sah, sich eine derartige Liaison mit irgendeiner anderen Da-

152

me vorzustellen. Zumindest nahm er dies an, wenngleich er auch dies nicht mit Sicherheit sagen konnte.

Alle nahmen wieder Platz.

Auch Laurence ließ sich auf die unbequeme Bank nieder. Ja, womöglich passte es nicht zu ihm, das frivole Leben seines Onkels zu führen. Trotz der augenscheinlichen Erleichterung, die ein solcher Lebenswandel seiner gegenwärtigen Situation bieten könnte, erkannte er, dass es ihm an der erforderlichen Sorglosigkeit fehlte. Vielleicht jedenfalls, so genau wusste er auch das wieder nicht.

Mit Theresa wollte er sich unter keinen Umständen einlassen, ungeachtet der Zuneigung und Wertschätzung, die er für sie empfand, oder der Reize, die solch ein Vorhaben ihm verhießen. In jenem Moment kam ihm plötzlich die Erinnerung an Cara. Doch auch wenn es die bevorstehende Hochzeit mit Cara nicht gegeben hätte, würde er Theresa keinem Unbill aussetzen wollen. Er verspürte den tiefen Wunsch, auch Cara vor Unbill zu schützen, doch schien ihm dieses Streben offenbar nicht beschieden zu sein.

In jenem Augenblick verstummte der Pfarrer, und der majestätische Klang der Orgel setzte abermals ein. Es wurde ein Choral gesungen.

Rasch kehrte er in Gedanken zurück zum gestrigen Abend.

Mutter hatte sich erkennbar gefreut, ihn zu sehen. Seine Lordschaft hatte ihm bedächtig auf die Schulter geklopft.

Mutter hatte die Cartwrites und Eliza für den morgigen Tag, also für heute, angekündigt. In einem Atemzug hatte sie sie genannt. Beinahe so, als kämen sie gemeinsam nach Tallwood Manor.

Es mutete seltsam an und es hinterließ den selben fahlen Beigeschmack, wie die Vorstellung, dass Eliza in absehbarer Zeit in die Familie Cartwrite einheiraten und dann wohl wirklich stets zusammen mit Tom Cartwirte anreisen würde.

Zu seinem großen Unbehagen stellte er fest, dass er zum ersten Mal und im Gegensatz zu allen vergangenen Besuchen der Cartwirtes keinerlei Vorfreude empfand, sondern ausschließlich Unbehagen.

Schließlich beschloss er, jenen Gedanken keine Raum mehr
zu geben. So richtete er seine Aufmerksamkeit auf jenen verklä-
renden Zauber der Orgelklänge, deren Ineinander von Disso-
nanz und Harmonie wie eine unhörbare Antwort auf seine unausgesprochenen Fragen wirkte.

Sie blickte aus dem Fenster des Vehikels. Draußen zog langsam die trübe englische Landschaft vorüber. Baumgruppen erhoben sich über weiten Ebenen, vereinzelt standen Gehöfte
und kleine Dörfer. Hier war ihr die Gegend bereits vertraut. Es
war nicht mehr weit bis Tallwood Manor. Sie bemühte sich,
Ruhe zu bewahren, hatte sie sich doch über Wochen innerlich
auf die Weihnachtstage vorbereitet, an denen das Unvermeidliche sie erwartete: Das Wiedersehen mit Tom. Sie hatte sich darauf vorbereitet, um über den Dingen zu stehen und sich keinesfalls verärgern oder die Laune verderben zu lassen. Die Zeit
bei Carlyle hatte ihr neue Kräfte und Selbstbewusstsein verliehen, doch nun schienen mit jeder Meile, die sie dem Anwesen
ihrer Eltern näher kam, all diese Kräfte und das Selbstbewusstsein in ihr zu schwinden.

Sie durchsuchte ihre Handtasche nach dem kleinen Einband.
Da war er. Sie zog das Büchlein hervor. Zwar würde es nicht
eben leicht sein, bei dem Geschaukel und Geruckel zu lesen,
doch es wäre jedenfalls leichter, als sich der Schwermut hinzugeben, die sie zu ergreifen drohte.

George Sand ... sie ließ den Namen durch ihre Gedanken ziehen. Was für ein Klang. Und sie? Sie war noch immer nur Eliza
Huton. Einen Künstlernamen müsste man haben, der so poe-
tisch klang. So frei von allen Stricken und Fallen, mit de-nen jeder Frauenname unentrinnbar verknüpft war. Und bald würde
es noch schlimmer kommen. Dann sollte sie Eliza Cartwrite
heißen. Den Namen ihres Ehemannes tragen, der alles verbie-
ten würde, was sie ausmachte und ihr nur eben soviel Raum
zum Leben lassen würde, dass sie vortrefflich in seine Vorstellungen passte.

Wenn es ihr doch nur vergönnt wäre, einige Stunden vor den
Cartwrites einzutreffen. Diese kostbaren Momente würden ihr

154

ein kurzes Innehalten ermöglichen, einen Atemzug, in dem sie ganz sie selbst sein könnte auf Tallwood Manor, in jenem Haus, welches einst für sie ein unbeschwertes Heim gewesen war. Ein kleines Intervall der Ruhe und Authentizität bevor der gesellschaftliche Reigen seinen unerbittlichen Anfang nähme.

Dann könnte sie Laurie sehen und mit ihm sprechen, bevor sie genötigt wäre, jene sorgfältig vorbereitete Maske aufzusetzen – die Maske, die jenen verhassten Konventionen entsprach, die von ihr schon bald, ohne Unterlass und bis an ihr Lebensende erwartet würden.

Doch die Landschaft zog weiterhin nur allzu langsam an ihr vorüber. Und schneller ging es auch gewiss nicht, so morastig und uneben wie die Wege waren.

Noch weilten sie vermutlich in der Weihnachtsmesse. Zum Glück war es ihr gelungen, dieser zu entgehen, indem sie ihre Ankunft auf diesen Tag gelegt hatte. Es war das Letzte, was ihr in ihrer gegenwärtigen Verfassung zu ertragen möglich gewesen wäre.

In jenem Augenblick erschütterte ein abrupter Ruck die Kutsche und ein markerschütterndes Krachen ließ sie hochschrecken. Die Kutsche senkte sich plötzlich und heftig nach links zu.

Eliza, überrascht und unvorbereitet, wurde unbarmherzig gegen die Wand der Kabine geschleudert. Der harte Aufprall ließ blitzartig einen scharfen Schmerz durch ihren Kopf fahren. Dunkelheit senkte sich über sie.

Als die Familie aus der Kirche zurückkehrte, stellte Laurence fest, dass Eliza offenbar noch nicht eingetroffen war. Und auch die Cartwrites waren noch nicht angelangt.

Lady Catherine Huton zeigte sich hierüber nicht nur einigermaßen verwundert, sondern in gleichem Maße besorgt, denn, Eliza hatte, wie Lady Huton berichtete, in ihrem Schreiben angekündigt, dass sie bis 10:00 Uhr am Vormittag einzutreffen gedachte.

Jetzt hatte es bereits zur zwölften Stunde geschlagen.

Der Marquess entschied, dass dennoch um exakt 12:30 Uhr der Lunch eingenommen werden sollte. Vermutlich waren die

Wege schwer passierbar, auch die Kutsche mit den Kirchgängern war in die ein oder andere sumpfige Rinne geraten und der Kutscher hatte Mühe gehabt, das Gefährt wieder heraus zu buchsieren.

Laurence empfand eine solch lange Verspätung als ungewöhnlich. Eliza war schon am gestrigen Tag nach Hockerill, Bishop´s Stortford, jener alten Marktstadt im Herfordshire-Distrikt gereist und hatte die Nacht dort im Gasthof „The George-Inn" verbracht. Laurence selbst hatte dort bereits residiert. Es war ein renommiertes Etablissement und ein natürlicher Haltepunkt für viele Reisende an der vielbefahrenden Route zwischen London und Haverhill. Der Kutscher von Tallwood Manor war ebenfalls am gestrigen Abend dorthin angereist, um Eliza am Morgen abzuholen und sie nach Tallwood Manor zu bringen. Von dort hatten sie bei Nutzung der Route durch Essex nur noch eine Wegstrecke von ungefähr 25 Meilen zu bewältigen. Die Route selbst war wohlbekannt und gut frequentiert, was eine glattlaufende Weiterreise versprach. Laurence wusste, dass unterwegs in Great Dunmow eine Rast eingelegt und die Pferde ausgetauscht wurden, um die Ermüdung der Tiere zu vermeiden und eine konstante Geschwindigkeit zu gewährleisten. Eliza war um 5 Uhr am Morgen aufgebrochen. Eine solche frühe Abfahrt bedeutete, dass, wenn alles planmäßig lief, sie spätestens gegen 10 Uhr in Haverhill hätte eintreffen müssen.

Laurence konnte sich jedoch andererseits vorstellen, dass es Eliza nicht eben drängte, alsbald einzutreffen. Andererseits würde sie Mutter nicht in Angst versetzen und ihre Ankunft mutwillig verzögern.

Der Kutscher von Tallwood Manor war ein erfahrener und zuverlässiger Mann. Doch selbst bei größter Sorgfalt konnten unvorhergesehene Ereignisse auftreten. Die Straßenbedingungen, die zu dieser Jahreszeit je nach Wetterlage unterschiedlich und manchmal tückisch sein konnten, und unerwartete Hindernisse, wie etwa umgestürzte Bäume oder beschädigte Brücken, konnte eine verlängerte Reisezeit verursacht haben.

Laurence konnte somit nicht abstreiten, dass er sich ebenfalls sorgte. Trotz seines Verständnisses für diese Unwägbarkeiten begann Laurence, zunehmend unruhig zu werden.

Er saß in entsprechender Schweigsamkeit am Tisch und vermochte vermutlich seinem Vater nicht die ihm gebührende Aufmerksamkeit zu schenken, als dieser mit feierlichem Ernst verkündete, dass sein Sohn John ab dem Januar des kommenden Jahres 1848, die Geschäfte übernehmen werde und er selbst beabsichtige, sich allmählich aus den Pflichten eines Gutsbesitzers zurückzuziehen. Auch der weiteren Neuigkeit, dass Jacob einige Monate auf den Ländereien Lord Thomas Thorntons, des Earl of Lendaware, dem Schwager des Marquess und dessen Gattin Joana, welche die Schwester Lady Catherine Hutons war, verbringen werde, maß er kaum Beachtung bei. Dabei konnte er selbstverständlich erahnen, was der Marquess mit seinem Vorhaben beabsichtigte. Schließlich war es ein offenes Geheimnis, dass Jacob John im Wege war und dass die bei-den sich nicht sonderlich wohl gesonnen waren. Jacob bedurfte einer Aufgabe, einer eigenen Zukunftsperspektive. Da war die Verbindung mit Lydia, der Tochter Lord Thorntons gewiss eine treffliche Lösung, zumal der Earl of Dendaware dringend eines Schwiegersohnes bedurfte, der die Befähigung besaß, seine Ländereien zu übernehmen und zu verwalten. Just dies hatte Jacob, als der zweitgeborene Sohn, von Kindesbeinen an gelernt, gewissermaßen als Ersatz für John.

Indes war es Laurence´Aufmerksamkeit keineswegs entgangen, dass Lydia seit langem ein Auge auf Tom Cartwrite geworfen hatte. Ihre Bewunderung war bei jedem ihrer Besuche mehr als deutlich zutage getreten. Laurence vermochte sich nicht vorzustellen, dass sie, deren Zuneigung Tom galt, ihr Glück mit Jacob finden konnte, so sehr sie sich voneinander unterschieden.

So oblag es Seiner Lordschaft nun, sich einer letzten delikaten Angelegenheit zu widmen, und zwar der vorteilhaften Verheiratung seines ältesten Sohnes John. Gelegentlich und in Momenten flüchtiger Betrachtung mochte er wohl Lydia als potenzielle Braut erwogen haben, doch war Laurence wohl bewusst, dass dem Marquess Lydias Abstammung nicht erhaben genug für John erschien. Die Notwendigkeit, eine angemessene Lösung für Jacob zu finden, drängte zudem umso mehr.

Doch hatte Laurence bei sich den Gedanken, dass eine Verbindung zwischen John und Lydia dennoch von passendem Charakter gewesen wäre, da John und Tom sich in ihren Wesensarten äußerst ähnlich waren, besonders in ihrer natürlichen und unerschütterlichen Liebe zu sich selbst und der Überzeugung, in jeder Hinsicht den größten Weitblick und eine unübertreffliche Intelligenz zu besitzen. Möglicherweise, so dachte er, könnte Lydia sich mit der Zeit ebenso an John gewöhnen und ihn ähnlich bewundern wie sie es jetzt in Bezug auf Tom tat. John, von allen Menschen auf dieser Erde sich selbst am meisten liebend und verehrend, könnte in einer Gattin wie Lydia, getrieben von nichts anderem als der schlichten Notwendigkeit, einen adligen Ehemann ausreichend zu verehren, vielleicht eben jene Gemahlin finden, mit der er durchaus zufrieden leben könnte. Lydia verdiente sich mit ihrer über jede Kritik und jeden Zweifel erhabene Neigung zur Verehrung und Bewunderung ihres erlauchten Gemahls gewissermaßen den Platz an seiner Seite.

Doch der Marquess hatte anders beschlossen und die Aufgabe, nun noch John zu verheiraten, würde ihm wohl nicht so leicht von der Hand gehen, zumal es nicht all zu viele Töchter von der nötigen Noblesse gab, um in Betracht gezogen zu werden.

Duke-Töchter, die selbstverständlich die erste Wahl darstellten, gab es kaum, weil es kaum Dukes gab. Zudem hatten die wenigen Dukes hohe Ansprüche und Erwartungen an mögliche Heiratskandidaten für ihre Töchter. Diese Erwartungen betrafen nicht nur den Reichtum und den Ruf, sondern auch die politischen Verbindungen der Familie des Heiratskandidaten.

Solche heiratspolitischen Erwägungen waren nichts, was Laurence jemals interessiert hätte, doch sie trieben seinen Vater durchaus an. Dessen war er sich bewusst.

Indes, selbst wenn der alte Lord sich mit einer Tochter eines anderen Marquess zufrieden gab, stellte es sich als ein erhebliches Unterfangen dar, eine passende Gemahlin für John zu ermitteln, da es auch nur wenige Töchter von Marquess' gab, die altersmäßig in Betracht kamen – selbst wenn man sich einer gewissen Nachsicht befleißigte und einen merklichen Altersunterschied in Kauf nahm. Zudem schickte es sich, dass die wenigen Marquess-Töchter vermehrt nach Söhnen eines Duke Ausschau hielten. Die einzige Hoffnung, die sich dem Marquess darbot, war die ebenso geringe Zahl der Duke-Söhne wie Duke-Töchter im Verhältnis zu den Marquess-Töchtern, sodass sich unter Umständen eine der letzteren gnädig herablassen könnte, Johns Hand zu ergreifen.

Wenn Laurence darüber nachdachte, wurde ihm wieder jene vollkommene Absurdität und Lächerlichkeit bewusst, die diesen Erwägungen innewohnte.

Während er noch diesen Gedanken nachhing, wurde die Tür aufgestoßen und einer der Butler rief auf recht ungebührliche Weise in die allgemeine Unterhaltung hinein.

„Mylord, verzeiht die Störung, doch soeben ist der Ehrwürdige Earl of Dendaware mit seinem Gefolge eingetroffen. Sie haben ... nun, wie soll ich sagen ... Lady Eliza mitgebracht." Die ernste Miene des Butlers ließ nichts Gutes erahnen. Dies blieb von den Versammelten nicht unbemerkt.

„Wie bitte?" Der Marquess tupfte sich sorgsam mit der Serviette den Mund ab.

„Lady Eliza hatte einen Unfall!", entfuhr es dem Butler in unbeholfener Weise.

Mit einem plötzlichen Ruck erhoben sich Lady Catherine, John, Jacob und Laurence von ihren Stühlen und eilten aus dem Speisesaal. Der Butler führte die besorgte Gruppe an. Der Marquess folgte ihnen mit etwas bedächtigerem Schritt.

„Gütiger Himmel! Was ist geschehen? Ist Lady Eliza wohlauf?", rief Lady Catherine aufgebracht.

„Sie ist wieder bei Bewusstsein ...", antwortete der Butler außer Atem, während alle eilends die Treppe hinabliefen.

„Sie war bewusstlos?" Lady Catherine war der Schrecken ins Gesicht geschrieben.

„Nun, sie hat eine Verletzung erlitten ... Ihr werdet es sogleich selbst erblicken", erwiderte der Butler mit sorgenvoller Miene.

In jenem Augenblick betraten sie die Eingangshalle, und ein beunruhigendes Bild offenbarte sich ihrem Blick. Auf einer behelfsmäßig ausgebreiteten Wolldecke, welche über eine hölzerne Bank gelegt worden war, lag Eliza, in einer den Umständen entsprechend besorgniserregenden Verfassung.

Rings um sie versammelt stand die Familie Cartwrite, deren Mienen unverkennbar von tiefer Besorgnis und aufrichtiger Beklommenheit gezeichnet waren.

Tom trat zur Seite, um Laurence Platz zu machen, als dieser sich zu Eliza niederkniete. Laurence Herz klopfte wild, doch er zwang sich zur Ruhe. Es galt zu handeln wie in jedem solchen Fall, unabhängig davon, um wen es sich bei dem Verwundeten handelte und er gewann merklich an Ruhe, als er erkannte, dass sie bei Bewusstsein war. Ohne den Rest der Anwesenden zu beachten, wandte er sich allein seiner Schwester zu. „Liza, was ist geschehen?", sprach er leise und ergriff ihre Hand. Ihr Gesicht war mit Blut besudelt, welches aus einer klaffenden Wunde an ihrer Stirn quoll.

Laurence erkannte sofort, dass die Wunde keineswegs gereinigt worden war und dass Eliza offenbar zu Boden gestürzt sein musste. Daher konnte er nicht ermessen, wie groß und tief die Verletzung tatsächlich war. Doch weiterhin sickerte Blut hervor.

„Wie geht es dir? Wo verspürst du Schmerzen?", fragte er sie, in tiefer Sorge um ihr Wohlbefinden.

Sie nickte kaum merklich. „Kopf ... schmerzen ... ich habe Kopfschmerzen ...", flüsterte sie schwach.

Er erhob sich und dirigierte die Anwesenden mit gebietender Stimme. „Sie muss unverzüglich in ihr Gemach gebracht werden. Ich bedarf einer Schüssel mit sauberem Wasser und Branntwein, frischer Tücher und Leinen. Sofort!", forderte er im selben Ton, wie er es im Hospital zu tun pflegte.

Sein Blick suchte John. In Laurence' Augen lag die unausgesprochene Aufforderung: John wollte alsbald die Geschäfte des Hauses führen? Dann würde er nun zu beweisen haben, dass er des Amtes würdig war und sich unverzüglich um alles Nötige kümmerte.

Nachdem er für seine Schwester getan hatte, was er vermochte, blieb er an ihrem Bett sitzen.

Jenny, eine langjährige Zofe auf Tallwood Manor hatte Eliza gemeinsam mit einer jüngeren Bediensteten frisch eingekleidet.

Laurence hatte die Wunde gesäubert und inspiziert. Es war eine größere Platzwunde, doch sie würde zweifellos verheilen und nur eine Narbe zurücklassen. Vermutlich hatte sich Eliza jedoch auch eine Gehirnerschütterung zugezogen.

Sie hatten ihr Tee eingeflößt. Warmen Tee. Eliza war unterkühlt. Sie musste eine Weile hilflos der Kälte ausgesetzt gewesen sein, bevor die Cartwrites sie gefunden hatten. Der Kutscher hatte ihr offenbar nicht helfen können. So musste Laurence annehmen, dass auch er sich eine Verletzung zugezogen hatte. Er würde sich nach ihm erkundigen und ihn aufsuchen. Womöglich benötigte er umgehend einen Arzt.

„Laurence, welch Unterfangen hegst du? Wohin drängt es dich mit all diesen Gerätschaften? In diesem Hause bist du doch wahrlich kein Schiffsjunge, dem es obläge, das Deck zu scheuern!", rief Tom Cartwrite lachend, als er Laurence in der Tür erblickte. John stand bei ihm, blickte nach Laurence und fiel ebenfalls in das spöttische Lachen ein.

Laurence blieb davon ungerührt. „John, dich zu finden war meine Absicht. Wo hält sich der Kutscher auf?"

John trat eilends an ihn heran und schob ihn mit festem Griff aus dem Raum. „Laurence, welch Unsinn ist das, was du da treibst?", zischte er nun gänzlich ohne die zuvor gezeigte Heiterkeit.

„Ich wünsche den Kutscher zu sprechen. Sicherlich bedarf auch er der ärztlichen Zuwendung", erwiderte Laurence unbeirrt und mit möglichst fester Stimme. Er würde sich von seinem älteren Bruder nicht bevormunden lassen. „Andernfalls hätte er wohl Eliza gewiss nicht dem Schicksal überlassen und sie bei dieser widrigen Kälte liegenlassen."

"Du hast bereits deine Pflicht an Eliza erfüllt. Es wurde bereits ein Arzt herbeigerufen. Dies ist nicht deine Verantwortung. Bedenke, du bist hier Gast, und es weilt weitere Gesellschaft in diesem Hause. Die Cartwrites ... sie zeigen bereits Verwunderung ob deines Verhaltens ...", entgegnete John in strengem, unnachgiebigem Ton.

„Wer hat nach einem Arzt geschickt? Und welcher Arzt wird dies sein?"

John zögerte einen Augenblick. Er hatte offenbar keinerlei weitere Fragen erwartet. Dann, mit sichtlicher Mühe, seine Ruhe zu bewahren, sprach er: „Sollte es sich erweisen, dass Mr. Edwards, unser geschätzter Kutscher, der Fürsorge eines Arztes bedarf, so wird selbstverständlich ein solcher herbeigerufen. Beunruhige dich nicht weiter, Laurence."

„Hast du selbst dich vergewissert, dass er keines Arztes bedarf?", fragte Laurence nun selbst mit einem schärferen Unterton.

„Ich ... nein, das tat ich nicht. Doch halte ich es auch nicht für notwendig", entgegnete John, der sichtlich aus der Fassung geriet.

„Hat der Marquess dies geprüft?" forschte Laurence weiter.

„Nein ... ich denke ..."

„Wie magst du da behaupten, es sei nicht erforderlich?", drängte Laurence, fest entschlossen, seine Stimme trotz seines Zorns ruhig zu halten.

John bedachte Laurence mit einem Blick voll Unmut, die Lippen fest zusammengepresst. „Wann, Bruder, kehrst du endlich zu deiner Stellung als Jüngster des Marquess zurück und lässt ab von diesem Unsinn? Bei Gott, hat dir die weite Reise mit Alexander nicht den notwendigen Abstand gebracht, der dir zum Wiedererlangen deines Verstandes gereicht hätte?"

„Wer verwundet ist, bedarf der Kunst eines Arztes. Ich bin einer", entgegnete Laurence mit weichem Ernst.

„Bemühe dich nicht, dich wichtiger darzustellen, als du bist", zischte John mürrisch. „Du bist kein gelehrter Doktor, lediglich ein Taugenichts, der uns die feierlichen Weihnachtszeiten verdirbt. Eliza ist in Not. Sie bedarf ihrer Zofe, allein um Gesicht und Kleid von den Flecken zu reinigen. Und der Kutscher sitzt vermutlich schon längst im Kreise fröhlicher Zecher, sein Ale

162

genießend.“

Laurence biss sich auf die Zunge, um seine Ruhe wieder zu finden. Er wusste wohl, dass es vergeblich wäre, weiter in John zu dringen. „Ich wünsche nun augenblicklich Vater zu sprechen. Wo finde ich ihn?“

„Das weiß ich nicht. Verdammter Narr", entgegnete John voller Zorn. Dann ließ er Laurence stehen und verschwand wieder in dem Salon, aus dem er gekommen war.

Laurence atmete tief durch. Als er sich umwandte, fuhr ihm der Schreck in die Glieder. Da stand jemand, von ihm bis dahin unbemerkt.

„Alexander! Du hast mir einen gehörigen Schrecken eingejagt!“ rief er aus.

„Verzeihung, lieber Neffe. Ich bin ungewollt Zeuge eurer brüderlichen Auseinandersetzung geworden. Wie unweihnachtlich unbehaglich!“

Laurence musste genau hinsehen, aber ja, Alexander grinste. Das ließ seine Wut ein gutes Teil verrauchen.

„Falls du deinen Vater aufsuchen möchtest", sprach Alexander, „so sei dir gesagt, dass er sich derzeit in einer wesentlich gelasseneren Konversation befindet — und zwar in Gesellschaft deiner zukünftigen Gattin, deiner ehrwürdigen Mutter sowie der übrigen Cartwrites. Gedenkst du, dass du in der Verfassung bist, dich einer solchen Begegnung zu stellen, so findest du sie allesamt in der Bibliothek versammelt.“

„Ich wünsche mich zu versichern, dass der Kutscher, Mr. Edwards, wohlauf ist. Dieses Ansinnen scheint mein Bruder weder für notwendig noch für angemessen zu halten.“

Alexander, weiterhin mit einem schelmischen Lächeln, entgegnete: „Ich kann mir wohl vorstellen, dass es noch andere Personen in diesem Hause gibt, die dein Ansinnen ebenfalls als unnötig und unpassend erachten und die dich aufzuhalten wissen, solltest du versuchen, ihnen den Verbleib des Kutschers zu entlocken.“

Laurence stieß scharf die Luft durch die Nase aus. Alexander hatte Recht. Es war töricht, zu meinen, er könnte einfach in die Bibliothek spazieren und dort nach dem Kutschers fragen und sie würden ihm bereitwillig Auskunft geben. Stattdessen würden sie ihn zu einem grauenhaften Gespräch bitten über seine und Caras gemeinsame Zukunft. Nein, das war das letzte, was er jetzt ertragen konnte.

Während er noch überlegte, wie er herauszufinden vermochte, wo Mr. Edwards zu finden sei, lief Elizas Zimmermädchen Jenny mit einem Stapel Wäsche an ihm vorüber.

Natürlich. Er musste beinahe lachen, dass ihm das nicht längst in den Sinn gekommen war. „Wohlan, Alexander, dann will ich unverzüglich meinen Pflichten nachkommen. Auf baldiges Wiedersehen." Mit diesen Worten eilte er die Treppen hinab, ohne jegliches Zögern. Am unteren Ende angelangt, begab er sich geradeswegs zur Küche, wo sich zu dieser Stunde etliche Hausbedienstete zusammenfanden. Sie waren zweifelsohne miteinander bekannt und mochten es als gänzlich belanglos erachten, ob seine angebotene Hilfe gebührend sei, sofern sie einem der Ihrigen zugute käme.

So konnte er denn in Erfahrung bringen, dass Mr. Edwards in einem kleinen Cottage unweit des Haupthauses lebte.

Laurence hatte Lizzy mitgenommen, damit sie bei der Gelegenheit Auslauf bekam. Das Häuschen des Kutschers und seiner Familie lag etwa eine Meile entfernt und in einer Talsenke.

Da Laurence das kleine Cottage des Kutschers erreichte, pochte er mit fester Hand an die Holztür. Er wusste nicht, was ihn erwartete. Nachdem einige Momente verstrichen waren, öffnete ihm Mrs. Edwards, die Kutscherfrau, die Tür. Ihre Augen weiteten sich vor Überraschung, als sie gewahr wurde, dass der Sohn des Gutsherrn vor ihrer Schwelle stand.

Sichtlich erschrocken und unsicher, wie sie sich nun zu verhalten habe, blickte sie ihn an, unfähig auch nur ein Wort hervorzubringen.

Mit wohlgesetzter Stimme bat Laurence, eintreten zu dürfen, um nach dem Kutscher zu sehen. Mrs. Edwards trat zögerlich zur Seite und gewährte ihm den Eintritt. Im Innern der bescheidenen Hütte fand Laurence Mr. Edwards liegend in einer bedrohlichen Blutlache. Er atmete tief durch, um sich zu fassen. Er konnte nur hoffen, dass er nicht zu spät eingetroffen war.

Mrs. Edwards, sichtlich aufgebracht und mit den Tränen ringend, berichtete ihm stockend, dass ihr Ehemann vom Kutschbock gestürzt und unglücklicherweise unter ein Rad geraten sei. Man hatte ihn unter der Kutsche hervorgezogen und zu ihr gebracht. Sein Bein war schwer verwundet. Am Cottage angelangt hatten sie den Kutscher abgeladen und ihr, die nicht wusste, wie sie ihm helfen konnte, zur Versorgung überlassen.

In einer verzweifelten Anstrengung hatte sie die Wunde notdürftig mit Tüchern verbunden, da ihr nichts anderes zur Verfügung stand.

„Gibt es jemanden, der uns helfen kann?", fragte Laurence, seine drängende Besorgnis so gut als möglich verbergend.

Mrs. Edwards dachte einen Moment nach und meinte schließlich, dass nur im Haupthaus eventuell Hilfe zu finden sei, doch alle seien nun mit den Vorbereitungen des Dinners beschäftigt, und daher würde gewiss niemand Zeit finden, sich dieser Sache anzunehmen.

Laurence wusste, er benötigte dringend Unterstützung, und es musste jemand sein, der über starke Nerven verfügte und einen kühlen Kopf zu bewahren verstand. Es gab nur eine Person, die in Betracht kam und die er um Hilfe bitten konnte, ohne weiteren Ungemach heraufzubeschwören.

Laurence trat vor die Haustür und kniete sich zu Lizzy herunter. Er sprach leise und eindringlich auf die Hündin ein, dann folgte er ihr mit seinem Blick, während sie davon lief. Sie war flink und er wusste, er konnte sich auf sie verlassen.

Dann kehrte er zurück in die Hütte.

Er trat zu Mr. Edward und begann die Tücher zu lösen. Auch diese Wunde war in keiner Weise rein und das stellte ein weit größeres Problem dar, als in Elizas Fall.

Nach wenigen Augenblicken intensiver Untersuchung des schwer verwundeten Beins erkannte Laurence in aller Deutlichkeit, dass ein Erhalt des Beins unmöglich war. Eine sofortige

Amputation schien ihm die einzige Lösung zu sein, um die heftigen Blutungen zu stoppen und eine drohende Wundinfektion zu verhindern. Zum Glück befand sich die Verletzung unterhalb des Knies, sodass er das Bein oberhalb der Wunde jedoch noch unterhalb des Kniegelenks würde abnehmen können. Das Rad hatte die Knochen zertrümmert, was eine rasche Handlung unerlässlich machte.

Der Kutscher war ohne Bewusstsein. Das war ein Segen. Doch allein konnte er diese Aufgabe keinesfalls bewerkstelligen. Jemand musste ihm behilflich sein, Mr. Edwards am Bett zu fixieren. Etwas Äther hatte Laurence dabei, doch ohne Fixierung war es ein viel zu gefährliches Unterfangen.

„Wie können wir ihm nur helfen?", flüsterte Mrs. Edwards weinend. „Wird er ... sterben?"

Laurence sah die arme alte Frau ernst an. Er wusste, dass er in ihrer Sprache mit ihr sprechen musste. In der Sprache der einfachen Leute. Dies würde sie beruhigen angesichts des Schreckens, der ihr widerfahren war. „Das kann ich Ihnen nicht sagen." Er sah, wie sie erschrocken zusammenzuckte und in sich zusammensackte. "Ich kann nur versprechen, ich werd' alles tun, was mir möglich ist, dass er wieder gut wird. Aber das Bein, das muss ab."

Sie hielt eine Hand vor ihren Mund gepresst und unterdrückte einen Schrei.

"Seh'n Sie selbst. Er hat schon viel Blut verloren und die Wunde ist sehr schlimm ...", versuchte er ihr zu verstehen zu geben.

Doch sie wollte gar nicht hinsehen. Sie weinte nur und drehte sich weg, zu dem alten Mann, der wie tot da lag.

Laurence wartete. Er wusste, dass die Leute ihre Zeit benötigten, um die Dinge zu verstehen.

Schließlich drehte sie sich unvermittelt zu ihm und sah ihm fest in die Augen. "Ich verlass' mich auf Ihnen. Bitte, helfen Sie ihm. Ich werd' Ihnen beistehn', so gut ich kann. Andere Hilfe kriegen wir wohl nicht und Beten allein hilft nun auch nichts mehr."

Laurence wollte sie nicht weiter beunruhigen, deshalb ver-

166

mied er es bewusst, sie in Kenntnis darüber zu setzen, dass er Lizzy geschickt hatte, Hilfe zu holen.

Stattdessen machte er sich in aller Ruhe daran, die Wunde zu säubern und wies die alte Frau an, die Laken mit ihm zu tauschen. Er musste Zeit gewinnen.

Die Minuten verflossen zäh wie härtendes Wachs. Laurence wurde allmählich ungeduldig, doch es oblag ihm allein, nun weiter die Stimmung zu beruhigen und die alte Frau nicht weiter zu verstören.

Plötzlich klopfte es an der Tür. Beide zuckten erschrocken zusammen.

Mrs. Edwards blickte Laurence verwundert an. Dann ging sie öffnen. Verwundert ließ sie Alexander ein.

„Dein Hund ist ein nützliches Tier ...", begann Alexander halb im Scherz, doch ein Blick auf die Lagerstatt des Kutschers vertrieb ihm die Heiterkeit aus dem Gesicht, und eine ernste Miene trat an ihre Stelle. Ich sehe, du benötigst Hilfe. Ich werde sogleich jemanden entsenden." Mit diesen Worten wandte er sich der Tür zu.

„Hast du jemals einer Amputation beigewohnt?", gebot ihm Laurence ohne Umschweife Einhalt.

Alexander wandte sich um und räusperte sich. „Nun, ja, in der Tat, ich habe solches bereits einmal gesehen. Doch es ..."

„Alexander, es ist nicht zu meistern ohne deinen Beistand. Ich bedarf eines Helfers, der mir bei der Fixierung und der Anästhesie zur Hand geht und mir bei Bedarf assistiert. Wir wissen beide, dass sich kein anderer finden lassen wird."

„Das ist ... viel verlangt!", stammelte Alexander.

Mrs. Edwards begann haltlos zu schluchzen.

„Nein, das vermag ich durchaus noch weniger zu ertragen. Ich will es doch tun!", stieß Alexander mit einem betroffenen Blick auf die alte Frau hervor. „Ich werde es tun. Lass uns ohne Verzug zur Tat schreiten."

Nach seiner Rückkehr hatte Laurence sich soeben das Gesicht und die Arme zu reinigen und ein frisches Hemd überzustreifen vermocht, bevor er eilends zum Dinner aufbrechen musste, um zur rechten Zeit zu erscheinen.

Zu seiner nicht geringen Verwunderung befand er, dass auch Alexander - beinahe wie ein Sturmwind - in den Speisesaal trat.

Jener erschien voller Elan, schien zu sprühen vor Lebhaftigkeit und Enthusiasmus.

Laurence hatte offen gestanden erwartet, dass er Alexander nach der vorangegangenen anstrengenden Unternehmung dieses Tages an jenem Abend nicht mehr zu Gesicht bekäme.

Als sich alle versammelt und an ihren Plätzen niedergelassen hatten, erfüllte Laurence ein Gefühl tiefster Erleichterung.

Er dankte Gott innerlich für seine Eingebung, nach dem armen Mr. Edwards zu schauen. Er mochte sich gar nicht ausmalen, wie es den Edwards zu dieser Stunde ergangen wäre, hätten Alexander und er nicht eingegriffen.

Sie hatten die alten Eheleute am Ende guten Gewissens sich überantworten können, nachdem das Bein fachgerecht abgenommen und die Wunde gereinigt und versorgt war.

Sie hatten Mrs. Edwards angewiesen ihren Mann mit geringfügigen Mengen Branntwein zu beruhigen.

Des Weiteren hatten sie den Ofen befeuert, um den Raum zu beheizen ehe sie heimgekehrt waren.

Als sie die bescheidene Steinhütte verließen, wurden sie gewahr, dass sich Mrs. Edwards zu ihrem Gatten in die enge Bettstatt gelegt hatte. Sie war sogleich erschöpft an seiner Seite in tiefen Schlaf versunken. Laurence hatte sich von dem Anblick regelrecht losreißen müssen. Es war das weihnachtlichste Bild, dessen er in diesem ganzen Jahr ansichtig geworden war.

Gewiss würde es sich unauslöschlich in sein Gedächtnis einprägen.

Auf Tallwood Manor hatten sie die Köchin angewiesen einen Korb mit frischer, sauberer Wäsche, Laken und Tüchern, frischem Wasser und Speisen, sowie einen weiteren Korb mit Holz zu den Edwards bringen zu lassen, damit das arme alte Kutscherpaar frei von den alltäglichen Sorgen die Nacht verbringen konnte.

Morgen würde Laurence den beiden einen Besuch abstatten. Er lehnte sich zurück und nahm einen Schluck Weißwein.

168

In diesem Moment gewahrte er zum ersten Mal an diesem Tage Caras Anwesenheit, welche bereits am Vormittag eingetroffen war.

Sie schien ihn schon seit geraumer Zeit beobachtet zu haben.

Laurence bemühte sich, ein Lächeln aufzusetzen, doch er spürte, dass es wohl gekünstelt wirken musste.

Diese Begebenheit erschien ihm in ihrer Gesamtheit charakteristisch. Sie saßen einander gegenüber den Blick aufeinander gerichtet, doch innerlich waren sie so weit von einander entfernt, wie es nur menschenmöglich war. Cara hatte keinerlei Vorstellung davon, was in ihm vor sich ging, was ihn beschäftigte und wenn er sie ansah, so erschien sie ihm ebenso nur als eine blasse, undurchdringliche Wand. Sie waren sich vollkommen fremd, obwohl sie sich von Kindheit an kannten. Es gab keinerlei innere Begegnung.

Sie lächelte zurück. Doch auch ihr Lächeln wirkte bemüht.

„Cara, entschuldige, dass ich dich noch gar nicht gebührend begrüßt habe", sprach er, um Höflichkeit bemüht.

„Gewiss, bekümmere dich nicht weiter, ich habe dafür vollstes Verständnis. Wir alle sind sehr erschrocken wegen Elizas entsetzlichem Unglück ..."

Laurence blickte Cara dankbar an und fühlte sich verpflichtet, seinerseits etwas zu dem Gespräch beizutragen, das die Kluft der Fremdheit zwischen ihnen zu überbrücken vermochte. Schließlich stand ihnen in wenigen Monaten die Eheschließung bevor. „Ich danke dir aufrichtig für dein Mitgefühl." Womöglich würde es sie einander näher bringen, wenn er ihr auch von dem Schicksal des Kutschers berichtete. Denn auch dies nahm sein Gemüt in Anspruch. "Es hat sich zudem ergeben, dass auch der Kutscher eine schwere Verwundung davongetragen hat ..."

„Laurence, ich denke nicht, dass die arme Cara über dergleichen in Kenntnis gesetzt zu werden wünscht", fiel ihm der Marquess mit strengem Blick ins Wort. „Solcherlei unheilvolle Nachrichten sind nichts, womit sie ihr zartes Gemüt belasten sollte."

„Gewiss", lenkte Laurence eilends ein im Bemühen, jeglichen

Zwist mit seinem Vater in diesem Augenblick zu vermeiden. Er würde ihm nicht zeigen, wie sehr er ihn dafür verachtete, dass er keinerlei Interesse am Wohnbefinden Mr. Edwards empfunden und gezeigt hatte. Zugleich ahnte er längst, dass er sich für sein Handeln gegenüber seinem Vater noch zu rechtfertigen haben würde. Nichtsdestoweniger hielt Laurence seinen Blick auf Cara gerichtet, um herauszufinden, ob sie tatsächlich unkundig bleiben wollte. Ihr Blick verriet jedoch keinerlei innere Regung; ein bescheidenes Lächeln zierte ihr Gesicht, während sie ihre Augen auf den Teller vor sich gesenkt hielt.

Er war noch damit befasst, zu ergründen, was er daraus schließen sollte, als Cara erneut ihren Blick hob und ihn mit einem sanften Lächeln bedachte. Ihre Stimme, kaum mehr als ein Flüstern, drang nur zu seinen Ohren durch. „Nun, uns bleiben ja noch einige gemeinsame Tage. Vielleicht wird es uns vergönnt sein, ein wenig Zeit miteinander zu verbringen", sprach sie in einem Ton, so sanft und leise, dass es nur Laurence vernehmen konnte. Ihre Offerte, in der ihr eigenen zarten Art vorgetragen, weckte in Laurence einen leisen Hoffnungsschimmer und verstärkte in der Tat seinen Wunsch, die Kluft zwischen ihnen doch zu überwinden und eine Annäherung zu ermöglichen.

IX.

Früh am Morgen klopfte es an seine Zimmertür. Trotz eines unzureichenden Schlafes war ihm sofort gegenwärtig, weshalb er dem Personal die Unterweisung gegeben hatte, ihn zu dieser frühen Morgenstunde zu wecken.

Mit einem entschlossenen Schwung erhob sich Laurence aus seinem Bett. Ehe die restliche Familie erwachte, gedachte er, das Haus zu verlassen, um den Edwards seine Aufwartung zu machen. Auf diese Weise wollte er vermeiden, sich bereits am Morgen dem Tadel und des Unverständnisses seiner Familienangehörigen ausgesetzt zu sehen.

Mittels eines kurzen Abstiegs in die Küche konnte er die Köchin veranlassen, ihm einen Korb mit auf den Weg zu geben, welcher mit Brot, Eiern, Schinken und Käse, sowie frischem Wasser und Apfelkompott bestückt war. Sodann machte er sich gemeinsam mit Lizzy, die voller freudiger Erregung um ihn herumsprang, auf den Weg.

Mrs. Edwards ließ ihn mit dankbarem Blick ein. Mr. Edwards war bei Bewusstsein, als Laurence an seine Lagerstatt trat. Doch schien er benommen und verwirrt. Dies mochte vom Branntwein herrühren, welchen ihm einzuflößen Laurence der Kutschersfrau aufgetragen hatte. So war sein Geist getrübt und seine Fähigkeiten, zu reagieren, merklich herabgesetzt.

„Vielen Dank …", flüsterte der alte Mann mit rauer Stimme.

„Danken Sie Ihrer Gattin. Sie hat ihnen die notwendige Fürsorge angedeihen lassen!", erwiderte Laurence eilig, denn ein Gefühl des Unbehagens überkam ihn angesichts des ausgesprochenen Dankes für seine Tat des reinen Menschtums, die dem Gesinde entgegenzubringen die Pflicht des Marquess – seines Vaters, und ebenso seines Bruders und somit gleichermaßen seiner eigenen Person war.

Etwa eine Stunde später verließ er das bescheidene Cottage wieder, nachdem sich der herrliche Duft von frisch gebackenem Brot und Schinken bereits ausgebreitet hatte, da Mrs. Edwards sogleich begonnen hatte, aus den dargebrachten Speisen ein Mahl anzurichten.

Laurence verspürte ebenfalls Hunger, seit er von Tallwood Manor aufgebrochen war. Wie immer empfand er es auch heute als widrig, den Morgen ohne eine Mahlzeit zu beginnen. Sein Sinn stand klar darauf, unverzüglich heimzukehren, um zumindest eine Tasse Kaffee und ein Toast zu sich zu nehmen. Während er mit zügigen Schritten mit Lizzy zum Anwesen schritt, kam ihm der Gedanke, dass er auch Eliza aufzusuchen wünschte. Doch entschied er, dass ihr Zustand, obwohl bedauerlich, nicht so ernst war, als dass dies nicht bis nach der Einnahme seines Frühstücks warten konnte. So ließ er seinem Weg zur Küche des Anwesens zunächst den Vorrang.

„Mein liebster Laurie, es geht mir bereits viel besser. Welch Freude, dich zu sehen!", rief Eliza, wobei ihr gequälter Blick den vorhandenen Kopfschmerzen durchaus Ausdruck verlieh, während sie ihre Arme ihm entgegenstreckte.

Laurence trat an ihr Bett und schloss sie behutsam in die Arme. "Ruhen sollst du. Lehn´dich zurück. Sonst wird sich zu deinen Kopfschmerzen sogleich noch Übelkeit gesellen", wies er sie an. In seinen Augen spiegelte sich seine Zuneigung, während sein Blick auf dem Verband verweilte, der ihre Stirn zierte. Ihre Haare, ungezähmt und unbändig, hatten sich ihren Weg aus dem Baumwollgeflecht gebahnt und verliehen ihrem Aussehen eine gewisse Wildheit, die ihm gleichwohl nicht unpassend erschien. "Ich habe dich vermisst und du hast mich erschreckt", sprach er unumwunden aus, was in ihm vorging. Er griff nach einem Stuhl und schob ihn an das Bett, um Platz zu nehmen.

Sie blickte ihn nur stumm an. Ihre Augen verrieten, dass auch sie ihn vermisst hatte. Doch offenbar gab es manches, was sie nicht auszusprechen vermochte. Sie griff nach seinen Händen.

Er spürte, dass ihre Finger kalt waren und legte seine Hände um ihre.

Es vergingen etliche Augenblicke des Schweigens, bis sie unvermittelt sprach: „Laurie, du hast dich verändert. Ich möchte jede Einzelheit erfahren, doch zunächst muss ich dich um einen dringenden Gefallen ersuchen."

Laurence blickte sie verwundert an. Worum mochte es sich handeln?

„Der Kutscher, Laurie. Der Kutscher ... ich hätte dich gestern Abend noch darum bitten wollen, doch Mutter hielt mich davon ab, und ich wollte dich bei dieser fortgeschrittenen Stunde nicht mehr in die unbarmherzige Kälte hinaustreiben!"

„Der Kutscher, Eliza, was denkst du nur. Ich habe mich doch längst um ihn gekümmert."

„Ach Laurie, das habe ich nicht zu hoffen gewagt. Du warst natürlich umgehend bei ihm. Ich danke dir. Du bist wahrlich bewundernswert. Wie ist seine Verfassung?"

„Sein Zustand ist ernst, und ich bin unsagbar erleichtert, dass ich bereits am Nachmittag bei ihm eintreffen konnte. Wir haben ..."

„Wir?"

„Nun, du wirst es vielleicht nicht glauben, doch Alexander hat mich tatkräftig unterstützt."

„Onkel Alexander?" Eliza sah Laurence erstaunt an.

„Mr. Edwards ist mit dem Bein unter das Wagenrad geraten."

Eliza hielt sich erschrocken die Hand vor den Mund. „Unter das Wagenrad! Das ist ja grauenhaft!"

„Ja, in der Tat, dies vermagst du wohl zu sagen. Ich sah mich gezwungen, sein Bein abzunehmen. Unterhalb des Knies. Mit einigem Glück, sowie einer sorgfältigen Pflege und nahrhaften

Speisen aus unserer Küche wird er es womöglich überstehen, gleichwohl ..."

„Doch er ist nun ein Krüppel!" Tiefempfundenes Mitgefühl durchflutete Eliza, und sie wurde augenblicklich der außerordentlichen Gnade gewahr, die ihr selbst zuteilgeworden war, weshalb ihre Kopfschmerzen, die sie zuvor so geplagt hatten, ihr nun kaum noch von Belang erschienen.

„Nun, es erscheint mir ungewiss, ob der Marquess und John gestatten, dass er in seinem Zustand weiterhin seinen Dienst als Kutscher verrichtet. Zudem wird er sich gründlich umstellen müssen und Hilfe bei seinen täglichen Arbeiten benötigen ..."

„Ich bin dir unendlich dankbar, dass du dich seiner angenommen hast." Eliza betrachtete ihren Bruder eine Weile still. Schließlich lächelte sie sanft. „Sieh nur, was aus dir geworden ist. Sieh, was du zu vollbringen vermagst! Du müsstest vor Stolz erglühen!"

Eliza fühlte in jedem Fall den eigenen Stolz auf ihren Bruder, der die Fähigkeit besaß, einem schwer verwundeten Menschen das Leben zu retten, der zu erkennen wusste, wo seine Anwesenheit vonnöten war und was er zu tun hatte.

„Ach, was sprichst du von Stolz? Schande ist es, die ich empfinde. Schande, dieser Familie zu entstammen ..."

„Aber Laurie!" Eliza war unentschlossen, wie sie mit Laurences heftigem Zorn umgehen sollte. In ihrem hilflosen Versuch, ihn umzustimmen, war sie gar bereit, auf eine kleine Albernheit zurückzugreifen. „Willst du damit etwa auch mich meinen?"

„Gewiss nicht", erwiderte er trocken.

Eine Weile herrschte Schweigen, dann brach Eliza die Stille auf. „Laurie, erzähl mir, wie es dir ergangen ist. Erzähl mir, was du in Dublin erlebt hast. Wie lebst du dort? Was treibst du dort?"

Laurence beschloss, zunächst den Verband abzunehmen und die Wunde zu versorgen. Im Anschluss daran jedoch offenbarte er Eliza sein Leben in Dublin in jeder Einzelheit, wie sie es gewünscht hatte. Sie waren allein, nur sie beide, und es war für diesen Vormittag, als existierten nur sie auf der Welt.

Laurence erzählte von dem Stadthäuschen und Lizzy, die oft allzu sehr in Einsamkeit verweilte, doch gelegentlich in der warmen Küche, in der Obhut der gütigen Köchin, willkommen war.

Er erzählte vom Hospital, von den Kollegen, von Thacker und dessen Attitüden und affektiertem Gebaren.

Und schließlich erstattete er auch von Theresa Bericht.

Eliza konnte er alles anvertrauen. Dies musste er auch tun, denn sonst gewährte sie ihm gewiss keinen Frieden.

„Theresa?", wiederholte Eliza augenblicklich hellhörig geworden. „Ein hübscher Name." Sie hielt kurz inne. Dann fügte sie hinzu: „Wer ist Theresa?"

„Sie ist eine der Krankenschwestern im Hospital."

„Eine der Krankenschwestern, in der Tat. Hat sie außer dieser Eigenschaft noch weitere hervorzuhebende Merkmale?" Eliza wusste augenblicklich, dass sie hier eingehender nachforschen musste.

Als hätte sie dies nicht längst geahnt. Kaum gewährte man Laurence ein wenig Freiraum, schon traten Damen mit melodisch klingende Namen auf der Bildfläche auf!

„Wie meinst du das?", fragte Laurence, seinen durch und durch unschuldigen Blick fest auf Elizas Augen gerichtet, die verschmitzt lächelten.

„Nun, mein teurer Bruder, ich frage nicht nach ihrem Stand oder Titel. Wer ist sie ... dir?" Eliza durchbohrte ihn mit einem genauen Blick.

Er verharrte in Gedanken versunken.

Eliza, die den Moment nicht verstreichen lassen wollte, fügte listig hinzu: „So beschreib mir zunächst ihr Äußeres, ihre Anmut." Sie kannte ihren Bruder gut genug, um zu wissen, dass seine Worte genug enthüllen würden, so dass sie ihre Rückschlüsse daraus zu ziehen vermochte.

„Ach, so verhält es sich, Eliza. In diesem Punkt muss ich deine trügerische Hoffnung doch enttäuschen. Sie ist wahrlich bezaubernd, wie ein Engel, doch Schwierigkeiten werde ich mir mit ihr gewiss nicht einhandeln."

Eliza vermochte ihre Enttäuschung kaum zu verhehlen. "Wahrlich, Laurie, du gibst dich gar zu langweilig. All zu sehr sparst du dich auf — möglicherweise für Cara? Doch warum nur? Eines Tages wirst du dies gewiss bedauern. Die Ehe wird für Cara von größerer Tragik sein, wenn du dich erst nach der Heirat auf Abenteuer einlässt. Vor der Verehelichung hingegen, was kümmert's sie, welche Tändeleien du unternommen hast?" Eliza war sich indes bewusst, dass sie Lauries Beweggründe verfehlt hatte und dass sie gänzlich fehl ging mit ihrer Einschätzung, doch wollte sie ihn damit auf die Probe stellen und aus seiner Zurückhaltung locken.

Doch Laurence erwiderte anders als sie es erwartet hatte mit ernstem Blick und leiser Stimme. „Wie könnte ich so etwas zulassen? Gewiss kennst du mich besser, als dass du mir dergleichen zutrauen könntest. Solches würde schließlich auch Theresa in erhebliche Bedrängnis bringen. Und zu welchem Zweck? Was vermöchte ich ihr zu bieten? Ich müsste sie sitzen lassen nachdem ich in ihr Hoffnungen erweckt habe."

„Laurie, verzeih mir bitte. Es liegt mir selbstverständlich fern, solch ein Anliegen ins Lächerliche zu ziehen. Mein Verhalten war wahrlich unüberlegt. Selbstverständlich kenne ich deinen wahren Charakter. Es ist nur so, dass mir das Herumalbern in diesen Tagen und hier auf Tallwood Manor zuträglicher ist, als mich mit ernsten Dingen zu befassen."

Laurence sah, dass vollkommen unerwartet Tränen in ihren Augen schimmerten. „Es ist gut, Eliza", sprach er mit sanfter Stimme. "Und ich würde lügen, wenn ich behauptete, dass Theresa nicht die größte Versuchung darstellte, alles hinter mir zu lassen und einfach meinen Neigungen zu folgen. Und Sie wäre es gewiss, die ich mit mir reißen würde. Doch dies kann ich nicht. Ich bin zu feige, um alles hinter mir zu lassen, woran mein Herz hängt ..."

Eliza unterdrückte das Brennen in ihren Augen. Laurence´s Worte schnürten ihr die Kehle zu, denn sie wusste, dass er damit ganz besonders sie selbst meinte. Ihr war bewusst, wie sehr sie sich verbunden waren. Doch sie durfte ihren Gefühlen nicht nachgeben, wenngleich seine Worte sie tief berührten.

Sie hatte eine Entscheidung getroffen und würde diesen Weg nun unbeirrt zu Ende gehen, ohne je wieder eine Träne darüber zu vergießen.

Stattdessen erzählte Eliza. Sie erzählte von ihrem vertrauten Freund Thomas. Er und seine Frau hatten sie überaus herzlich aufgenommen. Selbstverständlich wussten der Marquess und Mutter nicht, dass sie sich bei den Carlyles aufgehalten hatte. Sie wähnten Eliza bei einer Freundin in London. Die Carlyles lebten in Chelsea. Chelsea lag in London.

„Es ist ein reizendes Landhaus. Dort vermag man sich ganz und gar der Arbeit zu widmen. Ich habe an meinem Manuskript gearbeitet und bin recht gut vorangeschritten. Ich werde es vollenden, noch bevor ...“ Eliza unterbrach sich selbst.

Laurence wusste, was es war, was sie nicht aussprechen mochte. Er schwieg ebenfalls.

„Ich verbringe zudem wieder mehr Zeit mit dem Lesen. Ich lese George Sand“, setzte Eliza von neuem an. „George Sand ist eine bewundernswerte Persönlichkeit. Ihre Schriften sind ganz und gar durchdrungen von modernen politischen Gedanken. Wie sehr wünschte ich, ein Leben zu führen wie sie ...“

Laurence schwieg. Es gab nichts, das auszusprechen notwendig gewesen wäre, weil es nicht ohnehin beiden bekannt gewesen wäre. Eliza würde an der Seite von Tom niemals das freigeistige Leben einer George Sand führen können. Sie wäre gefangen zwischen ihrem einschnürenden Korsett und seinen altmodischen patriarchialischen Anschauungen. Zwischen der Verwaltung des Haushalts, der Erziehung der Kinder und den gesellschaftlichen Anlässen würde sie sich nur über zwei Dinge Gedanken machen dürfen. Das waren ihre Garderobe und der alltägliche Tratsch einer Gesellschaftsschicht deren Wohlstandserhalt es erforderte, dass sie die Augen vor der Wirklichkeit verschloss.

Sie würde dabei nichts frei entscheiden dürfen. Weder die Namen ihrer Kinder wählen noch die Formen deren Erziehung bestimmen. Weder würde es ihr obliegen, die Einrichtung ihres Heimes auszuwählen noch das Personal. Weder würde sie über die Art der gesellschaftlichen Anlässe ein Mitspracherecht haben, noch dabei, zu entscheiden, ob sie sie besuchte.

Beide wussten: Tom Cartwrite war der denkbar schlecht geeignetste Gemahl für Eliza.

Eliza machte auch keineswegs mehr den Anschein, als wäre es weiter für sie von Interesse, etwas daran zu ändern. Sie schien das ganze leidliche Thema im Geiste zu umschiffen wie eine gefährliche Klippe, indes der Wind sie geradewegs darauf zu trieb.

Laurence wusste nicht recht, wie er sich in dieser Angelegenheit verhalten sollte. Beiden stand eine Ehe bevor, die verlangte, dass sie ihr vergangenes Leben darboten. Das Ende dessen, was sie für ihre Zukunft erträumt hatten, war für sie beide unumgänglich. Eliza jedoch verschloss sich jeglichem Gespräch darüber. Laurence fühlte sich ratlos, da er nicht wusste, ob es ratsam gewesen wäre, von sich aus diese Sache anzusprechen. So verharrten sie lediglich in ihrem Beisammensein. Beisammen wie ehedem und wie er hoffte, für immer.

Als es an die Tür klopfte, erschraken sie beide. Eliza hatte sich jedoch schnell wieder gefasst und bat den Klopfenden herein.

Es war Tom Cartwrite.

Laurence wusste, dass nun der Moment gekommen war zu gehen. Er hinterließ einen flüchtigen Kuss auf Elizas Wange und verließ sodann den Raum.

„Liebste Eliza." Tom trat an das Bett heran und ließ sich auf dem von Laurence bereitgestellten Stuhl nieder. Er lehnte sich vor und griff nach Elizas rechter Hand. Sie überließ sie ihm notgedrungen, da sie vermeiden wollte, gleich wieder einen faux pas zu begehen, indem sie sie ihm entzog.

„Liebste Eliza, wie erfreulich, dich wohlbehalten anzutreffen. Wir haben noch gar keine Zeit für einander gefunden und dabei musste ich dich so lange entbehren. Welch Schreck fuhr mir durch die Glieder, als wir dich so fanden. Wie mochte es nur dazu kommen? Ist dir heute wohler zumute?"

Eliza fühlte sich regelrecht bedrängt von der Vielzahl an Fragen, die auf sie einprasselten, und die drängenden Kopfschmerzen, die sie nun wieder quälten, verstärkten ihre Beklommen-

178

heit in erheblichem Maße. Um sich aus der unangenehmen Lage zu befreien, entschied sie sich, lediglich die letzte Frage zu beantworten und versicherte, dass sich ihr Befinden erheblich gebessert habe. „Laurie versteht sich, so scheint es mir, vortrefflich darauf, Wunden zu versorgen." Eliza erwartete gespannt die Reaktion von Tom auf ihre Bemerkung.

Toms Miene indes war schwer zu entschlüsseln. Offenkundig sann er über eine angemessene Erwiderung nach. „Nun", begann er schließlich bedächtig. „Es ist durchaus von einigem Nutzen, als Mitglied einer Schiffscrew Kenntnisse in der Versorgung von Verletzungen zu besitzen. Auf einem Schiff erlernt wohl jeder Matrose derlei als erstes und auf einem solchen befand sich dein Bruder, wie du weißt, die letzten Wochen. Auf hoher See geht es oftmals rau zu und so sind Fertigkeiten dieser Art überlebenswichtig, wenngleich sie nichts mit wahrer ärztlicher Kunst zu tun haben dürften. Allerdings sind dies Sorgen, über sich eine Dame den Kopf nicht zerbrechen sollte. Zudem sei mir gestattet, anzumerken, dass es äußerst zweifelhaft erscheint, wofür dein Bruder diese Fähigkeiten dereinst an Land benötigen könnte, sobald er nicht mehr in den Diensten seines Onkels zur See fährt. Dir mag dies bedeutsam erscheinen, da du mit den Härten und Entbehrungen des Lebens auf hoher See nicht vertraut bist. Lass mich dir jedoch versichern, dass solche medizinischen Kenntnisse im zivilisierten Leben an Land kaum mehr Bedeutung haben als ein kurzweiliger Zeitvertreib. Die Vorstellung, dass er diese Fähigkeiten jemals in einer zivilisierten Gesellschaft anwenden müsste, ist nahezu absurd."

Eliza meinte, in Toms Blick gleichermaßen Bedauern und gewisse Überheblichkeit zu erkennen. Es war ihr schier unerträglich, dass er auf eine solch abwertende Weise über Laurence sprach. Mit festem Entschluss entgegnete sie: „Verletzungen können überall geschehen. So hat sich bei dem gestrigen Unglück auch unser Kutscher eine überaus schwere Verwundung zugezogen."

Tom schüttelte missbilligend und mit einem Ausdruck des Unverständnisses den Kopf. „Ein Mann seines und unseres Standes", begann er mit Nachdruck, „wird sich niemals in die

Notlage versetzen lassen müssen, solche niederen Tätigkeiten auszuführen. Dies sind Aufgaben, die den niedrigeren Ständen, denen Matrosen und Handwerker angehören, vorbehalten sind. Dein Bruder sollte sich vielmehr auf die Pflichten und Verantwortungen besinnen, die unserem Namen und Erbe gebühren. Jegliche andere Beschäftigung erachte ich als überflüssig und unserer Stellung unwürdig. Oder würdest du etwa erwarten, dass ich mich dazu herablassen könnte, auf einer Handelsfahrt nach Übersee die Aufgaben gewöhnlicher Matrosen zu übernehmen?" Er setzte eine kurze Pause, dann fuhr er mit einem Blick fort, der, wie Eliza überrascht feststellte, zwischen Amüsement und Abscheu schwankte. „Dies wäre beinahe so, als würde man in Zweifel ziehen, dass jene Tätigkeiten, welche in den Kolonien von Sklaven verrichtet werden, jenen obliegen sollten."

Eliza spürte einen Anflug von Empörung in sich aufkeimen, doch sie wusste, dass es unklug wäre, ihre Gefühle offen zu zeigen.

Toms Miene wandelte sich erneut sichtlich und nun schenkte er ihr ein höfliches, wenn auch leicht gequältes Lächeln. „Liebste Eliza, es ist bedauerlich, dass wir uns nach so langer Zeit endlich wiedersehen und über solche Nichtigkeiten sprechen. Es ist vollkommen bedeutungslos, dass Laurence sich mit derlei trivialen Künsten abgibt. Tatsächlich ist es grotesk, dass ein Mann seines Standes seine Zeit mit dergleichen überflüssigem Wissen verschwendet. Sei jedoch versichert, dass ich durchaus verstehe, wie wichtig dir dein Bruder ist, und genau aus dieser Rücksicht nehme ich eine freundliche und geduldige Haltung ein. Ansonsten hätte ich allen Grund, mich erzürnt zu zeigen." Tom hielt inne und sein Ton wurde sanfter. „Erzähle mir lieber, was du in London erlebt hast und welche Pläne du für das kommende Jahr hegst. Lassen wir uns auf Dinge besinnen, die wirklich von Bedeutung sind und unserer Stellung geziemen."

Nun endlich spürte Eliza jene Übelkeit aufkommen, vor Laurie sie gewarnt hatte, als er sie aufgesucht hatte, auch wenn der Ursprung diesmal ein gänzlich anderer war, als im Augenblick des Ausspruchs der Warnung angenommen. Es überkam sie das Gefühl, als ob es ihr die Luft zum Atmen abschnürte. Sie biss sich auf die Zunge, um die Raison zu wahren. Am liebsten hätte sie Tom augenblicklich ihrer Gemächer verwiesen, so dreist wie er in ihre privaten Räume eingedrungen war und die Grenzen des Anstands überschritt, indem er sie und Laurie beleidigte. Diese unerhörte Begebenheit war ein Vorbote dessen, was ihr in den kommenden Jahren bevorstand.

Tom würde die Themen der Konversation bestimmen, und alles, was er als unbedeutend erachtete, hatte auch in ihren Augen jegliche Bedeutung zu verlieren.

Doch sie hatte keine Kraft zu kämpfen. Es brachte ihr auch keinen Nutzen. Sie würde dazu schweigen, jedenfalls fürs erste. „Ich werde auf Tallwood Manor bleiben und mit Mutter die Aussteuer zusammenstellen und die Vorbereitungen für die Hochzeit treffen."

„Du ahnst nicht, wie es mich freut, dies zu hören. Es wird eine herrliche Hochzeit, meine Liebste. Du sollst alles bekommen, was du dir wünschst. Es gibt keinen Grund, auf irgendeinen Luxus zu verzichten. Denke an die prächtige Hochzeit von Königin Victoria und Prinz Albert im Jahre 1840 oder an die jene der Königin Isabella II. von Spanien und Francisco de Asís de Borbón im letzten Jahr, die ein wahrhaft königliches Ereignis war. Es soll ein ebensolches Ereignis werden. Vater und ich sind bestrebt, dass dieses bevorstehende Ereignis in unserem Gutshaus als ebenso bedeutsam und glanzvoll in Erinnerung bleibt. Die Pächter und die Mitglieder unserer Gemeinde sollen beim öffentlichen Empfang Zeuge einer Feierlichkeit von unvergleichlichem Rang und Bedeutung werden. Ein solches Ereignis bietet eine wertvolle Gelegenheit, das soziale Gefüge zu stärken. Wähle die schönsten und exquisitesten Blumen und Dekorationen. Wenn du diese Planungen gemeinsam mit Lady Catherine ausführst, lasse auch sie wissen, dass wir allen Grund haben, zur Schau zu stellen, dass es keinen Grund gibt, keine Hochzeit von gleichem Glanz wie derjenigen der Königin auszurichten.

Sei bedacht, dass die Einladungen an die Pächter nicht nur

eine formale Geste sind. Sie sollen sich geehrt fühlen, Zeugen dieses Ereignisses zu sein. Ladet auch alle Würdenträger und Mitglieder des Adels in London ein, die ihr zu laden wünscht. Königin Victoria trug ein weißes Seidenkleid mit feinster Spitze, das in der ganzen Welt bewundert wurde. Nimm dir die Königin nur selbst als Vorbild für das Kleid. Es soll deine Schönheit unterstreichen und die Blicke aller Anwesenden auf dich ziehen. Nach der Zeremonie soll ein prachtvolles Hochzeitsfrühstück, eben dem im Buckingham Palace folgen, bei dem die erlesensten Speisen und Weine serviert werden. Und wählt die Musik und das Orchester klug. Bedenke, Teuerste, mein Vater hat mir inzwischen die Zügel der Geschäftsführung übertragen. Ich habe auch bereits gewisse Anpassungen und Verbesserungen vorgenommen. Und die Geschäfte gehen gut, gehen noch besser, als vor meiner Übernahme. Du darfst gänzlich unbesorgt sein. Es ist wohl möglich, dass meine Zeit für Muße und gemeinsames Verweilen nicht so reich bemessen sein wird, wie du es dir ersehnen magst, doch gewiss wirst du dich daran gewöhnen. Zu deiner beruhigenden Versicherung möchte ich hinzufügen, dass du keinerlei Einbußen finanzieller Natur zu befürchten hast. Mein Augenmerk wird sich in besonderem Maße dem Handel über die weiten Ozeane zuwenden, mit dem Bestreben, eine außerordentliche Erweiterung zu bewirken. Dort liegen immensen Reichtümer verborgen, und wahrlich, es wäre ein Akt unverzeihlicher Nachlässigkeit, diese nicht zu bergen. Die Einkünfte unseres ehrwürdigen Landbesitzes vermögen nicht länger den glorreichen Zeiten unserer Vorväter gleichzukommen, und selbst die ausgeklügeltsten landwirtschaftlichen Gerätschaften und neuen Anbaumethoden werden hier wohl keine Wunder vollbringen. Doch Asien, Afrika und Amerika bieten sich uns dar mit unermesslichen Schätzen, und die gegenwärtige Politik in London eröffnet uns ungeahnte Möglichkeiten."

Eliza hatte Tom in stiller Kontemplation beobachtet, während er seine Ansichten unterbreitete.

Seine Rede offenbarte ihr, was sie bereits stillschweigend erkannt hatte: Tom lebte offensichtlich in einer gänzlich anderen

Wirklichkeit als sie selbst. Es war unverkennbar, wie ihn seine Pläne in freudige Erregung versetzten und wie selbstverständlich ihm alles erschien, wovon er sprach.

„Auch hinsichtlich der Ausgaben habe ich eine neue - wie ich meine - weise Linie eingeschlagen", sprach er weiter in einem fest entschlossenen Ton. „Es soll mir von nun an keineswegs länger zuwider sein, wie mein werter Herr Bruder sein Einkommen, welches er unserem gemeinschaftlichen Vermögen entnimmt, auf leichtfertige und verschwenderische Weise zunichtemacht und sein Dasein in träger Untätigkeit vergeudet."

Eliza konnte ihr Erstaunen nicht verbergen.

Tom sah sie ernsten Blickes an. „Ja, du hast vollkommen recht gehört. Das sollst du ruhig wissen, damit du mein Handeln verstehst. Lass dich von Henry nicht einwickeln. Er ist ganz raffiniert in seinem Unterfangen, der Welt weiszumachen, er sei ein bedürftiger Künstler, der Unterstützung verlangt. Doch dies ist er mitnichten. Er ist ein Spieler und Trinker, dessen lasterhaftes Treiben unseren ehrwürdigen Namen in Verruf bringen könnte. Doch dies soll dich nicht mit Sorgen beladen. Ich selbst werde mich dieser Misere annehmen, sodass sie uns nicht länger beeinträchtigen kann. Seine Bezüge habe ich bereits erheblich gekürzt, damit er gezwungen ist, sich über seine Zukunft den Kopf zu zerbrechen. Ferner habe ich ihm eine Frist gesetzt, bis zu der er eine eigene Bleibe und eine Beschäftigung gefunden haben muss. Nach Ablauf dieser Frist werde ich weitere Einbußen in seinen Einkünften umsetzen. Doch nun genug der unerfreulichen Dinge. Erzähl mir, was hast du in London gemacht?"

Eliza wurde von einem Schwindel befallen. Mit Erleichterung erkannte sie, dass sie keiner weiteren Konversation gewachsen war. Ihre unsäglichen Kopfschmerzen beeinträchtigten sie so sehr, dass sie in keinem Falle weiteren Unmut heraufbeschwören durfte, indem sie sich auf weitere verfängliche Themen einließ. Unzweifelhaft zählte hierzu ihr Aufenthalt in London, von welchem sie nun berichten sollte. „Tom, ich bedaure, meine Kopfschmerzen zwingen mich, mich auszuruhen und dich zu bitten, unser Gespräch zu vertagen." Mit diesen Worten lehnte sie sich zurück und schloss die Augen.

Womöglich war es der unübersehbaren Blässe in Elizas Gesicht geschuldet, jedenfalls kam er Elizas Wunsch nach. „Meine liebste Eliza. Selbstverständlich sollst du ruhen und dich erholen. Dein Wohlergehen ist mir von größter Bedeutung. Wünschst du, dass ich die Dienerschaft anweise, dir etwas zu bringen, einen Tee vielleicht?"

„Danke, Tom", flüsterte sie. „Ein wenig Ruhe wird genügen."

Die Realität entfernte sich von Eliza, sie spürte nunmehr aus weiter Ferne, dass er erst nach einer Weile ihre Hand freigab und sich leise aus dem Raum entfernte. Mit dem sanften Geräusch der sich schließenden Tür schwand ein großer Teil ihrer inneren Beklommenheit dahin, und bald darauf spürte sie, wie durch ihre geschlossenen Lider Tränen drangen und warm ihre Schläfen hinabliefen, bis sie schließlich in den Kissen versickerten. Sie besaß nicht mehr die Kraft, auch nur eine Bewegung zu vollführen. Schließlich fiel sie in einen tiefen Schlaf.

Laurence trank eilends seinen Kaffee. Er wollte mit Lizzy einen Spaziergang machen. Das Wetter war freundlich und der Himmel klar. Wenn er zügig ausschritt, würde ihn die Kälte nicht anfechten und er hoffte, dass die frische Luft seine Gemütsverfassung zu bessern vermöge. Dieser Besuch geriet ihm mehr zum Aufruhr seines Inneren, als seiner Wohlfahrt zuträglich zu sein.

Als er eben den letzten Schluck genommen hatte trat Cara ein. Sie war in Begleitung ihres Bruders Henry.

Henrys Gestalt war schmaler geworden, seit seinem letzten Besuch auf Tallwood Manor, wie Laurence in diesem Augenblick überrascht feststellte. Er wirkte geradezu blass und kraftlos.

Cara hingegen präsentierte sich wie immer tadellos. Ihre Haltung war von unerschütterlicher Geradheit, ihre Kleider wie immer von der exquisitesten Machart, und sie reichlich verziert mit teuerstem Schmuck. Die Züge ihres anmutigen Gesichts waren dezent mittels Rouges und Puder hervorgebracht. So dass nicht abzustreiten war, dass sie wahrlich eine Schönheit war.

184

„Einen guten Morgen Laurence, wie schön, dich anzutreffen. Wirst du uns Gesellschaft leisten?" Henry legte seine Hand freundschaftlich wenn auch kraftlos auf Laurence Schulter.

Cara sprach nicht. Sie lächelte nur würdevoll.

„Natürlich, gerne", erwiderte Laurence. Er brachte es nicht über sich, die beiden zurückzuweisen. Sie verdienten es nicht.

Er war ihnen immer freundschaftlich verbunden gewesen und es gab von ihm aus keinen Anlass, daran etwas zu ändern.

Cara und Henry nahmen sich Teller und bedienten sich am Buffet. Dann setzten sie sich Laurence gegenüber.

Laurence dachte an den Morgen zurück, als er mit Eliza gesprochen hatte. Doch nun saß ihm Cara gegenüber, und mit ihr schien ihm in noch nebulöser Ferne seine Zukunft gegenüberzustehen.

Es war ihm, als befände er sich mit seiner eigenen Zukunft in Widerstreit, als leite eine unheimliche Hand beharrlich gegen ihn oder als bäumte er selbst sich gegen diese Zukunft auf. Was von beidem der Wahrheit näher kam, vermochte er in diesem Moment nicht zu ergründen.

Mit verstohlenem Blick beobachtete er Cara, während sie in zierlicher Manier begann, kleine Bissen des Marmeladentoasts zu sich zu nehmen und mit ebenso zierlichen Schlucken an ihrem Tee zu nippen. Ihre Haltung war makellos aufrecht und sie ließ sich keine Regung anmerken. Ihm war bewusst, dass aus ihrem Mund keine Konversation zu erwarten war. Es oblag ihm, das Gespräch zu beginnen. Sie war der Gast im Hause seines Vaters und er musste sich als Gastgeber verhalten. Diese Haltung hatte er bislang jedoch vernachlässigt. Still regte sich in ihm ein Funken Bewunderung für Cara, die die ihr zugedachte Rolle mit solch makelloser Perfektion darzustellen wusste. Gleichzeitig erfasste ihn ein feines Unbehagen bei ihrem Anblick. Er erkannte rasch, dass dieses Gefühl seinen Ursprung in der Andersartigkeit ihrer beider Wesenszüge hatte, und darin, dass er feststellen musste, dass ihm ein tieferes Verständnis für Caras Wesen gänzlich fehlte. Doch da war noch etwas anderes, was ihn beunruhigte, und dies konnte er nicht greifen. Es lag wie ein dunkler Schatten, dessen Umrisse er nicht zu deuten vermochte, schweigend und lauernd zwischen ihnen.

Er schüttelte die unheilvollen Gedanken eilends ab. „Ich habe soeben beschlossen, einen Spaziergang zu unternehmen. Das Wetter lädt förmlich dazu ein. Wäre es dir genehm, mich zu begleiten?", fragte er schließlich, unsicher, ob ihm selbst dies eigentlich genehm war.

Über Caras Gesicht huschte kaum merklich ein Anflug von Freude. "Es wäre mir ein großes Vergnügen, dich zu begleiten."

„Wäre es eurem Vergnügen abträglich, wenn ich euch bei eurem Spaziergang Gesellschaft leiste?", ließ sich nun Henry weit weniger leise und bedächtig vernehmen. Sein Blick wanderte unruhig zwischen Laurence und seiner Schwester hin und her, als wäre er soeben aus einer fernen Gedankenwelt gerissen worden. Sein Auftreten, welches Laurence nur allzu gut als fahrig und zerstreut kannte, offenbarte sich auch in diesem Augenblick unverkennbar.

Laurence überfiel eine Woge der Erleichterung, während Caras Augen nichts über die Geheimnisse ihres Innern verrieten. „Treffen wir uns in einer halben Stunde vor dem Hauseingang?", fragte Laurence rasch, während er sich zugleich erhob.

„Ich werde zur Stelle sein", antwortete Cara mit ihrer üblichen, unverbrüchlichen Höflichkeit.

„Gewiss." Ein flüchtiges Lächeln glitt über Henrys Lippen, ehe er seine Tasse zum Mund führte und einen Schluck nahm.

Laurence fand sich pünktlich am vereinbarten Ort ein und fand seine Annahme bestätigt, dass das Wetter zum Spaziergang einlud. Die Luft war klar und frisch, doch die Sonne warf ihre wärmenden Strahlen auf sein Gesicht. Sein dunkelblauer, mit Seidenknöpfen besetzter Gehrock, knapp über seine Hüften reichend und tailliert geschnitten, bot ausreichend Schutz vor der winterlichen Kälte.

Darunter trug er eine exquisite Weste aus persisch-grünem Brokat, deren Muster von kunstvoll ineinanderverwobenem Rankenwerk geziert wurde. Perlmuttschimmernde Knöpfe hielten die Weste zusammen.

Sein weißes Hemd darunter war gefertigt aus feinster Baumwolle und frisch gestärkt. Der hohe, steife Kragen bewies seine perfekte Haltung. Eine sorgfältig gebundene seidene Halsbinde in tiefem Burgunderrot verlieh seiner Erscheinung einen Hauch von distinguierter Eleganz – zumindest behauptete dies sein Schneider. Die Halsbinde mündete in kunstvollen Falten im Hemd und wurde von einer goldenen Krawattennadel, besetzt mit einem kleinen smaragdenen Stein, fixiert. Zu all dem trug Laurence Hosen aus feinstem, dunklem Tuch, deren schmale Linien makellos zu den kniehohen, schwarzen Lederstiefeln verliefen.

Laurence hatte diese Garderobe, wie auch seine übrige Kleidung von Henry Poole & Co.[21], einem der renommiertesten Schneiderhäuser Londons, fertigen lassen, denn dazu sah er sich gezwungen, wenn er nicht den Unmut seiner Mutter auf sich ziehen wollte. Sie hatten zu diesem Thema manche Unterhaltung geführt und waren schließlich darin überein gekommen, dass er seinen Verpflichtungen genügend nachkäme, wenn er sich auf die Dienste von Henry Poole & Co. beschränkte, dessen Stil ihm durchaus gefiel.

Seinen modischen Gesamteindruck rundete eine feine Taschenuhr ab, sicher in der Westentasche verstaut und mit einer dezenten goldenen Kette an einem der Knopflöcher befestigt, immerhin ein nützliches Assessoire, wie er fand.

Laurence' blondes Haar war in einen ordentlichen, modisch zerzausten Scheitel gelegt. Er trug zudem einen Zylinderhut.

Es war der unerwartete Umstand, dass Cara, ihn begleiten wollte, der ihn bewogen hatte, einen höheren Standard anzulegen und seine Kleidungswahl mit größter Sorgfalt zu treffen, als er es an diesem Morgen sonst wohl getan hätte.

---

[21] Das Unternehmen wurde erstmals 1806 eröffnet, ursprünglich spezialisiert auf militärische Schneiderei rund um die Schlacht von Waterloo. Nach dem Tod des Gründers James Poole zog es 1846 nach Savile Row. Henry Poole führte das Geschäft bis zu seinem Tod 1876. Henry Poole & Co. zeichnen sich durch ihre exzellente Handwerkskunst, höchste Qualität der Materialien und die perfekte Passform ihrer Anzüge aus, und genießen weltweiten Ruhm, insbesondere unter der britischen und internationalen Aristokratie. Quelle: https://en.wikipedia.org/wiki/Henry Poole%26Co, zuletzt aufgerufen am 23.2.2025 17:23 Uhr.

Trotzdessen, dass er wusste, dass er ein sicheres Gespür für feine Garderobe besaß, legte Laurence persönlich keinen übermäßigen Wert auf solch prächtige Erscheinung. Dennoch wäre es ihm unangebracht erschienen, in einer legereren Mode diesen Ausflug zu unternehmen, da er Cara gegenüber nicht unhöflich erscheinen wollte. Es erschien ihm unter diesen Umständen weitaus angemessener, ihre Gefühle zu berücksichtigen als seine eigenen Gewohnheiten und Präferenzen

Ein sanfter Windhauch streifte sacht rauschend durch das kahle Geäst der umstehenden Bäume. Lizzy, heiteren Gemütes, sprang ausgelassen umher, während Henry und Cara eben die steinernen Stufen herabschritten.

„Wohin des Weges?“, erklang unvermittelt eine Stimme aus der entgegengesetzten Richtung. Es war Jacob, welcher just aus dem Stall trat und mit lebhaftem Interesse die Versammlung betrachtete.

Laurence winkte seinem Bruder zu und wurde sich bewusst, dass er seit seiner Ankunft auf Tallwood Manor kaum ein Wort mit ihm ausgetauscht hatte. Zwischen Jacob und ihm herrschte stets ein gewisses Maß an Zurückhaltung. Dennoch verspürte Laurence in diesem Augenblick einen Anflug von Bedauern über diese Distanz. Etwas hatte sich verändert, und jene Veränderung ließ ihn erstmals über ihre Beziehung nachsinnen. Noch nie hatte er sich Gedanken über sein und Jacobs Verhältnis gemacht. Doch ihn hatte auch bisher noch nie das Verhalten von John und dem Marquess so sehr aus der Ruhe gebracht, wie während dieses Aufenthalts. Offenbar hatten sich nicht nur die äußeren Umstände verändert, sondern auch die inneren Begebenheiten.

Er konnte sich noch gut an seinen letzten Aufenthalt auf Tallwood Manor erinnern. Es war erst wenige Wochen her und doch schien ein halbes Leben dazwischen zu liegen. Bei seinem letzten Besuch hatte er sich gefreut, alle wiederzusehen. Er hatte Dankbarkeit gegenüber seinem Vater empfunden für dessen Nachsicht in Bezug auf Laurence´ Medizinstudium und auch Mitgefühl angesichts der sichtlichen Alterung des Marquess.

Doch auch schon zu jenem Zeitpunkt war ihm ins Auge gefallen, wie unerfreulich Jacobs Lage war. Wie aussichtslos und erdrückend. Er gab Lizzy zu verstehen, dass sie an seiner Seite Platz nehmen sollte und Lizzy gehorchte sogleich.

In jenem Augenblick trat Jacob hinzu und musterte Laurence mit einem spöttischen Funkeln in den Augen. Mit einem süffisanten Lächeln und einem Hauch von bissiger Ironie sagte er: „Wohlan, werter Bruder, es scheint, als hättest du es wider aller Erwartung vermocht, dich einer angemessenen Garderobe zu bedienen. Man könnte fast den verwegenen Gedanken hegen, dass du über genügend Geschmack verfügst, um dich an der Seite der bezaubernden Cara blicken zu lassen. Soll ich dir nun Respekt zollen, da du dich in stoischer Überwindung jenseits deiner Gewohnheiten gekleidet hast, oder soll ich dir grollen, da du mich des Vergnügens beraubst, die edle Cara, die lebendige Verkörperung der vollkommenen Etikette, in der Begleitung meines, jede Form der sartorialen Feinheit stets geflissentlich ignorierenden Bruders zu sehen.“

Bevor Laurence eine Erwiderung überlegen konnte, traten Cara und Henry zu ihnen und Henry, der offenbar den spöttischen Kommentar nicht gehört hatte, sprach mit freundlichem Enthusiasmus: „Jacob, schon so früh am Morgen hast du dich zu einem Ausritt begeben?“

„Einen angenehmen Morgen wünsche ich dir“, grüßte Cara Jacob mit sanfter Freundlichkeit.

„Ganz recht, Henry. Wir erfreuen uns an den kürzlich erworbenen Pferden. Ich ermutige dich nachdrücklich, diese prächtigen Tiere einmal selbst zu erproben.“

„Oh nein, besten Dank, Jacob. Ich ziehe es vor, mich mit meinen zwei Beinen zu begnügen. Doch werde ich sie bei passender Gelegenheit gerne in Augenschein nehmen.“

„Ist das die Hündin, die Vater dir anvertraut hat, Laurence?“ Jacob hatte seine Aufmerksamkeit Lizzy zugewendet. Unter prüfendem Blick begann er, ihr Befehle zu erteilen, und beobachtete streng ihre Reaktionen. Es schien indes, als könne sie die ihr gegebenen Anweisungen nicht recht erfassen. Sie hatte sich erhoben und strich unentschlossen um Laurence Beine, den skeptischen Blick auf Jacob gerichtet.

Laurence, der die erfolglose Bemühung seines Bruders mit einem Hauch von Amüsement verfolgte, trat vor und rief Lizzy zu sich. Sie gehorchte zutrauend und ohne Zögern. Er wies sie an, an seiner Seite Platz zu nehmen, was sie sogleich tat.

"Recht beachtlich, kleiner Bruder", bemerkte Jacob mit einem Anflug von Herablassung in seinem Ton.

Laurence indes, dem der Spott nicht entging, zog es vor, darauf nicht zu antworten. Stattdessen sprach er: „Wir beabsichtigen, einen Spaziergang zu unternehmen. Würdest du Gefallen daran finden, uns zu begleiten?"

„Nun, eigentlich harrt meiner eine beträchtliche Menge Arbeit", erwiderte Jacob, während er Henry, sodann Cara und schließlich Laurence nachdenklich musterte. „Jedoch vermag ich einen solch seltenen Spaziergang mit euch keineswegs auszuschlagen. Unsere Begegnungen sind wahrlich spärlich gesät."

„Wie erfreulich", sprach Cara in freundlichem Ton.

„Nun denn." Henry schob seine Ärmel etwas hoch und straffte merklich die Schultern.

„Wir können uns gen Süden wenden. Dies ist ein Weg mit einem wunderbaren Ausblick auf die Ländereien. Dort wirst du dir auch deine Gewänder nicht verunreinigen, Cara", sprach Laurence laut seine Gedanken aus.

„Dem kann ich nur beipflichten", erklärte Jacob.

So begannen sie ihren Spaziergang zunächst ohne viele Worte. Die Sonne ließ die Landschaft strahlen. Der oberflächlichste Schlamm war getrocknet, sodass man seine Schritte setzen konnte, ohne zu rutschen oder sich die Hosenbeine schmutzig zu machen. Stellenweise lagen noch Schnee und Eisschollen. Sie glitzerten im Sonnenlicht.

Anfänglich schritten sie mehr oder minder schweigend nebeneinander her, doch bald schon gelangten sie zu engeren Wegstellen und sahen sich gezwungen, sich hintereinander einzuordnen. So gingen schließlich Henry und Jacob vorneweg und Cara und Laurence in ihrem Gefolge.

Nach wenigen Yards waren Henry und Jacob so in ein angeregtes Gespräch vertieft, dass sie nicht bemerkten, dass sie ihre Schritte beträchtlich beschleunigt hatten und nun einiges an

Vorsprung erlangten.

Zwischen Cara und Laurence wollte sich die Konversation indes nur stockend und mühsam anbahnen.

Glücklicherweise zeigte sich Lizzy überaus lebhaft und sprang übermütig hierhin und dorthin, so dass beide ihre Aufmerksamkeit auf das Tier richten konnten.

Laurence war unschlüssig, worüber er sprechen sollte, zugleich drängte es ihn keineswegs, eine Unterhaltung zu beginnen. Er schritt gerne schweigend einher, die Sonne und die Landschaft genießend.

Cara indes erschien ihm einigermaßen gezwungen, so als warte sie darauf, dass sich ein Gespräch entspann, wobei sie offenbar der Ansicht war, dass es Laurence wäre, der diese zu beginnen habe. Diese eindeutige Erwartungshaltung übte keinen geringen Druck auf Laurence aus. Dies brachte ihn in eine innere Ambivalenz, da er andererseits von Lizzys Lebensfreude geradezu angesteckt wurde. Diese innere Zerissenheit wurde schließlich dadurch aufgelöst, dass sie zu Henry und Jacob aufschlossen und einige Gesprächsfetzen der beiden vernehmen konnten, was die Beklemmung zwischen ihnen einigermaßen aufhob.

„Mein edler Herr Bruder ist der Ansicht, dass ich mein Geld künftig selbst verdienen solle", sprach Henry in jenem Augenblick. „Er betrachtet es als Verschwendung, mir mein Einkommen weiterhin zuzusichern." Henrys Ton war trocken.

„Mir steht wohl Ähnliches bevor. Sobald Vater und vor allem Mutter kein Mitspracherecht mehr haben, werde ich ebenfalls sehen können, wie ich mir meinen Lebensunterhalt verdiene. Du kennst ja John", erwiderte Jacob.

„Er vergisst ganz und gar, dass auch ich, als Zweitgeborener, ein berechtigtes Anrecht auf ein standesgemäßes Auskommen habe. Er beraubt mich doch damit meines Erbes", sprach Henry mit einer gut vernehmbaren Bitterkeit im Ton weiter. „Ich habe meine Natur. Wie ein jeder von uns. Damit habe ich noch keinem geschadet. Vater und Mutter haben verfügt, dass ich zeitlebens ein Einkommen aus dem Erbe beziehen soll, sofern ich der Familie keine Schande bereite." Fast schien es, als spräche Henry mehr zu sich selbst als zu Jacob.

Sein Tonfall versetzte Laurence einen Stich. Er spürte Zorn auf Tom in sich aufsteigen.

„Ganz recht, mein Bester." Jacobs Tonfall war scharf und voller Zorn, ganz anders als Henrys. „Da wir als Zweitgeborene uns nahezu allem versagen müssen, ist es doch nur angemessen, dass wenigstens unser bescheidenster Lebensunterhalt gewährleistet ist. Doch John in seiner Überheblichkeit, meint, er könne mir Vorschriften machen, wie ich mein Leben zu führen und meine Angelegenheiten zu regeln habe."

Laurence fröstelte es. Noch nie hatte er seinen Bruder mit solcher Bitterkeit sprechen hören. Er war so in Gedanken bei Jacob und Henry, dass er erschrocken zusammenfuhr, als Cara ihn ansprach.

„Ich habe mich gefreut, dich wiederzusehen. Ich hegte beträchtliche Besorgnis, dass dir womöglich ein Unheil auf hoher See widerfahren könnte …", sprach sie so unerwartet, dass Laurence sie in sprachloser Verwunderung anstarrte. Sie hingegen hatte den Blick zu Boden gerichtet, als gebe sie Acht, nicht in Schmutz zu treten.

Laurence wollte partout keine angemessene Antwort einfalle. Er hatte Bedenken gehegt, dass eine Konversation in eine derart persönliche Richtung verlaufen könnte. Nun aber war es unvermittelt geschehen und er sah sich gezwungen, sich dieser Tatsache zu stellen. Er wusste nicht, welche Worte er wählen sollte. Es widerstrebte ihm zutiefst, zu lügen. Und doch war ihm bewusst, dass alles, was in diesem Moment zu sagen geeignet gewesen wäre, der Unwahrheit entspringen müsste, wenn er Caras Gefühle nicht verletzen wollte.

Er musste das Gespräch in eine andere Richtung lenken. „Ich beabsichtigte, diesen Besuch zu nutzen, um mit Vater eingehend über die Einzelheiten unseres künftigen Wohnsitzes, sowie über die genauen Planungen hinsichtlich unserer bevorstehenden Vermählung zu sprechen."

Cara blickte ihn nun ihrerseits unverkennbar überrascht an. „Dann hast du dir bereits Gedanken gemacht?", fragte sie mit vorsichtiger Hoffnung in der Stimme.

192

„Selbstverständlich." Das konnte er zumindest ehrlich von sich behaupten. Gedanken hatte er sich schließlich in der Tat und auch in nicht geringem Ausmaß gemacht.

„Auch meine Gedanken gelten oftmals der bevorstehenden Hochzeit. Mutter ergeht sich in den Vorbereitungen und Planungen und sie hat mich damit mittleweile geradezu angesteckt", erzählte Cara in einem Ton, der weit freimütiger anmutete, als sie es eben noch gewesen zu sein schien.

Laurence hatte keineswegs beabsichtigt, Cara zu solch einer Offenheit zu bewegen. Doch war ihm wohl bewusst gewesen, dass sie der bevorstehenden Vermählung mit Freude entgegensah. So war es selbstverständlich, dass er nur etwas hatte sagen können, was sie in ihrer Freude bestärken musste. Und, so mochte es sein, war dies zu ihrem gemeinsamen Vorteil – womöglich schenkte ihm dies die Gelegenheit, sich von ihrem Enthusiasmus anstecken zu lassen. Schließlich hegte er nicht den Wunsch, ihr ewig fremd zu bleiben. Einander näherzukommen und zumindest freundschaftliche Bande zu knüpfen, war unabdingbar, wenn sie nicht ein Leben in unglücklicher Distanziertheit verbringen wollten. „Wie schön", sprach er, von einem sanften Lächeln begleitet.

Sie erwiderte seinen Blick, die Augen gleichermaßen von Offenheit wie von Zuwendung erfüllt, doch ein Hauch von Unsicherheit war darin zu lesen.

Und endlich nahm Laurence für Cara jenes Gefühl wieder wahr, was er im Grunde seit jeher für sie empfunden hatte. Er hatte sie gern. Sie war der Inbegriff einer vollendete Dame und darin zu bewundern. Das war sie anscheinend von Geburt an gewesen. Jedenfalls konnte er sich nicht entsinnen, sie jemals nicht als solche wertgeschätzt zu haben.

Ja, womöglich sollte er sich glücklich schätzen, die Verbindung mit Cara eingehen zu dürfen. Doch bis dies soweit wäre, musste noch einige Zeit verstreichen. Noch konnte er das nur vernünftigerweise annehmen, nicht jedoch empfinden.

In eben diesem Augenblick wandte sich Henry zu ihnen um und strahlte Cara an. „Cara, erinnerst du dich an diesen Ort?" Er hakte sich mit einiger Zwanglosigkeit bei seiner Schwester unter.

Laurence war erleichtert, dass sein und Caras Gespräch damit vorerst unterbrochen war.

„Natürlich!" Cara schien ihr Gespräch mit Laurence von einem Augenblick auf den anderen vergessen zu haben. Stattdessen gab sie sich gemeinsam mit Henry alten Erinnerungen hin.

Laurence betrachtete mit einigem Erstaunen, wie unbefangen und vertraut Cara an Henrys Seite war. Dieses Bild ließ seine eigene Befangenheit in Bezug auf Cara weiter schmelzen. Es vermittelte ihm einen leisen Hoffnungsschimmer, dass mit Cara auch ein vertrauterer Umgang möglich wäre. Er sah, wie Cara und Henry gemeinsam auf das kleine verfallene Cottage zu liefen, das unweit ihres Standortes seit eh und je an einer Lichtung stand.

Hierher waren sie als Kinder manches Mal gekommen und hatten Verstecken gespielt. Auch Laurence erinnerte sich gut an diese Tage vor vielen Jahren.

Das Cottage war von Jahr zu Jahr weiter verfallen und mehr und mehr hatte die Natur dieses Ort bemächtigt.

Hier gab es besonders im Sommer und im Herbst herrliche Verstecke für Kinder, die für wenige Stunden der strengen Erziehung ihrer Gouvernanten entfliehen wollten.

Wilde Hecken und hohes Gras wuchsen dann in unbändiger Freiheit um das zerfallende Gebäude, rankten an der bescheidenen Mauer auf der Nordseite des Gebäudes empor und durchdrangen jedweden Winkel und jede Nische.

Dort wo dereinst ein kleiner Gemüsegarten angelegt war, gediehen Sommer für Sommer in wildem Durcheinander und in Hülle und Fülle Himbeeren, Erdbeeren und Blaubeeren.

Heute jedoch lag das Cottage einsam und verlassen in der kargen und rauen Winterlandschaft.

Henry und Cara hatten den einstigen Garten durchquert und traten an die kleine Ruine heran. Laurence und Jacob folgten ihnen. Fast fühlte sich Laurence wieder einst, wenn sie als Kinder hierher kamen.

Als sie die alte Holztür erreicht hatten, stieß Henry sie auf.

Knarrend öffnete sie sich und gab den Blick frei auf das dunk-

194

le Innere. Die Wintersonne fiel in den Raum und aufgewirbelte Staubkörnchen tanzten im Licht. Leicht modriger Geruch schlug ihnen entgegen.

Henry seufzte tief und sprach: „Ach, wie innig liebe ich dieses Häuschen. Es hat mich allzeit inspiriert." Er trat ein und wischte mit der Rechten die Spinnweben fort, die ihm den Weg versperrten. „Ihr habt hier oft das Spiel des Versteckens geübt, doch ich habe an diesem Orte meine ersten künstlerischen Eingebungen empfangen. Erblickt nur das zauberhafte Wechselspiel des Lichts und die vergänglichen Zeugnisse einer vergangenen Zeit und der unerbittlichen Natur, die sich diesen Ort allmählich zurückerobert."

„Henry, du warst ja von jeher ein wenig wunderlich veranlagt, doch scheint es nun, als seist du inzwischen vollends den Romantikern verfallen", unterbrach Jacob ihn brüsk. Auch er entfernte Spinnweben. „Dieser Ort ist doch seit langem tot. Gerade noch gut genug für ein paar alberne Kinder zum Spielen."

Laurence empfand Jacobs Bemerkung als überaus grob. Henry mochte schon immer etwas eigen gewesen sein, doch keineswegs verrückt. Diese Eigenheit machte den Umgang mit Henry einerseits anspruchsvoller, verlieh ihm jedoch auch einen gewissen Charme. Dies empfand Laurence keineswegs als negative Qualität. Er wollte Jacob zubilligen, dass dieser seine Worte womöglich lediglich spöttisch gemeint hatte.

„Ich empfinde diesen Ort als angenehmer im Sommer," bemerkte Cara. „Jetzt ist es mir hier recht unheimlich."

„Wie lange schon harrt dieses verlassene Cottage hier aus und trotzt dem Verfall so gut es kann. Wie oft weilten wir an diesem Ort?" Henry ließ seinen Blick über das verfallene Innere der alten Hütte schweifen und fuhr, scheinbar ungerührt, fort: „Und immer mehr solcher verlassenen Stätten werden entstehen, als ob dieses Häuschen uns stets habe warnen wollen. Eine Mahnung vor dem, was doch längst drohend am Horizont steht."

Laurence bemühte sich, den Faden von Henrys Gedanken zu entwirren. Hatte auch er jemals das Gefühl gehabt, dieses Haus wolle ihnen eine Botschaft übermitteln? Wie war es damals gewesen, als sie hierherkamen? Eine bedrückende Stimmung hatte das Cottage stets umgeben. Einen Hauch von Vergänglichkeit. Stumm stand es da, ein stummer Zeuge der Zeit, als wolle es warnen, dass das Leben anders verlaufen konnte, als erhofft.

Die Menschen, die es erbaut und die darin gelebt hatten, hatten gewiss nicht geahnt, dass es dereinst verlassen und einsam verfallen würde. Welch Schicksal mochte sie ereilt haben? Hatten sie es freiwillig zurückgelassen? Fanden sie gar den Tod ohne Nachkommenschaft und Erben? Oder waren auch die Kinder verstorben? Waren sie ausgewandert? Fortgezogen? Hatten andernorts ihr Glück gefunden? Es mochte wohl sein, dass Henry in der Tat recht hatte. Die Ereignisse in Großbritannien waren besorgniserregend. Besonders in Dublin und Irland, wo die Unruhe größer als hier war, war deutlich zu spüren, dass Veränderungen bevorstanden und irgendetwas flüsterte ihm, dass deren Auswirkungen noch im Dunkeln lagen. Wohin diese Wandlungen ihn führen würden, blieb im Schatten des Ungewissen verborgen. Oder war es etwa die stille Hoffnung, dass am Ende doch alles anders verlaufen könnte, als es das Schicksal vorgesehen hatte?

„Lasst uns umkehren. Diesem Ort kann ich nichts abgewinnen. Und dem armen Henry vernebelt er die Sinne“, riss Jacob ihn, ins Freie tretend aus den Gedanken.

„Ganz und gar nicht ...“, widersprach Henry, seine Worte an Laurence richtend. „Ganz im Gegenteil ...“

Cara folgte Jacob, wandte sich jedoch noch einmal zu Laurence um. „Womöglich können wir im Sommer zurückkehren. Dann wird es mir hier sicherlich mehr zusagen.“

„Gewiss“, sprach Laurence. Er fühlte sich hin und her gerissen zwischen dem Wunsch, die Konversation mit Henry weiterzuführen und der empfundenen Pflicht, Cara und Jacob zu folgen, um keine Unhöflichkeit an den Tag zu legen. Schweren Herzens entschied er sich, und so trat er gleichfalls hinaus in das kühle, aber klare Licht der Dezembersonne.

X.

Das Dinner an diesem zweiten Weihnachtstag wurde in großer Runde abgehalten.

Eliza konnte ebenfalls dem Essen beiwohnen und Lady Elizabeth Huton war eingetroffen , wodurch die Familie nunmehr vollzählig war.

Laurence verspürte bald, daß die Festivitäten ihm einige Anstrengung abforderten. Das Zusammensein der Hutons erwies sich als alles andere denn behaglich.

Er vermochte es nicht, Caras Erwartungen zu erfüllen, und auch seine werte Mutter schien mit seiner Person keineswegs zufrieden zu sein.

Zwischen Eliza und Tom schien die Stimmung ebenfalls von gespannter Natur zu sein und er fühlte sich Eliza seltsam fremd und fern, wie er es bisher nie empfunden hatte.

Wahrscheinlich lag dies darin begründet, dass sie nun jeder eigene Sorgen hatten und damit doch alleinstanden.

John und Jacob rangen verbittert und unverhohlen um die Aufmerksamkeit und Hochachtung Seiner Lordschaft, während dieser in Laurence' Augen kleiner und unbedeutender denn je erschien. Es war Laurence, als habe des Marquess hoher Stand längst seine Würde überstiegen.

Onkel Alexander war sich selbst genug und unbeteiligt wie eh und je bezüglich des Geschehens im Hause.

Während alle dem ergingen sich die Cartwrites in ihrer

Freude über die anstehende Doppelvermählung.

Laurence betrachtete das Treiben, wie ein außenstehender Beobachter. Es war ihm, als seien zahllose Bande, die einst zwischen ihm und seiner Familie bestanden, gänzlich zerrissen, und nur ein dünner, brüchiger Faden verknüpfte sie noch miteinander. Waren dies die Menschen, die ihm mehr als zwei Jahrzehnte seine Familie gewesen waren? Woher rührte diese tief empfundene Fremdheit?

Laurence betrachtete seine Großmutter väterlicherseits einen Augenblick. Ihr hatte er nie sehr nahe gestanden. Sie war das wahre und unangefochtene Familienoberhaupt. Nach außen war es selbstverständlich – noch – der Marquess, doch dahinter stand sie. Lady Elizabeth Huton. Sie wirkte im Stillen als Richtschnur Seiner Lordschaft.

Laurence vermochte sich nicht auszumalen, wie die Verbindungen innerhalb der Familie sich verändern würden, sollte John nun das Zepter übernehmen. Welche Prinzipien leiteten ihn? Nach welchen Maximen handelte er? Die bisher geltenden Maximen waren maßgeblich von Lady Elizabeth Huton und ihrem verstorbenen Gatten, dem alten Lord, geprägt worden. Stets hatte es einen unverbrüchlichen familiären Zusammenhalt gegeben. Zwar hatte ihr ältester Sohn John als Marquess die Rolle des Familienoberhauptes übernommen, doch hatten alle anderen Familienmitglieder stets ihren festen und selbstverständlichen Platz in der Familie innegehabt. Dies jedoch schien sich unter John zu wandeln. John gewährte Jacob keinen Raum.

Doch traf das wirklich zu? Mit einem Mal überkam ihn das Gefühl, als würden seine Überlegungen einem Irrtum erliegen. Doch wo lag der Fehler? Etwas stimmte nicht. Laurence ließ den Blick umher schweifen. Alle Anwesenden waren zugegen. Ja, bislang hatten alle ihren Platz am Tisch. Und doch war da etwas, das nicht in Einklang zu bringen war. Er hatte etwas bedeutsames übersehen.

Ein Gefühl beschlich ihn, als ob ihm etwas die klare Sicht verwehrte. Mit fieberhaften Gedanken versuchte er zu ergründen, was ihm entgangen sein könnte. Während alle speisten und konversierten, rang er unablässig danach, das Unstimmige zu erkennen. Er schweifte mit den Augen von Anwesendem zu Anwesendem. Alle waren gegenwärtig. Alle wie gewohnt. Doch, die Thorntons waren nicht dabei, sie weilten gegenwärtig auf Reisen in Italien, jedoch schien dies nicht der Störfaktor zu sein, wie Laurence feststellte.

„Das ist ein ausgezeichneter Tropfen, lieber Bruder", riss in diesem Augenblick Alexander Laurence aus seinen Gedanken.

Laurence blickte zu seinem Onkel, der sein Glas empor hielt und dem Marquess zunickte.

In diesem Moment erkannte Laurence, was sein Störgefühl verursacht hatte, was nicht passte. Und diese Erkenntnis traf ihn schlagartig wie ein Blitz.

Es war nicht wahr, dass die ganze Familie beisammen war.

Beisammen waren jene Menschen, die Laurence immer als seine Familie betrachtet hatte. Doch er war nicht in die vollständige Familie hineingeboren worden. Bereits zur Zeit seiner eigenen Geburt gab es Familienmitglieder, die längst ausgeschlossen worden waren. Da war sein Onkel Jonathan, der Jahre vor Laurence' Geburt verschieden war und über den niemals ein Wort verloren wurde, und da war Onkel Samuel, der lebte und dennoch niemals Erwähnung fand.

Die Erkenntnis traf ihn wie ein Schlag: Zu keinem Zeitpunkt seit seiner Geburt war seine Familie vollzählig versammelt gewesen. Der vermeintliche Zusammenhalt war seit jeher unter dem Ausschluss einzelner Familienmitglieder erfolgt und dies war ihm nie ins Bewusstsein gedrungen. Er hatte es als selbstverständlich hingenommen und akzeptiert.

Laurence war mit einem Mal tief getroffen und erschüttert.

Wie hatte er diese Tatsachen vollständig ausblenden können?

Er hatte zwei Onkel, die aus der Familie ausgeschlossen waren und er hatte bislang kaum jemals einen Gedanken daran verschwendet. Die scheinbare Harmonie war auf einem Fundament von Ausgrenzung errichtet worden war.

In diesem Augenblick nahm er den Blick von Cara wahr, die ihn offenbar beobachtet hatte. Sie musste ihm angesehen haben, dass er in Gedanken weit fort war.

Er richtete sich auf und atmete tief durch. Er schenkte ihr ein höfliches Lächeln und gab sich die größte Mühe, den äußeren Anschein zu erwecken, als sei seine Aufmerksamkeit gänzlich auf das Gericht auf seinem Teller gerichtet. Während er sich zwang, zu speisen und keine unnötige Aufmerksamkeit zu erregen, schweiften seine Gedanken unweigerlich zurück zu den Brüdern seines Vaters und Alexanders, die keinen Platz in dieser Familie hatten. Sorgfältig darauf bedacht, den Schein der Normalität zu wahren, kaute er mechanisch, während seine Gedanken um diese Beiden kreisten, die aus den Erinnerungen und Gesprächen der Familie getilgt worden waren.

Was wusste er über Jonathan? Nichts. Dies musste er unverzüglich ändern. Ja, durchaus. Er wollte mehr über Jonathan erfahren. Er beschloss, diese Weihnachten dazu zu nutzen, Alexander darauf anzusprechen.

Dann wanderten seine Gedanken weiter zu Samuel, und er musste sich der bitteren Frage stellen, ob er jemals über ihn nachgedacht hatte. Diese Frage konnte er nur mit der noch bittereren Erkenntnis beantworten, dass dies wahrlich nie der Fall gewesen war.

Samuel existierte in gänzlicher Ignoranz und Stille. Er war ein Schatten im Hintergrund der Familienchronik.

Und Laurence traf die Erkenntnis, dass er selbst niemals auf den Gedanken gekommen war, dass diese Umstände nicht rechtens sein könnten, mit der Wucht eines Schlages ins Gesicht. Er hatte von sich geglaubt, immun gegen die unreflektierten Gepflogenheiten seiner eigenen Klasse zu sein und sich eingebildet, die Dinge, die ihn umgaben, durchaus zu hinterfragen. Er hatte sich eingebildet, der Umstand, seine Zeit einem wichtigen Beruf wie dem des Arztes zu widmen, sei Beweis dieser Selbstwahrnehmung gewesen. Doch nun musste er erkennen, dass er selbst es als selbstverständlich hingenommen hatte, dass sein schwachsinniger Onkel vor der Öffentlichkeit versteckt sein Dasein fristete und aus der Familie verbannt war.

Laurence musste schwer schlucken, als ihm ein noch schrecklicherer Gedanke in den Sinn kam. War dies überhaupt mit Gewissheit zu sagen? Das war es, was man ihm gesagt hatte, doch wissen konnte er es nicht. Er hatte sich niemals davon überzeugt, ob all dies stimmte. Woher hatte er all die Jahre mit solcher Selbstverständlichkeit die Überzeugung genommen, dass alles so stimmte und richtig und rechtens war, was man ihm gegenüber geäußert hatte? Er hatte jedenfalls keinen Anlass gegeben, diese Geschichte glaubhaft erscheinen zu lassen, denn er hatte zu keiner Zeit Fragen darüber gestellt.

Laurence wurde unwohl. Ein Gefühl der Übelkeit stieg in ihm auf. Bedächtig wandte er sich um, ließ seinen Blick durch den Raum gleiten. Die Anwesenden waren in angeregte Konversationen vertieft. Keiner konnte ahnen, was ihm durch den Kopf ging.

Er hatte sich für einen Menschen gehalten, der das Gegebene hinterfragte, der sich lebhaft für seine Umwelt interessierte, der sich nicht leicht täuschen ließ und unermüdlich nach Antworten forschte. Doch musste er nun mit Erschrecken erkennen, dass er sich offenbar jahrelang mit oberflächlichen und unzulänglichen Erklärungen hinsichtlich bestimmter Verwandtschaftsverhältnisse zufriedengegeben hatte. Wie konnte dies nur geschehen?

Laurence erhob sich plötzlich und verließ den Tisch. Er bedurfte dringend einer Erfrischung durch die kühle Nachtluft. Da vernahm er die besorgte Stimme seiner Mutter: „Was bekümmert dich, mein Sohn?"

„Ich bedarf der frischen Luft", entgegnete er mit geistesabwesender Stimme und verließ hastig den Raum.

Laurence zog es direkt in die Stallungen. Diese waren schon in seinen Kindertagen der sicherste Zufluchtsort für ihn gewesen.

Ein wohltuender, erdiger Duft erfüllte die Luft im Innern der Ställe. Die leisen Laute der Tiere übten eine beruhigende Wirkung auf sein Gemüt aus. Die Steinwände in ihrer massiven Beschaffenheit, der festgeklopfte Erdboden unter seinen Schuhen, die knarrenden Holztüren mit ihren ehernen Beschlägen, das frische Heu und Stroh, doch vor allem die Tiere selbst vermochten es, ihn allen Widrigkeiten zum Trotz, sogleich zurück zu sich selbst zu führen.

An diesem Ort hatte er auch Lizzy gefunden. Heute hingegen zog es ihn zu den Pferden.

Er traf auf einen der Stallburschen und ließ sich helfen, eines der größeren Tiere zu satteln.

Noch bevor er jedoch mit den Vorbereitungen fertig war, stand plötzlich Alexander hinter ihm.

„Ah, Junge, willst du davonlaufen?"

Laurence vermochte in diesem Augenblick nicht zu benennen, was er wünschte. Er war zudem überwältigt von dem erstmalig aufkeimenden Gefühl von Verachtung für diesen Onkel, den er doch seit jeher so hoch geschätzt hatte. Das Bewusstsein, dass auch dieser Onkel an der Verbannung seiner eigenen Brüder Teil hatte, durchdrang seine Gedanken. „Ich gedenke auszureiten", erwiderte er knapp in gleichgültigen Ton.

„Das klingt verlockend. Weiß nur nicht, ob ich das noch könnte. Auf dem Meer rostet man mit der Zeit etwas ein", bemerkte Alexander leichthin, als nehme er Laurence inneren Aufruhr nicht wahr.

Laurence, der in seinem Inneren von einem Sturm der Gefühle heimgesucht wurde, blickte seinen Onkel Alexander kurz nachdenklich an. Er wollte am liebsten niemanden sehen und hören, auch nicht Alexander. Doch mit einem Mal spürte er, dass die Vorstellung des ungelenken Seefahrers, der sich auf einem Pferd zu behaupten suchte, die Schwere seiner Gedanken einem Hauch von Erheiterung weichen ließ. Die Absurdität des Bildes, das sich ihm darbot, vermochte es, seine düsteren Gedanken zu vertreiben.

Mit einer plötzlichen Wendung in seiner Haltung wandte er sich an Alexander und sprach: „Onkel, du magst wohl recht haben, dass die See ihre Spuren hinterlässt und die Geschicklichkeit auf dem Land mindert. Doch diese These sollte durchaus einmal auf die Probe gestellt werden. Komm, begleite mich auf einen Ausritt." In diesem Moment schien es Laurence, als hätten die Schatten, die sein Gemüt beschwerten, sich ein wenig gelichtet.

Der Ausritt tat Laurence gut. Alexander hingegen war überaus bemüht, auf seinem Pferd eine anmutige Haltung zu bewahren, sodass es ihm gänzlich an Muße mangelte, sich einer Konversation hinzugeben.

Schweigend ritten sie nebeneinander, - wo der Weg es nicht gestattete, einer hinter dem andern her. Schließlich wagte Alexander gar einen Versuch, im Trab zu reiten, bei dem er indes eine derart unmögliche Figur abgab, dass Laurence sich schwertat, nicht in schallendes Gelächter zu verfallen, welches sein Onkel unvermeidlich als schwere Kränkung hätte auffassen müssen. Den gestreckten Galopp jedoch wagte nur Laurence in solitärer Einsamkeit.

Laurence spürte, dass die körperliche Anstrengung seinen Kopf von den erdrückenden Gedanken befreit hatte.

Er schweifte innerlich in andere Richtungen und musste sich eingestehen, dass bei aller Vollkommenheit seines Lebens in Dublin ihm solch wunderbare Ausritte doch fehlten.

Völlig außer Atem gelangten sie schließlich zurück nach Tallwood Manor.

Laurence führte das Pferd zurück in den Stall. Alexander tat es ihm gleich.

„Darf ich mich um Euer Pferd kümmern, Sir?“ Der Stallbursche blickte Laurence fragend an.

Laurence überlegte kurz. „Nein“, erwiderte er mit Bestimmtheit. „Nein danke. Ich werde das selbst tun.“

„Wie Ihr wünscht.“ Er wendete sich Alexander zu. „Darf ich Euer Pferd übernehmen, Sir?“

Alexander nickte. „Sehr gerne. Ich bin äußerst dankbar, unversehrt wieder angekommen zu sein. Ich werde das Schicksal nicht weiter herausfordern und mir womöglich einen wohl-verdienten Huftritt einhandeln, sollte ich mich beim Absatteln ebenso ungeschickt anstellen wie im Sattel.“

Während Laurence das Pferd in sein Quartier führte und mit festem Griff begann, die Riemen des Sattelgurts zu lösen, lehnte sich Alexander gegen die Stallwand, ein Bein nachlässig aufgestellt und den Ellenbogen nonchalant auf das angewinkelte Knie gestützt, um Laurence´ bei seiner Tätigkeit schweigsam zu betrachten.

Schließlich richtete sich Alexander auf und machte Anstalten, den Stall zu verlassen.

"Berichte mir von Jonathan!", entfuhr es Laurence plötzlich. Nun war es endlich ausgesprochen.

Alexander hielt in seiner Bewegung abrupt inne. Er wandte sich überraschten Blickes zu Laurence um und fixierte ihn mit einem Ausdruck des Erstaunens. "Wie bitte, mein Lieber?"

„Jonathan. Mein Onkel Jonathan. Ich wünsche zu erfahren, was mit ihm vorgefallen ist. Weshalb spricht niemand jemals über ihn?"

„Das war es also, was dir beim Dinner durch den Kopf spukte?", fragte Alexander sichtlich erstaunt. „Bei allem, was dir derzeit das Gemüt belasten dürfte, habe ich nicht angenommen, dass es das ist, was dich derart aus der Ruhe bringt."

Laurence ließ seinen Blick über das schweißnasse Fell des Pferdes wandern, genau dort, wo der Sattel eben noch gelegen hatte. Ohne ein weiteres Wort nahm er sich ein Bündel Stroh zur Hand und begann bedächtig, das Tier trocken zu reiben.

„Du warst wahrlich nie wortreich. Ich habe nicht geahnt, dass dich die Geschicke der Familie derart umtreiben." Alexander hatte sich wieder an die Stallwand gelehnt. Er schien in Gedanken weit in die ferne Vergangenheit zu reisen. Schließlich begann er zu erzählen: "Dein Onkel Jonathan verstarb sehr früh und gänzlich unerwartet." Alexander seufzte. Nun, wie du sicherlich ermessen kannst, hat sein Ableben gewissen Personen tiefen Kummer zugefügt. Deine Großmutter beispielsweise hat unter dem Verlust ihres zweitgeborenen Sohnes erheblich gelitten." Alexander hielt inne, als ob er nachdachte. „Die Menschheit neigt im Allgemeinen dazu, über Verluste nur ungern zu sprechen ..."

Laurence erschienen diese Worte wie nichtssagende Phrasen. All dies war offensichtlich. Es beantwortete jedoch nicht seine Fragen. Er blickte nicht auf, striegelte einfach weiter das Pferd.

Alexander schwieg eine Weile. Dann hörte Laurence ihn wiederum seufzen. „Nun, es scheint, als würde dir diese Antwort nicht genügen ... Doch bedenke, auch mir fällt es schwer, über

Jonathan zu sprechen ... er war ... mein Bruder ..."

Laurence hatte nicht erwartet, das Alexander in solch vertraulicher Weise fortfahren würde. Überrascht hielt er inne. Er blickte nun auf, blickte vorsichtig zu Alexander hinüber. Dieser strich sich mit der Hand durch das Haar, als wolle er seine Gedanken ordnen.

Alexander sah ihm in die Augen.

Laurence spürte, wie ihre Blicke sich trafen, wodurch er in die Gegenwart zurückgeholt wurde und er spürte Mitgefühl in sich aufsteigen und Reue darüber, Alexander so schroff und grob befragt zu haben.

Doch Alexander sprach unvermittelt weiter: „Ich will dir erzählen, was du zu wissen wünschst. Es soll so sein. Nach all der Zeit, die verstrichen ist. Dennoch ... wenn du argwöhnst, dass so manches bis zum heutigen Tage im Dunkeln geblieben ist, so dürftest du nicht fehlgehen in deiner Annahme. Dies macht die Angelegenheit indes umso komplexer ... Jonathan war ein besonderer Mensch in meinen Augen, musst du wissen. Und darin liegt die wahre Schande ..." Alexander seufzte tief. „Es muss in Übersee gewesen sein, als ich einmal mit einer alten Frau sprach. Sie hatte soeben den Verlust ihrer Söhne zu beklagen. Drei sind getötet worden durch Sklavenhändler, die übrigen nach Amerika verbracht. Sie hatten auch ihr schwere Wunden beigebracht, denn in den Augen der Sklavenhändler besitzen sie keinen Wert, sofern sie nicht zur Knechtschaft geeignet sind. Und indes sie sich von ihren schweren Verletzungen zu erholen suchte, berichtete sie mir von ihren fünf tadellosen Söhnen und dass sie durch eben dieses ewige Gedenken unvergänglich seien, da ein liebender Mensch ihrer gedachte und von ihnen sprach."

Laurence blickte zu Alexander hinüber und konnte erkennen, dass Letzterer sichtlich damit rang, seine Emotionen im Zaume zu halten. Der Ausdruck in Alexanders Blick verriet einen inneren Aufruhr, einen Kampf widerstrebender Gefühle, den er nur schwer zu verbergen vermochte.

Laurence wurde nun gewahr, dass er tiefe Wunden aufgerissen hatte. Er war innerlich zerrissen, da er Alexander entlassen,

jedoch gleichermaßen mehr erfahren wollte. „Vielleicht bedarf
es jedoch auch aufmerksamer Zuhörer", sprach er schließlich
mit gedämpfter Stimme.

„Möglich...", entgegnete Alexander, während er sich vernehm-
lich räusperte. „Doch bedarf es auch beherzter Erzähler, die willens sind, sich Zuhörer zu suchen, und die darüber hinaus imstande sind, nicht von eigener Rührseligkeit überwältigt zu werden und dadurch der Worte verlustig zu gehen."

Laurence konnte ein Lächeln nicht unterdrücken. Da war er
wieder, jener unverwechselbare Humor seines Onkels, selbst in
solch einem bedrückenden Augenblick.

Doch sogleich fasste er sich und sprach: „Nun gibt es wenigstens einen Zuhörer, der einen Erzähler gefunden hat."

„Ja, diese beiden gibt es nun wohl ... Nach all der verlorenen
Zeit ...", entgegenete Alexander und rang sich ein mattes Lächeln ab. „Zu jener Zeit waren wir vier Knaben. Dein Vater,
John, war der Älteste. Jonathan, zwei Jahre jünger als John,
wurde auf ähnliche Weise erzogen wie Jacob. Er war stets der
stille, unauffällige Ersatz, falls John etwas zustoßen sollte. Mich
hingegen trennten vier Jahre von Jonathan und auf meine Geburt war weitere fünf Jahre später die Geburt Samuels gefolgt.
Doch Samuel war, wie du vermutlich weißt, nicht wie wir anderen. Von Geburt an zeichnete er sich durch eine Andersartigkeit aus, die ihn keine gewöhnliche Entwicklung nehmen
ließ. Ich für mein Teil habe mir meinen Bruder Jonathan stets
zum Vorbild genommen. Ihm stand ich am nächsten, das
musst du wissen. John hingegen war von jeher um einiges älter
und fand sogleich seine Pflicht an der Seite unseres strengen
Vaters, da er dereinst das Familiengut übernehmen sollte. Unser Vater, dein Großvater, hat mit dem Überseehandel, und
insbesondere mit dem zu jener Zeit florierenden Sklavenhan-
del ein beträchtliches Vermögen erworben. Dieses nennenswer-
te Kapital hat er daraufhin weise in britischen Ländereien und
Besitztümern angelegt. Er hatte unsere Mutter, also deine
Großmutter, erst in späten Jahren zur Gemahlin genommen,
da seine Zeit und Aufmerksamkeit zuvor gänzlich von seinen
geschäftlichen Unternehmungen in Anspruch genommen war

und er sich nicht durch die Ehe binden zu lassen beabsichtigte. Dein Bruder John gleicht ihm im Wesen sehr, wie ich immer wieder feststelle. Er ist im Jahre 1753 geboren. Deine Großmutter anno 1776. Sie heirateten erst 1793. Da stand mein Vater John bereits im vierzigsten Jahr. Deine Großmutter war zu der Zeit hingegen zarte siebzehn Jahre alt. Dein Vater wurde wenig später geboren. Obwohl man sagt, er sei vor der Zeit geboren worden, hege ich den Verdacht, dass dieser Umstand womöglich nur ein Vorwand gewesen sein könnte, um den Schein zu wahren. Es wäre durchaus denkbar, dass er bereits vor der Vermählung erwartet wurde. So etwas kam auch damals schon vor, wie du dir denken kannst. Ich habe unserem Vater nicht sonderlich nahe gestanden. Wenn ich an ihn zurückdenke, dann sehe ich ihn Arm in Arm mit deinem Vater. Von dessen Kindesbeinen an. Er zog ihn allen anderen Kindern vor und widmete ihm seine ganze Gunst und Zuneigung.

Doch anders als du womöglich glaubst, verhielt es sich in der Weise, dass sich John seinerzeit nicht eben leichttat, in die Fußstapfen unseres Vaters zu treten."

Laurence erhob erstaunt den Blick. Damit hatte er in der Tat nicht gerechnet.

Alexander runzelte die Stirn und sprach mit nachdenklichem Ernst weiter: "Doch gewiss, so war es. Als dein Vater die Schwelle zum Erwachsensein überschritt, trachtete er gar danach, einen gänzlich anderen Pfad zu beschreiten. Dies führte unvermeidlich zu wiederkehrenden heftigsten Auseinandersetzungen mit dem alten Lord. Es war eine hitzige und stürmische Zeit. Es dürfte um das Jahr 1812 oder 1813 gewesen sein, als die Spannungen zwischen Vater und John ihren Höhepunkt erreichten. Doch es war auch eine schwere Zeit, weil Samuel große Sorgen bereitete. Bis zu jenem Zeitpunkt war er ohne besondere Auffälligkeiten herangewachsen, stets unter der Obhut zweier Kinderfrauen, die ihn leidlich zu bändigen wussten. Doch um dieselbe Zeit, als John zunehmend in Konflikt mit Vater geriet, verschärften sich auch die Schwierigkeiten mit Samuel. Er entlief mehrmals und geriet in fürchterliche Zornesanfälle. Er beschädigte wertvolle Besitztümer und ging sogar so weit, jenen, die versuchten, ihn zu beruhigen, Verletzungen zuzufügen. Er war damals kaum sieben oder acht Jahre alt! Bis dahin hatten unsere Eltern ihm keinerlei Arzneien verabreicht, im Gegenteil. Ihre feste Überzeugung war es, Samuel zu einem normalen Kind zu bilden. Sie konsultierten Ärzte und Lehrer und wandten jegliche pädagogischen Methoden an, um seine Bildung und Erziehung zu verbessern. Sie forderten und förderten ihn nach besten Kräften und gewährten ihm keine Nachsicht bei seinen Verfehlungen. Es war mir manchesmal schwer zu ertragen, mitanzusehen, wie hart er bestraft wurde. Sie versuchten es mit körperlichen Züchtigungen und allzu oft griffen sie darauf zurück, ihn für ganze Tage allein einzuschließen. Auch des Nachts wurde er der Abgeschiedenheit überlassen, in der vergeblichen Hoffnung, dass solch strenge Maßnahmen ihn zur Vernunft bringen würden." Alexander schwieg einen Augenblick. Dann fuhr er fort. "Unsere Eltern waren der festen Ansicht, man müsse nur mit aller Entschlossenheit und Strenge an ihm arbeiten, dann würde auch Samuel sich zum Besseren wenden. Ich kann davon berichten, da ich selbst wiederholt mit Mutter dazu sprach. Ich war zu dieser Zeit etwa 12 oder 13 Jahre alt und tat mich, um bei der Wahrheit zu bleiben, schwer, all diese zermürbenden Zerwürfnisse und Umstände zu ertragen. Doch in jener Zeit begannen die Ärzte, angesichts der wachsenden Schwierigkeiten, zu empfehlen, Samuel mittels Arzneien zu beruhigen. Bis zu jener Zeit hatten die gelehrten Mediziner ebenfalls die Ansicht vertreten, allein durch angemessene erzieherische Strenge könne man einen aufrechten und ehrbaren Jungen aus ihm machen. Nun jedoch rieten sie zur Anwendung von Laudanum. Dieses Elixier wurde ihm von da an nahezu täglich verabreicht, was augenblicklich zu einer nachhaltigen Verbesserung seiner Gemütsverfassung führte. Zwar ließen die Schwierigkeiten von da an merklich nach, doch scheint mir, dass er sich seither kaum mehr weiterentwickelte. Am eindringlichsten habe ich verinnerlicht, wie sich Mutter mehr und mehr zurückzog. Sie litt an ständigen Kopfschmerzen und wollte bald gar nicht mehr ihre Gemächer verlassen. Jene Gemächer übrigens, die heute deine Mutter bewohnt. Ich will dir gestehen, dies habe ich erst viel später begriffen, doch Mutter hatte bis dahin all ihre Kräfte darauf verwandt, ihre vermeintliche Nachlässigkeit in der Erziehung ihres jüngsten Kindes dadurch auszugleichen, dass sie ihm nunmehr jede erdenkliche Strenge auferlegte. Der Entschluss, sodann Laudanum zu verwenden, hat für sie den Sturz in einen tiefen Abgrund bedeutet. Im Rückblick erscheint es mir gewiss als albern, doch vermochte ich damals schlecht mit all den Mühsalen und Drangsalen, welche unsere Familie zu erdulden hatte, zurecht zu kommen. Auch mit mir selbst hatte ich zu dieser Zeit meine Schwierigkeiten, welche das Alter mit sich brachte. Der Einzige, an den ich mich wenden konnte, war Jonathan. Zu jener Zeit zählte er etwa sechzehn Jahre und hatte soeben die stürmischste Zeit der Jugend hinter sich gelassen. Jonathan war jung und, wie mir schien, fest mit beiden Beinen im Leben stehend. Bis dahin war er als ein Ersatzsohn herangewachsen, doch es schien mir, dass ihm andere Interessensgebiete wichtiger waren als der beständige Wettstreit mit John. Er entzog sich auch weitgehend jeglicher Auseinandersetzung. Doch als der Zwist zwischen Vater und John immer heftiger wurde, begann Vater, seinen Blick verstärkt auf Jonathan zu richten. Mit einem Mal begann er Jonathan immer enger an sich zu binden und ihn zunehmend in die Geschäfte des Hauses miteinzubeziehen. Von diesem Zeitpunkt an begann er, Jonathan Vorschriften zu machen, was er wann und auf welche Weise zu vollbringen habe, ja er diktierte ihn bald nach Belieben umher. Von jenem Augenblicke an wandelte sich Jonathan merklich. Er wurde weitaus stiller und, wie ich wohl bemerkte, entfernte sich zusehends von meiner Gesellschaft. Doch es schien mir damals und scheint mir bis heute, als sei ich der Einzige gewesen, dem dies offenbar wurde. Dein Vater John war damals zu einem Freund deines Großvaters geschickt worden, um dort auf den Pfad der Tugend zurückgeführt zu werden. Doch dann entbrannte ein schrecklicher Zwist zwischen Vater und Jonathan, da Vater der Überzeugung war, Jonathan verkehre in zweifelhaften Kreisen. Er beabsichtigte, ihm den Umgang mit diesen Freunden gänzlich zu untersagen. Bis heute entzieht es sich meinem Verstand,

aus welchem Grund ein solches Aufheben hierum gemacht
wurde. Ich habe seinerzeit viel über eben dieses Thema nachgesonnen, doch es wollte sich mir nicht erschließen. Mir dünkte,
als erachte Vater, Jonathans Freunde würden ihn zur frivolen
Ausübung von Glücksspielen oder gar zum unmäßigen Trinken verleiten. Später kam mir in den Sinn, der Streit drehe sich
um den Umgang mit zweifelhaften Damen. Bis zum heutigen
Tage ist mir dieses Geheimnisses verborgen geblieben, obschon
sich meine Gedanken oft genug um diese Angelegenheit rankten, wie ich dir versichern kann. Schließlich beschloss Vater, es
wäre ratsam, Jonathan so bald wie möglich in den Stand der
Ehe zu versetzen. Und so war das Unheil besiegelt. Nach nahezu endlosen Streitigkeiten über dieses Thema hatte Vater
schließlich bestimmt, wen Jonathan ehelichen sollte, und dies
innerhalb weniger Monate. Ich erinnere mich gut der Verwunderung, welche selbst ich, der jugendlich war und wenig Verstand besaß, darüber empfand, denn Jonathan erschien selbst
mir damals zu jung zum heiraten. Er mochte zu der Zeit gerade
18 Jahre zählen. Mit anderen Worten, er war weder vollendet
ausgebildet oder hatte jegliche Lebenserfahrung, noch war er
überhaupt volljährig. Während jener Zeit war deutlich zu ver-
spüren, dass Jonathan sich wie ein Gefangener fühlte. Ich
meinte damals, ihn wohl zu stören, und beschloss daher, ihm
aus dem Wege zu gehen. Und dann eines Morgens ... An jenem Morgen wirkte er von einer sonderbaren Ruhe erfüllt zu
sein. Er erschien mir viel zugewandter und geradezu vergnügt
zu sein und während des Frühstücks hegte ich noch die Hoffnung, dass er womöglich den Etnschluss fassen könnte, mit mir
dem Vergnügen des Angelns nachzugehen. Nachdem er den
Tisch verlassen hatte, folgte ich ihm nach und sprach ihn
schließlich auf dem Korridor an. Er drehte sich um und wirkte
überrascht, als hätte ich ihn unterbrochen bei irgendetwas. Ich
fragte ihn, ob wir angeln gehen würden. Wir hatten das lange
nicht mehr getan. Seine erste Reaktion war ungehalten und
grob, doch plötzlich", Alexander unterbrach in seiner Erzählung und schien sich fassen zu müssen. Kurz herrschte Schweigen. Dann sprach Alexander weiter. "Er bedeutete mir, näher

zu treten, und sprach plötzlich leise und eindringlich: "Alexander, ich begehre von dir ein Versprechen." Der Ernst in seiner Stimme, die Schwere in seinem Tonfall – all dies erweckte in mir eine tiefe Neugierde hinsichtlich seines Begehrens. "Verspreche mir," fuhr er fort, "dass du, gleich was geschieht, stets nach deinem eigenen Wunsch handeln wirst. Lass niemals geschehen, dass dir fremde Herrschaft vorschreibt, wie du dein Leben gestalten sollst. Kannst du mir das versichern?" Bewegt von seiner Ernsthaftigkeit, gab ich ihm mein Wort, obgleich ich in keiner Weise begriff, worauf er hinauswollte. Unmittelbar nach meiner Zusicherung sprach er weiter: "Du bist mein liebster Bruder. Das darfst du niemals vergessen." In diesem Moment verstummte Alexander erneut, während seine Augen in die Ferne zu blicken schienen, als sähen sie ein unsichtbares, fernes Ziel.

Eine geraume Zeit verstrich, ehe Alexander seine Erzählung fortsetzte. „Jene Worte haben sich mir tief ins Gedächtnis eingeprägt. Es waren die letzten, die er jemals an mich richtete. Es erfüllte mich mit Freude, als er dies sagte, und ich habe im Stillen gedacht, dass er auch mein liebster Bruder war, und dass sich fortan gewiss alles zum Besseren wenden würde, in der Familie und auch zwischen uns beiden. Erleichtert und voller Heiterkeit zog ich von dannen und ließ den ganzen Vormittag lang meine Gedanken schweifen, ohne das Gehörte weiter zu bedenken. Der Unterricht nahm mich dann bis zur sechzehnten Stunde in Beschlag. Als ich endlich von des Lehrmeisters Fesseln befreit war, begegnete ich Mutter. Besorgt fragte sie mich, ob ich Jonathan gesehen hätte. Ich verneinte und versprach, nach ihm Ausschau zu halten. Der Abend brach schließlich an und Jonathan war noch immer nicht wieder erschienen, zu dieser Zeit suchte ihn bereits das ganze Haus. Doch alle Mühen blieben vergebens, bis schließlich am darauffolgenden Morgen eines der Zimmermädchen die Tür zum vierten Stockwerk offen fand."

Laurence blickte überrascht auf.

„Ist dir das vierte Stockwerk überhaupt bekannt? Es wird schon lange nicht mehr genutzt. Dies war auch damals schon so.“

Laurence nickte lediglich. Das war nicht der rechte Augenblick, um Alexander davon zu erzählen, dass er und Eliza dort im Geheimen unzählige Stunden ihrer Kindheit verbracht hatten. Indes wollte er unbedingt erfahren, was sich damals zugetragen haben könnte. So würde er nun wahrlich eine Geschichte erfahren, die jenen geheimnisvollen Ort betraf, der so oft Gegenstand ihrer kindlichen Phantasien gewesen war. Doch die böse Vorahnung beschlich ihn, dass ihm diese Erzählung keineswegs behagen würde. Er fürchtete das Schlimmste.

„Als sie ihn fanden, war alle Hilfe bereits vergebens. Der Anblick war so schrecklich, dass er mir unauslöschlich ins Gedächtnis eingebrannt ist. Ich erinnere mich, dass ich mit der Menge mitging, getrieben von allgemeiner Aufregung, in der niemand meiner Anwesenheit bewusst war. Er hing von der Decke herab. Sein Antlitz war entstellt, eine Fratze des Grauens. Und ich fürchte gar, dieses Bild wird mich bis zu meinem letzten Atemzug verfolgen. Es vergingen Jahre, in denen mich sein Bild in meinen Träumen heimsuchte. Es mag lächerlich klingen, doch Woche für Woche, Monat um Monat, dachte ich an Jonathan, wenn ich zu Bett ging, und ich habe mich so sehr nach ihm gesehnt. Er war mir stets der Nächste gewesen, mein Vorbild und vertrautester Freund. Und wenn ich schlafen wollte, spätestens dann, wanderten meine Gedanken unweigerlich zu ihm. Doch er war einfach von uns gegangen. Unwiederbringlich. Viele Male, wenn ich die Augen schloss, träumte ich von dieser schrecklichen Fratze. Wie oft bin ich mit einem Schrei aus dem Schlaf hochgefahren. Es war entsetzlich, und nicht einmal die Zeit vermochte dieses Grauen zu tilgen.“ Alexander verstummte.

Laurence vermochte die Bilder in aller Deutlichkeit vor sich zu sehen. Vor seinem inneren Auge sah er all die Menschen unter denen er herangewachsen war, in jüngeren Jahren als heute.

Noch niemals zuvor hatte Laurence über seinen Großvater nachgesonnen, über dessen Wesen und Charakter. Vor seinem geistigen Auge hatte stets nur das imposante Porträt aus der

212

Galerie gestanden, auf welchem der Großvater stählern, streng und souverän wirkte. Nun jedoch sah er ihn als einen jüngeren, jedoch nicht mehr jungen Mann vor sich. Er war der Sohn einer reichen und traditionsbewussten Familie, geformt durch die Erwartungen und Verpflichtungen, die jener Stand mit sich brachte, in den er geboren worden war. Reich geworden durch den Menschenhandel. Gemahl einer jungen Frau, die Laurence᾿ Großmutter war. Einer jungen Frau, die ihren Zweitgeborenen auf so schreckliche Weise zu betrauern hatte. Vor Laurence᾿ innerem Auge erschien dieser Großvater als Vater von vier Söhnen, deren Lebenswege auf rätselhafte Weise mit dem Leben des Mannes auf dem Porträt verflochten zu sein schienen, eines Mannes, über dessen Persönlichkeit und Charakter Laurence bisher nie nachgedacht hatte. Welche Bande mochten ihre Leben, das Leben der Enkel, mit diesem einst stolzen Patriarchen verknüpfen?

Laurence sah vor seinem inneren Auge auch den Marquess. Seinen eigenen Vater. Zunächst hatte er den Eindruck, der John, über den Alexander berichtete, müsse ein anderer John gewesen sein als der Marquess. Es war ihm nicht möglich, das Bild, das er von seinem Vater hatte, mit der Person, die Alexander als John bezeichnete, in Einklang zu bringen.

Welten schienen ihm zwischen diesen Personen zu liegen. Und nun spürte er, dass sich während Alexander gesprochen hatte, sein eigenes Bild von dem Marquess in solcher Weise gewandelt hatte, dass er nun den Eindruck hatte, er kenne ihn überhaupt nicht mehr.

Wie konnte geschehen, dass der Junge von einst, der sich so entschlossen geweigert hatte, in die Fußstapfen seines machtvollen Vaters zu treten und so stark rebelliert hatte, dass man ihn in die Ferne hatte entsenden müssen, zu jenem Marquess geworden war, als den Laurence ihn stets zu bezeichnen pflegte? Zu eben jenem Marquess, der nun seinerseits seine Kinder in ein Leben zwang, das diese ablehnten.

Diese Wandlung schien Laurence unfassbar, doch die Geschichten um die Vergangenheit offenbarten ihm eine tiefe Kluft zwischen dem rebellischen, jungen John und dem strengen Marquess, der nun die Geschicke der Familie bestimmte.

Alles, was er bisher als gewiss erachtet hatte, schien ihm nunmehr in neuem Licht zu erscheinen, als fände er sich in einer völlig fremden Realität wieder.

In eben diesem Augenblick spürte er Alexanders eindringlichen Blick auf sich ruhen. „Wohl an, hätte ich dir diese schreckliche alte Geschichte besser nicht mitgeteilt?", sprach Alexander mit besorgter Stimme.

„Keineswegs", erwiderte Laurence, bemüht, seine Fassung wiederzugewinnen. „Erzähl nur weiter, was geschah sodann?"

„Jonathan wurde begraben und keiner sprach je wieder von ihm. Es war schaurig und ich meine, dieser Umstand war es, der meine Albträume bewirkte. „Erst nachdem ich den Entschluss gefasst hatte, die Offizierslaufbahn einzuschlagen und mit gerade fünfzehn, also bald nach jenem Ereignis, zur Royal Navi ging und monatelang von Tallwood Manor fernblieb, begannen jene Träume seltener zu werden. Rückblickend muss ich gestehen, dass die Jahre auf Tallwood Manor keineswegs glückliche waren. Ganz im Gegenteil." Alexander schien mit seinen Gedanken weit entrückt, in ferne Erinnerungen versunken, während sein Blick gedankenverloren weit in die Ferne schweifte.

„Doch wie fügte es sich, dass Vater das Gut letztlich doch übernahm?"

„Dein Vater...", entgegnete Alexander mit einem Lächeln, welches sich rasch in nachdenkliche Ernsthaftigkeit verwandelte. „John war, wie ich bereits erwähnte, zu Bekannten entsandt worden, auf dass er dort zur Besinnung gebracht werde. Man brachte ihn eilends zurück nach Hause, um der Beisetzung beizuwohnen. Vater hatte mit unserem Hausarzt eine Abmachung getroffen, welche es erlaubte, dass Jonathan mit gebührendem Anstand in der Familiengruft beigesetzt werden konnte. Dr. Witmore attestierte, dass Jonathan bei einem tragischen Unfall sein Leben verloren hatte. Keiner hegte auch nur den geringsten Verdacht. Die Worte und Aussagen von Vater und Dr. Witmore galten ohne Einschränkung und wurden nicht hinterfragt. So kehrte John also heim. Er fand sich unmittelbar vor

214

den Trauerfeierlichkeiten ein. Ich erinnere mich, ihn kaum wiedererkannt zu haben. Anfangs bemerkte ich den Unterschied kaum, doch dieser Zustand hielt nicht lange an. Eine unheimliche Ruhe und Schweigsamkeit hatten von ihm Besitz ergriffen. Es war, als stünde ein Fremder vor uns, der lediglich das Aussehen unseres Bruders John trug. Ich konnte mir keinen Reim darauf machen, was mit ihm vorgefallen war; bis zum heutigen Tage ist mir das ein Rätsel geblieben. Doch machte es den Anschein, als habe ihn die Nachricht von Jonathans Ableben zutiefst erschüttert. Er schien sein früheres Wesen gänzlich abgelegt zu haben und fügte sich ohne Widerstreben in die Rolle des Nachfolgers unseres Vaters. Von jenem Moment an hat er, soweit ich es zu beurteilen vermag, niemals im Geringsten einen Zweifel an seiner Bestimmung als Erbe aufkommen lassen; nicht einen Tag, nicht eine Stunde, nicht eine Minute."

Das konnte Laurence nur bestätigen. Es wäre ihm im Traum niemals eingefallen, dass sein Vater einmal nicht der Marquess gewesen sein könnte, als welchen er ihn kannte.

Und dann durchfuhr es ihn wie ein Pfeil: Vielleicht erging es Jacob ebenso schlecht wie Jonathan. Es mochte gut möglich sein, dass auch sein Bruder mit sich selbst und seinem Leben haderte. Und vielleicht war es von weit größerer Bedeutung, als er bisher geahnt hatte, Jacob beizustehen und ihm brüderliche Unterstützung zukommen zu lassen.

Laurence verweilte in seinen Gedanken noch bei Alexanders Erzählung, als er unverhofft im Korridor des ersten Stockwerkes auf Eliza traf, so dass er förmlich zusammenfuhr.

„Was betrübt dich? Bist du erkrankt?", fragte sie sogleich besorgt.

Kurz musste Laurence überlegen, wie sie auf diesen Gedanken gekommen sein mochte. Indes, alsbald entsann er sich daran, dass sie anwesend gewesen war, als er sich abrupt von der Frühstückstafel entfernt hatte. "Sorge nicht um mein Wohl," entgegnete er mit fester Stimme und unzweifelhaftem Entschluss.

Eliza blickte ihn mit unverhohlener Verwunderung an. Ihre

Augen funkelten lebhaft auf, wie es stets geschah, wenn ein plötzlicher Geistesblitz sich in ihr entfachte. „Sag an, was hältst du davon, an unseren einstigen Zufluchtsort zurückzukehren? Dort wurde uns immer dienliche Stille zuteil, und wir könnten den schönen Erinnerungen vergangener Tage nachspüren. Mir ist danach, kostbare Augenblicke mit meinem Bruder zu teilen, der mir in höchster Not zur Seite stand." Mit einem verschmitzten Zwinkern stieß sie ihn aufmunternd an.

Laurence erstarrte augenblicklich bei ihren Worten. Wie konnte es nur ein Zufall sein, dass sie nach so langer Zeit, in der jener Ort unbetreten geblieben war, just im gegenwärtigen Moment daran dachte?

Seine Bestürzung blieb ihr indessen nicht verborgen.

„Sage mir, wie vermochten meine Worte dich dergestalt zu erschüttern?", fragte sie, und ihre Stimme war von tiefer Besorgnis durchdrungen.

Oh nein, er konnte sich zu dieser Stunde wahrlich nicht dazu überwinden, jenen Ort erneut aufzusuchen. „Ich muss dir etwas Wichtiges anvertrauen ... jedoch nicht dort ...", sprach er mit wohlbedachtem Ernst.

„Sei es, wie du wünschst. So begleite mich in meine Gemächer, und wir werden dort verweilen", erwiderte Eliza mit entschlossenem Gleichmut.

„Hier, Laurie, nimm Platz auf diesem Stuhl und wage es ja nicht, mich auszulachen", sprach Eliza mit einem warnenden Unterton in ihrer Stimme.

Laurence musste einen Augenblick nachdenken, was sie wohl meinte, doch dann dämmerte es ihm, dass sie sich vermutlich davor fürchtete, er könnte sich über das heitere Chaos in ihren Gemächern amüsieren, welches in starkem Kontrast zur Akkuratesse der Räume Lady Catherines stand. So fühlte sich Eliza auch sogleich genötigt, einen Stapel Bücher von dem erwähnten Mobiliar zu entfernen und nach einem geeigneten Ablageort Ausschau zu halten, damit Laurence Platz nehmen konnte.

Dies weckte Laurence´ Interesse. „Nein, nein, nicht so hastig,

216

Eliza. Zeige mir zunächst, was du dort liest." Eilig griff er nach dem obersten der Bücher und schlug es an einer beliebigen Stelle auf.

Er las: „Das Zusammenleben mit einem Mann, der seine Frau weder achtet, noch ihr vertraut, ist so, als führe man bei lebendigem Leib das Leben von Toten.[22]" Laurence ließ das Buch in seinen Händen ruhen und seine Gedanken wanderten in die Tiefen jener Worte, die er eben gelesen hatte.

Eliza musterte ihn mit einem Blick, dessen Bedeutung schwer zu bestimmen war.

Schließlich sprach Laurence, in dem Bestreben, die düstere Schwere dieser Gedanken zu zerstreuen, seine Stimme von Ironie gefärbt: „Das ist allerdings ausgesprochen ketzerisch, meine liebe Schwester".

Eliza entnahm ihm das Buch mit einer raschen Bewegung. „Ach, du ... du bist doch auch nur einer von diesen Männern!"

„Du weißt doch, dass ich nur gescherzt habe. Verrate mir, wer dieses Werk verfasst hat?", erwiderte er, bemüht, seine Stimme sanfter klingen zu lassen.

Eliza lächelte nun auch. „Nun, wer schon. George Sand natürlich", antwortete sie.

Laurence spürte jenen Worten nach und empfand die Schwere, die dieser Schrift innewohnte. Und jene Erkenntnis, dass gewiss keiner von ihnen beiden in diesem Leben etwas daran würde ändern können, dass es genau so war, wie George Sand es beschrieb, und sie sich schließlich nur darein fügen könnten, um es an die auf sie folgende Generation weiterzugeben, war kaum zu ertragen. Sie drohte, die delikate Balance, die er zwischen Pflichtgehorsam und eigenem Denken mühevoll aufrechtzuerhalten gelernt hatte, ins Wanken zu bringen. Das be-

---

[22] Dieses Zitat wird häufig George Sand zugeschrieben. Allerdings ist es schwierig, eine exakte Quelle oder ein bestimmtes Werk zu benennen, aus dem dieses Zitat stammt. George Sand, mit bürgerlichem Namen Amantine Lucile Aurore Dupin, hat viele Werke veröffentlicht, und nicht alle Zitate sind immer eindeutig verifiziert oder aus einem bestimmten Werk nachweisbar. Zudem schrieb sie in französischer Sprache, sodass es ohnehin nur eine Übersetzung wäre. Fundstelle: https://www.zitate.eu/autor/george-sand-zitate/79170, zuletzt abgerufen am 27.02.2025 um 9:07 Uhr.

drückende Gefühl dieser Erkenntnis war fast unerträglich.

Ein weiterer Gedanke durchzog seinen Geist. Sollte er Cara heiraten, könnte er gewiss versuchen, ihr mehr Achtung und Rücksichtnahme entgegen zu bringen. Doch bei Tom sah dies anders aus. Es war undenkbar, dass dieser sich darin zu üben gewillt wäre. Die Differenzen zwischen Tom und Eliza waren bereits jetzt unüberbrückbar. Die Worte George Sands führten ihm in aller Deutlichkeit vor Augen, wie vernichtend die bevorstehende Heirat für Eliza war.

Jonathan und Jacob kamen ihm in den Sinn, und die Last, die Jonathan hatte tragen müssen, schien ihm ebenso erdrückend. Gerade darüber hatte er mit Eliza sprechen wollen.

Er berichtete Eliza, was Alexander ihm erzählt hatte.

"Es ergeht mir ähnlich wie dir", sprach Eliza schließlich, als Laurence seinen Votrag beendet hatte. "Es ist in der Tat unerklärlich, wie der junge John zu jenem Marquess geworden ist, als der er sich heute auszeichnet ..." Sie verstummte jäh, ihre Augen ernst auf Laurence gerichtet.

"Was bedrückt dich?", fragte Laurence, unfähig Elizas Blick zu entschlüsseln, was ihn beunruhigte.

"Oh, Laurie ..."

"Ich verstehe dich nicht. Was sorgt dich?", fragte er mit wachsender Ungeduld.

"Es ist nur, ich möchte nicht ... ich möchte nicht, dass du denselben Irrweg beschreitest wie er“, sagte sie schließlich leise. "Auch du hast dich für einen Pfad entschieden, der dir widerstrebt. Wenn nun auch du hierfür dein wahres Ich aufgeben musst ..."

Laurence blickte Eliza entgeistert an. Wie konnte sie auf einen solchen Gedanken kommen. Er fühlte sich unwohl. Diese Überlegung erschien ihm völlig abwegig. Doch andererseits ... Nein. Er wollte diese unbehaglichen Gedanken verscheuchen.

„Erinnerst du dich noch an jene Kette mit dem Amulett?“, fragte er unvermittelt, um da Thema zu wechseln. „Womöglich hat Alexander eine Vorstellung, wem dieses einst gehörte!“

XI.

Cork, Irland, 26. Dezember 1847

Welch glückliche Fügung des Schicksals, dass Miss Leahy eine Vorliebe für ausgedehnte Spaziergänge durch die Straßen von Cork hegte, oder mit welchem Zeitvertreib sie sonst auch die Stunden zubrachte, wenn Isabella Jane ihre Aufwartung machte. Jedenfalls pflegte sie Stunde um Stunde in der Stadt zu verweilen, Isabella und Jane sich einander überlassend. Weswegen auch nicht. Was sollte sich wohl ereignen, wenn zwei Freundinnen sich besuchten. Immerhin hatte Isabella bisher keinerlei Interesse an etwaigen Kavaliersbekanntschaften gezeigt; mit anderen Worten, eine Anstandsdame hatte sie offensichtlich in keiner Weise nötig und Miss Leahy konnte somit ohne Misstrauen und in aller Seelenruhe ohne Verletzung ihrer Aufsichtspflicht ihren eigenen Neigungen nachgehen.

Isabella jedenfalls vermochte nur einen Gedanken zu fassen: Dieser Augenblick sollte niemals vergehen.

Sie schloss die Augen und vergrub ihre Nase in Janes weichem Haar.

Den betörenden Duft ihres Parfüms einatmend, zeichnete sie mit ihren Fingern feine Linien auf Janes Rücken, während diese flüsternd las:

„Heller wird es schon im Osten
Durch der Sonne kleines Glimmen,
Weit und breit die Bergesgipfel
In dem Nebelmeere schwimmen.

Hätt´ ich Siebenmeilenstiefel,
Lief´ ich mit der Hast des Windes,
Über jene Bergesgipfel,
Nach dem Haus des lieben Kindes.

Von dem Bettchen, wo sie schlummert,
Zög´ ich leise die Gardinen,
Leise küßt´ ich ihre Stirne,
Leise ihres Munds Rubinen.

Und noch leiser wollt´ ich flüstern
In die kleinen Lilien-Ohren:
Denk im Traum, dass wir uns lieben,
Und dass wir uns nie verloren.[23]

Heinrich Heine"

„Das ist wunderschön, Jane", flüsterte Isabella.

„Ich könnte bis in alle Ewigkeit so verweilen ..." Sanft drehte sich Jane auf den Rücken, ihr Blick ruhte voller Zärtlichkeit in Isabellas Augen.

Mit zärtlicher Hingabe ließ Isabella ihre Hand über Janes Schulter gleiten, streichelte sanft über ihr Dekolleté und umspielte dann die geschwungene Linie ihrer Taille. Sie senkte sich über sie und bedeckte ihre makellose Haut mit einer Fülle zärtlicher Küsse.

„Du musst unverzüglich innehalten, wir werden uns sonst verspäten", seufzte Jane leise, indes ihren Worten jeglicher Nachdruck fehlte.

Isabella für ihren Teil, konnte sich gleichfalls nicht entschließen, sich von Jane zu lösen, gab es für sie doch nichts wunderbareres, als diese kostbaren, gemeinsamen Stunden. Selbst der Gedanke, an das bevorstehende Konzert vermochte es nicht, ihr die Entscheidung zu erleichtern. Gewiss, sie hegte eine tiefe

---

[23] Heinrich Heine, „Auf dem Brocken" aus „Die Harzreise" 1824, Quelle https://www.gedichte7.de/auf-dem-brocken.html, zuletzt aufgerufen am 01.03.2025 um 9:41 Uhr.

Leidenschaft für die Musik, jedoch würde es unter so viel Publikum nicht auch nur einen einzigen Augenblick der Zärtlichkeit mit Jane geben. Zudem war da noch die unvermeidliche Präsenz von Miss Leahy. Allerdings würde diese ohnehin in Kürze vor der Tür stehen und dies war der einzige Anlass, sich nun zu erheben und anzukleiden. Es blieb ihnen nichts anderes übrig. Jane und Isabella, deren Herzen lieber noch viel länger in süßer Zweisamkeit verweilt hätten, sahen sich also gezwungen, dem herrschenden Diktat der Uhr zu folgen, da Miss Leahy in Kürze an die Pforte klopfen würde. Inmitten des mild erleuchteten Boudoirs bemächtigte sich deswegen hektische Geschäftigkeit der beiden Damen.

„Wir müssen uns sputen, meine Liebe", kicherte Jane, während sie sich in den ersten Schichten ihrer weit ausladenden Unterröcken verfing. Plötzlich fiel sie beinahe über Isabellas sorgsam gelegte Strümpfe, was beide in Gelächter ausbrechen ließ. „Sonst endet dies noch in einem gesellschaftlichen Fiasko!"

Isabella, Jane eifrig folgend, raffte ihren Reifrock mit einer eleganten Behändigkeit und schlüpfte geschickt hinein. Ihr Blick funkelte verschmitzt, als sie erwiderte: „Ein Fiasko entstünde wohl, fände man uns in solch kollossaler Unordnung!"

Das Anziehen der umständlichen Kleider im Tempo einer gejagten Hirschkuh offenbarte sich als eine vollendete Komödie, da keine von beiden wahrhaft gewillt war, sich der Sache mit dem nötigen Ernst zu widmen. Jane, ein wenig ungeschickt in der Hast, ließ ihr Mieder wiederholt entgleiten, während Isabella mit den widerspenstigen Bändern rang. Ihr belustigtes Glucksen erhellte den Raum weitaus erfolgreicher als das schwache Licht der Kerzen.

„Oh, Isa, deine Hand hat sich in meinen Locken verfangen!", lachte Jane, als Isabella verzweifelt eine widerspenstige Haarsträhne zu bändigen suchte.

„Es bleibt ein schwieriges Unterfangen, wenn du weiterhin beständig den Kopf in meine Richtung wendest."

„Wie vermag ich dich wohl sonst zu küssen?", entgegnete Jane mit gespielter Entrüstung.

„Bleib nun still, oder dein Haar wird nicht mehr Eleganz ausstrahlen als das einer Vogelscheuche!", entgegnete Isabella, wobei das augenzwinkernde Lächeln ihre Worte milderte. Mit zärtlichem Geschick steckte sie die letzten widerspenstigen Locken mit Nadeln fest und brachte endlich Ordnung in das tumultartige Durcheinander.

Als das erwartete Klopfen an der Tür erklang, trafen sich ihre Blicke, voller unausgesprochener Vertrautheit.

„Bereit?", hauchte Jane und blickte Isabella zärtlich an.

„So bereit, wie es nur möglich ist, wenn man es sein muss!", erwiderte Isabella liebevoll und ihr Blick verriet, dass sie lieber nur mit Jane allein den Abend verbracht hätte.

Jane griff nach Isabellas Händen und sie gab ihr einen letzten Kuss für jenen Abend, der all die stille Sehnsucht enthielt, die sie verband.

„Entschuldigen Sie, Miss Cahill, jedoch eine Haarsträhne hat sich gelöst!" Miss Leahy zeigte deutlich ihre Verlegenheit darüber, die ihr doch weithin fremde Miss Jane Cahill über eine solche Unschicklichkeit in Kenntnis setzen zu müssen.

Jane tastete hastig nach ihrer Frisur und mühte sich ab, das Missgeschick zu richten. Sie fühlte sich genötigt, eine Erklärung zu geben, warum sie sich in solch tadelnswertem Zustand aus dem Hause zu begeben gedachte. „Unser Zimmermädchen hat uns jüngst verlassen", sprach sie daher hastig. „Sie beherrschte die Kunst des Frisurensteckens wie keine Zweite."

Isabella horchte auf und zeigte Besorgnis: „Sie hat euch verlassen? Wie konnte es dazu kommen?"

„Ich bin gänzlich ratlos," seufzte Jane. „Sie hat uns ohne Vorankündigung verlassen. Ich bin über diese Tatsache überaus bekümmert und sie erfüllt mich mit erheblichem Unmut."

In eben dem Augenblick öffnete sich eine Tür auf der gegenüberliegenden Seite des großen Raumes und ein junger Herr trat in den Türrahmen.

Isabella hatte diesen Mann noch nie zuvor erblickt, doch sie hegte eine leise Ahnung, um wen es sich handeln könnte.

Der Herr, zweifelsohne hinsichtlich seiner Erscheinung Andrew Cahill nicht unähnlich, wenngleich jünger, verweilte für einen Moment in der Tür und musterte Jane und Isabella. "Guten Abend, die Damen", grüßte er höflich. Er mochte an die dreißig Jahre zählen. Sein Erscheinungsbild war tadellos; sein Haar sorgfältig frisiert und sein Schnurrbart kunstvoll gezwirbelt. Er trat vor Isabella und deutete eine Verbeugung an.

„Darf ich vorstellen? Dies ist mein Bruder William und dies ist meine Freundin Isabella Dubois", sprach Jane mit gewohnter Liebenswürdigkeit.

Isabella reichte William Cahill die Hand, woraufhin dieser einen galanten Handkuss andeutete. „Ich bin erfreut, Sie nun persönlich kennenzulernen. Als älterer Bruder betrachte ich es als meine Pflicht, zu wissen, mit wem Jane ihre Zeit verbringt."

Obgleich Isabella durchaus gewillt war, ihrem Gegenüber in die Augen zu blicken, verspürte sie ein seltsames Unbehagen, als sie seinem Blick begegnete. Es war ein Gefühl, als würde dieser ihren innersten Gedanken nachspüren. Ob es tatsächlich seiner Durchdringungskraft geschuldet war oder ob die Sorge, ertappt worden zu sein, dieses Gefühl verstärkte, vermochte sie nicht zu sagen. Es bestand jedoch keinerlei offenkundiger Grund anzunehmen, dass er Kenntnis über die wahre Natur ihrer und Janes Freundschaft hatte.

Sie zog die Hand etwas zu hastig zurück und senkte den Blick. Dann sah sie zu Jane. Sie wollte schnellstmöglich aufbrechen.

Wenig später saßen Jane und Isabella in dem prunkvollen Konzertsaal, umgeben von Menschen, deren edle Abendgewänder sanft raschelten und deren teils gedämpftes, teils heiteres Stimmengewirr, zusammen mit den Düften zahlloser Parfums und Puder, den Raum erfüllten.

Miss Leahy war ebenfalls zugegen, jedoch nahm Isabella ihre Anwesenheit kaum wahr.

Selbst ihre Begegnung mit Janes Bruder, William Cahill hatte sie vergessen.

Dieser Abend gehört einzig Jane und ihr.

Der Vorhang hob sich, Stille trat ein und die Musik erklang.

Das Glück, welches Isabella in diesem Moment erfüllte, erschien ihr unermesslich.

Jane dicht an ihrer Seite, - im Dunkeln hielt sie fest ihre Hand - und die berauschenden Klänge der Musik.

Alles erschien ihr wie ein Traum. Ein unwirklicher und phantastischer Traum.

Nein. Sie würde nicht darüber nachdenken, ob dieses Glück rechtens oder unrecht war. Es war wundervoll und es gehörte nur ihnen allein. Ihr und Jane und es sollte immerdar währen. Auch darüber würde sie nicht grübeln, ob es ewig sein würde.

Es würde bestehen, solange sie lebte.

So lange es bestand, würde sie leben.

Cork, Irland

Er sog den Rauch der Zigarre tief ein. Das Hüsteln konnte er glücklicherweise unterdrücken. Es hätte lächerlich gewirkt.

Dann spannte er seine Schultern an, um sich gegen die durchdringende Kälte zu behaupten, die unerbittlich in seine Ärmel und seinen Kragen eindrang.

Ein sanfter Windhauch blies ihm ins Gesicht, herangetrieben vom Meer, welches einen salzig-modrigen und fischigen Geruch verströmte.

Über ihm rauschte der Wind leise durch das nackte Geäst eines großen Baumes und ferner hörte er ihn durch einige Tannen streichen.

Am Firmament funkelten unzählige Sterne.

In der Luft schwang jener unfehlbar auf bevorstehenden Schneefall hindeutende Geruch mit.

Sein Blick wandte sich Marcus Denley und Harald Arklowes zu, mit denen er gemeinsam in klirrender Kälte und Dunkelheit verharrte. Auch sie zogen an ihren Zigarren, den Rauch gemächlich ausatmend.

Von drinnen drangen Stimmen und Lachen in die Nacht hinaus. Nun öffnete sich die massive Tür und die Stimmen wurden deutlicher vernehmbar. Eine Gesellschaft von vier Damen

224

trat heraus in den Garten. In heitere Konversation vertief,
stiegen sie die Treppen hinab und verweilten schließlich ein
wenig abseits.

William ertappte sich dabei, ihnen mit dem Blick gefolgt zu
sein.

„Kennst du sie?", fragte Denley leise, an Arklowes gewandt.

„In der Tat, Lady Caroline und ihre Cousine Heather kenne
ich flüchtig, die anderen zwei sind, wie es den Anschein hat,
entfernte Verwandte aus London, deren Bekanntschaft ich bisher noch nicht machte", erwidete Arklowes in gedämpftem
Ton.

Nun erinnerte William sich wieder. Lady Caroline war niemand anderes als die Tochter des Earl of Kenborough! Er hatte
dessen Bekanntschaft einst auf einem Ball irgendwo auf einem
Angewesen in der Abgeschiedenheit nordwestlich von Cork gemacht, den er mit Jane besucht hatte. Auch seine Tochter Caroline war ihm damals vorgestellt worden. „Gewiss, Sie ist auch
mir bekannt. Das müssen die Töchter ihrer Tante sein, denn
der Earl erwähnte mir gegenüber, dass er eine Schwester in
London hat. Dies kam zur Sprache, da wir ..."

„Schon gut, Cahill, verschiebe deine Erzählung auf eine gün-
stigere Gelegenheit. Mache uns lieber unverzüglich mit ihnen
bekannt, denn der Abend ist von begrenzter Dauer", unterbrach Denley ihn unwirsch.

„Nun denn." William gefiel sich in der Rolle des Vermittlers,
die einzunehmen ihm schließlich seine ausgezeichneten Verbindungen und sein Geschick, neue Bekanntschaften zu knüpfen, erlaubte.

Er nahm sich die Freiheit, in aller Muße seine Zigarre zu Ende zu rauchen, während er seine Begleiter mit absichtlicher
Verzögerung in einer subtilen Spannung verharren ließ.

Jene warfen verstohlene, doch unruhige Blicke zwischen ihm
und den Damen hin und her. Man konnte fast die Inständig-
keit in ihren Augen lesen, mit der sie bangten, dass die edlen
Damen dort verweilen mögen, bis sich William Cahill endlich
entschloss, zur Tat zu schreiten.

William trat schließlich den glimmenden Rest der Zigarre im

Sand aus. Sodann schritt er mit gemessenen Schritten hin zu jener heiteren und munter plaudernden Vierergruppe.

Als er in Begleitung von Denley und Arklowes, herantrat, offenbarte sich ihm, dass auch die Damen Zigarren rauchten. Sie schienen diese Tat als besonders kühn zu erachten, denn sie bemühten sich sichtlich, ihr Tun vor prüfenden Blicken zu verbergen, was jedoch ihr kicherndes Amüsement nur verstärkte.

William hingegen empfand dies weder als außergewöhnlich bemerkenswert noch als besonders ungewöhnlich. Vielmehr erblickte er darin einen Beweis für die kindlichen Gemüter der Damen.

Seine beiden Begleiter hingegen zeigten offenkundig große Ungeduld, vorgestellt zu werden. Es war augenscheinlich, dass Denley ein starkes Verlangen nach der Bekanntschaft mit Lady Caroline hegte, während Arklowes' primäres Interesse einer der Besucherinnen aus London galt.

„Guten Abend Lady Caroline", sprach William mit höflicher Verbeugung die vermeintlich jüngste in der Gruppe an. Das Gekicher verstummte jäh, und alle vier Damen ließen hastig ihre glühenden Zigarren hinter ihren voluminösen Krinolinen verschwinden.

„Entschuldigen Sie, meine Damen, wir wollten Sie keineswegs belästigen ..." fuhr er in bewusst zurückhaltendem Ton fort. Dabei musste er sich selbst zur gebotenen Höflichkeit zwingen, um die Damen nicht durch einen Hinweis auf die mögliche Brandgefahr ihrer Krinolinen in Verlegenheit zu bringen.

„Es ist in der Tat gerade etwas ungelegen, wir sprachen gerade ...", begann Lady Carolines Cousine Heather, doch sie wurde von Lady Caroline mittels eines heimlichen Ellenbogenhiebs zum Schweigen gebracht.

Der hierauf folgende empörte Blick Heathers verriet ihre Missbilligung der abrupten Unterbrechung.

William konnte nicht umhin festzustellen, dass ihn die Bekanntschaft schon jetzt ermüdete.

Alles verlief stets nach dem gleichen, monotonen Muster. Immer das gleiche Gehabe, Getue, Geziere.

In diesem Augenblick drängte sich ihm plötzlich das Bild von

Janes Freundin auf. Sie stand da, schlicht und anmutig, und lächelte wortlos. Irritiert wischte er dieses Bild fort.

Tallwood Manor bei Haverhill, nahe London, England

Am Tag nach den feierlichen Zeremonien des Christfestes hatte der Himmel über der weiten britischen Landschaft wahrlich eine Schneepracht hervorgebracht. Es war ebenso ein sanfter wie erhabener Blick durch die hohen, mit Eisblumen geschmückten Fenster des Hauses. Hätte er noch im Kindesalter geweilt, wäre seine Freude übermächtig gewesen und die Ungeduld sich in den Schnee zu stürzen, hätte ihn das Kindermädchen so lange drängen lassen, bis sie ihn hinausgelassen hätte. Indes, bei aller Redlichkeit, musste er sich wohl eingestehen, dass auch heute eben jene Freude in ihm keimte. Mit einem Hauch schuf er ein winziges Loch in der Pracht der Eisblumen und seine Blicke schweiften hinaus über das weite Land.

Von den Fenstern seiner Gemächer im zweiten Stockwerk bot sich ihm ein weitreichender Anblick über sanft ansteigende Hügel, verstreut liegende Gatter und zerstreute Hütten. Die Felder und Weiden ruhten still und friedlich unter ihrer frostigen Decke.

In seinen Gedanken malte er sich aus, wie er mit Lizzy, die wie von Sinnen umher tollen würde, über das Anwesen schritt und ihre gemeinsamen Schritte hinterließen die ersten Spuren im makellosen Weiß der winterlichen Landschaft.

Ob auch Eliza sich ihnen anschlösse?

Er kleidete sich eilig an und entschloss sich nach kurzer Überlegung, den Speisesaal zu meiden, um nicht Gefahr zu laufen, jemandem zu begegnen. Ein gänzlicher Verzicht auf das Frühstück war dennoch unvorstellbar, denn dies war ihm wie stets zuwider. So fasste er den Entschluss, einen Abstecher in die Küche zu machen, wo man ihm gewiss ein adäquates Mahl sowie einen Korb für die Familie Edwards bereiten würde. Laurence warf sich den Mantel über die Schultern und fasste seinen Zylinder, ehe er das Gemach verließ, in Erwartung der stillen Freude diesen verschneiten Morgen ganz nach eigenem Belieben zu begehen.

Sollte er es wagen, bei Eliza anzuklopfen? Doch es war erst die achte Stunde. Nein, sie schlief gewiss noch tief und fest. Die Rücksicht gegenüber ihrer Ruhe überwog seine Hoffnung auf ihre Gesellschaft.

So beschloss er, allein seinem Vorhaben nachzugehen und eilte durch die Flure, die Treppen hinab.

Unerwartet prallte er auf halbem Wege mit jemandem zusammen.

„Jacob!", rief er erschrocken aus.

„Verflucht noch mal, du hast es ja wahrlich eilig, als ob der Leibhaftige persönlich dich verfolgte!", zischte Jacob.

„Verzeih', ich habe nicht erwartet, jemandem zu begegnen ..."

„Pah", fauchte Jacob mit einem scharfen Zischen, „du bist nicht der Einzige in dieser verdammten Familie ...!"

Mit überraschtem Blick betrachtete Laurence den aufgebrachten Jacob, der offenbar vor glühendem Zorn schäumte. „Was erzürnt dich in solcher Weise?"

"Das soll dich nicht weiter bekümmern. Setze du nur deine Wege fort. Was mich betrifft, so werde ich mich nun für eine Weile absentieren. Sollte jemand nach mir fragen, so sei meine Auskunft die, ich hätte einen Freund in London aufgesucht!" Jacob versuchte, sich an Laurence vorbeizudrängen.

„Halt ein, ich möchte erfahren, was vorgefallen ist!" protestierte Laurence. Ihm dämmerte bereits, woher Jacobs Zorn rühren mochte, doch gedachte er, sich nicht weiter mit Mutmaßungen zu begnügen, sondern den genauen Anlass zu ergründen.

„So? Du wünschst eine Auskunft?", sprach Jacob mit einem verächtlichen Ton. „Der jüngste meiner Brüder begehrt zu erfahren, was sich zugetragen hat. Mein vornehmer Bruder bekundet Interesse an jemand anderem als an seiner eigenen Person?"

Laurence war einerseits ob des scharfen, höhnischen Tone, andererseits über den Vorwurf selbst irritiert.

Jacob schien indes seinen Unmut ein wenig abgekühlt zu haben. „Ach was, so hartherzig war es nicht gemeint. Vater und John, sie zermürben mich. Ihre ewigen Erwartungen und ständigen Vergleiche."

„Doch nun? Zu dieser Stunde? Was hat sich zugetragen?", drängte Laurence weiter.

„Sie sind zur Jagd aufgebrochen. Vater, John und Tom. Sie haben ihm die Teilhabe gewährt, indes mir blieb dies versagt. Nur flüchtig konnte ich ihren Aufbruch erspähen. Wäre es denn zu viel verlangt gewesen, mich hiervon in Kenntnis zu setzen? Und Eliza willigt ein, sich mit jenem Emporkömmling zu vermählen." Jene letzten Worte spukte Jacob Laurence regelrecht entgegen.

Laurence wusste beim besten Willen nicht, was er darauf erwidern sollte. Wusste Jacob denn nicht, wie unglücklich Eliza über dieses Arrangement war? Mit welchem Recht mochte er ihr einen Vorwurf daraus machen? Gleichwohl schien es ihm nicht angetragen, sich in diese Familienangelegenheiten zu involvieren.

Dies erschien ihm vielmehr seine Gelegenheit zu sein, mit Jacob das Gespräch zu suchen über dessen Belange. Eine Gelegenheit, auf die er doch längst gewartet hatte. „Jacob, ich beabsichtige, einen Spaziergang mit Lizzy unternehmen. Möchtest du mich nicht begleiten?"

"Die Jagd wäre mir weitaus lieber!", entgegnete Jacob in einem Ton, der seinen Groll nur zu deutlich offenbarte.

Doch noch ehe Laurence eine passende Antwort zu formulieren vermochte, bemerkte er, dass Jacob in Nachdenken versunken war.

"Ach, was soll's", murmelte Jacob nach einigen Augenblicken. "Ein anständiger Spaziergang wird mir wohlbekommen."

Nur wenige Minuten später, befand sich Laurence bereits mit einem prächtig bestückten Korb, den die gutmütige Köchin den Edwards bereitet hatte, in der Linken und Jacob zur Rechten, während Lizzy ausgelassen umhertollte.

Zwischendurch wandte sich Lizzy in verlässlicher Beständigkeit nach ihm um, kam heran und suchte beharrlich seine Aufmerksamkeit.

Laurence indes grübelte, wie er das schwierige Gespräch mit seinem älteren Bruder beginnen sollte. Doch war ihm gewiss: dies Gespräch musste stattfinden. Er verspürte die Verantwortung und den Wunsch, Jacob beizustehen und zu verhindern, dass ihm dasselbe Schicksal wie Jonathan widerfuhr. Doch statt in ein vertrauliches Gespräch zu finden, verbrachten sie ihren Ausflug in einem Austausch von Belanglosigkeiten.

Schließlich tat sich vor ihnen der Anblick des Edward´schen Cottanges unter einer glitzernden Schneedecke auf.

„Wohin begeben wir uns eigentlich?", fragte Jacob unvermittelt und ergänzte sogleich: „Was trägst du da überhaupt in dem Korb?"

Laurence lächelte flüchtig und entgegnete: „Ach, es sind nur einige Lebensmittel. Ich beabsichtige einen kurzen Besuch im Hause der Familie Edwards zu tätigen. Ich muss die Wunde begutachten, wie sie sich entwickelt."

Jacobs Miene verzog sich in verständnislosem Staunen. „Die Familie Edwards? Von welcher Wunde sprichst du?"

„Mr. Edwards ist jener Kutscher, welcher gemeinsam mit Eliza verunglückte. Er hat sich eine erhebliche Beinverletzung zugezogen und ich möchte mich vergewissern, dass meine verordnete Behandlung den gewünschten Erfolg zeitigt."

In eben jenem Augenblick gelangten sie an die Tür des kleinen Cottage´.

Laurence klopfte.

Jacob beobachtete ihn schweigend.

Mrs. Edwards tat die Tür auf. „Ach, wie gut, dass Ihr gekommen seid. Ich bin so voller Kummer. Mein Mann, er leidet unter Schmerzen!" Ihre Augen waren voller Angst.

Laurence verfiel ganz selbstverständlich augenblicklich in die einfache Sprache der Edwards. „Das ist ganz natürlich, doch ich werde mir die Wunde sogleich ansehen. Hier habe ich Ihnen wieder einen Korb mitgebracht." Laurence überreichte den Korb.

Die Alte nahm ihn mit zitternden Händen an sich.

Nach einem verwunderten Blick zu Laurence folgte Jacob dem Korb mit Blicken, die seine Neugier verrieten. Doch Laurence hatte keine Zeit darüber zu verlieren, ihm die Sache zu erläutern. Stattdessen trat er unverzüglich an die Bettstatt aus der das klägliche Gewimmer des leidvollen Mr. Edwards zu vernehmen war.

Jacob folgte nach kurzem Zögern dicht hinter ihm und schien aufrichtig interessiert.

„Wo ist denn der Branntwein?", rief Laurence der Alten zu.

„Hier. Hier steht er doch", erwiderte sie und deutete auf den Tisch am Fenster.

Laurence reichte hinüber und erwischte mit einem raschen Griff den Flaschenhals. Er hob die Flasche an und begriff sogleich, warum der arme Alte solche Schmerzen litt. Die Flasche war voll.

„Haben Sie ihm denn nichts zu trinken gegeben?", rief er voller Unverständnis.

„Das kann ich doch nimmer machen! Das ist Alkohol! Mein Mann hat sein Lebtag kein Alkohol getrunken. Was wird der Herrgott ihm denn wohl sagen, wenn er jetzt, da er wohl nun bald vor ihm steht, mit der Trinkerei anfängt!?", entgegnete sie mit verzweifelter Ratlosigkeit in der Stimme.

Noch ehe Laurence die Stimme erheben konnte, fragte Jacob: "Was hat es mit seinem Bein auf sich? Was verursacht ihm solch unsägliche Schmerzen?"

„Ich sah mich gezwungen, das Bein zu abzunehmen," entgegnete Laurence, während er die Bettdecke aufzuschlagen suchte. Sogleich stieg ihm der süßsaure Geruch von geronnenem Blut in die Nase.

Jacob erging es wohl gleichermaßen, denn Laurence bemerkte aus den Augenwinkeln, wie jener unwillkürlich die Hand vor das Gesicht schlug und mehrere Schritte zurücktrat.

Laurence wunderte sich einen flüchtigen Augenblick, dass sein älterer Bruder solch empfindliches Naturell nach außen trug, doch entschied er, über diese Schwäche hinwegzusehen, da die Umstände keine langwierigen Überlegungen gestatteten.

Laurence selbst war lediglich erleichtert, nur den metallischen

Geruch des Blutes in der Nase zu haben und nicht den fauligen Gestank von Eiter. Laurence wusste, der Gestank einer fauligen Wunde eines amputierten Beines war nichts weniger als eine olfaktorische Zumutung, deren Unerträglichkeit selbst einen gestandenen Mediziner hart auf die Probe stellte. Der üble Verwesungsgeruch mischte sich auf beunruhigende Weise mit dem süßlich-sauren Odeur von infiziertem Gewebe. Ein Gemisch, das in seiner entsetzlichen Intensität nur als pestilenzartig beschrieben werden konnte, als Zeugenschaft des Zerfalls, durchdrungen von einem fauligen, ammoniakartigen Gestank, der das Aufblühen von Bakterien und Keimen unmissverständlich verkündete. Es war ein unvergesslicher, böser Duft, der unverhältnismäßig lange im Gedächtnis widerhallte und die schmerzhafte Realität der menschlichen Hinfälligkeit und die primitive Dringlichkeit einer medizinischen Rettung allem voran in den Vordergrund hob.

Aus diesem Grund vermochte Laurence nicht nachzuvollziehen, weshalb sein Bruder solchen Anstoß an dem hier vorherrschenden Odeur nahm. „Kommen Sie, Mr. Edwards. Ich will Ihnen nun was zu trinken geben. Um die Seele müssen Sie sich jetzt keine Sorgen machen." Laurence schob seinen Arm behutsam unter den Kopf des alten Mannes, dessen Haar schweißnass und wirr zu allen Seiten stand und dessen Angesicht schmerzverzerrt und verwirrt in eine andere Wirklichkeit zu starren schien, und hob ihn so weit empor, dass dieser bequem aus der Flasche zu trinken vermochte. Er flößte dem Mann einen kräftigen Schluck ein, jedoch nicht zu viel, denn offenbar war der Kutscher nicht des Alkohols gewohnt. Gleichwohl musste die Dosis ausreichend sein, dass sie ihre lindernde Wirkung entfalten konnte. Dies abzuwägen glich der Abwägung der rechten Arzneidosis.

Eine erhebliche Weile zog ins Land, doch endlich wurde der alte Mann merklich ruhiger.

Mrs. Edwards stand derweil in besorgter Nähe, unruhig von einem Bein aufs andere tretend und mit den Händen herumfahrend. Es war ihr sichtlich nicht wohl dabei, ihren Gatten Alkohol trinken zu sehen, doch sie vermochte nichts anderes zu tun, als mit verzagter Miene zu betrachten, wie Laurence ihrem Gatten diese teuflische Flüssigkeit einflößte.

„Mrs. Edwards. Nun machen Sie sich keinen Kummer um den Schnaps! Sorgen Sie sich lieber um die Qualen, die er auszustehen hat. Mr. Edwards wird nicht zum Säufer davon. Er braucht nur einen Schluck für die Schmerzen. Als Arznei darf auch ein braver Christ Alkohol trinken. - Natürlich nur in besonderen Fällen“, versuchte Laurence die alte Frau in verständlicher Sprache zu beruhigen.

Mrs. Edwards seufzte tief, ihre Sorgen konnten offenbar nicht so leicht besänftigt werden.

Nachdem er und Jacob das bescheidene Cottage der Edwards wieder verlassen hatten, war Laurence durchaus zufrieden. Die Wunde hatte sich in einem erfreulichen Zustand gezeigt. Er hatte sie mit aller Bedacht gereinigt und sodann lediglich leicht verbunden. Im Anschluss daran hatte er Mrs. Edwards instruiert, die Reinlichkeit der Bettwäsche äußerst streng zu wahren und versichert, am folgenden Tag abermals bei ihnen vorstellig zu werden. Er hatte jedoch sogleich angekündigt, auch eine neue Flasche Branntwein zu bringen, was sie mit beinahe stoischer Miene vernommen hatte.

Auf dem Rückweg folgten sie ihren Fußstapfen durch den Schnee. Außer ihnen waren lediglich einige Hasen und Vögel durch den Schnee gehuscht.

„Weshalb verwendest du deine Zeit darauf, diesen Leuten zu Diensten zu sein?“, fragte Jacob unvermittelt.

„Es ist der Kutscher des Marquess. Zudem habe ich geschworen, jedwedem beizustehen, der medizinischer Hilfe bedarf. Dies ist meine Berufung, der ich mit Freuden nachkomme.“

Jacob betrachtete ihn mit unverhohlener Verwunderung. „Du bist wahrlich ein Sonderling, Laurence. Du pflegst Umgang mit der Kutscherfrau auf gleicher Augenhöhe und nimmst den Menschen die Beine ab.“ Er schnaubte mit einem Blick, der sein Unverständnis offenbarte und zugleich eine gewisse Verachtung zum Ausdruck brachte.

Laurence verweilte einen flüchtigen Augenblick in der Empfindung, die dieses Urteil über seine Person in ihm hervorrief. Doch abgesehen von der Erkenntnis, dass ihm längst bewusst war, dass dies zweifelsohne die Ansicht nahezu sämtlicher Familienmitglieder über ihn war, vermochte dies keinerlei Regung in seinem Innern auszulösen. „Was macht dir Freude?", fragte er seinen Bruder daher ungerührt.

„Was mir Freude bereitet? Nun, was ein Gentleman eben betreibt. Ich erfreue mich an Banketten, Bällen, Soireen und zuweilen gönne ich mir ein Spiel oder eine Partie Fechten. Kürzlich wohnte ich einem Duell bei, welches ungemein amüsant war – zumindest für den Sieger. Der Verlierer indes bedurfte nach beendetem Streit nicht mehr der Dienste eines Arztes." Jacob lachte kalt und verächtlich.

Laurence verspürte ein tiefes Unbehagen. Es schien ihm, als spräche Jacob nicht von Dingen, die ihm wahrhaft Vergnügen bereiteten. Der bittere Unterton und die deutlich zur Schau getragene Oberflächlichkeit seiner Worte erfüllten Laurence mit Bestürzung und obwohl er den Drang verspürte, die Unterhaltung zu beenden und sich anderem zuzuwenden, konnte er seinen ebenfalls drängenden Wunsch, Jacobs wahre Beweggründe zu ergründen, nicht ignorieren. So sah er sich gezwungen, sich anzuhören, was Jacob weiter zu sagen gedachte.

„Gibt es nichts, das du von Herzen gerne tust? Etwas von wahrhaftiger Bedeutung?", bemühte sich Laurence, seine Frage zu präzisieren.

Jacob maß ihn mit einem Seitenblick voller unverhohlener Herablassung. „Alles, was wir zu tun im Stande sind, ist doch von kostbarer Bedeutung! Wir verfügen über die Freiheit, auf die Jagd zu gehen, prächtige Feste zu veranstalten, die erlesensten Speisen zu genießen und die edelsten Weine zu verkosten. Wir vermögen es, um hohe Einsätze zu spielen und – nicht zuletzt – die reizendsten Damen zu entlohnen, ohne sie jemals an uns zu binden!"

Laurence fühlte sich nunmehr am Ende seiner Geduld angelangt. Ein Schwindelgefühl des Abscheus überkam ihn. War es möglich, dass Jacob all dies ernsthaft meinte? Konnte sein Charakter solch niederträchtiger Natur sein? Woher mochten solche Ambitionen rühren? Schlagartig bereute er zutiefst, sich weiter nach dessen Innerem erkundigt zu haben. Beinahe wünschte er sich, all dies nicht vernommen zu haben. Oder war es Jacobs Absicht, ihn zu provozieren? Sprach er all dies nur aus, um Laurence' Reaktion zu testen?

Erst kurz vor Mittag kehrten der Marquess, John und Tom von der Jagd zurück.

Eliza, welche sich in ihre Gemächer zurückgezogen hatte und in die Lektüre eines Buches vertieft war, vernahm die aufkommende Unruhe im Hause, als die drei Reiter im Hof eintrafen und die Dienerschaft hinaus eilte, um sie in Empfang zu nehmen und ihnen behilflich zu sein.

Sie legte ihr Buch auf dem Beistelltisch an ihrem Bett ab und richtete sich auf. Da war wieder jene Müdigkeit, die seit ihrem Besuch auf Tallwood Manor ihr ständiger Begleiter war. Schließlich erhob sie sich und trat an eines der Fenster heran. Von ihren Fenstern aus blickte sie in den Hof.

Es war ein befremdliches Gefühl für Eliza, aus der Welt Georges Sands zurück auf ihre eigene Realität zu blicken. Mit einer Melancholie, die sie wie ein schwerer Schleier umfing, betrachtete sie die belebte Szenerie im Hofe, als wäre sie ein fremder Voyeur. In dieser Welt war sie aufgewachsen. Dies waren die Menschen, die sie Zeit ihres Lebens umgeben hatten, und doch konnte sie sich nicht an auch nur einen Augenblick erinnern, an dem sie sich als zugehörig und passend empfunden hätte. Wie oft hatte ihr Gefühl ihr eingeflüstert, sie gehöre an einen anderen Ort, als sei sie in ein fremdes Leben getaucht. Es waren nicht ihre Kleider, die sie trug und nicht ihre Dinge, die sie umgaben. Zu diesem Gefühl der Fremdheit gesellte sich die quälende Ahnung, dass sie ihr eigenes Leben, die Welt, in die sie gehörte, mit jedem Augenblick, den sie hier weilte, unweigerlich und unwiederbringlich versäumte. Dieser schmerzliche Gedanke bohrte sich tief in ihre Seele und erfüllte sie mit einer sehnsuchtsvollen Traurigkeit. Die Gewissheit, hieran niemals etwas ändern zu können, wurde nun durch die nahende Verbindung mit Tom unverbrüchlich besiegelt.

Sich all dessen bewusst zu werden, erfüllte sie mit Abscheu.

Sie war eine Gefangene.

Unten im Hofe lachte Tom Cartwrite mit ihrem Vater und ihrem Bruder. Diese Drei würden ihr Dasein bestimmen, bis zu jenem Tag, da es endlich enden würde.

Es würde keinen Tag geben, an welchem nicht einer dieser Drei ihr Leben reglementierte, während sie wie eine Marionette deren Befehlen Folge leisten müsste.

Welchen Wert hatte solch ein Dasein? Wäre es nicht vielleicht besser gewesen, niemals die Erkenntnis zu erlangen, dass es andere Lebensweisen, andere Lebensentwürfe gab.

Doch nunmehr darüber nachzusinnen, war vergebens.

In diesem Augenblick erhob Tom Cartwrite seinen Blick zu den Fenstern hinauf. Mit einem Instinkt der Vorsicht trat sie zurück, um seinem Blick nicht ausgesetzt zu sein. Wenn er nur nicht auf den Gedanken kam, sie aufzusuchen ...

Ob er sie nun entdeckt hatte oder nicht, jedenfalls war ihm offenbar der Gedanke gekommen, sie aufzusuchen.

Er begab sich nicht sogleich, jedoch etwa eine Viertelstunde später zu ihren Gemächern, offenbar hatte er nach der Jagd noch die Notwendigkeit verspürt, sich umzukleiden.

Dann jedoch klopfte es an ihrer Tür und eines der Zimmermädchen teilte ihr mit, dass der junge Mr. Cartwrite im Salon wartete und überaus erfreut wäre, wenn er ihr einen Besuch abstatten dürfe.

Wenngleich sie es am liebsten unterlassen hätte, beschloss sie doch, ihm den Gefallen zu gewähren. Was nützte es, ihn zu verärgern?

Vorsorglich trat sie an den großen Wandspiegel, um sich davon zu überzeugen, dass ihr Aufzug das Treffen gestattete. Sie warf einen prüfenden Blick auf ihr Abbild. Ihr Anliegen war keineswegs, wegen Tom den Aufwand auf sich zu nehmen, sich besonders herzurichten jedoch wollte sie auch keinesfalls seinen Unmut oder seine Missbilligung auf sich ziehen.

Ihr schlichtes Gewand aus hellblauer Seide, mit langen Ärmeln und einem hochgeschlossenen Kragen, der mit zarter Spitze besetzt war und einem Mieder, welches verziert war mit einem dezenten Blumenmuster, verliehen gerade genug Ele-

236

ganz, ohne überladen zu wirken. Der Rock fiel in sanften Falten bis zum Boden herab, schlicht und frei von den Unbehagen verursachenden Reifen und Krinolinen, die die Mode zwar gebot, die Eliza jedoch bewusst mied. Zweifellos traf dies nicht seine Erwartungen, jedoch war sie auch um seinetwillen und auch heute nicht bereit, ihr Korsett enger zu schnüren oder ein aufwendigeres, unbequemeres Kleid anzulegen. Eine Gewöhnung daran wollte sie ihm keinesfalls zugestehen.

Sie achtete stets darauf, das Korsett nur lose zu schnüren, um sich wenigstens eine Spur von Freiheit zu bewahren, während sie den gesellschaftlichen Erwartungen dennoch Genüge tat.

Ihre am Morgen sorgfältig arrangierten Locken hingegen hatten während der letzten Stunden Schaden genommen und benötigten durchaus die geschickten Hände ihrer Zofe, bevor sie sich der Begegnung mit Tom stellte. So ließ sie sich notdürftig ihr Haar richten, um nicht sofort seine Missbilligung auf sich zu ziehen. Während sie sich im Spiegel betrachtete, gingen ihr gemischte Gedanken durch den Kopf. Einerseits spürte sie nur zu deutlich ihren inneren Wunsch, Tom einfach fortzuschicken, andererseits wollte sie eine Auseinandersetzung mit ihm vermeiden, die nur unnötige Belastungen auf ihr ohnehin schon strapaziertes Gemüt laden würde und keinerlei Nutzen brächte.

Als ihr Haar gerichtet war, holte sie tief Atem und trat aus ihren Gemächern.

XII.

Tom verweilte am Kamin. Mit der linken Hand stützte er sich gelassen gegen den steinernen Kaminsims.

Sein Schatten flackerte an der Wand hinter ihm und sein Gesicht wurde von den warmen Farben des Feuers beschienen. Dies alles verstärkte die imposante Größe seiner Erscheinung.

Sein Haar, im Hofe noch ungeordnet und wirr, war nun streng zurückgekämmt.

Als er sich zu ihr wandte, fand sich ein aufrichtig freudiger Ausdruck in seinem Gesicht, was ihr einen Funken Hoffnung machte, es könne ein angenehmeres Gespräch werden als befürchtet, wenn sie sich nur bemühte, alle Freundlichkeit aufzubringen, die ihr eigen war. Sie beschloss, sich hierum zu bemühen.

„Liza, wie erfreulich, dass du mich empfängst", begrüßte Tom sie in einem Ton, der nicht vermuten ließ, wie unverhohlen grob zu werden er in der Lage war.

Eliza trat zögerlich näher, lenkte ihre Schritte jedoch nicht zu ihm hin, sondern wählte den Sessel vor dem Kamin.

„Nimm Platz", lud er sie höflich ein, obgleich er es war, der sich als Gast auf Tallwood Manor befand. Sie wollte jedoch keine Missstimmung aufkommen lassen und sprach daher lediglich: „Danke", während sie sich niederließ.

Sie wusste nichts zu sagen, so blickte sie still ins flackernde Feuer. Die schwere Melancholie, die sie bereits am Fenster

238

ergriffen hatte, legte sich abermals über sie.

Sollte dies nun fortan ihre Art des Beisammenseins sein?

Würden sie jemals Themen finden, die beider Interesse wecken und keinen von ihnen echauffieren würden?

Alles erschien ihr verfänglich.

Sie deutete, dass jegliche ihrer Äußerungen Gefahr liefen, seinen Unmut hervorzurufen Es war, als prallten zwei konträre Welten aufeinander, mit der Abstoßung der verkehrten Pole eines Magneten vergleichbar.

„Fühlst du dich nicht wohl? Du bist so schweigsam?!"

Fast unmerklich schüttelte sie den Kopf.

„Mögen die kommenden Wochen bis zu unserem Hochzeitstag im Flug vergehen", rief Tom in heiterem Ton. Er zwinkerte ihr zu.

Sie versuchte ein Lächeln zu formen, doch es geriet schwach und wenig überzeugend, ein müder Versuch, die Unruhe ihres Inneres zu verschleiern.

Tom schien auch zu sinnieren, was er sagen könnte. Währenddessen ließ er sich an ihrer Seite nieder – zu nah, wie sie empfand – und lehnte sich gelassen zurück. Wie es seine Art war, fand er rasch die passenden Worte. „Es erfüllt mich mit Freude, dass dein Befinden nach jenem Unfall sich gebessert hat. Es war ein großer Schrecken, dich in solch einem Zustand vorzufinden!"

Eliza wusste, dass er dies aufrichtig meinte. „Ihr, du und die Deinen, habt mich aus einer höchst misslichen Lage befreit. Dafür sei euch mein tief empfundener Dank gewiss", sprach sie und empfand dabei eine Erleichterung von höchstem Ausmaß, dass er es vermocht hatte, ein unverfängliches Thema zu wählen.

„Eliza, bitte, sprich keine Albernheiten. Es gibt wahrlich keinen Grund, mir gegenüber Dank zu bekunden. Ich würde dich aus jeder nur denkbaren Notlage befreien, sei sie auch noch so widrig oder gefährlich." Toms Augen gaben unmissverständlich zu erkennen, dass er jedes seiner Worte ernst meinte und keinerlei Zweifel an seiner Entschlossenheit gestattet war.

Eliza war sich der tiefen Ernsthaftigkeit seiner Zuneigung

durchaus bewusst; doch ebenso erkannte sie mit trauriger Gewissheit, dass eine Verständigung zwischen ihnen niemals erreicht werden könnte. Ein tiefes, inniges Verständnisses füreinander, eine offene, unbeschwerte Kommunikation - all dies wären unerfüllbare Illusionen, so sie sie denn hegte. Es würde stets zu neuen Zerwürfnissen und Meinungsverschiedenheiten kommen, und sie würde sich gänzlich aufgeben müssen, um nicht fortwährend seinen Zorn zu beschwören.

Seit Anbeginn ihres Lebens kannte sie ihn, und wenn die Wahrheit gesagt sein sollte, hegte sie sogar eine gewisse freundschaftliche Zuneigung zu ihn, die, wie sie annahm, darauf zurückzuführen war, dass sie sich schon seit Kindertagen kannten und er in vielerlei Hinsicht ihrem ältesten Bruder ähnelte, was ihm eine gewisse Vertrautheit verlieh. Indes hatte dieses Gefühl in den jüngsten Wochen beträchtlich nachgelassen und war einem subtilen, jedoch wachsenden Misstrauen gewichen, angesichts seiner plötzlich wechselnden Gemütslagen und seiner unerbittlichen Härte, die ihr zuvor nie so offenkundig ins Auge gefallen waren. Seine aufrichtige Zuneigung schmeichelte ihr zwar ein wenig, doch zugleich graute ihr bei dem Gedanken an das was sie in Zukunft erwarten würde, wenn im Mai die Hochzeitsglocken läuteten.

War es überhaupt von klugem Bestreben, zu versuchen, Zwist mit Tom zu meiden? Wozu sollte solcherlei Mühe gut sein? Würde es nicht nur bedeuten, unverwandt dazusitzen und das nahende Unheil noch deutlicher zu empfinden, bis es sich völlig entfaltete?

Als hätte er ihre Gedanken erraten, fragte Tom in diesem Augenblick: „Was hat deine Beschäftigung an diesem Vormittage bestimmt?"

Elizas Gedanken wanderten unweigerlich zu jenem kleinen Buch, welches nun unbeachtet an ihrem Bett lag. Sie war sich dessen wohl bewusst, dass bereits die bloße Erwähnung des Namens George Sand ihn erzürnen würde. Indes vermochte sie dieses Bühnenspiel nicht länger zu ertragen. „Ich habe gelesen", erwiderte sie auf seine Frage, wobei ihre Augen dem Flackern des Feuers folgten, das einen glosenden Scheit zerspringen ließ. Es knisterte und knackte, während Funken auseinanderstoben und im Flug verloschen. Das zerborstene Holz versank in den lodernden Flammen.

Wäre Tom so töricht, nach dem Titel des gelesenen Werkes zu fragen?

Er war es.

Ob dieses Unverstands zerbrach ihr Wille, ihrer beider Verhältnis um jeden Preis zu schonen. Plötzlich wurde es ihr zuwider, sich zu verbiegen.

„Georges Sand? Wer ist das?", fragte Tom mit einem Blick, welcher keinerlei echtes Interesse bekundete.

Eliza erkannte zu ihrem Erstaunen, dass sie ihn überschätzt hatte. In der Tat kannte er George Sand nicht. „Sie ist eine Französin, die politisch für die Belange der Armen und Schwachen streitet und sich für die Demokratie einsetzt", antwortete sie mit einer Festigkeit in der Stimme, die ihren inneren Widerwillen nicht zu verbergen vermochte.

Tom musterte sie einen Augenblick lang, als ob er nachsann. Dann sprach er: „Liza, ich habe nicht angenommen, dass du für derlei empfänglich bist. Ich muss dir mit der gebührenden Eindringlichkeit nahelegen, dich solcher geistigen Unvernünftigkeiten zu enthalten. Solch irrtümliche Hirngespinste mögen hoffentlich bald aus den Köpfen der Gesellschaft schwinden. Es sollte unser aller oberste Pflicht sein, solche gefährlichen Ideen unweigerlich und für immer zu verbannen." Tom erhob sich mit ernstem Blick und sprach weiter. „Es ist eine unumstößliche Wahrheit, dass die menschliche Gattung von unterschiedlicher Art und Wesensbeschaffenheit ist, und diese Unterscheidungen sind von Natur und deswegen von gesellschaftlicher Ordnung geboten und zu wahren. Du solltest dich durch die verwirrenden Reden solcher Aufrührer nicht beunruhigen lassen, sondern an den festgefügten Gewissheiten festhalten. Wenn die etablierten Schichten weise sind, werden sie Bedingungen schaffen, unter denen die niederen Klassen abgelenkt und zufrieden gestellt werden können. Es ist von großer Wichtigkeit, dass man ihnen Beschäftigung und ein gewisses Maß an Zufriedenheit angedeihen lässt. Dann werden sie sich mit ihrem zugedachten Los begnügen und keine unvernünftigen Ansprüche erheben." Tom fuhr fort, seine Stimme durchdrungen von Überzeugung: „Eine stabile und sichere Ordnung zum Wohle aller bedingt, dass nur jene wenigen, die das Talent und die Disposition haben, die Welt anzuführen, diese Verantwortung auch tragen. Demokratien drohen unweigerlich ins Chaos zu verfallen, sowohl zu Beginn als auch am Ende, wenn nicht die wenigen Fähigen die Fäden in der Hand halten. Du darfst dir gewiss sein, dass jedweder Versuch, diese natürliche Ordnung zu ändern, zum Scheitern verurteilt ist. So muss jede Demokratie zwangsläufig darauf hinauslaufen, dass wieder die wenigen, die Verantwortung tragen können und wollen, diese an sich nehmen und die vielen, anderen sich unterordnen und nur aufbegehren, wenn sie sich nicht befriedigt fühlen. Bedenke wohl, dass jeder Gedanke, es könnte anders sein, töricht und deiner nicht würdig ist. Solche Gedanken sind zudem höchst gefährlich und haben das Potenzial, die ganze Welt ins Chaos zu stürzen und jegliche, mühsam erkämpften Errungenschaften zunichte zu machen. Betrachte nur die Wirren in unserem benachbarten Frankreich, die erst kürzlich mit großer Mühe leidlich bezähmt werden konnten." Mit diesen Worten nahm Tom ebenfalls in einem der Sessel vor dem Kamin Platz, wobei er sich leger auf die linke Armlehne stützte und einen bedächtigen Schluck seines Weines nahm. Sein Blick richtete sich auf Eliza, die seine Worte schweigend hatte über sich ergehen lassen und ihm währenddessen unverwandt ins Gesicht blickte.

"Wärest Du so liebenswürdig, mir noch Wein einzuschenken?", fragte Eliza mit einem Ton, der ihr Inneres gänzlich zu verschleiern vermochte.

Tom blickte sie an, sichtlich verwundert wohl darüber, dass sie auf seine gewichtigen Ausführungen offenbar kein einziges Wort zu erwidern gedachte. Doch dann erhob er sich, und in seinem Blick lag die stille Entscheidung, ihre Schweigsamkeit dahingehend zu deuten, dass sie seine Worte tief verinnerlicht habe und es ihm gelungen war, ihr ihre irrigen Gedanken auszutreiben. Während er ihr sorgfältig nachschenkte, sprach er in

242

einem milderen, wohlwollenderen Ton weiter: „Es gibt weitere Herausforderungen, denen wir uns stellen müssen, und für die unsere derzeitige Ordnung unerlässlich bleibt. Es ist von höchster Wichtigkeit, dass wir die Stabilität und den Frieden wahren, um den zukünftigen Generationen – unseren Kindern – ein geordnetes und gesichertes Leben zu gewährleisten. In fernen, soeben erschlossenen oder noch zu erschließenden Ländern müssen Systeme geschaffen und errichtet werden, die Sicherheit, Ordnung und Wohlstand gewährleisten. Wenn wir zulassen, dass hier Chaos gestiftet wird, dann wird es Großbritannien nicht möglich sein, Ordnung in andere Länder zu tragen. Das wirst du gewiss einsehen können."

Für Eliza war es keineswegs überraschend, diese Erwägungen aus Toms Mund zu hören, hatte sie doch längst Kenntnis von Toms Interesse für die Seefahrt, sowie bezüglich der Angelegenheiten der Kolonien. Trotz seiner beredten Bemühungen gelang es ihm jedoch nicht, sie für seine Ansichten zu gewinnen.

Vielmehr erschien ihr die wesentliche zu ergründende Frage zu sein, ob all das schicksalhaft war, oder ob es menschenmöglich war, es zu ändern.

Während Tom an der Unabänderbarkeit der gegenwärtigen Ordnung festhielt, hegte sie selbst die Überzeugung, dass Veränderungen möglich waren.

Gleichwohl schwieg sie, denn obgleich sie fest an ihren eigenen Gedanken hielt, war ihr hinlänglich bewusst, dass jedes Wort ein vergebliches Unterfangen wäre.

„Und du kannst dich glücklich schätzen", sprach er schließlich weiter. „An meiner Seite wirst du Verantwortung tragen. Im Gegenzuge werden dir alle Türen offen stehen."

Das Essen nahmen alle gemeinsam ein. Es sollte auf längere Zeit das letzte Beisammensein in dieser vollständigen Runde sein. Die Cartwrites beabsichtigten am Nachmittag ihre Reise anzutreten, und auch Jacob würde noch an selbigem Tag die Familie verabschieden, da er sich entschlossen hatte, für eine geraume Weile bei den Thorntons einzukehren.

Laurence nahm durchaus wahr, dass er Cara nur spärliche

Aufmerksamkeit hatte zukommen lassen. Obgleich er eine gewisse Erleichterung empfand, dass sie in wenigen Stunden abreisen würde, beschäftigte ihn das beunruhigende Gefühl, seine Pflichten vernachlässigt zu haben in Bezug auf Cara.

Bei dem Gedanken, wie es wohl werden würde, wenn sie einander das Eheversprechen gaben, verdunkelte es sich in seinem Innern. Die Zeit drängte unaufhaltsam voran, indes seine Empfindungen für Cara kein noch so kleines Fünkchen wohlwollender Wärme in sich trugen. Vielmehr schien ihm das Gegenteil einzutreten.

Während der Weihnachtstage hatten er und Cara kaum ein Wort gewechselt, und sie hatte die meiste Zeit in der Gesellschaft seiner Mutter verbracht. Die beiden Damen verstanden sich prächtig und malten sich die bevorstehende Hochzeit offenbar in den farbenfrohesten Bildern aus.

Laurence konnte lediglich hoffen, dass diese Sympathie und gemeinsame Traumschmiederei für Cara ein kleiner Trost für seine eigene Abwesenheit und Kühle gewesen sein mochte.

Indes würde diese Form des Trosts sie nicht für immer ohne ihn auskommen lassen ...

„Wird Henry sich nicht zu uns gesellen?", unterbrach seine Mutter unvermutet seine stillen Überlegungen. Die Frage wandte sich an die rund um die Tafel versammelten Cartwrites. Alle waren zur Gänze anwesend, allein Caras Bruder Henry ließ auf sich warten.

„Henry klagte über heftiges Kopfweh. Er hat sich zurückgezogen und ruht nun. Ich fürchte, er wird auf der bevorstehenden Reise sehr leiden", erläuterte Lady Elionora mit einem Ausdruck tiefen Mitgefühls.

Es war nichts, was verwundern konnte, dass Henry unter Kopfweh litt, zumindest hatte Laurence diese Entschuldigung der Cartwrites für ihren Sohn bereits allzu oft vernommen.

Laurence hatte den Blick auf Henrys Mutter gerichtet, während sie sprach und mit einem Mal meinte er, dass ein Anflug von Verlegenheit in ihrem Ausdruck läge. In jenem Augenblick wurde ihm gewahr, dass auch Eliza Lady Elionora mit forschendem Blick musterte.

244

Eliza hatte ihm anvertraut, in welch höhnische Weise Tom von Henry gesprochen hatte. Auch ihr schien sich der Eindruck aufzudrängen, dass Lady Elionora nicht verbergen konnte, dass sie etwas zu verbergen suchte.

Eliza wandte nun ihren Blick ihm zu. Ihre Augen begegneten einander in einem Augenblick stummen Einvernehmens.

Doch ebenso waren sie sich der Tatsache bewusst, dass sie von Lady Elionora keine näheren Aufschlüsse erlangen würden. Geduld war das Gebot der Stunde.

„Nun, dann wollen wir beginnen." Der Marquess ließ seinen Blick über die Anwesenden schweifen und nahm sodann an der Tafel Platz.

Laurence folgte seinem Beispiel und ließ sich ebenfalls nieder.

Zu seiner Rechten hatte Cara ihren Platz eingenommen. Es würde vermutlich von nun an stets ihr angestammter Sitz sein.

Laurence schenkte ihr ein freundliches Lächeln, das sie mit einem höflichen Lächeln erwiderte.

„Was ist die Ursache für Henrys Fortbleiben?", wisperte Laurence leise in Caras Richtung.

„Er wird des Öfteren von Kopfschmerzen heimgesucht", entgegnete sie in gleicher Lautstärke.

Laurence sah sie mit durchdringendem Blick an, während die übrigen Anwesenden sich in angeregter Konversation ergingen, deren dezente Geräuschkulisse es Laurence ermöglichte, in gedämpftem Ton mit Cara zu sprechen, ohne befürchten zu müssen, von den anderen vernommen zu werden. "Cara, wir werden in Kürze den Bund der Ehe eingehen. Warum zögerst du, mich ins Vertrauen zu ziehen?", raunte er.

Indes bewunderte die Gesellschaft die erlesene und exquisite Küche.

Cara hielt ihm ihr wie stets bezauberndes, jedoch distanziertes Lächeln entgegen, doch dieses Lächeln war nunmehr erstarrt, wie Laurence feststellte.

"Wir hatten so wenig Muße, um wahrhaft beisammen zu sein", entgegnete sie mit dennoch sanfter Stimme. "Lass uns die letzten Augenblicke nicht durch düstere Stimmungen trüben. Es wird uns noch genug Zeit verbleiben, dass ich dich in die

Sorgen um Henry einweihen kann."

Laurence hatte längst geahnt, dass bezüglich Henry etwas nicht geheuer war, Caras Worte trafen ihn dennoch wie ein kalter Schlag. Niemand sonst hatte ihre flüsternde Zwiesprache bemerkt; die Übrigen vertieften sich weiterhin in höfliche Plaudereien.

Dennoch überkam Laurence ein frostiges Gefühl.

„Zeige bitte nicht solch ernste Miene, was werden die anderen wohl denken", hauchte Cara.

Laurence beobachtete, wie sie voller Leichtigkeit in die Runde lächelte, ohne irgendeinen Anschein von Betrübnis oder innerer Unruhe.

So entschloss er sich, den Gesprächen der um die Tafel versammelten Gesellschaft zu lauschen, um sich von seinen Gedanken abzulenken.

Gleichwohl konnte er sich kaum davon freimachen, wie befremdlich Caras vollkommene Fähigkeit auf ihn wirkte, sich keinerlei Gefühlsregung anmerken zu lassen, welche in ihrem Innern vor sich ging. Oder, so bedrückte ihn der Gedanke, konnte sie gar ihr Inneres gänzlich verschließen? Diese Vorstellung war für Laurence geradezu beängstigend. Welche Bedeutung mochte diese Kunstfertigkeit für ihre bevorstehende Ehe haben?

In diesem Augenblick verschluckte sich der ehrwürdige Earl of Humshire, was ihn zu heftigem Hustenreiz trieb, während er wild mit den Armen in der Luft fuchtelte.

Lady Elionora blickte mit weit aufgerissenen Augen zu ihrem Gatten, und auch Cara blickte nun erschrocken drein.

Laurence schaute irritiert von Cara zum Earl und wieder zurück. Zu seinem Erschrecken musste er erkennen, dass er begann, an seiner Wahrnehmung zu zweifeln. Widerspiegelte diese gezeigte Anteilnahme nun ihre wahren Empfindungen oder war sie nur eine kunstvolle Fassade?

Tom hingegen, zeigte keinerlei Anzeichen der Aufregung. Er klopfte seinem Vater, welcher ihm zur Linken saß, besonnen und kräftig auf den Rücken.

Zu Toms rechter Seite saß Eliza, welche dem Butler ein stilles

Zeichen gab, ihr von dem roten Wein nachzuschenken.

Der Marquess und John setzten ungestört ihre Erzählungen von der erlebnisreichen Jagd fort. Tom, aufmerksam und interessiert blickend, nahm zu gegebener Gelegenheit die Unterhaltung auf und teilte ebenfalls geistreiche Anekdoten seiner Jagdabenteuer mit.

Laurence hingegen fühlte sich unbehaglich, als wäre ihm die Rolle eines Fremden zugewiesen worden, der bemüht war, sich in einer kunstvollen Szenerie zurechtzufinden.

Ganz und gar unvermittelt jedoch wurde die Aufmerksamkeit der versammelten Gesellschaft plötzlich auf ihn gelenkt. Jacobs Entschluss hatte dies bewirkt. Jacob, offensichtlich von Überdrüssigkeit ergriffen, den Geschichten des Marquess, Toms und Johns weiterhin lauschen zu müssen, ergriff die Gelegenheit, die Gesellschaft zu unterhalten, und begann die Rede mit den unheilvoll klingenden Worten: „Ihr werdet es kaum für möglich halten, was Laurence und ich unternahmen, während ihr auf der Jagd weiltet!"

Laurence konnte nicht leugnen, dass ihm die Einleitung dieser Rede gar nicht behagte.

Alle Blicke richteten sich nun zunächst verstaunt, dann mehr und mehr fragend auf ihn und Jacob.

Laurence sah seinen Bruder verständnislos an. Was erwartete sich Jacob davon, die Familie mit dieser Angelegenheit zu behelligen? Und dies am Tisch, im Beisein aller?

Am liebsten hätte er Jacob durchgeschüttelt oder wäre eilends aus dem Raum gestürzt, vielleicht gar beides. Doch Jacob fuhr fort, in leichtfertigem Ton, viel zu laut und mit kalten Augen: „Wir weilten in dem bescheidenen Cottage des Kutschers."

„Schweig doch still!", dachte Laurence bei sich, doch dies war gänzlich vergebens. Er konnte bereits sehen, dass die Miene seines Vaters einen Ausdruck annahm, der nicht entfernter von froher Heiterkeit hätte sein können.

„Unser holdes Bruderherz ist nicht bloß ein einfacher Salbenmischer und Scharlatan, er verdient vielmehr den Titel eines Schinders!"

Laurence erstarrte vor Entsetzen. Was war nur in Jacob gefahren, dass er solche Reden schwang? Alle Blicke hafteten nun auf Laurence.

„Wie soll ich dies verstehen?“, fragte der Marquess in unheilvollem Ton.

Jacob lachte auf. „Er hat dem Alten das Bein abgeschlagen!“

Man hätte eine Stecknadel fallen hören können, so still war es mit einem Mal geworden. Laurence war unfähig, ein Wort zu äußern. Er fühlte sich beinahe wie in einem Traum gefangen. Wie konnte es nur sein, dass Jacob sich zu solch unsäglicher Rede hinreißen ließ? Was mochte Jacob zu solch niederträchtiger Enthüllung getrieben haben?

Der Raum schien sich zu verfinstern, und ein kalter Schauer durchlief Laurence. Die unbarmherzige Stille lastete schwer über der Gesellschaft und der Blick des Marquess schien ihn zu durchbohren.

Laurence blickte sich um. Alle schienen auf Erklärungen zu warten. Doch in diesem Moment fiel sein Blick auf Eliza und Alexander, deren Mienen fassungslos und betroffen waren. Doch diese Betroffenheit galt nicht ihm, das konnte er in ihren Augen lesen, sondern Jacob. Und dies brachte ihn zurück auf den Boden der Tatsachen.

„Wie kannst du es wagen, mich derart zu beleidigen?“, zischte er Jacob an. Niemals zuvor hatte er in solchem Ton zu einem Familienmitglied gesprochen. Sämtliche Anwesenden verfolgten mit gebannten Blicken das Geschehen. Jacob grinste noch immer, doch nun war sein Lächeln wie gefroren.

„Ich bin nichts von alledem, was du gesagt hast. Ich bin ein Arzt. Ich habe diesem Mann das Leben gerettet und ließ dich mich begleiten in dem törichten Glauben, du besäßest Verstand und Anstand ...“

„Genug!“, fiel ihm der Marquess in drohendem Ton ins Wort. „Genug. Ich habe genug gehört. Wir werden nunmehr in Ruhe zu Ende speisen. Wir sprechen uns später, Laurence.“

Laurence schwieg. Doch in seinem Innern tobte ein Sturm. Er musste all seine Kräfte aufbieten, um nach außen eine Fassade der Ruhe zu wahren. Er hatte sich zum Narren gemacht, indem er dem wirren Geist seines Bruders Anteilnahme entge-

248

gengebracht hatte. Doch nun offenbarte sich ihm eine neue Einsicht: Er hatte Jacobs wahres Wesen erkannt und würde fortan keinen Gedanken mehr an ihn verschwenden.

Wie war es möglich, dass sein Bruder zu einem derartigen Toren geworden war? Diese Frage nagte an ihm, während er versuchte, die aufgewühlten Gefühle zu besänftigen und die von Totenstille begleitete Mahlzeit fortzusetzen. Diese Szene würde gewiss noch lange als Nachhall in den Köpfen der Anwesenden widerklingen.

Als das Mahl endlich beendet war, winkte der Marquess Laurence zu sich und forderte ihn auf, ihm augenblicklich in die Bibliothek zu folgen. Auch Jacob wurde hierzu beordert.

„Jacob, was hast du zu dieser Sache vorzubringen?", begann der Marquess und richtete seinen ernsten Blick auf seinen Zweitältesten, als sich die Tür der Bibliothek hinter ihnen geschlossen hatte.

„Ich habe doch bereits alles gesagt! Ich meinte, es sei in deinem Interesse zu erfahren, was Laurence hinter deinem Rücken treibt. Wie er die Familie in Verruf bringt mit seinen extravaganten Allüren." Jacobs Miene strahlte die Unschuld selbst aus.

Laurence fühlte, wie Entrüstung in ihm aufflackerte, doch er bewahrte schweigend seine Fassung, fest entschlossen, die Verhandlung nüchtern und mit klarem Kopf zu meistern. Der Marquess maß beide Söhne mit durchdringendem Blick, die Stille dehnte sich in der mit Büchern gesäumten Bibliothek.

Dann wandte er sich an Laurence. „Was hast du dazu zu sagen?"

„Ich habe die Edwards am Tag des Unglücks aufgesucht, um mich nach dem Befinden unseres Kutschers zu erkundigen. Der Mann war schwer verletzt. Ich habe notfallmäßig amputiert, um sein Leben zu retten. Es zeigte sich, dass die Edwards dringend auf medizinische Hilfe angewiesen waren und auch Unterstützung bedurften, während der Bettlägerigkeit des Kutschers. Ich habe sie ihnen zukommen lassen", antwortete Laurence ruhig und mit aufrechter Haltung.

Der Marquess verweilte in stummer Kontemplation, bevor er sich endlich an Jacob wandte. „Jacob, ich spreche dir meinen Dank aus für die Mitteilung, die du mir zuteilwerden ließest. Gleichwohl muss ich meinem Bedauern Ausdruck verleihen, dass du diesen Umstand in Gegenwart unserer Gäste enthüllt hast. Es hätte einer weiseren Abwägung und eines passenderen Momentes bedurft. Ziehe dich nun zurück.“

Jacobs Züge verrieten deutlich seine enttäuschte Erwartung auf weitergehende Anerkennung für seinen Dienst. Ohne ein weiteres Wort verließ er die Bibliothek, sein Blick voll von stiller Kränkung.

„Nun zu dir, Laurence,“ sprach der Marquess mit einer eisigen Bestimmtheit.

Laurence richtete sich innerlich auf, seine Entschlossenheit gestärkt durch das Bewusstsein richtig gehandelt zu haben. Die kurzen Wochen der Abwesenheit von seinem Elternhaus hatten ihm eine nie gekannte innere Freiheit beschert. Was konnte der Marquess wohl noch gegen ihn unternehmen? Es schien ihm keine Strafe vor Augen, die ihn treffen könnte, denn alles, was ihn hätte schmerzen können, war ihm bereits aufgebürdet worden: die aufgezwungene Heirat mit Cara und das Verbot, seiner wahren Berufung nachzugehen. Es gab somit keinen Erlass, der ihm gegenwärtig in den Sinn gekommen wäre, der ihm auch nur das Geringste hätte anhaben können.

„Ich glaubte, meine Worte bereits unmissverständlich zum Ausdruck gbracht zu haben,“ ertönte die Stimme des Marquess scharf wie ein dolchfälliger Hieb.

Laurence verstand wohl, worauf der Marquess Bezug nahm. Ihm war es strengstens untersagt worden, weiterhin dem Kutscher Beistand zu leisten, eine Anordnung, der er sich bewusst widersetzt hatte.

„Das mag sein, Vater, jedoch bedurfte der Kutscher der Hilfe, und ebenso auch seine Gattin“, sprach Laurence in leisem, doch entschlossenem Ton.

„Du bist nicht in der Position, hier Entscheidungen zu fällen. Ich und dein Bruder John sind diejenigen, die in diesem Haus über das zu richten haben, was geschehen soll. Wenn ich oder dein Bruder sagen, dass du keine weiteren Schritte unternehmen wirst, dann hast du dem Folge zu leisten.“

„Du verlangest von mir, dass ich einen Verletzten seinem Schicksal überantworte, obgleich es mir doch möglich wäre, ihm Beistand zu gewähren. Ich habe den heiligen Eid des Hippokrates geschworen.“

„Laurence, du erprobst die Grenzen meiner Geduld. Seit wann gewährt irgendein Eid dem Sohn das Recht, sich dem Willen seines Vaters zu widersetzen?“

Laurence seinerseits hatte nun die Grenzen seiner Geduld erreicht. Er erkannte, dass ein weiteres Wortgefecht sinnlos wäre. Stattdessen beschloss er, seinen Vater mit Einwänden zu überzeugen, die an dessen eigene Werte und Maßstäbe anknüpften. „Vater, ich entschuldige mich, wenn ich mich widersetzt habe, doch du und Mutter habt uns gelehrt, anderen zu helfen, wenn sie in Not sind. Erinnere dich nur an die bitteren Jahre, als die Wirtschaftskrise und schlechte Ernten weite Teile der Bevölkerung in große Not stürzten. Mutter setzte sich damals unermüdlich persönlich für die bedürftigen Familien ein und ich begleitete sie damals zu den Armenhäusern. Erinnerst du dich an die Zeiten, als sie die Suppenküchen unterstützte, welche für viele die einzige Quelle einer warmen Mahlzeit waren? Sie haschte nicht nach Ruhm oder Anerkennung, sondern diente im Verborgenen, angetrieben von einem tiefen Mitgefühl für die Leidenden und ihrem Verantwortungsbewusstsein." Laurence beobachtete das Gesicht seines Vaters, bevor er fortfuhr: "Denk doch an das Jahr 1834, als die Einführung des New Poor Law[24] viele Arbeiter in noch tiefere Verzweiflung stürzte, da es die Bedingungen in den Arbeitshäusern unerträglich machte. Mutter organisierte Kleiderspenden, vermittelte ärztliche Hilfe und sorgte dafür, dass Waisen und Witwen nicht gänzlich der Hoffnung beraubt waren. Ihre Taten waren nicht durch Gebote ge-

---

[24] Das New Poor Law (Poor Law Amendment Act von 1834) reformierte die britische Armenfürsorge durch Zentralisierung, Einführung von Arbeitshäusern und Einschränkung von „outdoor relief“. Ziel war die Kostensenkung und Effizienzsteigerung, häufig jedoch als inhuman kritisiert. Quelle: https://www.nationalarchives.gov.uk/education/resources / 1834-poor-law, zuletzt abgerufen am 26.2.2025 um 20:24.

leitet, sondern durch ihr Mitgefühl. Ihr Handeln ist es gewesen, dass mir in Erinnerung geblieben ist. Wie könnte ich nun anders handeln“, führte Laurence weiter aus, „als einem Verletzten, der meiner Hilfe bedurfte, beizustehen, wie sie es tat? Es war sie, die mich gelehrt hat, dass wahres Adeltum nicht nur zum Jagen privilegiert, sondern auch verpflichtet, die Privilegien, die wir haben, dazu einzusetzen, in unserem Umfeld etwas zum Guten zu bewirken.“

Der Marquess verharrte in Schweigen, als ob er darauf wartete, ob Laurence noch etwas zu sagen hätte.

„Es lag jedoch nicht in meiner Absicht, dich vor den Cartwrites in Verlegenheit zu bringen.“

„Du musst einsehen, dass du uns vor den Cartwrites in eine unmögliche Lage gebracht hast. Ich hatte bereits an deine Verantwortung der Familie gegenüber appelliert. Fortan wirst du keinen Fuß mehr ins Haus der Edwards setzen. Jedoch sehe ich ein, dass der Kutscher eines Arztes bedarf, welche ihm zuteil werden soll. Ich werde noch heute unseren Leibarzt entsenden. Er wird sich des Kutschers annehmen. Ich kann dir diesmal nur eindringlich nahelegen, dich mir keinesfalls noch einmal zu widersetzen zumal du von nun an auch keinerlei Rechtfertigung dafür mehr hättest. Andernfalls wird dein Verhalten unabsehbare Konsequenzen für uns beide nach sich ziehen. Habe ich mich verständlich ausgedrückt?“

Laurence hätte sich verfluchen mögen. Er war mit dem Leibarzt wohlvertraut; ein eindrucksvoller Vertreter der medizinischen Künste aus längst vergangenen Zeiten. Der gute Mann war nicht mehr als ein hinterwäldlerischer Landarzt, dessen Wissen selbst vor einem Jahrhundert bereits als veraltet gegolten hätte. Wenn der Marquess doch nur ihn bestraft hätte, anstatt ihm den Zugang zu seinem Patienten endgültig zu verwehren.

Der Marquess schien das innere Ringen von Laurence zu bemerken. „Anstatt dich um den Kutscher zu sorgen“, sprach er leise, „hättest du vielmehr deine Fürsorge der armen Cara zuteilwerden lassen sollen. Es kostete mich große Mühe, meinen Freunden Albert und Elionora dein ungebührliches Verhalten zu erklären." Nach einer kurzen Pause fuhr er fort: „Morgen wirst du abreisen, Laurence. Es sei dir gesagt, dass ich dich an diesem Ort nicht länger zu erdulden gewillt bin."

Die Equipage war bereits vorgefahren, als Laurence sich von Cara verabschiedete.

Er empfand eine gewisse Erleichterung bei dem Gedanken, sie für eine Weile nicht mehr sehen zu müssen, doch zugleich bedrückte ihn eine leise Reue angesichts dieses Gedankens.

Cara präsentierte sich in ihrem Reisekleid in unnachahmlicher Eleganz. Ihr Haar war makellos frisiert und mit einem Hut bedeckt. Es schien, als wäre ihr Äußeres stets von vollendeter Perfektion, gleich zu welcher Stunde.

"Wie erfreulich, dass wir uns noch einmal sehen", hauchte sie in freundlichstem Ton.

Laurence spürte deutlich, dass ihre Perfektion und ihre tadellose Erscheinung in ihm Widerwillen hervorriefen.

Diese neue Empfindung hatte ihren ersten Anklang gefunden, als Jacob am Tafeltisch für Aufruhr gesorgt hatte, indem er verkündet hatte, dass Laurence Mr. Edwards pflegte.

Nun ließ ihn dieses Gefühl das Schlimmste befürchten. Noch waren sie nicht einmal in den Stand der Ehe getreten, und schon jetzt fühlte er, dass ihre tadellose Wesensart seine Geduld auf die Probe stellte. Ein kalter Schauer durchlief ihn bei dieser Vorstellung, und er mühte sich, den Gedanken mit Eile zu verscheuchen. Es musste eine Täuschung sein, rührend von dem Konflikt mit seinem Vater her. Schließlich hatte Cara ihm nichts angetan, was ein solches Gefühl rechtfertigte. Nur mit großer Mühe konnte er den Gedanken verdrängen, dass es möglicherweise doch in ihrem Wesen begründet lag. Es hatte ihn tief verunsichert, dass sie offenbar fähig war, ihr Inneres vollkommen zu verbergen und womöglich gar zu verleugnen.

Dies bedeutete für ihn die Ungewissheit, ob sie nicht auch die Ehe mit ihm insgeheim ablehnte, während sie in perfekter Selbsttäuschung scheinbar freudig darauf zuging. Er hatte unlängst begriffen, dass es dies war, was sein unerklärliches Unbehagen an jenem Morgen verursacht hatte, als er vor dem Spaziergang mit Cara, Henry und Jacob mit Cara und Henry zusammensaß.

„Wir werden uns wohl zu Ostern wiedersehen", konstatierte er, bemüht, irgendetwas zu sagen.

„Ich würde mich freuen, wenn du mich indes mit einigen wenigen Zeilen an deinem Leben teilhaben lässt. Dir zu schreiben könnte sich als schwierig erweisen, während du auf hoher See weilst", sprach Cara.

Tom Cartwrite wollte sich gleichwohl nicht die Gelegenheit entgehen lassen, sich von Eliza zu verabschieden.

Wie es der Anstand verlangte, hatte sich Eliza ebenfalls im Hof eingefunden, um den Cartwrites Lebewohl zu sagen.

„Liebste Eliza ..." Tom griff nach Elizas Händen. „Ich werde unser Wiedersehen jeden Tag herbeisehnen. Halte dein Versprechen und plane unsere Hochzeit und schreibe mir doch beizeiten."

Eliza nickte kaum merklich.

„Ich werde alles für dich vorbereiten. Du wirst die schönsten Gemächer in unserem Hause beziehen. Mutter hat bereits begonnen, alles nur für dich neu zu gestalten und herzurichten und ich mache mir täglich einen Eindruck von den Fortschritten. Alles soll deine kühnsten Erwartungen übertreffen." Tom fixierte sie nun mit einem ernsten Blick. „Ich weiß, du hegst noch Zweifel, ob wir zusammen zufrieden leben werden, doch ich bin überzeugt, dass, wenn wir beide uns bemühen und du die Rolle der ergebenen Ehefrau annimmst, uns wunderbare Jahre bevorstehen." Er hielt inne, bevor er in eindringlichem Ton fortfuhr: „Eliza, eine Bitte noch habe ich an dich. Es wäre ratsam, wenn du dich fortan nicht weiter mit jenen Schriften befasst, die von Gleichheit und Freiheit und dieser Art von umstürzlerischen Gedanken handeln. Diese Ideen stiften Unruhe und Missverständnisse und ich fürchte, sie könnten unser zukünftiges Miteinander beeinträchtigen. Ich wünsche nicht, dass diese fremden und unnötigen Gedanken zwischen uns treten und unser Verhältnis daran Schaden nimmt. Unsere eheliche Verbindung verlangt Ordnung und bewährte Werte und

Traditionen, die unsere Verbindung stärken und festigen. Gewiss wird Lady Cathrine bereitwillig mit dir in der Heiligen Schrift lesen, um deine innere Haltung zu festigen und dich auf die ehelichen Pflichten vorzubereiten. Glaube mir, meine liebste Liza, ich sage dies nur aus tiefster Sorge um unser gemeinsames Wohl und unser glückliches Zusammenleben.“

Laurence' Blicke folgten der Kalesche, welche sich allmählich über den knirschenden Kies entfernte. Mit wachsender Distanz verflüchtigte sich merklich die Last, die auf ihm gelegen hatte. Doch dann, dann fiel sein Blick auf Eliza. Sie stand da und richtete ebenfalls ihre Augen auf die entschwindende Kutsche, und in ihrem Blick spiegelte sich ein Ausdruck tiefster Unglückseligkeit. Nein, sie vermochte es gewiss nicht so vortrefflich ihr Innerstes zu verbergen, wie Cara dies vermochte. Ihr Anblick versetzte ihm einen schmerzlichen Stich ins Herz.

Es verlangte ihn danach, die letzten Momente auf Tallwood Manor mit ihr zu verbringen. Es war gänzlich ungewiss, wann sich ihre Wege wieder kreuzen würden, und die kommende Zeit versprach für sie eine beschwerliche zu werden. Sie würden sich mitnichten vor Ostern wiedersehen können, was kurz vor ihren beiderseitigen Vermählungen war.

Eliza würde nach seiner Abreise alles allein bewältigen müssen. Wie ihr dies gelingen sollte, würde oder könnte, vermochte er sich nicht vorzustellen

Nur kurz darauf reiste auch Jacob ab. Er würde einige Zeit im Hause des Earl of Lendaware und dessen Familie verbringen.

Der Earl war ein langjähriger Freund des Marquess und Lady Joana war die Schwester von Laurence Mutter.

Sie hatten keinen Sohn und waren auf einen Angehörigen angewiesen, der die Besitzungen erben und weiterführen würde. Zudem benötigten sie selbstverständlich einen standesgemäßen Gemahl für ihre Tochter.

Der Marquess beabsichtigte also ganz offensichtlich, eine Annäherung zwischen Cousine Lydia und Jacob herbeizuführen.

Als auch die Kutsche mit Jacob davon gerollt war und in der Ferne nur noch als ein verschwindender Punkt zu erkennen war, atmeten Laurence und Eliza zugleich erleichtert auf. Es schien beiden, als könnten sie wieder frei atmen. In dieser Ruhe fiel ihnen der Kettenanhänger ein.

„Jetzt, da Tom und Cara fort sind, sollten wir endlich Alexander wegen jenes seltsamen Kettenanhängers befragen", sprach Laurence und zwinkerte Eliza zu.

„Das ist wahrhaftig ein vortrefflicher Gedanke", erwiderte Eliza zustimmend. "Ich bin mehr als gespannt, welches Geheimnis sich dahinter verbirgt."

Gemeinsam begaben sie sich auf den Weg zu den Gemächern ihres Onkels. Sie fanden ihn vertieft in die Betrachtung einer nautischen Karte. Laurence erkannte, dass es eine Admiralty Chart war, die die westafrikanische Küstenlinie darstellte.

„Onkel, wir wollen eine Frage an dich richten", begann Laurence behutsam, während sein Blick neugierig auf der Karte verweilte. In diesem Augenblick kamen ihm die jüngsten Querelen mit Seiner Lordschaft in den Sinn. "Doch zunächst muss ich dir mitteilen, dass der Marquess verordnet hat, ich solle Tallwood Manor morgen früh verlassen. Wir müssen also besprechen, wie wir unsere Geschichte in Einklang bringen."

Alexander warf Laurence einen überraschten Blick zu, bevor er seufzte. „Ich erspare es uns beiden, nach dem Grund zu fragen. Es bereitet mir keinerlei Vergnügen, in den Tiefen der inneren Konflikte dieser Familie zu wühlen." Bedächtig legte er Laurence die Hand auf die Schulter. „Blicke vielmehr auf diese Karte. Sie zeigt die Route, welche ich für meine nächste Reise ausersehen habe. Wir werden von hier aus die Kanarischen Inseln ansteuern, sodann entlang der Küste von Sierra Leone weiter nach Süden segeln, bis wir schließlich Kapstadt erreichen."

Laurence neigte sich näher zur Karte, um sie eingehender zu studieren. „Das hört sich nach einer wahrhaft abenteuerlichen Reise an."

Eliza hingegen blickte mit sichtlicher Skepsis zu Alexander empor. „Doch ist dies nicht eine allzu gefahrvolle und beschwerliche Fahrt zu dieser Jahreszeit?"

„Meine teure Eliza", Alexander zwinkerte verschmitzt. „Du musst wissen, sowohl der imperiale Handel als auch die Kolonialbestrebungen erfordern eine stetige Schifffahrt, die keine Rücksicht auf die Jahreszeiten oder die Befindlichkeiten der Schiffsleute nehmen kann. Zudem darf ich dir versichern, so kalt wie es hier unter den lieben Verwandten zugeht, kann es der ärgste Sturm nicht übertreffen!"

Eliza schenkte Alexander ein zartes Lächeln, bevor sie ihren Blick wieder auf die Karte richtete.

„Doch wo werde ich mich offiziell mit dir treffen, um gemeinsam weiterzureisen? Und wann brichst du auf?", fragte Laurence nach.

„Auch ich werde morgen abreisen. Ich werde ihnen mitteilen, dass ich in Begleitung meines jungen Begleiters zu reisen gezwungen bin. Doch nun sagt, weshalb habt ihr mich gesucht?"

Eliza hielt Alexander den Anhänger entgegen. „Wir haben dieses Schmuckstück im vierten Stock entdeckt", sagte sie und überreichte ihrem Onkel das kleine Kleinod.

Alexander nahm den zierlichen Anhänger behutsam in seinen Händen auf und sogleich ließ sich an seiner Miene ablesen, dass ihn dieser Fund ergriffen hatte. Noch ehe er es aussprach, wussten Eliza und Laurence, dass ihm das kleine Objekt wohlbekannt war. Schweigend betrachtete er den Anhänger eine geraume Weile, ließ ihn sanft durch seine Finger gleiten. Dann erschien ein versonnenes Lächeln in seinem Gesicht und Laurence erkannte ein feines Glitzern in seines Onkels Augen.

„Gewiss, den kenne ich wohl. An welchem Ort habt ihr ihn entdeckt?"

„Ich erinnere mich, als sei es gestern gewesen", hob Eliza an.

Laurence empfand es gleichermaßen.

„Indes, es liegt bereits viele Jahre zurück", fuhr Eliza fort. „Für uns bedeutete es dereinst ein großes Abenteuer. Niemand hatte uns je von jenem vierten Stockwerk berichtet. Als wir die Gemächer betraten, war alles von einer dicken Staubschicht bedeckt. Das Licht drang durch die Fenster und seine goldenen Strahlen vermengten sich mit dem von uns aufgewirbelten Staub. Alles war geordnet, als seien die Räume erst kurz zuvor verlassen worden, doch mitten im Raum lag achtlos ein Stuhl am Boden. Laurence hob den Stuhl auf, und beim Fortstellen desselben erblickte er, wie etwas im Sonnenlicht aufblitzte. Dieser Anhänger war zwischen die Ritzen zweier Dielenbretter geraten."

„Ihr habt es unverändert vorgefunden. An jener Stelle hat Jonathan sein eigenes Leben beendet. Auf diesen Stuhl war er hinaufgestiegen, als er sich erhängte."

Eliza und Laurence starrten Alexander fassungslos an, da sie an solch ein schreckliches Ereignis keineswegs gedacht hatten.

Das Bild, welches sich ihnen bei der Entdeckung des vierten Stockwerks geboten hatte, war nur wenige Jahre zuvor ein Ort des Grauens gewesen.

„Es schmerzt mich zutiefst, Alexander, wir waren uns dessen nicht bewusst, es lag nicht in unserer Absicht, jemandem Kummer zu bereiten ...", sprach Laurence in betroffenem Ton.

„Gewiss, dies steht außer Zweifel. Ihr wart unbedarfte Kinder, die lediglich einen verborgenen Spielort entdeckten. Jedwedes Kind hätte es euch gleichgetan", entgegnete Alexander mit einer abwehrenden Handbewegung. „Nun denn, blickt nicht derart erschrocken. All dies liegt viele Jahre zurück und konnte nur geschehen, weil wir in unserer Verdrängung Jonathans Namen und Schicksal totgeschwiegen haben. So verhält es sich doch." Erneut schien Alexander sich in tiefen Gedanken zu verlieren. „Nun, so soll es endlich geschehen, dass ich erfahre, wessen Bild dieser Anhänger trägt. Euer Onkel Jonathan hat diesen Anhänger stets bei sich getragen. Niemals legte er ihn beiseite. Wenn man mich gefragt hätte, bis eben hätte ich geschworen, er habe ihn mit in die Familiengruft genommen. Doch dies wäre wohl ein Irrglaube gewesen. Er machte ein großes Geheimnis daraus, und die übrige Verwandtschaft hegte keinerlei Wissen über diesen Anhänger. Doch ich, in dem Vorzug unserer engen Verbindung, bemerkte ihn bei ihm. Gleichwohl offenbarten sich mir nicht die Details, wessen Porträt er dort verbarg. Gewiss war es nicht das Abbild seiner Anverlobten." Mit Mühe erzwang Alexander ein Lächeln. „Wie ich dir bereits erzählte, Laurence, er wünschte diese Eheschließung keineswegs." Behutsam wog Alexander den Anhänger in seiner Hand, während er offenbar den Entschluss fasste, das Geheimnis zu lüften, das Amulett zu öffnen und zum ersten Mal das darin bewahrte Bildnis zu erblicken. Mit zögernder Hand öffnete er schließlich den Verschluss und klappte den Anhänger vorsichtig auf.

Laurence und Eliza konnten das Erstaunen in seinen Zügen lesen. Sie hatten wohl eine Ahnung von der bevorstehenden Überraschung, denn ihnen war bereits bekannt, dass das kleine Porträt einen jungen Mann darstellte.

„Das ist Brensan Kerwish, der Sohn des Earl of Limworth. Er war Jonathans engster Freund“, bemerkte Alexander und sprach es mehr zu sich selbst als zu ihnen.

„Die Familie Kerwish ist uns wohlbekannt. Sie residieren nicht weit von Tallwood Manor. Doch Brensan?“

„Brensan hat Jonathan nicht lange überlebt. Er erkrankte wenige Monate nach Jonathans Tod und verschied nur kurze Zeit darauf.“

„Wie entsetzlich ...“ Eliza betrachtete das Bildnis mit traurigem Blick.

„Wie sehr haben wir uns doch getäuscht. Ein solcher dieser Gedanke wäre mir seinerzeit niemals in den Sinn gekommen. Es ist wahrlich unaussprechlich...“, sprach Alexander sinnend vor sich hin.

Alexander verharrte eine Weile im Schweigen, um dann fortzufahren: „Brensans Tod erfuhr damals kaum Beachtung von unserer Seite, da er tatsächlich sehr kurz nach Jonathans Ableben erfolgte. Wir waren in unserer Trauer zu sehr mit uns selbst beschäftigt. Doch seine Krankheit war höchst rätselhaft. Er nahm keinerlei Nahrung mehr zu sich und war bald gänzlich dahingeschwunden. Doch würde man mich in diesem Augenblick um eine Erklärung bitten, so würde ich annehmen, dass er wohl den Mut zum Leben verloren hatte, denn nun da ich diesen Anhänger in den Kontext der damaligen Vorkommnisse setze, erschließt sich mir auch der Grund dafür ...“

Laurence ahnte, dass Alexander seinen dunklen Verdacht nicht laut aussprechen würde, doch dies war auch gar nicht vonnöten. Denn alles lag nun klar und offenbar vor ihnen.

Laurence und Eliza betrachteten nachdenklich das winzige

Bildnis.

„Ich muss euch eindringlich bitten, diese Angelegenheit höchst vertraulich zu behandeln. Sprecht darüber kein Wort zu niemandem", richtete Alexander schließlich seine Worte an Laurence und Eliza. „Zum Gedenken an Jonathan ist es von größter Wichtigkeit, dass dieses brisante Detail nicht ans Licht komme."

„Nimm nur den Anhänger an dich, da du der Einzige unter uns bist, der noch lebhafte Erinnerungen an Jonathan hegt", sprach Laurence ohne zu zögern. „Du kannst dir gewiss sein, dass dieses Geheimnis bei uns wohlverwahrt bleibt."

„Selbstverständlich", fügte Eliza hinzu.

An jenem letzten Abend, den sie beisammen auf Tallwood Manor verbrachten, suchten Laurence und Eliza die alte Esche, einen ihrer einstigen Lieblingsorte, im weitläufigen Garten auf, abgelegen und verborgen vor den Blicken des Hauses. Gegen die winterliche Kälte hatten sie zwei wollene Decken mitgeführt, die ihnen zuverlässige Wärme spendeten.

An die knorrige Esche gelehnt, richteten sie ihre Blicke gen Horizont, wo der Himmel sich in wundersamen Rosatönen zeigte.

„Die zerrissenen Wolkenschleier erinnern an die Landschaft eines fernen Planeten", äußerte Laurence nach einer geraumen Weile des Schweigens.

„Ein ferner Planet, dessen Landschaft in rosafarbenem Glanz erstrahlt – welch willkommenes Refugium wäre dies in diesem Augenblick", erwiderte Eliza mit tonloser Stimme.

„Ach, Eliza, du kannst dir gewiss sein, dass mir dies vollauf bewusst ist, doch vermag ich im gegenwärtigen Augenblick nicht darüber zu rezitieren. Die Lage ist auch für mich äußerst bedrückend. Ich sehe keinen Ausweg, doch dieser Abend ist der letzte gemeinsame auf unbestimmte Dauer, und das Erörtern des Unvermeidlichen bringt uns ebenfalls keine Hoffnung." Laurence bedauerte, dass er Eliza zurückweisen musste, da es ihm im Moment schlicht unerträglich war, an Tom, Cara oder an den Marquess zu denken, welcher ihn zwang, am Morgen abzureisen und ihm so eben jene kostbare Zeit mit Eliza zu verkürzen.

Das einzige kleine Fünkchen Trost fand er lediglich in der Erkenntnis, dass die Cartwrites bereits abgereist waren und dieser Abend somit ihnen beiden allein gehörte, umso weniger wollte er ihn mit Trübsal verderben.

„Du warst noch nie ein Mensch vieler Worte. So lass uns über andere Dinge sprechen", entgegnete Eliza.

Laurence war Eliza aufrichtig dankbar für ihr einfühlsames Verständnis. Eine Weile verharrten sie nebeneinander in schweigender Betrachtung und genossen die sich stets wandelnde Abenddämmerung, die wie ein Schleier über das stille Land sank.

Schließlich spürte Laurence, wie Elizas Kopf an seine Schulter sank. Er rückte näher an sie heran und bemerkte hierbei, dass ihre Hände kalt waren. So zog er die Decken sorgsam dichter um sie und legte schützend den Arm um ihre schmalen Schultern. Hier ertappte er sich bei dem Gedanken, ob Theresas Schultern ebenso schmal waren. Er konnte sich nicht entsinnen. Wenn man ihn gefragt hätte, so hätte er angenommen, dass Theresa bei Weitem nicht so schmal und zierlich war und wenn er weiter überlegt hätte, so hätte er gewiss zu dem Schluss gelangen müssen, dass selbst Eliza zum Zeitpunkt ihres letzten Zusammentreffens ebenfalls nicht derart schmal und zart gewesen war. Doch in diesem Augenblick durchbrach Eliza die Stille und entriss ihn seinen Gedanken.

„Du sollst wissen, dass ich wohl nach Auswegen geforscht habe", sprach sie unerwartet.

Laurence verspürte das unbestimmte Gefühl, nicht gänzlich zu ergründen, was die Art ihrer Formulierung bedeutete, indes setzte Eliza, ohne eine Antwort abzuwarten, fort und da ihm die Fassung des vagen Gefühls nicht gelingen wollte, entschwand es ihm so heimlich wie es gekommen war.

„Am meisten bannte mich der Gedanke, in die Neue Welt zu emigrieren ...", sprach Eliza und ein zartes Lächeln umspielte ihre Lippen.

Vor Laurence´ innerem Auge sah er seine Schwester, wie sie

ein stolzes Segelschiff bestieg und über die raue See in die Ferne aufbrach, ein ebensolches, mit welchem Alexander nun wieder in die Ferne aufbrechen würde.

Diese verwegenen Bilder, die er stets mit dem fernen Kontinent Amerika verband, fügten sich gut zu Elizas abenteuerlichem Geist.

In diesem Moment dämmerte ihm, dass er selbst niemals ernsthaft den Gedanken erwogen hatte, auszuwandern. Insbesondere nicht nach Amerika. Doch weshalb eigentlich nicht? Er hatte wohl vernommen, dass sich viele auf den Weg dorthin begaben. Insbesondere viele Iren, die darin einen Ausweg aus ihrem Elend, ihrer Trostlosigkeit und Hoffnungslosigkeit suchten, verließen täglich diesen Kontinent und nahmen die beschwerliche Fahrt auf sich.

„Wie kommst du auf Amerika?", fragte er aufrichtig interessiert. Erneut musste er anerkennen, dass er eine höchst bemerkenswerte Schwester hatte. Wie oft schon hatte sie ihn zu neuen Gedanken angeregt, ihm fremde Horizonte erschlossen?

„Hat dich niemals der Gedanke ergriffen, nach Amerika zu gehen?", entgegnete sie mit einem Ausdruck, der ihre Verwunderung verriet.

„In der Tat, dieses Unterfangen hat mich bis jetzt noch nicht beschäftigt ...", gestand er verlegen ein.

„Amerika ist unfassbar groß." Während Eliza nun sprach, verwandelte sich ihre Stimme merklich. Laurence konnte deutlich vernehmen, dass sie dieser Gedanke tief erfasst hatte. „Wir können uns diese immensen Weiten wohl kaum vorstellen, in welcher Freiheit sie existieren, unberührt von den starren Konventionen und überkommenen Reglementierungen, die Europa fesseln. In diesen Landen leben noch die Indianer, die ursprünglichen Hüter dieses großartigen Kontinents. Trotz des Druckes, welchem sie durch die anströmenden Europäer ausgesetzt sind, bieten sie bisher Widerstand. Sie verkörpern die Möglichkeit anderer Gesellschaftsformen." Eliza schien nun tief in Gedanken versunken zu sein. „Noch ist jenes Land ein Ort der Freiheit, ein Ort, wo alles möglich scheint, vermagst du dir dies vorzustellen? Doch sollte sich einst die Tyrannei und die Starrheit dieser europäischen Gesellschaft auch dort behaupten, so wird diese Welt untergehen." Sie verharrte nachdenklich und fügte dann hinzu: „Ich fürchte, dieser Tag wird kommen, und zwar bald. Womöglich ist es das, was mich abhält, diesen Schritt in Erwägung zu ziehen. Doch noch ist das Unheil nicht eingetreten, und das Schicksal ist noch nicht besiegelt. Wenn nur genügend fortschrittliche Menschen dorthin aufbrechen und den in Europa etablierten Kräften, welche dort ihre Macht ausdehnen wollen, Widerstand leisten, so mag vielleicht noch Hoffnung bestehen, dass jenes Land nicht ebenso verdirbt wie dieses Europa!" Elizas Worte und die Traurigkeit, die aus ihnen klang, stießen Laurence wie ein Dolch ins Herz.

Er suchte fieberhaft nach Worten, die dem Moment die Schwere nahmen, da er diese Melancholie kaum auszuhalten vermochte. In diesem Augenblick bemerkte er, dass Eliza zu weinen begann.

Ratlos und überwältigt von der Situation, fand Laurence keinen Weg, wie er sich verhalten sollte. „Es betrübt mich zutiefst ...", stammelte er hilflos.

Der Horizont glühte nun in lebendigem Gold, und die kahlen Äste der Bäume ragten wie schwarze Skelette in den strahlenden Himmel.

Still weinend verharrte Eliza, ohne ein Wort zu erwidern. Ihre Augen ruhten reglos auf einem unsichtbaren Punkt in der Ferne, während die Tränen still über ihre Wangen flossen und leise auf die wollene Decke tropften, wo sie sofort verschwanden.

Verschwanden, wie alles dereinst verschwand.

Laurence sprach nun auch nicht mehr. Es erforderte all seine Willenskraft, die eigenen Tränen zurückzuhalten. Es war für ihn unerträglich, Eliza so leiden zu sehen und ihr nicht helfen zu können.

XIII.

„Es dunkelt still auf den Wellen,
es dunkelt still in der Höh ́!
Der Vogel fliegt weiter und weiter,
hinaus in die Nacht und die See."[25]
Aus „Abendlied" von Edmund Hoefer

Versailles, Frankreich, Mai 1662

„Der Stützpunkt Cape Coast Castle ist ein bedeutsamer Handelsplatz und auch strategisch von großer Wertigkeit. Der Bedarf an Sklaven wird in den kommenden Dekaden immerdar wachsen und ..."

In dem prächtigen Gemach in der königlichen Residenz zu Versailles im Jahre des Herrn anno Domini sechzehnhundertzweiundsechzig wandelte Jean-Baptiste Colbert, Marquis de Torcy. Er, der dem mächtigen König Ludwig dem Vierzehnten in höchsten Diensten stand, vernahm mit zunehmender Müdigkeit und Gereiztheit den Vortrag dieses Mannes, der einen geradezu wahnwitzigen Plan vortrug.

---

[25] Quelle:https://www.lieder.net/lieder/get_text.html?TextId=91914.
Zuletzt aufgerufen am 28.2.2025 um 8:40 Uhr.

Gleich einem Sturm, der über das Antlitz der stillen See hereinbricht, tat sich der Unmut im Gemüt des Marquis auf. Die anspruchsvolle Natur jenes Berichtes und die Vorstellung künftiger Notwendigkeiten in Sachen der Menschenverschleppung und des Handels mit Leibeigenen ließen die Geduld des hochgeschätzten Marquis dahinschwinden.

Dabei war es eine verlockende Vorstellung. Man stattete eine Flotte aus und sandte diese nach Cape Coast. Die Verhältnisse dort waren alles andere als ruhig und überschaubar. Dennoch ... „Monsieur, Ihr Plan entbehrt nicht einer gewissen Kühnheit, und gleichwohl erkenne ich auch den Eifer, mit welchem Ihr Euch diesem Vorhaben zu verschreiben gedenkt. Doch wird es Eurerseits schwerlich gelingen, mich zur augenblicklichen Zustimmung zu bewegen, wenn Ihr die Forderungen des Marktes und die geopolitische Bedeutung der Stellungen an der afrikanischen Küste dermaßen überzieht", sprach der Marquis, und hielt inne. Das Antlitz des Jean-Baptiste Colbert, Marquis de Torcy, war von der Last der Jahre und der Bürde der Verantwortung gezeichnet, doch verrieten seine Augen stets den messerscharfen Geist, der ihm manchen Triumph in den Staatsgeschäften beschert hatte. Gleichwohl wusste der Marquis, dass der Fortschritt und das Reich des Königs viele Entscheidungen von solchem Gewicht erfordern mochten.

Die Dänen, die seit 1659 die Oberhand hatten, - dort -, - mehr oder weniger -, erwehrten sich der Awutu immer wieder nur mit Mühe und Not. Ununterbrochen begehrten die Wilden dort auf.

Davor hatten die Schweden und davor die Niederländer dort die Oberhand gehabt. Colbert wusste, dass auch die Briten vermutlich irgendwann ihre Hand nach der Festung ausstrecken würden und seine Spione hatten ihm zugetragen, dass Schweden bereits einen Rückeroberungsplan ersann.

Diese Wirren konnten einem solchen Coup zuträglich sein, konnten ihn jedoch auch verderben.

Wenn die Schweden ihre Kriegslüsternheit gegen die Weiten Afrikas zu richten gedachten, war es jedoch womöglich ein ratsamer Schachzug, diesen Ehrgeiz nicht vorzeitig zu hemmen, sondern vielmehr diese sich an der afrikanischen Küste erst einmal austoben zu lassen. Es war vonnöten, jedwedes Risiko abzuwenden, inmitten zwischen Dänemark und Schweden zu geraten und von beiden Seiten zugleich bedrängt zu werden. Lasst jene ambitionierten Schweden ihrem Eifer in den fernen Kolonien frönen, dachte Colbert, auf dass sie ihre Kräfte dort verzehren und uns nicht zur Last fallen. Die Kunst der Staatsführung verlangte, sich der Balance und des geschickten Abwägens zu bedienen, um jeden Schaden von der Krone abzuwenden. Die lauernde Gefahr, zwischen den rivalisierenden Königreichen von Dänemark und Schweden zerschlagen zu werden, schien umso ferner, wenn mit Bedacht im Spiel der Mächte operiert wurde. Die Weite Afrikas mochte den Schweden eine Spielwiese sein, die ihm selbst die Atempause verschaffte, in der er die Fäden des Reiches mit der notwendigen Vorsicht und Berechnung führen konnte. All das konnte dieser Kaufmann freilich nicht wissen, und es bedurfte auch seiner Kenntnis nicht, doch machte solches den Vorschlag unvermeidlich unannehmbar. Obgleich der Mann mit dem Einsatz einer ansehnlichen Summe lockte, welche er eigenhändig zu investieren gewillt war, selbstverständlich mit Blick auf die Erteilung eines Monopols auf dem Fort, ohne Beteiligung der anderen Handelsleute und Kompanien. Der Mann war kein Tor, das musste Colbert ihm zugute halten. Jean-Baptiste Colbert, Marquis de Torcy erkannte wohl den waghalsigen Ehrgeiz, der der Unternehmung innewohnte, wiewohl er die Fähigkeiten des Mannes nicht gering schätzte.

Doch auch die darüber hinausgehende Summe, die die Krone zu dem Unterfangen beizusteuern haben würde, übertraf die derzeit

266

zur Verfügung stehenden Mittel. Es war auch ohne dies bereits als hohe Kunst zu bezeichnen, was sich Colbert mittlerweile für Steuern und Lasten ersinnen musste, um den umfangreichen Umbau des Schlosses zu finanzieren. Undenkbar, zu diesem Zeitpunkt weitere Kosten zu verursachen. Und der Umbau hatte allem vorzugehen, wenngleich Colbert der Ansicht war, dass der Louvre ein weit passenderes Domizil für den König von Frankreich darstellte. Er wusste natürlich um die furchtbare Geschichte, die der König als Kind am eigenen Leib erfahren hatte und die ihn nun veranlasste, sich demonstrativ von Paris abzuwenden.

So begab es sich, dass der Vorschlag bei allem wohlwollenden Ansehen als unannehmbar erachtet wurde. Die strategischen Überlegungen und die hohe Kunst der Staatsführung verlangten es, jeden Schritt und jedes Risiko sorgsam zu erwägen, um die Krone und das Reich vor übergroßer Bedrängnis zu bewahren.

„Monsieur", sprach Colbert in gemessenem Ton. „Euer Angebot zeigt Euren Eifer und Eure Kühnheit. Doch derlei Monopolansprüche und Vorhaben bergen Gefahren, die wir zumal in dieser unbilligen Zeit abzuwägen wissen müssen. Das Risiko, zwischen den rivalisierenden Mächten zermalmt zu werden, ist zu gewichtig, als dass ich solch einem Unterfangen zustimmen könnte."

Le Havre, Frankreich, April 1663

Leon Dubois war ein zartes Kind. Er besaß blonde, schulterlange Locken. Seine Stirn war hoch und seine feinen Brauen lagen weit auseinander, dergestalt dass er stets sanft und freundlich deuchte und mit fragendem Blick die Welt betrachtete .

Seine Lider öffneten sich niemals völlig, wodurch seinen großen dunklen Augen ein träumerischer, zugleich forschender Ausdruck verliehen war, als hinterfrage er jedweden, der auf ihn zutrat.

Sein Näschen, welches das eines Älteren zu sein schien und der stets leicht geschürzte Mund verstärkten diesen Eindruck.

Leon war ein stilles Kind. Er war der Erstgeborene unter den Dreien in der Familie. Sein Bruder René war um zwei Jahre, und seine Schwester Jeanne um fünf Jahre jünger denn er.

Nun, es hatte weitere Kindlein in der Familie gegeben, doch niemand sprach mehr von ihnen.

Die zwillingsgleichen Brüder Charles und Étienne waren im zeitlichen Abstand von wenigen Monden im Alter von einem und zwei Jahren verschieden. Damals war Leon noch von zarter Gestalt und jungem Alter, doch er bewahrte gute Erinnerungen an die Kindlein, deren Absence plötzlich und unvermutet gekommen war.

Als Charles nicht mehr dar war, vermochte Leon dies nicht zu begreifen. Obschon er bereits vernommen hatte, dass der Kinder manch eins früh zu sterben pflegte, entwirrte sich ihm das tiefe Mysterium des Todes nicht. Er erinnerte sich wohl daran, wie er Charles in dessen Bett liegen sah. Dies Bild war ihm wohl ins Gedächtnis geprägt: Charles lag gänzlich still und rührte sich nicht, selbst nicht, als Leon ihn sanft an seiner Hand berührte.

Leon hatte sich darüber nicht verwundert. Wenn die Zwillinge schliefen, so waren sie gleichwohl unempfindlich gegen sein Berühren. Doch das Händchen war kalt gewesen, ob dessen war er zurückgeschreckt, und der tiefen Trauer der Mutter entnahm er, dass Charles nicht im Schlaf weilte, sondern dass sich etwas Grässliches zugetragen haben musste.

Und also erwachte Charles nimmermehr. Er war aus der Mitte der Familie genommen und kehrte auch nicht wieder. Leon vermochte nicht zu fassen, wohin Charles gegangen sein mochte.

Er hatte den Vater gefragt, und dieser hatte ihm erklärt, Charles habe das heilige Sakrament der Taufe empfangen und sei in den Himmel gefahren. Doch Leon vermochte nichts davon zu begreifen. Mangels anderer Antworten drang er auch nicht weiter in Vater und Mutter, denn sie erwähnten bald darauf den Namen Charles' nicht mehr.

Kurz nach dem Feste der Weihnacht, als die Zeit am kältesten war, da geschah es eines Morgens, dass auch Étienne nicht mehr erwachte.

Die Amme war in heller Aufregung gewesen, auch daran erinnerte sich Leon gar wohl. Sie hatte laut gerufen, und der Vater war eilends ins Gemach gestürzt. Da er erblickte, wie es um Étienne stand, hob er ihn auf, doch jener rührte sich nicht.

Der Vater verwehrte der Mutter, ins Zimmer zu treten, und nachdem Étienne hinweggebracht worden war, durften auch Leon und René nicht mehr hinunter. Fortan schliefen sie in einem anderen Raum.

Leon empfand es als unerträglich, die Mutter in solch trübseliger Verfassung zu sehen. Doch siehe, bald darauf schenkte die Mutter einem Schwesterlein, Jeanne geheißen, das Leben, und ihr Befinden besserte sich mit der Ankunft des neuen Kindleins.

Leon hatte das nicht begriffen, da Charles und Étienne nach wie vor fort waren und auch nicht zurückkehrten.

Er hatte oft ihrer gedacht und sich gefragt, an welchem Ort sie nun weilen mochten und ob er selbst wohl auch dereinst ziehen müsste und nicht mehr zurückkommen würde und an welchem unbekannten Ort er sich sodann befinden würde.

Wenn Leons Studieren ein Ende fand, das war an jedwedem Tag der Woche, - ohne den Tag des Herrn -, so hatte er sich nach einer halbstündigen Ruhe zur Vierten Stunde des Nachmittags im Kontor seines Vaters Henry Dubois einzustellen.

Leon trat mit Freuden in das Kontor seines Vaters. Es war ihm erst seit seinem siebten Namenstag erlaubt worden. Der Vater zeigte ihm die Kunst der Buchführung, machte ihn mit den ehrenwerten Händlern bekannt, welche kamen, um zu kaufen und zu verkaufen, und ließ ihn oft beim Prokuristen und bei den Lehrlingen verweilen, damit Leon ihnen über die Schulter schauen und ihnen behilflich sein möge. Diese Art des Unterrichts behagte Leon um ein Vielfaches mehr als das Lernen mit dem Hauslehrer in der düsteren Kammer.

Der Vater hatte Leon berichtet, dass die Waren, mit denen er Handel trieb, aus fernen Ländern kamen. Diese wertvollen Güter gelangten auf Schiffen, die dem Vater selbst gehörten, in ihre Hände. Die Schiffe waren neu und schimmerten prächtig im Sonnenlicht, als Leon sie das letzte Mal im Hafen sanft schaukelnd erblickt hatte. Der Vater hatte jene stolzen Kähne erworben, als sie im vergangenen Herbst ihren Wohnsitz nach Le Havre verlegt hatten.

Leon war ungern aus der Heimat fortgezogen, doch der Vater hatte ihm dargetan, dass sie in Le Havre weit mehr erlangen könnten denn in Verdun. Der Besitz eigener Schiffe mache den Vater unabhängig von den Reedern. Leon merkte wohl, dass der Vater überaus stolz auf seinen Besitz der Schiffe war. Seit der Erwerbung jener Kähne war er merklich freundlicher und zugänglicher geworden, weniger abweisend und zornmütig.

Heute gedachte der Vater, ihn abermals mit hinab zum Hafen zu nehmen, denn drei Ostindienfahrer sollten entladen werden, welche kostbaren Tee aus dem fernen China brachten. Nach dieser Arbeit sollte die monatliche Versammlung der Kompanie im Kontor der Martins stattfinden, und auch zu diesem Ereignis sollte Leon seinen Vater begleiten.

Als Leon das Kontor erreichte, wurde er vom Prokuristen freundlich empfangen. Er begab sich umgehend zur Schreibstube seines Vaters. Schon aus einiger Entfernung vernahm er, dass der Vater sich in ein Gespräch vertieft hatte. Eh' er die Tür erreichte, wurde diese heftig aufgerissen und ein älterer Monsieur verließ den Raum in hastigen Schritten. Es war einer der Boten, durch welchen der Vater stets mit Nachrichten versehen wurde.

Leon trat einen Schritt zur Seite und schlüpfte behände hinter jenem Mann zur Tür seines Vaters. Als er seinen Vater erblickte, sah er, dass dieser den Kopf in die Hände gestützt hielt. Der Vater hatte seine Ankunft noch nicht bemerkt.

Leon wagte es nicht, sich zu regen. Er kannte diese Haltung seines Vaters und sein Herz begann wild zu pochen. Vater hatte lange keinen Zornesanfall mehr gehabt. Genauer gesprochen seit der Übersiedlung nach Le Havre, seit der Investition in eigene Schiffe war kein solcher Anfall mehr vorgefallen.

Da jedoch erhob der Vater seinen Blick und entdeckte Leon.

Augenblicklich straffte Leon sich und brachte sich in Haltung.

„Was stehst du da in der Tür und starrst mich an?", fuhr der Vater ihn an.

Leon, in Furcht vor den unbändigen Launen seines Vaters, war wohlbekannt, dass selbiger kein Ducken oder Weichen duldete. So bemühte er sich redlich, seine Gestalt in würdiger Haltung zu richten und erhob seine Stimme mit allem Mut, den er aufzubringen vermochte: „Ich bin soeben eingetroffen."

Leons Vater heftete seinen prüfenden Blick auf den Sohn und nickte sacht, als ob er einem geheimen Gedanken Rechnung trüge. Hernach erhob er sich, schritt gemächlich zum Fenster und ließ seinen Blick hinaus schweifen.

Draußen bot sich dem Auge ein trübes Schauspiel; alles durchdringender Sprühregen kleidete die Stadt in ein gespenstisches Grau.

Leon verharrte in geduldigem Schweigen.

„Es ist wahrhaft nicht zu fassen …", erhob der Vater abermals seine Stimme, ohne sich von der Aussicht abzuwenden.

Leon wagte einen vorsichtigen Blick hin zu seinem Vater, doch dessen Miene offenbarte ihm nichts; er konnte keinen Deut erraten, worum es diesem ging.

„Es ist wahrhaft nicht zu fassen", wiederholte der Vater, im Bann seiner eigenen, tiefen Gedanken versunken.

Vater hatte Leon nicht verraten, was ihn derart bekümmerte, und Leon hatte nicht gewagt, um Auskunft zu fragen. Wie sehr drängte es ihn an jenem Tag fortzulaufen aus dem Kontor, sich in seine Stube zurückzuziehen und diesen verregneten Tag in Mutters Gegenwart zuzubringen. Wenn er an Mutter dachte, ergriffen die nächsten Sorgen von ihm Besitz.

Mutter erwartete in Bälde ein Kind. Eine unbestimmte Ahnung beschlich Leon, dass sie seiner Hilfe bedurfte, doch stets und unveränderlich winkte die Mutter ab, wenn er doch einmal den Mut aufbrachte, sie darauf anzusprechen, und sie schickte ihn fort.

An jenem Tage schlich Leon nur schweigend seines Vaters Tritten hinterher. Sah, wie schroff und grob dieser mit den Löschern im Hafen verfuhr und ihnen kein freundliches Wort gönnte.

Leon befand sich in einem unsteten Wechsel der Empfindungen, schwankte zwischen Angst und Scham, dass er solch einem Vater eigen war, und im selben Atemzug schämte er sich zutiefst für die bösen Gedanken, die ihn über seinen Vater befielen. Er bemühte sich redlich, seinen Geist auf andere Dinge zu richten, doch immer und immer wieder verfiel er in Grübelei, was wohl die Ursache des väterlichen Zornes war, die sich gleich einem Schatten auf diesen gelegt hatte.

Als Vater seine Aufsicht über die Löschknechte[26] beendete, wandte sich sein Weg hin zur Versammlung der Vertreter der ehrbaren Handelskompanien.

Leon, bereits mürbe und von Müdigkeit geplagt, wusste wohl, dass der Tag noch seine Länge nehmen würde, denn es gab stets

---

[26] Das Entladen von Schiffen wurde im 17. Jahrhundert zumeist als „Löschen" der Ladung bezeichnet. Dies war ein geläufiger Begriff in der Seefahrt und im Handel. Die Arbeiter, die ein Schiff entluden, wurden häufig als "Löschknechte" oder "Hafenarbeiter" bezeichnet. Diese Begriffe sind in historischen Dokumenten und Schriften über den Seehandel und die Häfen jener Zeit zu finden. Quelle: „Handbuch der deutschen Handelsgeschichte" von Hermann Kellenbenz, 1971.

überaus vieles zu beratschlagen und zu erwägen.

Im Kontor der angesehenen Martins herrschte bereits ein reges Treiben und geschäftiges Handeln. Männer eilten geschäftig hin und her, in Hast mit Schriftrollen und Büchern bepackt, den Kopf voller Kalkulationen und Pläne. Leon wusste, dass ihm noch einige Stunden der Wachsamkeit bevorstünden, ehe ihn die Ruhe seines Lagers erwartete.

Leon war nicht zum ersten Mal hier anwesend und wie bereits bei der letzten Versammlung hatte einer der Diener eigens für Leon ein Glas mit klarem Apfelsaft auf seinem silbernen Tablett bereitet. Als jener aufmerksame Diener Leon nun entdeckte, hinter dem ernsten Vater stehend und in der Vielzahl der Anwesenden mit Herumsehen beschäftigt, schritt er sogleich zu ihm hin. Mit freundlich lächelndem Angesicht beugte er sich zu Leon herab und hielt ihm augenzwinkernd das Tablett entgegen. Leon erkannte sogleich dasjenige Glas, welches sich von den übrigen unterschied.

Sein kleines Herz tat freudig einen Hüpfer ob dieser fürsorglichen Geste, und mit strahlender Miene griff er nach seinem Glas.

„Bitte sehr, Monsieur", sprach der Diener, wie beim letzten Mal, und lächelte ihn zwinkernd an.

Leon fühlte sich in diesem freundlichen Augenblick ein wenig erleichtert und trank den süßen Saft, während um ihn herum das geschäftige Treiben fortfuhr. Er schmeckte ihm weit mehr als das Dünnbier, dass er sonst trank.

In jenem Augenblick wurde Leons Vater eines ihm Bekannten gewahr. "Folge mir, mein Sohn", sprach er und ergriff hastig Leons Arm. Da fiel sein Blick auf das Glas in dessen Hand. "Was soll das für ein Unfug sein? Was machst du dann, wenn du während der Versammlung austreten musst?" Leons Vater nahm ihm das Glas aus der Hand und stellte es wieder auf das Tablett zurück. Dann zog er ihn hin zu Monsieur Lavalle, der einige Klafter[27]

---

[27] Es war gebräuchlich, Entfernungseinheiten wie "Klafter" zu nutzen. Ein

entfernt stand.

Leon wagte einen flüchtigen Blick zurück zu dem freundlichen Diener, welcher ihm nochmals zuzwinkerte, ehe er in der Menge verschwand.

"Lavalle, wie steht ́s mit Eurem Geschäft?", sprach Leons Vater Monsieur Lavalle an.

„Ah, Dubois, welch' eine Wonne, Euch zu erblicken. Alle Geschäfte laufen gar vortrefflich, wenn ich wohl sprechen darf. Und bei Euch? Wie ich sehe, habt Ihr Euren Sohn herbringen lassen!? Sehr schön. Seid gegrüßt, junger Leon." Monsieur Lavalle nickte Leon höflich zu

„Jaja", winkte Leons Vater in Eile und Ungeduld ab. "Habt auch Ihr bereits die Kunde aus Cape Coast vernommen?"

„Gewiss, Dubois! Unglaublich! Dies wird die Kräfte im Überseehandel gewisslich beeinflussen. Es wird unumgänglich unser Gesprächsthema des Abends sein. Die schwedischen Arrangements zeugen von zielstrebigem Vorgehen. Ob sie jedoch mit den lokalen Kräften zurechtkommen werden, bleibt abzuwarten."

Die Zusammenkunft währte vier Stunden.

Die Uhr hatte bereits die elfte Stunde geschlagen, als man sich endlich erhob, um sich zur heimischen Stätte zu begeben.

Henry Dubois hatte einerseits einiges Einsehen für den jungen Leon, welchen er mehrfach hatte sachte anstoßen müssen, damit dieser nicht schlafend vom Stuhl fiel, doch andererseits war er auch erbost ob Leons Benehmen. Ein wohlgestellter Kaufmann trug in seinen Augen durchaus gewisse Verpflichtungen und Pflichten, wollte er erfolgreich sein im Handelsgeschäft, und es war höchste Zeit, dass Leon dies endlich erlernte.

Klafter entsprach etwa 1,8 Metern. Quelle: https://de. wiktionary.org /wiki/Klafter. Beispiel in: Jan Graf Potocki: *Die Handschrift von Saragossa oder Die Abenteuer in der Sierra Morena.* Roman. Gerd Haffmans bei 2001, Frankfurt/Main 2003, Seite 196. Übersetzung von 1962 des teils französischen (1805-14), teils polnischen Originals (1847): „Mein Maultier stürzte, und ich fiel etliche *Klafter* tief hinab."

Nun wandelte das Kind schlaftrunken hinter ihm her, und Henry Dubois musste ihn mehrfach ermahnen, sich nicht die Augen zu reiben, während er damit beschäftigt war, den bekannten Gesichtern unter den Kompanienvertretern und Kaufleuten zuzunicken und ihnen einen gesegneten Abend zu wünschen.

Draußen angelangt, erblickte er sogleich, einem glücklichen Zufall verfallend, eine Porte Chaise gegenüber der Tür. Rasch winkte er die Träger mit seinem Taschentuch und einer eisernen Miene heran, damit kein anderer ihm das wertvolle Transportmittel abspenstig machte. Sodann hob er eilends seinen halb schlafenden Sohn in die Sänfte und verkündete den Trägern den Weg, den sie zu beschreiten hätten.

Nachdem sie das Duboi'sche Wohnhaus, gelegen nahe dem handelsherrlichen Kontor, erreichten, war Leon bereits tief in den Armen des Morpheus versunken.

Noch ehe Henry den kräftigen Trägern ihren wohlverdienten Lohn entrichten konnte, eilte ihm die betagte Penelope aufgeregt entgegen. "Monsieur, Monsieur, es ist so weit, Madame ergeht es nicht wohl ...", rief sie in erregtem Tonfall und sank dramatisch vor ihm nieder.

"Nun, nun", entgegnete er mit einem Anflug von Gereiztheit. Wie wohltuend war die Heimreise in der Sänfte, begleitet von dem schlafenden Kind gewesen. Und kaum hatte er die Schwelle seines Heims überschritten, brach erneut der Tumult aus. "Gehen Sie nur hinein. Ich werde die Träger bezahlen und sodann nach dem Rechten sehen. Die Hebamme ist doch wohl verständigt worden?" Er richtete seinen strengen Blick herablassend auf die füllige Alte.

"Madame Covette weilt hier, gewiss, jedoch ist das ganze Haus in heller Aufregung!" Mit sichtlicher Beschwerde richtete sich Penelope wieder auf die Beine und atmete schwer.

Henry gedachte kurz ihrer Neigung, beim Kochen allzu oft zu

naschen. "Nun, gehen Sie hinein, ich werde gleich folgen", sprach er unwirsch.

Henry bezahlte die Heimfahrt und nahm Leon auf seine Arme.

Wie ein zierliches Bündel ruhte das Kind, das Haupt gegen seines Vaters Schulter gelehnt. Nicht zum ersten Mal durchschoss ihn der Gedanke, wie aus dieser empfindlichen Gestalt einst ein ehrenwerter Kaufmann werden sollte.

Als Henry jedoch mit seinem Sohn auf dem Arm das Haus betrat, prallten die allgemeine Hektik und der Lärm des in Aufruhr befindlichen Haushalts auf ihn und das Kind ein, sodass Leon erwachte.

„Vater, was ist geschehen?", fragte Leon verwundert.

„Nichts weiter, mein Junge. Schlaf nur weiter. Madame Hedwig wird dich sogleich zu Bett bringen."

In eben diesem Augenblick wurde die Tür zum Schlafgemach im ersten Stock aufgerissen, und eines der Mädchen stürzte heraus, die Arme voller blutgetränkter Tücher. Sie eilte zur Treppe hinab und erblickte den Hausherrn.

„Monsieur, Monsieur, es ist ein Junge, er ist da!", rief sie aufgeregt.

„Ist meine Gattin wohlauf?", entfuhr es Henry, ungewohnt laut.

Leon riss augenblicklich die Augen auf und starrte das Mädchen an der Treppe an.

„Madame ist erschöpft, gewiss, doch wir sind guter Dinge, dass sie sich bald erholen wird", sprach das Mädchen nun in ruhigerem Ton.

Henry unterdrückte den Drang, sogleich nach dem Zustand des Kindes zu fragen. Zuerst galt es, das schlafende Kind aus seinen Armen zu entlassen. „Schickt nach Madame Hedwig", befahl er dem Mädchen.

Kurz darauf trat Henry Dubois leise an das Lager seiner Gattin heran. Der Raum war erfüllt von einem unangenehmen Dunst aus

Schweiß und Blut. Henry verspürte den dringenden Wunsch, eines der Fenster weit aufzureißen, doch er wusste um die Besorgnis der Hebamme, Mutter oder Kind könnten sich verkühlen.

Babette lag bleich und mit geschlossenen Augen auf ihrem Lager.

Henrys Blick fiel auf die kunstvoll geschnitzte Wiege, in welcher nun abermals ein Kind ruhte.

Er schritt leise darauf zu und blickte hinein.

Augenblicklich durchfuhr ihn eisiger Schauer.

Die Farbe wich aus seinem Gesicht, als hätte der Tod selbst ihn berührt und seine Brust wurde zugedrückt, dass er kaum zu atmen vermochte. Seine Augen, die zuvor von Hoffnung und Erwartung erfüllt waren, weiteten sich nun in ungläubigem Entsetzen.

Erstarrt blickte er in das Gesicht, aus dem ihm zwei scharze Augen entgegenblickten. Hatte er jemals solch ein Gesicht gewahrt? Was er sah, war eine grauenhafte Fratze. Entsetzlich.

War es möglich, dass dies sein Kind war?

Doch nicht allein das entsetzliche Aussehen des Kindleins, sondern auch sein mühevolles Ringen nach Atem beunruhigte ihn tief. Es atmete nicht in gleichmäßigen Zügen, sondern rang um jeden Atemzug und ein krächzendes Röcheln drang aus dem kleinen Leib, welcher kaum die wenige eingesogene Luft zu halten vermochte.

In Henrys Herz tobte ein Kampf zwischen väterlicher Zuneigung und dem Grauen, das der Anblick in ihm erweckte.

Seine Hände zitterten, unfähig, das Kind zu berühren Eines Teils wollte er das Kind zu sich ziehen und es tröstend umfangen. Doch ein anderer Teil von ihm hielt ihn in eisiger Umklammerung zurück, entsetzt von der Vorstellung, dieses Ungeheuer zu berühren. So verharrte er regungslos. Keines klaren Gedankens vemochte er sich zu bemächtigen.

In jenem Augenblick wurde die Tür aufgetan und die Hebamme

betrat den Raum. Mit sanften Schritten näherte sie sich dem Hausherrn und stand schweigend an seiner Seite, den Blick gleichfalls auf das kleine Geschöpf gerichtet.

„Wir haben nach dem Pfarrer geschickt. Euer Sohn bedarf alsbald der heiligen Taufe", sprach sie nach einer Weile mit gedämpfter Stimme. „Es betrübt mich zutiefst, Euch keine erfreulichere Botschaft bringen zu können."

Henry, überwältigt von der Last der Ereignisse, vermochte nichts zu erwidern. Sein Blick haftete unentwegt auf dem Wesen in der Wiege, dessen schwarze Augen in gleichem Maße ohne Unterlass auf ihn gerichtet waren. Ein Sohn also, ging es ihm durch den Kopf, ein Sohn, doch von solch entstelltem Antlitz.

Henry wandte sich jäh zu Babette um. Sie hatte die Augen noch immer geschlossen.

„Wo weilt mein Kind? Ich begehre es in meinen Armen zu halten", flüsterte sie.

„Teuerste, … ich…", hob Henry an, doch vermochte er die Worte nicht zu formen.

„Lasst ihr das Kind. Sie wird Abschied nehmen müssen", sprach die Hebamme, seine Hand ergreifend.

„Doch …"

„Nein, nein, so wird es recht sein, glaubt mir", beharrte die Hebamme.

Hilflos verharrte Henry, als die alte Frau das kleine Bündel aus der Wiege nahm und es seiner Babette in die Arme legte.

Babette öffnete die Augen und betrachtete das Kindlein, das so mühsam um Atem rang. Henrys Herz krampfte sich zusammen, als er den Ausdruck ihrer Augen sah. Der tiefe Schrecken in ihren Augen traf ihn mit voller Wucht. Regungslos stand er da, unfähig zu handeln.

Die Hebamme setzte sich an Babettes Bett und nahm ihre Hand in die ihre. Nach einer Weile begann sich Babettes Blick zu wandeln. Tränen füllten ihre Augen, und eine bittere Erkenntnis zeichnete sich in ihrem Gesicht ab. „Deswegen war die Geburt so mühsam. Es konnte nicht mithelfen," flüsterte sie tonlos, ihre Stimme kaum mehr als ein Hauch.

Die Hebamme nickte und sprach mit sanfter Entschlossenheit: „Es ist sein Herzchen, versteht Ihr. Es hat keine Kraft."

Diese Worte ließen Henrys Herz schwer werden, doch in Babettes Augen trat plötzlich ein Hauch von zärtlicher Liebe. Und mit diesem Blick betrachtete sie das Wesen mit dem Angesicht eines Ungeheuers.

In diesem Moment fühlte sich Henry, als würde ein Ruck durch ihn gehen und er konnte wieder handeln. Er trat ebenfalls an das Bett seiner Gemahlin und kniete sich zu ihr.

„Es gleicht einem Wunder, dass er lebend das Licht der Welt erblickte und Euch nicht eine noch beschwerlichere Geburt bescherte und dass es nun noch die Taufe empfangen kann und zu Gott gehen möge", sprach die Hebamme schließlich.

Babette beschloss, dass ihr Sohn Nikolas heißen sollte. Die Eltern ergriff große Erleichterung, als der Pfarrer endlich eintraf, um die Nottaufe zu erteilen. Die Nacht über hielten sie Wache, doch auch am nächsten Morgen kämpfte er noch um Luft.

Die Amme säugte ihn, doch er trank nur kaum.

Babette hielt ihn jederzeit bei sich.

Henry erkannte, dass ihr bewusst war, wie kurz ihnen die Zeit mit Nikolas bemessen war, und sie wollte davon keinen Moment missen.

Am nächsten Morgen begaben sich Leon und René, um ihrer Mutter und dem jüngstgeborenen Brüderlein einen Besuch zu erweisen. Leon jedoch war bereits mit einer Vorahnung behaftet, denn das Kindermädchen, hatte sie nicht mit fröhlichem Gesicht empfangen. Dies hatte in seinem Innersten ein Unbehagen erweckt, welches er nicht zu benennen vermochte.

Im Korridor vernahm er das gedämpfte Raunen der Dienstboten, heimlich flüsternd hinter vorgehaltener Hand. Niemand zeigte die üblichen Anzeichen der Freude über die Ankunft dieses Kindes.

Düstere Ahnungen verdunkelten Leons Herz.

Was jedoch konnte an der Geburt eines Brüderleins von solch misslicher Bedeutung sein?

Als er endlich das Kind im Arm seiner Mutter erblickte, erkannte er sogleich, dass dieses Gesichtchen anders war als das anderer Kindlein. Doch plötzlich wurde ihm noch mehr bewusst: Das schwere Atmen des kleinen Kindes erfüllte ihn mit einer tiefen Furcht.

Es war die hochgeschätzte Tante Thérése, die alsbald mit Leon sprach und ihm offenbarte, dass der Herrgott das Brüderlein bald wieder zu sich in den Himmel rufen werde, da es allzu oft vorkomme, dass Kindlein nach ihrer Ankunft auf dieser Welt bald wieder gen Himmel zurückkehrten.

Nikolas verweilte drei Tage in den Armen von Babette. Danach entschlief er sanft ebendort und tat seinen letzten Atemzug.

Henry erfuhr von diesem traurigen Geschick erst zwei Stunden später. Ein dringendes Gespräch in seinem Kontor hatte ihn festgehalten und konnte unmöglich verschoben werden. Wieder einmal musste Henry eine protestantische Bestattung organisieren. Doch diesmal verspürte er keine Erleichterung, wie es bei der Beerdigung seines Vaters der Fall gewesen war; vielmehr fühlte er sich kraftlos und zermürbt. Alles schlug schwer auf sein Gemüt nieder.

Zuvorderst die niederschmetternde Botschaft, dass die Schweden jenem Schritt gewagt hatten, den sein König gescheut hatte.

Sie hatten das unternommen, was er zu tun erwogen hatte, und nun waren sie die Beherrscher des Cape Coast Castle, indes der König und sein Schloss in kostspieligen Neubauten verschwendeten, was die Franzosen erwirtschafteten, und ihnen immer höhere Steuern abnötigten.

Sodann der Verdruss wegen seines Erstgeborenen, dessen Weichlichkeit und Kraftlosigkeit ihm zur stetigen Quelle des Missfallens geworden war. Umso mehr, nachdem sein jüngstes Kind, welches sich in der wenigen Zeit, die ihm vergönnt gewesen war, so streitbar gezeigt hatte, sogleich wieder zu Grabe getragen werden musste.

Henry blickte zornesvoll zu seinem Erstgebornen hinüber. Dieser stand an der Hand der Tante Therése und bemerkte den zornigen Blick seines Vaters nicht.

1664

Leon Dubois war noch immer ein zartes Kind. Er zählte nunmehr acht Sommer.

Er trug noch immer blonde, schulterlange Locken. Nichts an seinem Äußeren hatte sich gewandelt. Seine großen dunklen Augen, waren noch immer vielsagend und spiegelten gleichsam eine träumerische Melancholie und eine kritische Wachsamkeit wider. Leon war ein schweigsames Kind; sein Wesen von ruhiger Art.

Der Vater hatte jüngst bekundet, es werde keine weiteren Geschwisterlein mehr geben. Die zarte Mutter wäre durch die bei der letzten Niederkunft erlittene Schwäche und den Verlust dieses Kindes noch zarter geworden.

Schwester und Bruder, René nunmehr sechs Sommer zählend und Jeanne im dritten Lebensjahre, waren Leon verlässliche Gesellschafter.

Leon war nimmermehr geneigt, das Kontor des ehrwürdigen Vaters aufzusuchen. Viel lieber verbarg er sich hinter den Folianten[28], welche der gelehrte Monsieur Torvette ihm zum Studium überlassen hatte, oder er strebte danach, den Kunstwerken des berühmten Malers Verde nachzueifern, die in hoher Zahl das Haus zierten. Wie oft hatte er vor den erhabenen Portraits gestanden und bewundert, wie einzigartig die Werke in ihrem Kunstwert waren, zumal im Vergleich zu den populären Bildnissen der gegenwärtigen Mode.

Leon hegte eine tiefe Liebe für diese meisterlichen Gemälde. Sie waren das Kostbarste und Schönste im ganzen Hause. Wenn Gäste ihnen die Ehre erwiesen, so verweilten sie ebenfalls in würdevoller Anerkennung vor den Kunstwerken und überhäuften diese mit anerkennenden Kommentaren.

Leons Herz hing auch seiner Tante Therése, die zwar tatsächlich des Vaters Tante war doch von allen Kindern liebevoll Tante genannt wurde. So gönnte sie allen Kindern im Hause Dubois das würdige Prädikat der geistlichen Verwandtschaft. Sie war wahrhaftig ihre liebe Tante. Therése zeichnete sich durch Sanftmut und wohlwollende Freundlichkeit aus. Namentlich bei der kindlichen Gesellschaft konnte sie erheiternd und anmutig ausgelassen sein. Doch trat ein Erwachsener in ihre Nähe, wandelte sich augenscheinlich ihre Stimmung, und sie zeigte sich sogleich schweigsam und von ernsthafter Natur.

Leon hegte zudem große Zuneigung zu seiner Mutter. Sie jedoch war von schwächlicher Konstitution und von kränklicher Natur und konnte ihm nicht zur Stütze gereichen. Im Gegenteil, sie benötigte eine Stütze, die er ihr, so sehr er es auch wünschte, nicht zu gewähren vermochte. Auch sein Vater vermochte ihr diese Stütze nicht zu sein, da er allzu sehr in jene Arbeit im Kontor und

---

[28] Das Wort "Folianten" stammt aus dem Lateinischen "foliatus" und bezeichnet großformatige Bücher, die, häufig als wertvolle und umfassende Werke, von Gelehrten zum Studium genutzt wurden und in Bibliotheken als besonders wertvolle Stücke galten. Quelle: Burke, Peter. "The Historical Anthropology of Early Modern Italy: Essays on Perception and Communication." Cambridge University Press, 1987.

im Hafen involviert war.

Was Leon hingegen in keiner Weise liebte, war die Arbeit im Kontor. Denn im sicheren Wissen, dass er seinem Vater niemals gerecht zu werden vermochte, obgleich er all seine Kräfte hierfür aufbot, war ihm jeder Tag im Kontor wie eine nie enden wollende Strafe.

Nun saß er in einem engen, kalten Winkel des Kontors und hegte den Wunsch, niemanden zu sehen noch zu hören. An jenem Tage hatte der Vater die alarmierende Nachricht erhalten, dass ihm der angestrebte Posten des Hafenmeisters versagt bleiben würde, weil man Protestantenten nicht zu dulden gewillt sei. Als Leon seinen Vater nach dem Grund der Aufregung fragte, hatte jener ihn angeherrscht, er solle die Buchführung vollenden und sich erst wieder vor ihm blicken lassen, wenn er ihm eine tadellose Arbeit vorweisen könne.

Leon wusste, dass er augenblicklich aus jenem Winkel hervorkriechen und sich an die Arbeit machen musste, doch er vermochte es nicht. Der Zorn seines Vaters lähmte ihn in solchem Ausmaß, dass er keinen einzigen klaren Gedanken fassen konnte. Dabei würde der Zorn des Vaters ins Unermessliche steigen, wenn Leon seinem Befehl nicht nachkäme.

Leon fror. Doch vermochte er sich nicht zu erheben. Die Kälte, die ihn längst durchdrungen hatte, verblasste im Vergleich zu der kalten Strenge seines Vaters fast zur Unmerklichkeit.

Leon konnte nicht sagen, wie lange er auf den kalten Steinen verharrt hatte. Als der Prokurist ihn herauszog, war ein säuerlicher Geruch deutlich zu vernehmen, Leon war starr vor Entsetzen.

„Du sollst zu deinem Vater gehen", sprach der Prokurist mit einem Blick, der Abscheu zu verraten schien.

Leon fühlte Scham und konnte sich das Unglück nicht erklären. Er stand wie versteinert. Der Prokurist, des Wartens müde, packte

Leon am Arm und zog ihn zum Arbeitszimmer. Dort angelangt, stieß er ihn durch die Tür.

„Leon, wo hast du gesteckt?"

Leon, welcher geübt darin war, die jeweilige Stimmung seines Vaters schnell und präzise zu erspüren, stellte sogleich fest, dass dieser nun milder gestimmt war.

In gedrückter, stiller Erwartung verharrte Leon, während sein Vater ihn schweigend musterte. „Begib dich sogleich ins Wohnhaus und beseitige das Malheur. Die Buchführung vollendest du am morgigen Tage, denn es hat bereits die neunte Stunde geschlagen."

Es war Thérése, die Leon die Tür öffnete. „Komm nur herein, Kind."

Als Leon Thérése erblickte, vermochte er nicht länger, die Tränen zurückzuhalten.

Sie sprach ihn darauf nicht an, sondern half ihm lächelnd aus den verunreinigten Gewändern und wusch ihn sorglich. Sodann legte sie ihm ein frisches Nachtkleid an und brachte ihm ein Nachtessen aus der Küche. Sie setzte sich neben seine Lagerstatt, während er speiste und erzählte ihm eine kleine Geschichte. Alsbald öffnete sich die Tür und Vater trat herein. „Du bist also heimgekehrt ..." sprach er. Als seine Augen Thérése erblickten, verfinsterte sich sein Blick.

Am folgenden Tag verkündete der Vater seine Absicht, mit Leon einen Spaziergang zum Marktplatz zu unternehmen. Dort finde sich heute die ganze Bürger- und Kaufmannschaft von Le Havre ein.

René, in seiner kindlichen Unbedarftheit und Neugierde, begann sogleich zu flehen und zu drängen, um gleichfalls die Erlaubnis zur Teilnahme zu erlangen, woraufhin der Vater sein Einverständnis erteilte.

Leon hingegen konnte sich nicht erklären, was der Markt an Überraschungen oder Bedeutsamkeiten bereithalten sollte. Überdies verwunderte es ihn sehr, dass Vater seine kostbare Zeit dafür aufzuwenden bereit war, einen Markt zu besuchen, den er an allen anderen Tagen als belanglos erachtete.

Als sie auf dem Markt anlangten, waren viele Menschen dort versammelt. Die Stimmung war aufgerührt und belebt. Leon erblickte, dass man in der Mitte des Marktplatzes einen Scheiterhaufen aufgerichtet hatte.

„Vater, werden sie ein Feuer entfachen? Mitten auf dem Marktplatz?", fragte René.

„Sie werden heute ein Urteil vollstrecken", entgegnete hingegen Vater in ernstem Ton.

Leon begriff die Worte nicht.

„Was bedeutet dies?", fragte René.

„Man hat ein Weib der Hexerei überführt. Nun wird sie hier verbrannt."

Leon starrte seinen Vater entsetzt an.

Der Vater, der Leons Blick bemerkt hatte, sprach: „Ihr sollt dereinst erkennen, was jenen widerfährt, die nicht den rechten Glauben wahren. Versteht Ihr? Dieses Weib ist eine Hexe, doch dasselbe widerfährt auch Ungläubigen und Ketzern."

Leon konnte das Gehörte kaum fassen. Sein Blick verweilte auf dem großen Scheiterhaufen, und er stellte sich den Schrecken vor, einmal solch einem Feuer ausgeliefert zu sein. „Vater, ich … ich möchte nach Hause gehen …", stotterte er.

Der strenge Blick seines Vaters ließ Leon jedoch jede Hoffnung schwinden, diesem Schauspiel zu entkommen.

René zeigte sich verunsichert, doch wagte er nicht, dem Vater zu widersprechen.

Leon verharrte nunmehr in Schweigen. Kein Wort und keine Bitte würden ihm helfen. Es bedurfte eines Wunders, wollte sich das

Schicksal zu seinen Gunsten wenden.

Dann keimte in Leon der Gedanke, der Vater habe vielleicht einen bösen Scherz gemacht. Etwas derart Grausames konnte doch nicht Wirklichkeit sein. Er versuchte, seine Angst zu unterdrücken und sich nicht in Schrecken jagen zu lassen. Es schien ihm himmelschreiend unmöglich, dass die Menschen freiwillig herbeikämen, um Zeuge eines solchermaßen entsetzlichen Vorganges zu werden. Doch plötzlich wandelte sich die Stimmung auf dem Marktplatz. Die allgemeine Aufmerksamkeit konzentrierte sich in eine bestimmte Richtung.

Leon mühte sich ebenfalls, zu sehen, was sich begab.

In der Ferne erblickte er einen Wagen, der auf den Marktplatz fuhr. Umgeben von hölzernen Gittern, wurde er von zwei Ochsen gezogen. Mehrere Reiter begleiteten das Gefährt. Die Menschen bahnten dem Wagen einen Weg.

Leon spürte, wie Vater seine Hand ergriff und ihn weiter nach vorne zog. Alles in ihm widerstrebte dieser Bewegung. Leon stolperte hilflos durch die Menge, die sich dicht um den Wagen schloss.

Endlich geruhte Vater innezuhalten und schob mit energischem Druck Leon und René voran. „Allhier werdet ihr wohl sehen können", sprach er.

Eine alte Frau, sichtlich erbost über das Gedränge, stieß Vater grob und rief in zänkischem Ton: „Was drängt Ihr so?"

„Sei still, Weib, sonst bist du die Nächste", erwiderte Vater in harschem Ton.

Leon starrte ihn erschrocken an. Dann jedoch wurde seine Aufmerksamkeit von den Reitern gefesselt, die nun absaßen und das Gitter an einer Seite öffneten. Sie griffen in den Wagen und zerrten etwas heraus.

Es war ein Mensch, es war tatsächlich ein Mensch, durchfuhr es Leon wie ein Blitz. Entsetzen ergriff ihn, als er die Gestalt erblickte. Spindeldürr war sie, die zerlumpten Kleidungsstücke hingen in Fetzen von ihr herab, es war ein Frauengewand. Doch der Mensch war kahl und gebeugt, so dass das Angesicht verborgen blieb.

Leon fühlte, wie sich sein Herz zusammenkrampfte vor Mitleid und Furcht.

Die Gestalt ging nicht von selbst, sondern die Männer, die zuvor auf ihren Rossen saßen, schleppten sie an einer Kette, die um die Handgelenke geschlossen war, hin zum bedrohlichen Scheiterhaufen.

Schock und Schrecken durchfuhren Leon, als das umstehende Volk plötzlich zu schreien und zu kreischen begann, bar jeglicher Menschlichkeit: „Verbrennt die Hexe!", schrien sie und: „Auf den Scheiterhaufen mit der Hexe!"

Leon blickte sich um und erkannte vergrämte, lachende, aufgebrachte und höhnische Gesichter.

Aus Vaters Augen sprach Genugtuung.

Leon verspürte den unbändigen Drang, davonzulaufen, sein Gesicht zu verbergen, seine Ohren zuzuhalten. Er wollte dieses schreckliche Schauspiel weder sehen noch hören. Sein ganzes Wesen sehnte sich danach, diesem Ort zu entfliehen. Er wünschte einzig, dass ihnen Einhalt geboten würde ...

Dieses Ereignis würde ihn zeitlebens verfolgen und nie aus seinem Gedächtnis schwinden. Noch im Bette liegend, vernahm er in seinen Ohren die gellenden Schreie der brennenden Hexe, die sich über die jubelnden Rufe der Menge von Le Havre erhoben, und ebenso wenig würde er jemals die zufriedene Miene seines Vaters aus seinem Geiste verbannen können.

Henry Dubois bettete sich an jenem Abend mit zwiespältigen Empfindungen zur Ruhe. Es deuchte ihm wohl, dass es rechtens gewesen sei, seinen Söhnen vor Augen zu führen, wie entscheidend es war, ein gottesfürchtiges und ehrbares Leben zu führen. Sie durften sich nicht dem Irrglauben hingeben, dass ein Leben wie jenes von Thérése zu etwas Gutem führen möge.

Thérése selbst erschien ihm als ein schlechtes Vorbild für seine Söhne und ein noch schlimmerer Einfluss. Sie verweichlichte die Kinder und lehrte sie keine Gottesfurcht.

Doch ungeachtet seiner Überzeugungen fühlte er die schweren Zeiten, die ihnen bevorstünden, als drückende Last auf seinen Schultern. Wandel und Veränderungen standen bevor, welche das Leben weit beschwerlicher machen würden, als es bislang gewesen war. Diese unstete Zukunft verdunkelte seine Gedanken, obgleich er glaubte, das Richtige getan zu haben.

Die Christen katholischen Glaubens verschärften abermals ihr Vorgehen wider die Protestanten und beschnitten ihre Rechte allenthalben, wo ihnen dies nur möglich war. Dass man ihm die Stelle des Hafenmeisters verweigerte, war eine Sache; doch die Umstrukturierung der Handelskompanien und Kaufleute, welche vormals lose abgestimmt waren, in eine "Compagnie des Indes Orientales" und eine "Compagnie des Indes Occidentales", in welche alle Kompanien und Kaufleute gezwungen wurden einzutreten, um Rechte und Privilegien zu bewahren, stellte einen wahren Unbill dar.

Henry konnte wohl ahnen, wessen Plan dies gewesen war. Colbert, der geniale Finanzminister Seiner Majestät Ludwigs XIV., wusste wohl, dass der König auf solche Weise den Handel besser kontrollieren und größeren Gewinn aus den Handelsgeschäften ziehen konnte. Im Gegenzug wurden die "Compagnie des Indes Orientales" und die "Compagnie des Indes Occidentales" mit besonderen Rechten, Monopolen und Privilegien ausgestattet. Ein kläglicher Versuch, jenen Betrug zu verschleiern, welcher die Kaufleute ihrer Selbstverwaltung beraubte. Handelsleute, welche dies nicht zu begreifen vermochten, konnten wahrlich nur als To-

288

ren gelten.

Henry war wohlbewusst, dass sie den Protestanten den Zutritt zu den neu geschaffenen Kompanien verwehren würden, wodurch nichts Geringeres als seine Existenz in Gefahr stand. Ihm blieb nurmehr eine Möglichkeit: Er musste bemüht sein, sich den Zugang zu einer der Kompanien mit klingender Münze zu erkaufen.

Wenige Wochen später stand fest, was Henry Dubois längst geahnt hatte.

Der König hatte auf den Vorstoß Colberts hin der französischen Ostindienkompanie das Privileg des Monopols auf den Handel, das Besitzrecht auf eroberte Gebiete, das Recht zur Ausrüstung von Handels- und Kriegsschiffen und zur Aufstellung eigener Truppen, das Recht zum Schlagen eigener Münzen sowie eine eigene Gerichtsbarkeit zuerkannt und nur zwei Jahre später, im Jahre des Herrn 1666, errichtete die Compagnie im zu Ploemeur gehörenden Faouedic, in der Nachbarschaft von Lorient gelegen, ihre Niederlassung. Fortan durften einzig und allein die in der Compagnie des Indes Orientales zusammengeschlossenen Kompanien und Handelshäuser weiterhin Handel treiben in Afrika, Madagaskar, Réunion, auf der Arabischen Halbinsel, in Indien, auf den Inseln Südostasiens, in Japan und China.

Damit ward es einem jeden, der keinen Zutritt zur Compagnie des Indes Orientales hatte, gesetzlich untersagt, Gewürze, Tee, Kaffee, pflanzliche Arzneistoffe, bedruckte Tuche, Porzellan und Seide nach Frankreich einzuführen. So wurde jedem jener Händler, die ausgeschlossen blieben, der legale Handel mit jenen begehrten Waren verwehrt.

Zeitgleich rief der König die französische Westindienkompanie ins Leben. Heimathafen dieser Vereinigung war Le Havre. Nur ihr sollte ab sofort der Handel mit den französischen Besitzungen in Amerika obliegen, nur sie sollte die Verwaltung der französischen

Kolonie Neufrankreich in Nordamerika aufgetragen bekommen und nur ihr allein sollte die Kontrolle der Besiedlung dieses Gebietes zustehen.

Der Westindienkompanie ward aufgetragen, vorwiegend mit den jenseits des Atlantiks gegründeten französischen Kolonien Neufrankreich und Saint-Domingue Handel zu treiben. Die Compagnie empfing für die Dauer von vierzig Jahren sowohl das Eigentumsrecht über die französischen Besitzungen an den afrikanischen und amerikanischen Atlantikküsten, als auch das Monopol auf den Handel mit Amerika. Die Dubois ´ hatten nicht nur ihr privates Leben, sondern überdies auch sämtliche Handelstätigkeit nach Le Havre verlegt und eben hier spielte sich all ihr Wirken ab. So schien es nur naheliegend, dass der ehrenwerte Henry Dubois anstrebte, ein Teil der Westindienkompanien zu werden. Doch wie er schon in düsterer Vorahnung gewusst hatte, wurden die getreuen Protestanten aus den Reihen der Kompanien zur Gänze ausgeschlossen.

Henry war von schierer Fassungslosigkeit und Verzweifelung ergriffen. Sein Handelshaus, die Lebensführung und das Vermögen, ja letztlich die Existenz der Familie standen auf dem Spiel und drohten verloren zu gehen.

Als er dann auch noch erfuhr, dass Holmes ausgerechnet für jene Briten, die er so abgrundtief verachtete Cape Coast Castle an sich gerissen hatte, während sein eigener König weiterhin am prächtigen Schloss von Versailles werkelte, ward ihm hinlänglich vor Augen geführt, dass er sich nunmehr auf niemanden mehr verlassen konnte. Das Schicksal der Familie Dubois lag allein in seinen Händen und hing einzig davon ab, dass er es durch kluge und entschlossene Maßnahmen zum Guten wendete, mit allen Mitteln und Wegen, die sich ihm eröffneten.

Sein erster Gedanke erwies sich als vergebliche Mühe. Der dem zuständigen Beamten, in der Hoffnung auf Erlangung des Zutritts zur Westindienkompanie, dargereichte Geldbetrag wurde mit verächtlicher Miene zurückgewiesen. Dieses Scheitern hatte er bereits wohlweislich in Betracht gezogen, denn der besagte Beamte war weit und breit als bekennender Hugenottenfeind bekannt.

Schließlich ersann Henry Dubois einen Plan, der nur als kühn und verwegen zu betiteln war. Doch in seinem Innersten war er sich gewiss, dass dies der einzig verbliebene Weg war; der einzige Pfad, der ihm noch offenstand. Denn er wusste wohl, dass schnelles Handeln vonnöten war, da Zeit gleich Gold wog und ein mühevoll erwirtschaftetes Vermögen allzu rasch dahinzuschmelzen drohte, wenn es nicht sowohl mit Bedacht als auch mit Eile klug investiert wurde.

Den notwendigen Anstoß für seinen wagemutigen Plan gaben ihm die jüngsten Nachrichten über die Bukanier, welche sich seit einigen Jahren und in jüngerer Zeit verstärkt, von der Karibik ausgehend, auch in Europa breitmachten. So begann Henry Dubois, seinen Plan in die Tat umzusetzen, indem er eines seiner Schiffe entsandte, um verlässlichere Auskünfte einzuholen.

Er hatte seinen treuesten Kapitän für diese Aufgabe auserwählt. Nachdem das Schiff nach etlichen Wochen zurückgekehrt war, konnte Henry sich nur darüber freuen, was ihm berichtet wurde. Kapitän Monde brachte drei Gefangene mit, die er in Port Royal aufgespürt und festgesetzt hatte. Diese Männer, durch den Einsatz weniger Zungenlöser willig gemacht, enthüllten bereitwillig alles, was Henry zu wissen begehrte. Obwohl Henry es im Grunde verachtete, Menschen auf solch herabwürdigende Weise zu befragen, sah er sich doch gezwungen, zu solchen Maßnahmen zu greifen, wenn keine andere Möglichkeit blieb.

Nur kurze Zeit darauf war Henry in der Lage, seine ersten beiden Schiffe auslaufen zu lassen, mit dem Ziel, Bukanier anzuwerben und mit ihnen gemeinsam Jagd auf englische und spanische Schiffe zu machen.

Das, was seine Mannschaften von diesen Schiffen erbeuteten, gedachte er unter Umgehung des Zolles gewinnbringend in England zu veräußern. Wenn es ihm, so hoffte er, in durchaus nicht allzu ferner Zeit, gelingen sollte, in diesem riskanten Gewerbe festen Fuß zu fassen, würde er abermals an Colbert herantreten. Er wollte jenen sodann um die Ausstellung eines Kaperbriefes ersuchen, um seine Unternehmungen offiziell in den Dienst Frankreichs zu stellen und zu beweisen, dass sich Frankreich auch auf seine protestantischen Untertanen verlassen könne.

Sodann würde er gewisslich den Auftrag erteilt bekommen, die Engländer aus Cape Coast Castle zu verbannen.

XIV.

„Es wäre befremdlich, wenn zu dieser Zeit die Freiheit
allenthalben triumphieren sollte, nur nicht in dem, was von
Natur aus als das Freieste auf der ganzen Welt gilt: in den
Gedanken der Menschheit."[29]

Adhmaid House nahe Shannagarry, County Cork, Irland,
Januar 1848

Sie bewegte ihre Zehen mit Bedacht. Die aufkommenden
Schmerzen erschienen ihr erträglich.

Sie wagte, ihren Fuß zu rühren. Auch den damit einhergehenden Schmerz vermochte sie zu erdulden. Daher bewegte sie
nunmehr das Bein in Gänze, und wahrlich! Es gelang.

Wiederum fiel ihr Blick hinaus durch das mit Eisblumen be-
malte Fenster. Weiße Flocken schwebten dicht und sacht auf
der anderen Seite des Glases gen Boden.

Die in Schnee gehüllte Landschaft sah wie verzaubert aus,
während sie spürte, dass die Bewegung ihres Beins nicht durch
übermäßigen Schmerz beeinträchtigt wurde. Doch durfte sie es
wagen, das Bein vollends zu belasten?

Dieser innige Wunsch nahm sie ganz und gar in Anspruch:
Sie sehnte sich danach zu laufen, hinauszueilen in den Schnee.

---

[29] Zitat nicht eindeutig zuortbar. Möglicherweise von Victor Hugo, jedoch
ins Deutsche übersetzt.

Unentschlossenheit nagte an ihr zwischen dem tiefen Verlangen aufzustehen und sich frei zu bewegen und der schwelenden Furcht, dass der geheilte Bruch wieder Schaden nehmen könnte. Sollte sie es verfrüht wagen?

Mit Entschlossenheit ergriffen ihre Hände die Armlehnen. Ein letzter Ruck und sie würde stehen ... Dennoch erhob sie sich nur mit Bedacht. Der Schmerz wuchs sogleich in seiner bedrohlichen Intensität ...

Da pochte es unvermittelt an die Tür. „Ja, bitte?", vernahm sie ihre eigene Stimme, während sie sich zurücksinken ließ und mit Erleichterung wahrnahm, dass der Schmerz allmählich abklang.

Isabella erschien im Türrahmen und verkündete mit freudiger Stimme: „Madeleine, Mutter hat gestattet, dass du Jane und mich heute Abend ins Theater in Cork begleitest!"

Madeleines Herz machte einen freudigen Sprung.

Welch ein Segen, dass Isabella nicht einen Augenblick später erschienen war. Hätte sie nur gewagt aufzustehen, hätte sie womöglich den Fortschritt ihrer Genesung zunichte gemacht ...

„Du willst doch mit uns fahren? Oder steht gar zu befürchten, dass deine Schmerzen es nicht zulassen?"

„Schmerzen?" Madeleine ließ ein befreiendes Lachen vernehmen. „Keineswegs!"

„Du wirst dich jedoch alsbald ankleiden müssen. Unser Aufbruch naht in einer Stunde", fügte Isabella hinzu.

„Wie kommt es, dass ich mitkommen darf?", fragte Madeleine neugierig.

„Miss Leahy ist unpässlich. Sie sieht sich genötigt, das Bett zu hüten, und somit ist eine Karte übriggeblieben. Du wirst unsere Anstandsdame sein!" Isabella zwinkerte Madeleine vergnügt und verschwörerisch zugleich zu.

Madeleine war es in keiner Weise von Belang, in welcher Eigenschaft sie jenen Ausflug antreten durfte. Sie verspürte eine unbändige Freude, da ihr nunmehr erstmals zuteil wurde, Isabella zu einem derartigen Vergnügen begleiten zu dürfen. Noch niemals zuvor hatte sie die Schwelle eines Theaters überschritten. Noch niemals zuvor war sie im Theater gewesen. War sie doch kaum jemals in Cork gewesen.

Wie oft war Isabella bereits mit Jane ausgegangen, während sie gezwungen blieb, daheim zu verweilen?!

„Ich helfe dir beim Ankleiden", bot Isabella freundlich an.

„Hab Dank! Und welches Schauspiel werden wir uns ansehen?" erwiderte Madeleine mit glänzenden Augen.

An jenem Abend, zum ersten Mal seit Wochen, erfüllten Madeleine nicht die erdrückende Einsamkeit und die zermürbenden Gedanken an ihr schmerzendes Bein.

Sie hätte unmöglich anzugeben vermocht, wann sie sich jemals derart wunderbar vergnügt hatte.

Die gesamte Atmosphäre, das prächtige Ambiente, die zahlreichen Besucher, das funkelnde Licht, der erhabene Raum, die summenden Geräusche und die wunderbare Stimmung – all dies verschlang ihre Sinne und nahm sie vollends in Anspruch.

Endlich hob sich der Vorhang und das Theaterstück begann.

Man gab „Der Kaufmann von Venedig", jenes meisterhafte Werk des unübertroffenen William Shakespeare.

Die Darbietung ließ sie in die prunkvollen und dramatischen Kulissen der ihr gänzlich unbekannten Stadt Venedigs eintauchen, und die bravourösen Schauspieler erweckten das Stück wahrlich zum Leben.

Von ihren Plätzen aus hatten Madeleine, Isabella und Jane einen vortrefflichen Blick auf das Geschehen, welches sich auf der Bühne entfaltete.

Madeleine, obgleich durch vergangene Lektüre vertraut mit einigen Werken William Shakespeares, war mit dieser Geschichte nicht vertraut.

Ihr Blick war gebannt auf die Bühne gerichtet.

Sie sah Antonio, den Kaufmann, der es sich zur Aufgabe gemacht hatte, seinem teuren Freund Bassanio zu helfen.

Bassanio, in dringendem Bedarf einer beträchtlichen Summe Geldes, um die Bewerbung um die Hand der schönen Portia zu ermöglichen, wandte sich vertrauensvoll an Antonio. Um seinem Freund beizustehen, wandte sich Antonio wiederum an den jüdischen Geldverleiher Shylock, um die benötigte Summe zu erlangen.

Shylock wurde sehr hässlich dargestellt. Besonders im Vergleich zu Antonio, der ein so großzügiger Freund für Bassanio war, empfand Madeleine seine Darstellung als abscheulich.

Madeleine saß still in ihrem Theatersessel, die Augen unverwandt auf die Bühne gerichtet, während sich das Drama vor ihr entfaltete. Die Figuren, die dort lebendig wurden – Antonio, der edelmütige Kaufmann, und Shylock, der finstere Geldverleiher – weckten in ihr eine verwirrende Mischung aus Faszination und Verunsicherung. Die Geschichte, die sich vor ihr abspielte, war ebenso fremdartig wie fesselnd, und sie versuchte mühsam, die zugrundeliegenden Zusammenhänge zu begreifen. Wie die Schneeflocken, die sie am Nachmittag vor dem Fenster sachte fallen sehen hatte, fielen nun in ihrem Geist leise Fragen in ihr Bewusstsein.

Worin lag die Ursache, dass Shylock in solch hässlicher Weise dargestellt wurde?

Madeleine hatte Vater auf die Juden schimpfen hören, sie wusste daher, dass ihr Vater diese Leute verachtete. Weshalb indes dies so war, wusste sie nicht und sie stellte nun fest, dass sie sich diese Frage auch nie gestellt hatte. Die Darstellung Shylocks warf in ihr jene Frage auf, die sie doch längst selbst hätte stellen müssen.

Sie selbst kannte keinerlei Juden. Das Einzige, was sie wohl begriffen hatte, war, dass sie eine andere Religion hatten. Da sie selbst sich jedoch keiner Religion verbunden fühlte, konnte sie nicht nachempfinden, in wie fern dies bedeutsam sein mochte.

Ihre Eltern hatten jedwede religiösen Verpflichtungen und Riten lange hinter sich gelassen, sie hingegen wusste von Religionen lediglich, dass es außerhalb der Familie auf Adhmaid House Menschen gab, die sonntags die Kirche aufsuchten und an festlichen Zeremonien teilnahmen, die ihr selbst vollkommen fremd blieben.

Als sie nun Shylock sah, begann sie unwillkürlich zu überlegen, ob alle Juden seinem Abbild glichen. Möglicherweise, dachte sie, könnten dies die Gründe für das Urteil ihres Vaters sein.

Diese neue Welt, die sich ihr auf der Bühne offenbarte, schien voller Geheimnisse, von denen sie nichts wusste.

Mit wachsendem Erstaunen erkannte sie auch, dass sie keinerlei Wissen über die Feinheiten der Geldgeschäfte besaß. Sie wusste wohl, dass ihr Vater mit Handelsgeschäften den Lebensunterhalt der Familie verdiente und dass Geld notwendig war, um die Dinge des täglichen Lebens zu erstehen. Doch die Vorstellung von Zinszahlungen und Schulden war ihr gänzlich fern und verwirrte sie zutiefst.

Das Treiben auf der Bühne erschien ihr wie eine fremdartige Welt, voller unbekannter Dinge, die sie sich vollkommen ungbildet und einfältig erscheinen ließen. Gleichwohl sie bisher nie daran gezweifelt hatte, dass ihre Eltern in sorgsamer Fürsorge abwogen, womit sie sich zu befassen habe, drängte sich nun ein leiser, nicht schweigen wollender Verdacht in ihre Gedanken. Vielleicht gab es Dinge, die ihr bisher verborgen geblieben waren, und eine vage Neugier begann in ihrem Innersten zu keimen, die sich nach tieferem Verständnis sehnte.

Es war, als sei die Bühne ein Fenster zu einer größeren, komplexeren Realität, die darauf wartete, von ihr entdeckt zu werden. Dieser Gedanke war aufregend und zugleich beängstigend. Ein Gefühl des Unbehagens breitete sich in ihr aus; sie fühlte sich wie eine Fremde in einer unbekannten Welt, eine Außenseiterin ohne Zugang zu den Geheimnissen des alltäglichen Lebens. Diese Einsicht traf sie mit niederschmetternder Wucht. Das Wissen, das andere möglicherweise selbstverständlich besaßen, war ihr gänzlich fremd. Sie spürte eine Kluft zwischen sich und dem Rest der Welt, eine unsichtbare Barriere, die sie von den komplexen Erfahrungen und dem Verständnis trennte, das andere scheinbar mühelos besaßen und die sie noch nie zuvor whrgenommen hatte.

Dieses Gefühl der Unzulänglichkeit vermischte sich im selben Augenblick mit einer Neugier, die sich unaufhaltsam ihren Weg in ihr Bewusstsein bahnte. Ihre Erziehung hatte sie zwar gelehrt, keine Fragen zu stellen, doch das Schauspiel auf der Bühne ließ in ihr eine Wissbegierde aufflackern, die sie nicht zurückdrängen konnte und auch nicht zurückdrängen wollte. Das Geschehen auf der Bühne, so fremd und unverständlich es auch war, zog sie in seinen Bann. Und noch etwas wurde für sie unüberhörbar: Das aufglimmendes Verlangen, dieses Gefühl der Unzulänglichkeit zu überwinden.

Jedoch lief die Handlung bereits weiter und nun wurde es geradezu abstoßend. Shylock wollte auf diese sogenannten Zinsen verzichten, wenn Antonio ihm versprach, ihm ein Pfund seines Fleisches zu geben, wenn er das Geld nicht rechtzeitig zurückzahlen konnte!

Madeleine schauderte. Konnte es etwas so abscheuliches wirklich geben? Wer wusste das schon? Von Zinsen hatte sie schließlich auch noch nie zuvor gehört.

Sie durchfuhr ein Grausen. Wenn Vater und Mutter sie nun wirklich so schlecht auf das Leben vorbereitet hatten? Was gab es noch alles? Was erwartete sie einst, wenn sie heiratete und nicht mehr auf Adhmaid House lebte, wo sie jeden Winkel und jede Ecke kannte und wusste, was sie zu erwarten hatte?

Dann wurde das Bühnenbild umgestellt. Kurz pausierte das Spiel.

Madeleine blickte zu ihrer Schwester an ihrer Seite. Doch Isabella nahm sie offenbar gar nicht wahr; Isabellas Augenmerk ruhte indes auf Jane, welche an ihrer anderen Seite verweilte.

Madeleine betrachtete Isabella und Jane während sie darauf wartete, dass Isabella sich ihr zuwenden würde.

Sie sah die Blicke, die die beiden wechselten und es war ihr, als dringe sie in einen fremden Raum ein.

Vor ihren Augen offenbarte sich eine tiefe Verbundenheit und Nähe zwischen Isabella und Jane die sie zuvor nicht als solche wahrgenommen hatte. Ihr Blick war so vertraut, so innig ... so liebevoll ... Madeleine spürte, dass sie etwas wahrgenommen hatte, was ihr bisher verborgen geblieben war.

Der Ausdruck in ihren Augen war nicht nur vertraut und innig, sondern auch erfüllt von etwas, das weit über das bloße Band der Freundschaft hinausreichte.

Doch konnte dies wahrlich sein? Und welche Bedeutung mochte es tragen? Sie war unfähig, ihre Empfindungen zu ordnen. Verwirrung und Unsicherheit bemächtigten sich ihres Gemüts. Sie hätte am liebsten diese Gedanken von sich abgeschüttelt und die entfremdende Wahrnehmung von ihrem Bewusstsein gestoßen.

Dann setzte das Spiel wieder ein.

Die Szenerie entführte sie nun nach Belmont. Hier – in einem Garten, gesäumt von Zypressen und Marmorstatuen – ersuchte Bassanio um die Gunst der tugendhaften Portia. Ebenda erreichte ihn die Kunde vom Dahinscheiden Portias Vaters. Dieser hatte ein Testament hinterlassen, dessen inhaltsreiche Worte wie ein heiliger Brief die Zukunft seiner Tochter bestimmen sollten.

Ein Testament war offenbar eine besondere Form des Briefes, überlegte Madeleine, die diesen Begriff nie zuvor vernommen hatte.

In diesem Testament hatte er bestimmt, dass die Bewerber seiner Tochter zwischen drei Kästchen wählen sollten. Eines glänzte in strahlendem Gold, eines funkelte in edlem Silber, und eines war schlicht in seiner bleiernen Unscheinbarkeit.

Bassanio stand nun vor dieser verhängnisvollen Wahl. Aus welchem Material würde das Kästchen sein, das die Hand der Portia enthielte? War das goldene Kästchen ein verlockender, doch trügerischer Schatz? War das silberne eine Verkörperung innerer Werte? Oder verbarg das unscheinbare bleierne Kästchen die wahre Kostbarkeit?

Madeleines erster Impuls war jener natürlicher Neigung, die sie zum silbernen Kästchen hinzog, dessen kühl glänzende Schönheit sie schon immer fasziniert hatte. Doch sogleich wurde sie von der Erkenntnis erfasst, dass Gold bei Weitem höher an Wert geschätzt wurde. Daher neigte sie doch zu überlegen, ob nicht das goldene Kästchen das bevorzugenswerte sei. Das bleierne indes, unscheinbar und ohne jeglichen äußeren Reiz, schien niemandes Interesse zu wecken.

In einer dieser geheimnisumwitterten Behältnisse ruhte ein Abbild der Portia. Jener, dem es gelänge, das richtige Kästchen zu wählen, sollte Portia zur Gemahlin nehmen dürfen. Hingegen würde derjenige, der eine falsche Wahl träfe, in dem ewigen Zustand des Unverheiratetseins verbannt bleiben.

Madeleine erkannte, dass die Frage nicht so leicht zu beantworten sein würde, wie die Oberfläche der kostbaren Metalle es vermuten ließ.

Wenn der geheimnisvolle Vater Portias nun den Bewerber durch den äußeren Schein zu täuschen gedachte, verbarg sich das Wesentliche womöglich nicht im offenkundigen Prunk, sondern verlangte nach der Fähigkeit, jenen Behälter zu wählen, der eine tiefere Weisheit symbolisierte. Doch welcher mochte das sein?

Auf den Kästchen stand auch jeweils etwas geschrieben.

Auf dem bleiernen stand: Wer mich erwählt, der gibt und wagt sein Alles dran.

Auf dem silbernen stand geschrieben: Wer mich erwählt, bekommt soviel, als er verdient.

Auf dem goldenen stand: Wer mich erwählt, gewinnt was mancher Mann begehrt.

Der erste Bewerber war ein hochmütiger Prinz aus Marocco, dessen Erscheinung Würde und Stolz ausstrahlte. Mit entschlossenem Blick und ohne einen Anflug von Zweifel wählte er das goldene Kästchen

Wie gebannt verfolgte Madeleine, was nun geschah.

Der Prinz öffnete das Kästchen und sah hinein. Sein Gesichtsausdruck wandelte sich und er griff in das Kästchen. Was er entnahm, warf er unter Klirren zu Boden. Es waren Goldstücke. Dann hielt er einen Totenschädel empor und zog aus dessen leerer Augenhöhle eine Schriftrolle hervor. Er entrollte sie und las laut:

„Alles ist nicht Gold was glänzt,
Wie man oft euch unterweist.
Manchen in Gefahr es reißt,
Was mein äußrer Schein verheißt:.
Goldnes Grab hegt Würmer meist.
Wäret ihr so weis´als dreist,
Jung in den Gliedern, alt im Geist,
So würdet Ihr nicht abgespeist -
Mit der Antwort: Geht und reist!"

Madeleine empfand Mitleid mit dem sich entfernenden Prinzen aus Marocco, besonders angesichts der Worte, die Portia ihm hinterher schleuderte: „Erwünschtes Ende! Geht, den Vorhang zieht: So wähle jeder, der ihm ähnlich sieht!"

Doch Madeleine wollte nun wissen, was es mit den anderen Kästchen auf sich hatte.

Schließlich erschien ein neuer Bewerber auf der Bühne.

Er, der Prinz von Arragon brachte ganz unzweifelhaft zum Ausdruck, dass er, im Gegensatz zum Prinzen von Marocco weniger das Gold im Auge hatte, als seine eigene Person.

Seine Darbietung, gesättigt von fast komödiantischer Selbstüberschätzung. Auch er hatte die Wahl. Sie fiel ihm offensichtlich nicht schwer. Siegessicher nahm er das silberne Kästchen an sich.

Madeleine ahnte, dass ihm kein Glück beschieden wäre. Schließlich sollte auch Bassanio noch zum Zuge kommen. Und er musste doch wohl das Richtige Kästchen wählen.

Der Prinz von Arragon warf noch einmal sein Haar in einer heroischen, schwungvollen Geste nach hinten und öffnete sodann sein gewähltes Kästchen.

Auch sein Blick verriet, dass er eine unerfreuliche Überraschung erlebte.

Er riss ein Bild aus dem Kästchen und hielt es für alle Zuschauer sichtbar empor.

Darauf war ein lächerlich dreinschauender Mann abgebildet, der ein Stück Papier hoch hielt. Der Prinz und der Mann auf dem Bild ähnelten sich in dieser Pose auf das frappierendste.

Die Zuschauer lachten.

In dem Moment erweckte auch dieser Prinz Madeleines Mitgefühl. Der Stolz des Prinzen schien in diesem Moment zerschmettert, und seine Demütigung war greifbar. Er las laut und mit bebender, zorniger Stimme die Worte vor:

„Mit einem Narrenkopf zum Frein,
kam ich her und geh´mit zwei´n."

Auch er zog wütend ab.

Zuletzt kam der lang ersehnte Augenblick – Bassanios Chance, sich beweisen zu können. Bedächtig und in konzentrierter

Ruhe trat er an die Kästchen heran und las sich die Inschriften sorgfältig durch. Er schob zunächst das goldene, dann das silberne weit von sich. Dann las er die Inschrift auf dem bleiernen und nahm es, mit zufriedener Miene an sich, als wäre es die natürlichste Wahl der Welt. Bassanio öffnete das Kästchen und es kam wie zu erwarten, er fand darin das Bild Portias. Und Portia war darüber glücklich. Denn auch sie hatte bereits ihr Herz an Bassanio verloren. Bassanio nahm den darin befindlichen Zettel und las laut die darauf verzeichneten Worte:

„Ihr, der nicht auf Schein gesehn:
Wählt so recht und trefft so schön!"

Madeleine verfolgte auch den weiteren Verlauf des Stückes, doch diese Szene nahm sie im Besonderen in Anspruch. Sie vermochte es nicht zu sagen, was es war, jedoch etwas daran faszinierte sie.

Und noch eine Szene würde sie nie wieder vergessen. Sie folgte wenig später.

Es war Antonio, der ehrwürdige Kaufmann, der gezwungen war, das geliehene Geld zurückzuzahlen, jedoch vermochte er dies nicht, da seine Schiffe verschollen waren, - Madeleine suchte sich auszumalen, wie furchtbar diese Lage sein musste.

Antonio, in tiefer Verzweiflung und ohne Mittel, seine Schuld zu begleichen, vermittelte das Bild eines Mannes, der sich dem unvermeidlichen Unheil gegenüber sah.

Der abscheuliche Shylock wartete bereits händereibend mit seinem Schuldschein, da erschien Portia in Verkleidung als ein Advokat namens Balthasar und löste das Problem, indem sie aufzeigte, dass Shylock zwar Antonios Fleisch verlangen, nicht aber sein Blut vergießen durfte und der Schuldschein damit nutzlos war.

Das Ende des Stückes hingegen hinterließ Madeleine in einer gewissen Verwirrung. Schließlich sollte Shylock all seine Reichtümer verlieren, doch Antonio, großmütig und edel, wollte ihm einen Teil seines Vermögens zurückgeben, unter der Bedingung, dass Shylock sich zum Christentum bekehren würde.

Madeleine fiel es schwer, die verwickelten Machenschaften

und Rechtsansprüche um das Geld zu begreifen; die moralischen und religiösen Motive schienen ihr noch rätselhafter. Warum, so dachte sie, legte Antonio solch ungewöhnlichen Wert darauf, dass Shylock seine Religion änderte? Würde diese, zumal erzwungene, Bekehrung etwa Shylocks abscheuliche Persönlichkeit und seine Bösartigkeit wandeln? Diese Gedankengänge erschienen ihr paradox und unverständlich.

Doch ehe sie bezüglich dieser verwirrenden Überlegungen zu einer Erkenntnis gelangen konnte, endete das Stück, und Madeleine blieb mit ihren unausgesprochenen Fragen und der unergründeten Symbolik der Ereignisse zurück.[30]

An jenem Abend lag Madeleine lange wach, tief aufgewühlt von den Eindrücken, die das Theaterstück in ihr zurückgelassen hatte. Der Frieden des Schlafes schien sich ihr zu entziehen, ungeachtet ihrer verzweifelten Bemühungen, in die Ruhe zu finden.

Immerfort versuchte sie, einzelne Gedanken zu fassen, doch die rastlosen Gedankenfetzen fügten sich nicht zu einem Bild.

So lag Madeleine, ein Spielball ihrer aufgewühlten Empfindungen und Gedanken, und die Erinnerungen an den Abend zogen unaufhörlich wie leuchtende Phantome an ihrem inneren Auge vorüber. Die kluge Portia, der finstere Shylock, der noble Antonio – allesamt unwirkliche Gestalten in einem Traum aus Worten und Gefühlen, die sie sich nicht in den Schlaf verabschieden ließen. Die Zeit verrann und sie konnte und konnte nicht in den Schlaf finden.

Schließlich bemühte sich Madeleine, ihren ruhelosen Geist zu besänftigen, indem sie sich auf den Wind konzentrierte, der an ihrem Fenster vorüberrauschte. Eine steife, winterliche Brise fegte vom wilden Meer heran, fuhr durchs kahle Geäst der Bäume und legte sich hörbar gegen die Fensterscheiben, die leicht bebten und klirrten, als würden sie singen, während die Äste gelegentlich knirschend an den Scheiben rieben.

Madeleine lag still, ihre Augen fest auf die finsteren, knorri-

<hr>

303

gen Silhouetten der Bäume vor dem Fenster gerichtet, die sich vor dem funkelnden Firmament abzeichneten.

Allmählich zwangen diese ihr wohlbekannten Klänge der Nacht ihre rastlosen Gedanken zur Ruhe.

Es war, als würde die Natur selbst, mit ihrem unaufhörlichen Schlaflied, ihre innere Unruhe vertreiben.

Sie hatte seit jeher eine tiefe Liebe zu den Lauten und Klängen entwickelt, welche die wilde See hervorbrachte und auch in den Bäumen vor ihren Fenstern auslöste. Diese Melodien waren ihre steten Begleiter, so weit ihr Gedächtnis zurückreichte, die sie Nacht für Nacht in den Schlaf wiegten.

Ein inniges Verlangen breitete sich in ihr aus, sich Mantille und Tuch überzuwerfen und hinaus in die kalte Nacht zu treten um einen Spaziergang zu machen, den frischen, salzigen Wind, der vom Meer her wehte, einzuatmen und sich unter dem sternenbesäten Himmel die wirren Gedanken vertreiben zu lassen. Doch sie wusste, dass dies ein unerfüllbares Begehren war. Solch nächtliche Eskapaden würden ihre Eltern nicht dulden. Zudem war ihr Bein, das sich noch immer der schmerzhaften Genesung zu unterziehen hatte, zu schwach, um diese Freiheit zu genießen.

So blieb Madeleine in ihrem Bett liegen und gab sich der beruhigenden Gleichmäßigkeit der nächtlichen Geräusche hin.

Doch just, als die wirren Bilder des Theaterstückes beinahe bereits in den friedlichen Gefilden des Vergessens abgetaucht waren, drängten sich die Bilder von Isabella und Jane vor ihrem inneren Auge auf. Klar und deutlich schoben sich ihre Gestalten zurück in ihren Geist, und Madeleine war im Nu wieder hellwach. Sie sah jene zarten, bedeutsamen Blicke, die die beiden austauschten, und die innige Verbundenheit, die sie umschloss. In jenem Moment begriff sie, dass dies der eigentliche Ursprung ihrer nächtlichen Unruhe war. Gewisslich hatten auch andere Eindrücke dazu beigetragen, doch dies allein hatte sie weitaus tiefer verunsichert.

Sie fragte sich unwillkürlich, ob ihre Eindrücke womöglich ihrer eigenen blühenden Fantasie entsprangen? Hatte sie sich vielleicht vollständig getäuscht?

304

Doch da war Isabellas Blick – ein Blick, so eindeutig, dass er Madeleine jeglichen Zweifel nahm. Tief im Innern wusste sie, dass sie sich nicht getäuscht hatte. Isabella liebte Jane weit mehr als nur als eine bloße Freundin. Und Jane erwiderte diese Gefühle in gleicher Weise. Das war unverkennbar gewesen.

Nein, sie hatte sich nicht getäuscht. Isabella und Jane standen sich in ihrer Vertrautheit näher als nur Freundinnen – sie wirkten verliebt. Doch wie konnte das sein? Konnte eine Frau eine andere Frau lieben? Dies überstieg alles, was sie bisher verstanden hatte.

Dies war auch der Grund, warum Isabella sich von ihr zurückgezogen hatte, warum sie weit weniger Zeit miteinander verbrachten. Isabella hatte nun Jane als engste Vertraute.

Ja, sie musste es sich offen eingestehen, sie war eifersüchtig auf Jane. Doch war dies Isabellas Verschulden? War es nicht vielmehr Vaters Schuld, weil Madeleine niemanden hatte, den sie als Freundin oder Vertraute bezeichnen konnte? In der erdrückenden Einsamkeit, in der sie lebte, versuchte Madeleine ihren Gefühlen nachzuspüren. War es wirklich Eifersucht? Oder war es die unerträgliche Einsamkeit, die wie ein dunkler Schatten ihr Herz beschwerte?

Sie versuchte sich vorzustellen, wie es wäre, wenn Jane Isabella die Freundschaft aufkündigte und Isabella wieder mehr Zeit mit ihr, Madeleine, verbringen würde. Doch jenes Bild, welches sich vor ihrem geistigen Auge formte, war von Trostlosigkeit durchdrungen. Isabella wirkte unglücklich, so unglücklich wie Madeleine sie noch nie zuvor gesehen hatte.

Nein, das war es nicht, wonach Madeleine verlangte. Sie vermochte es nicht zu ertragen, Isabella in einem solchen Zustand der Betrübnis zu sehen. Ihr Wunsch war, Isabella glücklich wissen – möge sie doch ihretwegen bis in alle Ewigkeit mit Jane in welcher Weise auch immer glücklich sein, wenn es nur bedeutete, dass sie niemals jenes Unglück empfinden würde, welches in Madeleines Vorstellung lebendig war. Tief im Inneren verspürte Madeleine eine wahrhafte Freude für Isabella und es spielte keinerlei Rolle, ob diese Liebe der Vernunft zu widersprechen schien. Dennoch konnte sie ihre eigene tiefe Unzufriedenheit nicht von sich abschütteln. Madeleine vermochte einzusehen, dass die Schuld für ihre Misere nicht bei Isabella zu suchen sei, sondern vielmehr bei den Eltern. Vater hatte ihr zugesichert, er werde es sich zur Aufgabe machen, dass auch für sie eine Freundin gefunden werde, vorausgesetzt, sie wahre eine gebührliche Distanz zur Dienerschaft.

Dieses Versprechen lag nunmehr Wochen zurück. Madeleine hatte sich ihrem Vater zuliebe fortwährend an diese Vereinbarung gehalten, obgleich die zermürbende Einsamkeit und die Schwere des Versprechens sie bedrückten. Sie hielt daran fest ungeachtet dessen, dass auch Isabella kaum mehr Zeit für sie gefunden hatte und obwohl sie sich aufgrund ihrer Verwundung kaum zu bewegen wusste. Doch nichts war geschehen. Vater schien sein Versprechen vergessen zu haben. Und so blieb Madeleine allein, Tag für Tag und Woche für Woche.

Cork, Irland

Andrew Cahill trat sich an diesem trüben Wintermorgen in der harschen Kälte, die über Cork stand, den Schnee von den Füßen ab, bevor er den Türklopfer bediente.

Während er wartete, dass Kate öffnete, blickte er die Straße hinunter. Sein Blick fiel auf eine Frau, die wenige Yards entfernt an der Straße saß. Ihre Gewandung war ärmlich und zerschlissen, gänzlich durchnässt von dem gefallenen Schnee. Das Haupthaar war wirr und zerzaust, ihr Gesicht fahl und schmutzig.

In ihren Armen hielt sie ein Bündel und an ihrer Seite drückte sich ein weiteres Kind von vielleicht zwei Jahren. Das kleine Geschöpf, gehüllt in gleichermaßen dürftige Gewandung, zitterte jämmerlich vor Kälte, sein Gesichtsausdruck sprach von Furcht und Verzagtheit.

Augenscheinlich harrte die Frau darauf, dass jemand Mitgefühl zeigte und ihr eine Münze zukehrte.

Der Anblick war derart alltäglich und doch für Andrew

schwer zu ertragen. Zudem schien es ihm, als nähme die Anzahl der Bedürftigen tagtäglich zu. Wie rasch mochte sich das Leben wandeln und einen aus der geordneten Bahn werfen. Welch schauderhafter Gedanke. Man musste die Zügel fest in Händen halten, um nicht vom Schicksal heimgesucht zu werden.

In diesem Moment wurde die Tür geöffnet und seine jüngere Schwester Jane streckte den Kopf heraus. Sie wirkte fröhlich. Er freute sich, sie zu sehen, obgleich er nicht damit gerechnet hatte, dass sie es sein würde, die ihm Einlass gewährte

„Meine teure Jane, welch Freude, dich zu erblicken!", sprach er und schloss seine Schwester in eine herzliche Umarmung.

„Andrew, ich wünsche dir ein glückseliges neues Jahr!", rief sie wohlgemuten Tones.

„Dir ebenso, liebe Schwester! Du scheinst von froher Stimmung zu sein, was mich wahrlich erfreut. Doch es wundert mich, dass du mir die Tür öffnest. Wo weilt Kate?"

Ein Schatten schlich sich für einen flüchtigen Augenblick über Janes Miene. „Kate ist einfach fortgegangen!"

Die Worte hallten in Andrews Ohren wider wie fernes Donnern. „Einfach fortgegangen?", wiederholte er ungläubig. „Im kalten Monat Dezember? Oder gar jetzt im Januar?" Die Erinnerung an seine letzte heftige Auseinandersetzung mit William blitzte schalgartig ihn ihm auf, und ein Gefühl der Übelkeit überkam ihn bei dem Gedanken, welchem Unheil Kate wohl anheimgefallen sein konnte. Doch war dies möglich? Tief im Innern sträubte sich alles wider den Glauben an solch eine Möglichkeit. „Wo, so sage mir, weilt William? Ist er im Haus?"

„Er hat das Haus vor zwei Stunden verlassen", antwortete Jane, „doch gelobte er, zum Mahl zurück sein. Er wird wohl bald heimkehren."

„Wer, darf ich wohl in Erfahrung bringen, hat sich der häuslichen Pflichten angenommen, da unsere geschätzte Kate fort ist?", fragte Andrew mit einer hörbaren Bekümmernis in der Stimme. Der Gedanke, wie es um die Küche bestellt war, wer nun die Wäsche besorgte oder die Einkäufe tätigte, und wo man einen würdigen Ersatz für Kate finden sollte, drängten sich in den Vordergrund und ließen gewisse andere Sorgen in den Hintergrund schwinden.

So verharrte Andrew in ratloser Besorgnis, während Jane bestrebt war, ihre gefasste Heiterkeit zu wahren, denn die Wahrheit wohnte in den Zwischenräumen ihrer Worte - eine Wahrheit, derer sich keiner von beiden gewahr werden wollte.

„Bisher, fürchte ich, blieb so manches unerledigt. Es scheint William kaum zu bekümmern, und eine Gelegenheit, die Sache mit dir zu besprechen, war mir ehedem nicht beschieden. Ich habe vorübergehend eine Köchin in Dienst genommen, die mir von einer Freundin anempfohlen wurde. Ihre Kochkunst erweist sich als durchaus passabel."

Andrew atmete tief durch. Ungläubig sinnierte er über die unheilvollen Geschehnisse, die sich in den wenigen Tagen seiner Abwesenheit ereignet hatten. Wie war dies nur möglich? Hatte er sich nicht soeben noch die Bedeutung dessen vor Augen geführt, die Zügel fest in Händen zu halten?

Gewiss, es war unabdingbar, dass er William zur Rede stellte, und bei dieser Vorstellung befiel ihn ein nicht unbedeutender Widerwille, wenn er ehrlich zu sich selbst war. Doch erblickte er in dem Moment eine vordringlichere Aufgabe: die Buchführung zu inspizieren und dort Ordnung zu schaffen, wo sie offenkundig fehlte.

„Ich danke dir für deine Mitteilungen, liebe Jane, ich werde mich zunächst den Haushaltsbüchern widmen, wenn du so gut wärest, die Köchin -, wie heißt sie übrigens?", sprach Andrew, während er Mantel und Hut ablegte.

„Máiréad O'Halloran."

„So bitte Mrs. O'Halloran das Dinner zur siebten Stunde zu bereiten. Bis dahin werde ich mich ins Arbeitszimmer zurückziehen und den Angelegenheiten des Haushalts nachgehen. Während des Abendmahls können wir alles Weitere gemeinsam erwägen."

„Ach Andrew, wenn wir dich nicht hätten!", seufzte Jane mit einer Mischung aus Erleichterung und Zuneigung.

Andrews Stirn legte sich in nachdenkliche Falten. Gewiss, es erfüllte ihn mit einer gewissen Genugtuung, dass Jane auf ihn zählen konnte, doch mehr noch wünschte er sich, dass William im Angesicht dieser geistigen Anstrengungen endlich beginnen möge, selbst Verantwortung zu übernehmen.

Doch zunächst galt es nun, sich einen gründlichen Überblick über die gegenwärtige Lage zu verschaffen. Danach würde er William bezüglich Kates Abwesenheit jedoch wohl zur Rede stellen müssen und sodann in Ruhe alles Weitere überlegen.

Mit entschlossener Miene und einem inneren Seufzen beugte er sich sodann über die Bücher, eingedenk der Tatsache, dass nur durch akribische Sorgfalt die Integrität des Haushalts gewahrt werden konnte.

Zur selben Zeit, wenige Meilen entfernt saß William Cahill missmutig seinem streng drein blickenden Vorgesetzten Warner gegenüber.

Nach einer von ihm sehr willkommen geheißenen Anzahl von Feiertagen, welche ihm eine willkommene Unterbrechung seiner verhassten Pflichten bescherten, war ihm nun befohlen worden, sich zur Aufnahme seiner Pflichten im neuen Jahre einzufinden. Die ernste Miene seines Vorgesetzten ließ William im Vorhinein wenig Gutes erahnen.

Kurz vor den Feiertagen hatte Warner, als wäre er der rechten Kommunikation überdrüssig, ihm lediglich schriftlich mitgeteilt, dass ein Treffen Anfang des neuen Jahres anberaumt sei, um über den Fortgang der Ermittlungen zu sprechen.

William indes war nicht gewillt, sich seine glänzende Chance entgehen zu lassen. Er hatte strategisch durchdacht, wie er Warner zu überzeugen gedachte, ihm die nötige Zeit zu gewähren, um sein Können als versierter Detective zu demonstrieren. Eine Gelegenheit dieser Art versprach schließlich nicht nur Aufstieg und höhere Verantwortlichkeit, sondern auch die lang ersehnte Möglichkeit, künftig in London statt in diesem, von ihm so verabscheuten, Irland zu dienen.

Das Missfallen Warners war offenkundig, als dieser verlauten ließ, die Behörden hätten, wohl im Einklang mit der Verschärfung der Hungerkrise und damit einhergehenden Sicherheitsbedenken, erheblichen Druck auf ihn, Warner, ausgeübt.

William, der vor Betreten des Büros einen heftig davonstürmenden Beamten beobachtet hatte, der zuvor, für William durchaus vernehmbar, eine lautstarke Auseinandersetzung mit Warner hinter sich gebracht hatte, befand sich in einem Zustand erhöhter Wachsamkeit. Seinem Sinn entging angesichts dieser Worte nicht, dass die Lage für sein berufliches Fortkommen auf Messers Schneide stand.

„Nun, Cahill, fassen wir einmal zusammen, was Sie im vergangenen Jahre geleistet haben." Warner lehnte sich zurück, die Arme hinter dem Kopf verschränkt, in einer Pose, die mehr Herablassung als Empathie verströmte. „Sie haben einen Kontakt zu einem Schmuggler hergestellt, der Mitglied einer potenziell gefährlichen Gruppe zu sein scheint. Harmoniert das soweit mit Ihrem Bericht?"

„Ganz recht", bestätigte William, den kühlen Tonfall seines Vorgesetzten im Bewusstsein.

„Dieser Stand ist bereits ettliche Wochen alt. Haben Sie seither Fortschritte zu verzeichnen?" Warner sprach mit einem Anflug von Skepsis in der Stimme, die William offensichtlich desavouieren sollte.

William atmete tief durch. Es musste gelingen, Warner zu überzeugen, dass er auf einem vielversprechenden Weg war und es um eine wichtige Sache ging, wobei er, wenn er ehrlich war, noch nicht sagen konnte, ob hinter all dem wirklich etwas Ernstes steckte oder ob er dem Ganzen zu viel Gewicht beimaß, doch ein Zurück war ausgeschlossen.

Zugleich durfte er Warner nicht den Eindruck vermitteln, die Sache wäre zu groß für ihn. Dann nämlich drohte die Gefahr, dass Warner ihn abzog und anderen das Feld überließ.

Die Zusammenkunft, welcher er beigewohnt hatte, verfolgte ohne Zweifel die Absicht, Befürworter für eine Mobilisierung wider das britische Establishment zu gewinnen. Welcher Art diese Mobilmachung jedoch sein sollte, wurde nicht direkt benannt. „Durchaus, Sir. Vor kurzem nahm ich an einer konspirativen Versammlung teil, zu welcher ich meinen Kontaktmann geleitete. Dieser Mann, fest davon ausgehend, dass ich gleichgesinnt bin, hat begonnen, mir Vertrauen entgegenzubringen. Er stellte mich weiteren involvierten Personen vor, und ich habe Gesichter und Namen zu verbinden begonnen."

Warner zog eine Augenbraue hoch und schien, wenngleich widerwillig, die Tiefe von Williams Einblicken anzuerkennen. „Das klingt geradezu, als ob Sie nun auf jenem dunklen Pfad, den Sie beschritten, eine Laterne gefunden hätten. Doch hege ich die Überlegung, ob Sie nunmehr meiner Unterstützung bedürfen oder es vorziehen, zunächst allein fortzufahren und mich erst dann zu benachrichtigen, wenn Verstärkungen in Gestalt weiterer Detektive vonnöten sind."

Innerlich triumphierte William. „Ich werde vorerst eigenständig weiter ermitteln und Sie unverzüglich informieren, sollte Unterstützung notwendig werden."

Warner nickte bedächtig, seine Augen scharf auf William gerichtet. „Sehr wohl. Doch seien Sie gewarnt: Sollten Schwierigkeiten auftreten, erwarte ich umgehend Nachricht. Unterlassen Sie dies, so werden Sie sich für alle resultierenden Unwägbarkeiten verantworten müssen. Ist das klar?"

„Klar und deutlich, Sir", erwiderte William. „Ich muss nun äußerst behutsam vorgehen, um jeglichen Verdacht zu vermeiden. Mein Instinkt sagt mir, dass mein Mittelsmann tiefer in diese Angelegenheit verstrickt ist, als er bislang zugegeben hat. Zudem hege ich die Vermutung, dass bald Zusammenkünfte stattfinden werden, auf denen nur der engere Kreis der Kerngruppe teilnehmen wird, konkrete Pläne zu schmieden. Bis dahin muss ich sein Vertrauen so weit gewinnen, dass er mich in diesen Kreis einführt."

Warner nickte gemächlich mit gerunzelter Stirn und schräg gelegtem Kopf vor sich hin. William meinte, dass er dadurch unsäglich dümmlich aussah, doch wahrscheinlich war es ein Zeichen, dass er über Williams Worte sinnierte.

„Gut, so sei es. Ich habe derzeit auch wahrlich andere Sorgen. Sie werden an der Sache dran bleiben und wir sehen uns spätestens in acht Wochen wieder."

Andrew Cahill blätterte in den Unterlagen und Rechnungen. Die finanzielle Bilanz der letzten Wochen bestätigte ihn bedauerlicherweise in seiner Überzeugung, dass William eine eher nachlässige Hand für die Buchführung bewies und die einzelnen Ausgaben als wenig erfreulich zu bezeichnen waren.

Dabei verlangte es ihn in keiner Weise, erneut mit seinem Bruder dieses leidige Thema zu erörtern. Zudem musste er, Gott behüte, jenes Gespräch über Kate führen, zu welchem es ihn ebenso wenig drängte. Ein düsterer Unwille überzog sein Gemüt, als er vernahm, dass William heimgekehrt war. Mit entschlossenem Griff schloss er dennoch das Rechnungsbuch und blickte zur Uhr, die ihm verriet, dass es bereits kurz nach 19:00 Uhr war.

Vermutlich wartete Jane bereits auf sein Erscheinen und auch die arme Mrs. O'Halloran würde längst seines Auftritts har-ren, um sich nicht des Unbills auszusetzen, beim ersten großen Abendessen kalte Speisen zu servieren. Der Anflug eines schlechten Gewissens bemächtigte sich seiner ob seiner eigenen Nachlässigkeit, die ihn sich hatte verspäten lassen. Doch bemerkte er, dass der Appetit ihm bei der Durchsicht der Buchhaltung und den drängenden Gedanken an die Eskapaden seines Bruders gänzlich vergangen war.

Als Andrew in den Korridor hinaustrat, erblickte er William, der sich gerade den Schnee von den Stiefeln klopfte und seine Hosenbeine sowie den Mantelsaum auf etwaige Verschmutzungen hin inspizierte.

„Ah, Andrew, du bist ja schon da. Dieses scheußliche Wetter verlangt wohl, dass ich mich umziehe."

„Dann tue dies, William, wir warten mit dem Essen", sprach Andrew, seinen Unmut kaum verhüllend, während er entschlossen zum Speisesaal schritt.

Wie vorhergesehen, saß Jane bereits am Tisch. Das Glas Wein vor ihr verriet ihre Ungeduld, war es doch nur noch halb gefüllt, sie hatte wohl schon das ein oder andere Mal davon genippt und wirkte indes durchaus gelangweilt.

Kaum dass Andrew eingetreten war, trat eine ältere Person aus der Küche, bekleidet mit einer einfachen Schürze. „Darf ich nun auftragen, Sir?", fragte sie mit jenem unverkennbaren irischen Dialekt, wie er hier in Cork vorkam, jedoch gleichwohl ehrerbietig.

„Es wird wohl noch einige Minuten dauern, bis wir vollzählig beisammen sind. Doch beginnen Sie ruhig schon zu servieren", erwiderte Andrew, während er sie aufmerksam mit den Augen maß.

„Wo haben Sie zuvor Ihren Dienst verrichtet?", fuhr er fort.

„Ich bekleidete den Posten der Köchin im Hause der Familie Manson. Ein schriftliches Zeugnis meiner Tätigkeit habe ich Miss Cahill übergeben."

„Es ist tadellos!", sprach Jane.

„Nun, dies dürfte mir ein erfreulicher Umstand sein", sprach Andrew bedächtig. "Ich werde es mir zu gegebener Zeit zu Gemüte führen." Indes gedachte er, dass es ein vortreffliches Zeichen sei, wenn sich Jane bei der Auswahl des Hauspersonals als umsichtig erwies. Denn alsbald würde sie wohl einen eigenen Haushalt führen, wenn es ihm gelungen wäre, sie zu verheiraten, was durchaus drängte, angesichts ihres Alters.

Die Köchin nickte und zog sich in die Küche zurück.

Andrew nahm Platz und schenkte sich ein Glas des Weines ein.

„Ist dir heute Miss Isabella begegnet? Ist sie wohlauf?", erkundigte sich Jane.

„Du bist sehr aufmerksam, Jane", lobte Andrew seine Schwester mit einem wohlwollenden Lächeln. „Ich freue mich zu sehen, wie gut ihr euch versteht. Es ist gewiss für euch beide eine große Bereicherung, eine Freundin gefunden zu haben. Doch nun, um auf deine Frage zurückzukommen. Sie scheint sich ausgezeichnet zu befinden."

Jane lächelte.

Andrew musste bei diesem Anblick seinen Stolz auf seine Schwester voller Wärme eingestehen. Noch kürzlich hatte sie ihre Zeit hauptsächlich mit oberflächlichen Gesellschaften und Vergnügungen verbracht, abgesehen natürlich von ihrer tiefen Leidenschaft für Poesie und Musik. Doch nun schien sich ein Wandel abzuzeichnen.

Er schöpfte angesichts dessen Hoffnung, dass er Jane vielleicht doch noch in eine vorteilhafte Heiratsverbindung bringen könnte, zumal sie nun bodenständiger und vernünftiger zu werden schien und nicht mehr Abend für Abend ihren Ruf aufs Spiel setzte. Seid sie Miss Isabella zur Freundin hatte, erschien ihm diese Hoffnung nicht mehr gänzlich abwegig. Dies ließ ihn etwas zuversichtlicher in die Zukunft blicken.

Jane hatte bereits ihr fünfundzwanzigstes Lebensjahr erreicht. Ihr fortgeschrittenes Alter allein machte es keineswegs einfach, einen geeigneten Gemahl für sie zu finden. Zudem hatte ihr bislang leichtfertiger Lebenswandel wenig Anlass zu ernsthafter Hoffnung gegeben, dass sie je in eine Ehe einwilligen würde.

Die weitaus größeren Sorgen bereiteten Andrew die Gedanken an William.

In eben diesem Augenblick betrat jener den Speisesaal. „Es tut mir aufrichtig leid, dass ich euch habe warten lassen. Nun lasst uns speisen, ich bin dem Verhungern nahe", verkündete William, während er sich geräuschvoll einen Stuhl heranzog und sich darauf fallen ließ.

Da erschien wie gerufen Mrs. O'Halloran mit einer verheißungsvoll dampfenden Terrine.

Während die Köchin jedem der drei Suppe auffüllte, bedachte Andrew seinen Bruder mit einem weit weniger wohlwollenden Blick als seine Schwester.

Nun, auch er sah sich einem stechenden Hungergefühl ausgesetzt und es galt eine Einschätzung bezüglich der Kochkünste der neuen Köchin zu treffen. Vermutlich wäre er auch in der bevorstehenden Auseinandersetzung milder gestimmt, wenn er zunächst etwas zu sich genommen hatte. Er richtete seinen Blick auf den vor ihm befindlichen Teller. Zumindest konnte er konstatieren, dass Mrs. O'Halloran, ungeachtet der Verspätung des Mahls, die Kunst besaß, tadellos warme Speisen zu servieren, was in der Tat einen erfreulichen Eindruck auf ihn machte.

Andrew nahm einen Löffel Suppe, welche sich als eine delikate Hühnersuppe entpuppte. Nichts fand sich hierin zu tadeln; sie war exzellent zubereitet.

Bald darauf spürte er, wie ein Teil seines zuvor aufgestauten Unmutes und Ärgers bereits verflogen war.

Als Hauptgang servierte die Köchin geschmortes Lammfleisch mit Rotwein und Thymian. Auch dieses Gericht war hervorragend geraten. Zumindest würde Andrew sich nicht hinsichtlich der Auswahl der Köchin zu beklagen haben. Auch dies stimmte ihn durchaus milder.

Nach dem Hauptgang rundeten sie das Abendessen mit einem Sherry ab. Nun schien Andrew jener Augenblick gekommen, der es ihm später versagen würde, zu behaupten, es hätte keine Gelegenheit gegeben, ein Gespräch zu beginnen. Mit bedächtiger Stimme eröffnete er: „Ich muss sagen, an Mrs. O'Hallorans Kochkünsten gibt es nichts auszusetzen."

„Tja nun, wie man´s nimmt", murmelte William, scheinbar mehr in einen stillen Disput mit sich selbst vertieft als im Gespräch mit seinen Geschwistern.

Sowohl Andrew als auch Jane blickten ihn gleichermaßen erstaunt an.

„Wie bitte?", fragte Andrew verständnislos, jedoch zugleich hellhörig geworden.

„Nein, es war nichts. Nichts von Belang", wehrte William eilig ab, zu eilig für Andrews Geschmack. Es war jedoch offenkundig, dass weitere Nachfragen an dieser Stelle keine Erhellung bringen würden.

„Ich würde nunmehr gerne erfahren, wohin Kate entschwand", lenkte Andrew endlich das Thema in die unvermeidliche Richtung und heftete seinen Blick fest auf William. „Jane erwähnte, sie habe das Haus verlassen? Kannst du uns diesbezüglich eine Auskunft erteilen, William?"

„Ich? Warum so? Wie sollte ich diesbezüglich etwas wissen? Es verhält sich, wie Jane berichtet hat. Sie verließ das Haus unvermittelt und ohne jegliche Vorankündigung. Wahrlich, es empört mich zutiefst. Immerhin wurde sie stets mit Großzügigkeit und Gerechtigkeit behandelt. Doch, wer kann wohl erahnen, was in den verworrenen Gedanken eines Dienstmädchens vorgeht? Möglicherweise hat sie sich in irgendjemanden verguckt und diesem Umstand eine größere Bedeutung beigemessen, als ihm zukommt. Verzeih mir meine Worte, Jane ...", entgegnete William ausweichend, wobei ein Hauch von Gereiztheit in seiner Stimme mitschwang.

„Ich denke, wir sollten dies unter vier Augen besprechen", erwiderte Andrew nachdrücklich, sein durchdringender Blick war weiterhin auf William gerichtet. Dann wandte er sich an seine Schwester. „Jane, ich muss dich bitten, uns einen Augenblick allein zu lassen."

„Wozu sollte sie uns allein lassen?", presste William erzürnt hervor. „Andrew, unterlasse es, dich wie mein Vormund aufzuspielen. Diese Rolle steht dir nicht mehr zu!"

Andrew unterdrückte ein Seufzen, doch sein Blick blieb fest und entschieden, als er sich erneut an Jane wandte. „Jane, ich bitte dich."

Jane mied den Blick ihrer beiden Brüder; jegliche Heiterkeit war schlagartig aus ihren Augen gewichen und einem Ausdruck des Erschreckens gewichen. Die Spannung im Raum war nahezu greifbar, und es erfüllte Andrew mit großem Bedauern, Jane in einer solchen Beklommenheit zu sehen, welche abermals durch die Unstimmigkeiten zwischen ihm und William hervorgerufen wurde. Nichtsdestotrotz ließen die Umstände keinen anderen Entschluss zu. „Jane, ich versichere dir, wir werden uns bald wieder zu dir gesellen", sprach Andrew mit milderer Stimme, in der Hoffnung, ihre Unsicherheit ein wenig zu lindern.

„So geh nur, wenn Andrew meint, dass dies angebracht sein soll. Doch du weißt schließlich genau wie ich, dass es keinen Anlass gab." Dann wandte sich William Andrew zu. „Jane und ich haben am folgenden Morgen sogleich darüber beraten, was wohl der Grund für ihr Verschwinden sein könnte, doch wir sind beide zu keiner schlüssigen Erklärung gelangt."
Jane erhob sich schließlich, wenngleich nur zögerlich, und verließ den Raum. Ihre Schritte hallten leise in der still gewordenen Atmosphäre wider. Dieses unziemliche Schauspiel ihrer Uneinigkeit vor Jane tat Andrew leid, doch es ließ sich nicht vermeiden. Einmal mehr empfand er die Last der Verantwortung, die er gegenüber seinen Geschwistern und dem Haushalt trug.

Nun, da sie allein waren, richtete Andrew seinen Blick fest auf

William und sprach: „Es gibt hier Angelegenheiten, die der unverzüglichen Aufklärung bedürfen, Das unerklärliche Verschwinden von Kate ist keinesfalls ein triviales Ereignis. Ich bitte dich, erspare mir jegliche Ausflüchte." Er hielt kurz inne, seine Augen suchten den Gesichtsausdruck seines Bruders, als träten sie in einen stummen Dialog. „Solltest du in diese Angelegenheit irgendwie involviert sein oder Wissen haben, das zur Erklärung beiträgt, dann lass mich dies nun wissen." Andrew nahm selbst wahr, dass seine Worte von solch behutsamer Vorsicht getragen waren, dass seine eigene Furcht vor der unsäglichen Wahrheit hörbar durchzuklingen schien. Der Verdacht, der in seinem Inneren aufkeimte, war so ungeheuerlich, dass er ihn selbst kaum zu glauben vermochte.

Jane wusste nicht, wohin sie sich wenden sollte. Wieder einmal hatten Andrew und William einen heftigen Disput, der ihr das Herz in tausend Stücke riss. Diese Zwistigkeiten verabscheute sie zutiefst, zumal sie nur einander geblieben waren. Ungeachtet dessen, was geschehen mochte, mussten sie zusammenhalten. Immerdar.

Fürwahr, Isabella war neuerdings in ihr Leben getreten, und die gemeinsame Freundschaft war ihr überaus kostbar; allein in dieser Angelegenheit war dies von geringer Relevanz. William vermochte Andrew keine klaren Antworten zu geben, dies war gewiss. An jenem Abend, als Kate verschwunden war, hatte Jane allein beim Kamin gesessen, während William sich in die Küche begab. Da erinnerte sie sich des lauten Krachens, das aus der Küche gedrungen war und sie veranlasst hatte, iin eben jene zu eilen, um nach dem Rechten zu sehen.

Zu Anfang durchzuckte sie der ungeheuerliche, fast schon närrische Gedanke, William könne sich bei Kate aufhalten. Ein solcher Einfall schien ihr nachträglich vollkommen unsinnig, kaum fassbar, und sie schalt sich selbst deswegen, ihrem Bruder etwas so Ungeheuerliches unterstellt zu haben. Nein, solch düsteren Gedanken wollte sie keinen Raum in ihrem Geist geben.

Am darauffolgenden Morgen, als die ernste Tatsache offenbar geworden war, dass Kate fort war, enthüllte sich ihr Irrtum, und die Wahrheit trat ans Licht.

Sie war eingenickt gewesen und William längst auf seinem Zimmer, als der Krach in der Küche sie geweckt hatte.

Die Geräusche in Kates Zimmer erklärten sie sich damit, dass Kate entweder verbotenerweise Besuch empfangen hatte oder bereits dabei war, ihre Habseligkeiten zusammenzupacken.

Hierbei war sie wohl ungeschickt gewesen und hatte etwas umgestoßen.

Tatsächlich war die Lampe in der Kammer des Dienstmädchens zerbrochen vorgefunden worden, was ihre Vermutung bekräftigte. Es hatten sich zudem Blutflecken auf dem Laken und der Decke befunden. Kate musste sich an der zerbrochenen Lampe verletzt haben.

Doch ebensowenig klärten diese Umstände Kates plötzliches Verschwinden zufriedenstellend auf.

Während Jane durch die Korridore des Hauses wanderte, nach einer Zuflucht vor den erhitzten Stimmen ihrer Brüder suchend, schien die Ungewissheit sie zu begleiten wie ein steter Schatten.

William fixierte seinen älteren Bruder mit kalter Schärfe. Dieser eingebildete Narr! Glaubte Andrew wirklich, mit seiner beständigen Bevormundung Eindruck auf ihn machen zu können? William war längst dem Alter entwachsen, in welchem solch paternalistisches Gehabe noch Macht über ihn gehabt hätte. Sollte Andrew nur glauben, was er wollte; William würde es stets gelingen, Zweifel in ihm zu säen – ein leichtes Spiel für ihn.

„William, lass ab von deinen Possen! Es ist mir wohl noch lebhaft im Gedächtnis, was jenen letzten Disput entfacht hat. Nun verlange ich, dass du ohne Umschweife die Wahrheit sprichst: Hast du das Mädchen in irgendeiner Weise bedrängt?" Andrew sprach mit Nachdruck, doch William blieb ungerührt. Längst hatte er vorhergesehen, dass es zu diesem Konfrontation kommen würde. Entrüstung wäre ihm wenig dienlich gewesen, doch in der Kunst der Gerissenheit – darin war er gewandt.

„Andrew, denkst du im Ernst, dass dies sie veranlasst haben

könnte zu gehen? Vielleicht hätte ich sie bedrängen sollen, dann wäre sie vermöge dessen wohl dageblieben", entgegnete William mit einem herausfordernden Grinsen, dessen Ziel es war, zu provozieren.

„Was willst du damit nun wieder andeuten?", fragte Andrew, und William bemerkte, dass die Festigkeit seines Bruders nicht mehr so unerschütterlich war wie nur einen Augenblick zuvor.

„Wohlgemerkt genau das, was ich sprach", erwiderte William trocken. „Diese Kokotte hätte es gewünscht. Vielleicht war sie enttäuscht, dass ich ihr nicht die Aufmerksamkeit zuteil werden ließ, die ihre eindeutigen Anspielungen und Annäherungsversuche forderten. Doch, du sollst wissen, zurzeit gibt es eine Dame, die weit mehr meine Zuwendung verdient. Man muss hier Prioritäten setzen."

Andrew schien diese Worte zu bedenken, feiner Ausdruck des Zweifels sprach aus seinem Blick. Mit einem erstmals unsicheren Tonfall bemerkte er schließlich: „Indessen schien sie überhaupt nicht dergleichen, als ich euch ... nun ja ... beinahe in flagranti ertappte."

William wusste die Unsicherheit seines Bruders geschickt auszunutzen und versetzte dessen Selbstbewusstsein einen gezielten Schlag. „Die äußere Erscheinung kann trügen, Andrew. Du bist ja so gutherzig und siehst immer das Edle in den Menschen. Jedoch manche Frauen manipulieren durch ihre Unschuldsmiene. Du solltest mir mehr zutrauen – ich kenne die Welt und ihre Spielchen."

Obschon Williams Behauptung gänzlich haltlos und aus der Luft gegriffen war, genügte sie doch, um Andrews moralischen Kompass für einen flüchtigen Augenblick ins Schwanken zu bringen.

William war sich dessen bewusst, dass er Andrew nunmehr überzeugen konnte. William kannte ihn gut genug, um dies zu wissen. Über all die Jahre, indenen Andrew die Vaterrolle inne hatte, hatte er William Teile seines Inneren offenbart, und William wusste, wie er dies zu seinem Vorteil nutzen konnte. „Hast du nicht einmal in Betracht gezogen", begann er, „dass sie sich möglicherweise so benommen haben könnte, um dir ein Trugbild zu präsentieren, das deinem Wunschdenken entsprach? „Es wird ihr sicherlich zur Genüge bewusst gewesen sein, dass du kaum Verständnis für ein liederliches Dienstmädchen aufbringen würdest. Den Vorwurf, dass du leicht zu durchschauen bist, wirst du dir wohl oder übel gefallen lassen müssen. Doch solltest du dich davor hüten, dich von jeder dahergelaufenen Dirne an der Nase herumführen.“ dozierte William mit verächtlicher Miene, wenngleich ihm diese Tirade heimlich stilles Vergnügen bereitete, da er sah, wie sein Bruder innerlich ins Wanken geriet. „Zudem hast du nun bewirkt, dass die arme Jane in Unsicherheit verfallen ist und hadert.“

Andrew verharrte in stummem Nachsinnen, offenkundig in einen inneren Disput mit seinen eigenen Vorstellungen und Empfindungen verwickelt. Nach einer Weile brach er schließlich das lauernde Schweigen und sprach: „So schwörst du also, dass du Kate nicht bedrängt hast? Dass du dich ihr nicht in einer Weise unsittlich oder unehrenhaft genähert hast?“

„Ich glaube, mein Standpunkt ist wohlbekannt. Möchtest du ernstlich dermaßen pedantisch sein, dies in exakten Worten aus meinem Munde vernehmen zu wollen? In der Tat, dies scheint mir unter meiner Würde“, entgegnete William und schüttelte mit einem leicht ungläubigen Ausdruck den Kopf.

„So sei es, dann bitte ich um deine Nachsicht und entschuldige mich aufrichtig bei dir“, sprach Andrew schließlich, obgleich etwas zögerlich.

„Dank dir, Andrew, das ist eine große Erleichterung für mich“, erwiderte William mit kaum verhohlenem Triumph in seiner Stimme.

Sie verweilten eine Weile in Schweigen.

William konnte nur mutmaßen, welche Gedanken Andrew umtrieben. Sicherlich rang er noch mit der Frage, ob er seinem jüngeren Bruder wirklich vertrauen konnte. Es durfte nicht allzu viel Zeit verstreichen, bis diese Zweifel sich verfestigten. „Wollen wir nicht Jane wieder zu uns bitten?“, fragte William daher unverfänglich.

Doch auch nachdem Jane wieder zugegen war, blieb die unheilvolle Athmosphäre. Sie standen nun beisammen in der

320

Eingangshalle, doch Andrew wirkte weiterhin tief in Gedanken versunken.

„Nimmst du noch einen Sherry?", fragte William und hielt seinem Bruder die Flasche hin. Ablenken und Zerstreuen - das musste nun die Devise sein.

„Ja, gewiss. Gerne", antwortete Andrew mit einem Anflug von Erleichterung in der Stimme. Er hielt William das Glas hin, und dieser schenkte ihm großzügig nach.

Mit dem Glas in der Hand und einem weiterhin versonnenen Blick schlenderte Andrew gemächlich zum Sofa am Kamin hinüber und ließ sich dort nieder. Die Wärme des Feuers und das sanfte Leuchten der Flammen schienen ihn für einen Augenblick zu besänftigen.

William beobachtete ihn mit geschärftem Blick, voll des Bewusstseins, dass er die Vormachtstellung in dieser subtilen Auseinandersetzung wahren musste. So ruhte sein Blick nachdenklich auf der Haltung und den Gesten des älteren, während er sich insgeheim wünschte, Andrew möge alsbald den Entschluss fassen, nach Adhmaid House zurückzukehren und ihm somit der Anspannung dieses Moments entreißen. Doch es schien, als sei dies nicht Andrews Absicht.

Nach einer kurzen Weile der Stille, die nur durch das Knistern der Flammen durchbrochen wurde, erhob Andrew seine Stimme und sprach: „Jane, so setze dich doch bitte zu uns." Sein Ton war sanft, bemüht offensichtlich, eine Brücke zwischen den Geschwistern zu bauen.

„Natürlich, Andrew", erwiderte Jane und trat näher. Sie ließ sich an Andrews Seite nieder, ein feines Lächeln der Zuneigung auf den Lippen, doch ihre Augen verrieten eine unterschwellige Unruhe.

William nahm einen weiteren Schluck Sherry und ließ seinen Blick zwischen seinen Geschwistern schweifen. „Nun, es war ein langer Tag", begann er in bedächtigem Ton. „Doch ich bin froh, dass wir gemeinschaftlich dieses Abendessen teilen konnten und auch diese Sache zu bereinigen vermochten."

Andrew nickte leicht. „In der Tat, William. Da pflichte ich dir gerne bei."

Jane fügte hinzu: „Lasst uns unsere Differenzen hinter uns lassen. Wir haben nur einander und sollten beisammenstehen."

Andrew bedachte Jane mit einem zärtlichen Blick. Zumindest vorübergehend schien der Frieden wieder eingekehrt zu sein, wenn auch ein fragiler, der stets bedroht war von all den ungelösten Geschehnissen, die ihr Schicksal zu sein schienen.

Während William überlegte, welchen Inhalts ein geistreiches Gespräch sein könnte, ergriff Andrew das Wort. „Nachdem ich einige Zeit über unsere gegenwärtige Lage reflektiert habe, scheint mir der Augenblick gekommen, dass wir unsere Pfade in geordnetere Bahnen lenken sollten. Sowohl für dich, William, als auch für unsere liebe Jane wäre es klug, über eheliche Verbindungen nachzusinnen. Auch ich selbst trage mich mit dem Gedanken, mich langfristig zu verheiraten und werde daher voraussichtlich in Bälde nicht mehr in der Lage sein, in der bisherigen Weise für euch zu sorgen."

William und Jane sahen ihn gleichermaßen überrascht und sichtlich bestürzt an. Andrews Worte wirkten gleich einem unerwarteten Blitzschlag, der Stille über den Raum legte.

Jane rang sichtlich mit dieser plötzlichen Wendung.

„Andrew, du meinst dies doch nicht ernstlich, oder?", fragte William schließlich in trockenem Tonfall. „Du denkst über eine Heirat nach? Und uns rätst du dasselbe zu tun?"

„Doch, William, ich meine es in der Tat ernst", bekräftigte Andrew mit ruhiger, gleichwohl entschlossener Stimme. „Wir befinden uns an einem Punkt in unserem Leben, wo wir daran denken müssen, unsere Wege zu ebnen und uns zu binden."

Jane, die sich langsam von dem ersten Schock erholte, blickte ihren älteren Bruder fragend an. „Ich habe bislang nicht ernsthaft an eine Heirat gedacht ... ich weiß nicht, ob ich überhaupt dazu bereit bin."

Andrew begegnete dem besorgten Blick seiner Schwester mit fester Miene. „Ich verstehe deine Bedenken, Jane. Doch bedenke, dass unser aller Alter Anlass gibt, sich dieser Frage allmählich zustellen. Isabella ist dir eine gute Freundin geworden und könnte dir zur Seite stehen."

„Ob und wann ich mich verheirate, wird wohl allein in meinem

Ermessen stehen, lieber Bruder", entgegnete William schließlich in beherrschtem Ton.

Jane blickte verwirrt auf.

Andrew pausierte für einen Augenblick, bevor er in gedämpftem Ton fortfuhr. „Das mag wohl sein, William, doch ich möchte dir versichern, dass ich nicht länger gewillt bin, in dieser Weise fortzufahren. Solltest du dich gegen eine Heirat entscheiden, dann wirst du dir als Junggeselle eine eigene Bleibe suchen müssen und dich allein zurechtfinden."

„Ich verstehe nicht, warum wir unser bisheriges Leben aufgeben sollten", wagte Jane nun einen Einwand. In ihrer Stimme lag sowohl Ratlosigkeit als auch ein Anflug von Sorge. „Hast du womöglich bereits eine Heiratskandidatin für dich ins Auge gefasst?"

„Nein, Jane, das habe ich offen gestanden noch nicht, doch es wird Zeit für mich, an eine eigene Familie zu denken und einen weiteren Schritt zu tun." Die Worte fielen wie schwere Tropfen in die Stille, die nun den Raum erfüllt hatte.

Jane wirkte verloren, als suche sie nach einem Anker in ihren aufgewühlten Gedanken.

William dagegen verengte seine Augen, sein Stolz gereizt und seine Unabhängigkeit bedroht.

„Ich möchte nicht heiraten!", rief Jane etwas zu laut.

Andrew sah sie nachdenklich an. „Jane, auch du wirst nicht jünger. Wir werden an deine Zukunft denken müssen. Irgendwann wird der Weg nicht mehr zu ändern sein, den du eingeschlagen hast. Du musst jetzt entscheiden, wie du später zu leben wünschst. So wie im Augenblick wird es jedenfalls nicht ewig weitergehen."

In diesem Moment klopfte es und Mrs. O'Halloran steckte den Kopf zur Tür herein. „Wünschen die Herrschaften noch etwas, oder kann ich mich zurückziehen?"

Andrew drehte nachdenklich sein Glas in den Händen, dann wandte er sich an die Köchin. „Mrs. O'Halloran, könnten Sie mir bitte einen Gefallen tun?"

Mrs. O'Halloran sah ihn mit vorgestrecktem Kinn und wachem Blick fragend an, offensichtlich neugierig, was ihr aufgetragen werden sollte.

„Draußen auf der Straße befindet sich eine Frau mit zwei Kindern. Bitten Sie sie in die Küche und lassen Sie den Dreien die Speisereste, die wir übrig ließen. Sie sollen sich aufwärmen.“

Mrs. O'Halloran starrte Andrew Cahill mit weit aufgerissenen Augen an, voll unverhohlenen Erstaunens. Auch Jane und William blickten ihn verblüfft an.

„Bist du von allen guten Geistern verlassen?“, platzte William heraus, sein Ton war voller Unglauben und Empörung.

„Andrew, das sind ja ganz neue Töne!“, rief Jane, gleichermaßen überrascht und irritiert.

XV.

Dublin, Irland

Er befand sich erneut in Dublin, jener Stadt, die ihm so vertraut erschien, obgleich er erst seit kurzem hier lebte.

Gedankenverloren drehte er das Glas mit dem dunklen Bier in seinen Händen, als er den verschmitzten Blick von David Flynn auf sich ruhen spürte. Flynn, ein Schmied von großer und hagerer Gestalt und einem breiten Lachen, war soeben eingetreten und bahnte sich nun einen Weg durch die eng gedrängten Besucher des O'Malley geradewegs auf Laurence zu.

Er klopfte Laurence auf die Schulter, als er ihn erreicht hatte. „Ah, me lad, wie immer in Gedanken?", rief er lachend.

„Wie sollte es anders sein. Man wollte meinen, der Engländer ist auf einer Trauerfeier!" Keith O'Malley, Lehrer von Beruf und im Übrigen Sohn des Pub-Inhabers O'Malley begrüßte Flynn gleichfalls herzlich.

Laurence tat es ihm gleich und schüttelte die Nachdenklichkeit ab, so gut es ihm gelingen mochte.

In diesem Augenblick stieß Séamus Sullivan zu den Dreien. „War es anders zu erwarten, wenn man ihn für ganze Tage ins düstere England entsendet? Britannien kann stolz sein, diesen Inbegriff britischer Heiterkeit hervorgebracht zu haben. Er wird sich heute gründlich den Kopf waschen lassen müssen, damit er wieder ein Mensch wird."

Laurence freute sich über die Ankunft Séamus´, denn dieser war ein wortgewandter Journalist, dessen Feder ebenso scharf wie sein Witz war, und der stets über die jüngsten Nachrichten der Stadt sprach, sodass man immer bestens unterrichtet war.

Gleich einem Sturm aus Frohsinn und Gelächter eroberten die zwei Neuankömmlinge den rustikalen Holztisch nahe der Theke, an welchem bisher nur Laurence und Keith gesessen hatten.

Von der Theke aus verteilte verteilte David mit großzügiger Hand Krüge voll Guinness, dessen Schwärze wie flüssiger Samt schimmerte.

Keith, mit der Neugier eines Gelehrten und der Eleganz eines Lords, lehnte sich zu Laurence hinüber und fragte in verschwörerischem Ton: „Nun, hat dich das Hospital wieder oder hat England dein Herz zurückerobert?"

Laurence konnte die Lebensfreude der Anwesenden nicht länger ignorieren und fühlte sich allmählich von ihr mitgerissen. „In der Tat, zweifellos das Hospital. Doch derweil ist dies hier meine am meisten geschätzte Beschäftigung", und mit einem verschmitzten Lächeln hob er sein Glas an.

Unterdessen hatten sich einige Damen zu ihrer fröhlichen Versammlung gesellt, darunter die bezaubernde Máire O'Donnell, deren Bekanntschaft Laurence bereits vor seiner Abwesenheit von Dublin gemacht hatte, und welche eine Unterhaltung mit Keith eröffnete.

Séamus konnte es sich nicht nehmen lassen. So verkündete er mit einer übertriebenen Geste: „Meine Herren, ich wette einen weiteren Krug Guinness, dass unser lieber Keith nicht ein einziges Mal erröten wird, während er sich mit der holden Máire unterhält."

Ein Ausbruch des Gelächters folgte der gewagten Wette, und Keith, der zweifellos keinen unglücklicheren Gesprächsgegenstand hätte wählen können, als mit der reizenden Máire in einer Diskussion über den verehrten Mr. Dickens zu streiten, erglühte sogleich vor Verlegenheit bis zu den Ohren.

„Bei Jove[31], das verdient einen weiteren Krug!", rief Séamus

---

[31] „Bei Jove!" ist ein alter englischer Ausdruck, der oftmals im 19. Jh verwendet wurde. Es stammt ursprünglich aus dem Lateinischen „Per Jovem" und bezieht sich auf den römischen Gott Jupiter. Es ist ein Ausruf des Erstaunens oder der Bekräftigung, ähnlich wie „bei Gott!". Es

triumphierend.

„Meine Herren", rief Laurence. „Ich sehe, dass es eine glückliche Fügung ist, dass ich den englischen Verhältnissen entflohen bin, denn ich muss wohl hier unter Euch im Irischen verbleiben, und als Arzt zur Rettung stehen, falls einer von uns an einem Übermaß an Guinness zugrunde geht!"

Der Abend setzte sich mit Scherzen und ausgelassenem Gelächter fort, und Laurence empfand eine seltene Zufriedenheit.

Die Fröhlichkeit des Pubs und die unbeschwerte Gesellschaft seiner Freunde ließen die beklemmenden Erinnerungen an Tallwood Manor verblassen.

Zurück in den Alltag eingetaucht, stellte Laurence fest, dass seine Arbeit im Hospital wieder ihren gewohnten Lauf nahm.

Sein Patient mit dem amputierten Bein machte täglich Fortschritte in der Genesung. Theresa, deren freudige Begrüßung ihn durchaus berührt hatte, begegnete ihm öfter, und er freute sich über die gemeinsamen Momente.

Hier in Dublin spürte er, wie unwohl er sich auf Tallwood Manor gefühlt hatte, wie bedrückend und unerträglich die Verhältnisse im Elternhaus für ihn dort waren.

In Dublins engen Straßen und lebhaften Spitälern fand er eine Art von Frieden, die ihm in England stets verwehrt geblieben war. Doch ihm bereitete vor allem die besorgniserregende Gesundheit der Bevölkerung durchaus Sorgen.

Laurence befasste sich mit den verbreiteten Massenkrankheiten im Weiteren und mit Morbus Anglorum im Engeren und er arbeitete verstärkt in der Ambulanz wo er feststellen musste, dass der Gesundheitszustand der Bevölkerung im Ganzen sich derzeit in Dublin sehr verschlechterte. Die Mangelversorgung vieler Menschen und die weitverbreiteten Krankheiten bedrückten ihn, doch er fand gleichwohl nur wenig Gehör für jene Anliegen unter den anderen Ärzten. Jules René Guérins Abhandlung aus dem Jahr 1837 hatte ihn inspiriert, und er führte die desolaten Zustände auf die wachsende Armut großer

---

wurde vor allem in literarischen und gehobenen Kreisen genutzt, und findet sich in einer Vielzahl klassischer Literatur.

Bevölkerungsschichten zurück.

Unter den übrigen Ärzten am Klinikum konnte er wenig Interesse an diesem Problem verzeichnen. Das verwunderte ihn nur wenig. Schließlich waren es nicht die zahlungskräftigen Teile der Bevölkerung, die hier besonders betroffen waren, wenngleich auch unter den gutsituierten Familien etliche Kinder etwa an der Rachitis litten. Solche Kinder kamen indes nicht zu ihm in die Klinik. Solche Kinder wurden in ihren Privaträumen ärztlicher Behandlung zugeführt und zwar nur durch renommierte Ärzte, welche einen hervorragenden Ruf genossen. Laurence war hiervon noch weit entfernt.

Wieder und wieder kam ihm Eliza in den Sinn.

Es versetzte ihm stets unvorbereitet einen Stich mitten ins Herz, wenn er daran zurückdachte, in welcher bedrückenden Lage er sie zurückgelassen hatte.

Doch je mehr Zeit verstrich, umso mehr verblassten die Bilder der Weihnachtstage.

Er hatte stets im Hinterkopf, dass seine Zeit in Dublin nur sehr begrenzt war und er im Anschluss daran, wenn sie vorüber wäre, diesem Leben für immer den Rücken kehren musste.

Mitte Januar traf ein Brief von Eliza ein und riss ihn aus seinem Alltag heraus.

Mr. Edwards, der Kutscher, war verstorben.

Unter den festgeschnürten, mehrlagigen Verbänden hatte sich die Wunde entzündet und schweres Fieber ausgelöst.

Laurence spürte den Zorn in sich aufsteigen. Den Zorn auf den Marquess und John. Den Zorn auf die gegenwärtigen Zustände, die solches zuließen.

Ob sich jemals der Verstand durchsetzte?

ENDE BAND II